1Q84

a novel

BOOK 1

4月~6月

〔日〕村上春树 著

施小炜 译

南海出版公司

新经典文化有限公司
www.readinglife.com
出　品

这是巴纳姆与贝利的马戏世界，

一切都假得透顶，

但如果你相信我，

假将成真。

It's a Barnum and Bailey world,

Just as phony as it can be,

But it wouldn't be make-believe

If you believed in me.

It's Only a Paper Moon

(E. Y. Harburg & Harold Arlen)

目 录

第1章　青豆　不要被外表迷惑 /1

第2章　天吾　另有主意 /14

第3章　青豆　几个被改变的事实 /33

第4章　天吾　假如你希望这样 /48

第5章　青豆　需要专业技能与训练的职业 /66

第6章　天吾　我们要去很远的地方吗？ /80

第7章　青豆　静静地，别惊动了蝴蝶 /95

第8章　天吾　到陌生的地方去见陌生的人 /111

第9章　青豆　风景变了，规则变了 /128

第10章　天吾　真正的流血革命 /141

第11章　青豆　肉体才是人的神殿 /161

第12章　天吾　愿你的国降临 /179

1Q84 BOOK 1

第 13 章　青豆　天生的受害者 /195

第 14 章　天吾　几乎所有的读者都从未见过的东西 /213

第 15 章　青豆　像给气球装上锚一样牢固 /229

第 16 章　天吾　能让你喜欢，我很高兴 /249

第 17 章　青豆　无论我们幸福还是不幸 /266

第 18 章　天吾　老大哥已经没有戏了 /285

第 19 章　青豆　分担秘密的女人们 /302

第 20 章　天吾　可怜的吉利亚克人 /316

第 21 章　青豆　不管试着逃到多么遥远的地方 /334

第 22 章　天吾　时间能以扭曲的形态前进 /347

第 23 章　青豆　这不过是个开端 /361

第 24 章　天吾　并非这里的世界意义何在 /376

第1章　青豆
不要被外表迷惑

出租车的收音机里播放着调频台的古典音乐。曲目是雅纳切克的《小交响曲》。坐在卷入交通拥堵的出租车里听似乎不太合适。司机好像也没有热心欣赏。那中年司机紧闭着嘴，仿佛老练的渔夫立在船头看着不祥的海潮交汇，只是凝望着前方排成长龙的车阵。青豆深深地靠在后座上，轻合双眼，聆听音乐。

只听个开头，就能一口说出这是雅纳切克《小交响曲》的人，世间究竟有多少？恐怕在"非常少"和"几乎没有"之间。不知为何，青豆居然做到了。

雅纳切克在一九二六年创作了这支小型交响乐，开篇的主题本是为某次运动会谱写的开场鼓号曲。青豆想象着一九二六年的捷克斯洛伐克：第一次世界大战终结，人们终于从哈布斯堡王朝的长期统治下解放出来，在咖啡馆里畅饮比尔森啤酒，制造冷酷而现实的机关枪，尽情享受着造访中欧的短暂和平。两年前，弗兰茨·卡夫卡在失意中辞世。过不了多久，希特勒就会从某个角落窜出来，吞噬这个小巧的美丽国度，但当时谁也不知道即将面临这样的灭顶之灾。历史向人类昭示的最重要的命题，也许就是"当时，谁也不知道将来会发生什么"。青豆一面聆听音乐，一面想象拂过波西米亚平原的悠缓的风，反复想着历史应有的形态。

一九二六年，大正天皇驾崩，改元昭和。在日本，一个暗无天日、令人生厌的时代将拉开帷幕。现代主义和民主主义的间奏不久曲终人散，法西斯主义即将横行世间。

历史像体育一样，是青豆的爱好之一。她不怎么看小说，但如果是和历史有关的书，她却甘之如饴。历史让她觉得称心的，是一切事实基本都和特定的年号及场所相连。记忆历史年号，对她来说不算难事。即使不死记硬背那些数字，只要把握各类事件的前因后果、来龙去脉，年号就会自动浮现出来。在初中和高中，青豆的历史考试总是全班最高分。每当看见有人烦恼记不住历史年号，青豆便觉得不可思议。这么简单的事怎么就做不到呢？

青豆是她的真实姓氏。她的祖父是福岛县人，在那个地处山区、不知是小镇还是小村的地方，据说真有好几家姓青豆的人。但她还没去过那里。早在她出生之前，父亲就和老家断绝了关系。母亲一方也同样。因此青豆一次也没见过祖父母和外祖父母。她几乎从不旅行，但偶尔也有这样的机会，她便养成了习惯：翻阅酒店里备的电话号码簿，查找有没有姓青豆的人家。但拥有青豆这个姓氏的，在迄今为止她到访的任何一座城市任何一个乡镇里，连一个人也没找到。每次，她都觉得自己仿佛是个孤独的漂泊者，被孤零零地抛弃在汪洋大海中。

她一直觉得自我介绍很麻烦。每次她说出姓名，对方就用奇怪或困惑的眼光注视着她。青豆女士？是的。青色的青豆子的豆，青、豆。在公司供职时不得不带着名片，于是烦心的事更多。递上名片，对方接过注视片刻，简直像出其不意地收到一份报丧的讣告。打电话时报上名字，有时对方竟哧哧地笑出声来。在政府机关办事或在医院候诊，她被喊到名字时，人们便会抬起头，想看看这位姓青豆的人究竟长了一副怎样的面孔。

不时有人弄错，喊她"毛豆女士"。她也被人喊过"蚕豆女士"。每次她都订正说："不，不是毛豆（或不是蚕豆），是青豆。不过像倒是挺像的。"对方便苦笑着道歉，说："哎呀，这个姓可真少见啊。"在这三十年的人生中，究竟听过多少次同样的台词？为了这个姓氏，曾经多少次遭人调侃？如果不是生来就姓这个，我的人生也许是另一番光景。如果是那种到处都有的姓，比如说佐藤、田中或铃木什么的，我也许会度过更轻松的人生，能用更宽容的目光审视世界。也许。

青豆闭上眼睛，倾听音乐，让管乐齐奏的美丽声音沁入脑中。忽然意识到一件事：作为出租车上的收音机，这音质好得过分。播放的音量很轻，音质却浑厚，泛音清晰可辨。她睁开眼，探身向前，看着镶在仪表板上的立体音响。机器通体漆黑，自豪地发出柔润的光泽。虽然看不出制造商，但看外表便知道是高档货。配着许多旋钮，绿色数字高雅地浮现在表盘上。大概是最高档的机器，普通的出租车不可能装这样豪华的音响设备。

青豆重新扫视车内。自从坐进来就在想心事，所以没有留意，这辆车怎么看都不像普通的出租车。内部装潢质地优良，座位也十分舒适。而且，车内非常静寂。隔音性能优越，外部噪音几乎透不进来，简直像坐在加了隔音装置的录音棚里。大概是辆私人出租车吧。这类司机中，有些在装备上不惜花钱。她微微转动眼珠，寻找营业执照，却没看到。但这不像无照黑车。安装着正规的计程器，准确地记录着车费，显示为两千一百五十元。写有司机姓名的营业执照却无处可寻。

"好车啊。安静极了。"青豆朝着司机的后背搭讪道，"这是什么车？"

"丰田的皇冠皇家沙龙。"司机简洁地回答。

"音乐听得好清楚。"

"这种车很安静。这也是我选它的理由。论隔音，丰田拥有世界上数一数二的技术。"

青豆点点头，再次靠在后座上。司机的说话方式让人心存疑惑。他常常把重要的东西留下一些不说透彻。比方说（只是比方），丰田车就隔音而言无懈可击，但其他某个方面就不无问题啦。话虽然说完了，却留下了余意未尽的、块状的小小沉默。在狭窄的车厢内，那小块像虚构的小云朵般飘来飘去，害得青豆总是心绪不宁。

"果然安静。"她像要驱走那小云朵似的开口说，"立体声音响好像也相当高级。"

"买的时候，需要决断。"司机说，那口气就像退役的参谋在谈论过去的战役，"不过您瞧，干我们这行的，得整天待在车子里，所以想听听音质尽可能好的东西。而且……"

青豆等待着下文。但没有下文。她再次合眼聆听音乐。雅纳切克是什么人，青豆并不知道。不论怎样，恐怕他没有想到自己谱写的乐曲会在一九八四年的东京，在极为拥堵的首都高速公路上，在丰田皇冠皇家沙龙安静的车厢内，被某个人听到。

可是，我怎么能一下就听出这音乐是雅纳切克的《小交响曲》呢？青豆觉得奇怪。而且，我怎么知道这支曲子是谱于一九二六年的呢？她并不是个古典音乐迷，对雅纳切克也没有特别的私人记忆。但她只听见这支乐曲起首的一节，各种相关知识便条件反射般在刹那间浮上脑际，就像一群鸟儿从大开的窗口飞进了房间。这音乐还带给青豆一种很像"扭绞"的奇妙感觉。没有痛楚和不快，只是感觉身体所有的组织似乎在一点点被物理性地拧干。青豆莫名其妙：难道是《小交响曲》把这不可理喻的感觉带给我的?

"雅纳切克。"青豆半是无意识地脱口而出。一出口便后悔了:这话不该说出来的。

"您说什么?"

"雅纳切克。写这支曲子的人。"

"我不知道这个名字。"

"是个捷克的作曲家。"青豆说。

"哦?"司机似乎很钦佩。

"您这是私人出租车吗?"青豆有意转换了话题。

"是的。"司机说,然后顿了一顿,"我一个人干。这辆车是第二辆啦。"

"座位坐着很舒服。"

"谢谢您。不过,这位客人,"司机微微扭过头来,说,"您是不是有急事?"

"我和人约好在涩谷见面,才请您走首都高速公路。"

"您约好几点钟见面?"

"四点半。"青豆说。

"现在是三点四十五分。这样可能会来不及。"

"会堵得那么严重吗?"

"看样子前方好像出车祸了。这不是普通的堵车。从刚才起几乎一点也没动过。"

这位司机为什么不听听收音机里的交通信息呢?青豆觉得奇怪。高速公路陷入了毁灭性的拥堵状态,寸步难移。一般来说,出租车司机这种时候应该调准频率收听广播呀。

"您不听交通广播就知道吗?"青豆问。

"交通广播根本不能信。"司机说,声音听上去似乎有些空漠,"那东西有一半是假话。道路公团①只播放对他们有利的消息。此时此地真正发生了什么事，我们只能靠自己的眼睛去观察，靠自己的脑袋去判断。"

"根据您的判断，这堵车一时半会儿解决不了？"

"一时半会儿不可能吧。"司机静静地点头，"我敢保证。一旦堵得这么严实，首都高速就是地狱。您的约会很重要吗？"

青豆想了一下。"嗯。非常重要。是去和客户会面。"

"那可有点麻烦。对不起——您大概要来不及啦。"

司机说着，仿佛在缓解肌肉的僵硬，轻微地转转脖子。后颈的皱纹像太古的生物般动了动。青豆不经意地望着这个动作，忽然想起挎包底部那尖细锐利的物体，手心微微渗出了细汗。

"那么，我该怎么办呢？"

"没有办法。这里是首都高速公路，到下一个出口前我们无计可施。你不可能像在普通的路上那样，在这里下车，赶到最近的车站，坐电车过去。"

"下一个出口在哪儿？"

"池尻。弄不好得一直开到傍晚，才能开到那儿呢。"

一直开到傍晚？青豆想象着自己在这辆出租车里一直被关到傍晚的情形。雅纳切克的曲子还在继续。加了弱音器的弦乐器仿佛要消除亢奋的情绪一般挤上前来。刚才那种扭绞感已经平息了许多。那究竟是怎么回事？

青豆在砧附近坐上出租车，从用贺驶上首都高速公路三号线。开始车流很顺畅，但快到三轩茶屋时忽然开始堵车，不久就几乎一动不

---

①即首都高速道路公团，负责东京及周边地区的高速公路的建设与管理。（无特殊说明，全书均为译注。）

动了。下行线畅通无阻，只有上行线悲剧性地停滞不前。下午三点后通常不是三号线上行线的拥堵时段，青豆才指示司机走首都高速公路的。

"在高速公路上，等待时间不会另外收费。"司机对着后视镜说，"所以您不用担心车费。不过要是耽误了您的约会，是不是不太好？"

"当然不好啦。但不是说无计可施吗？"

司机瞟了一眼后视镜中青豆的脸。他带着淡色的太阳镜。由于光线原因，青豆窥探不出他的表情。

"这个嘛，办法倒不是一点也没有。只不过稍有点出格，是个非常手段——从这儿也可以坐电车去涩谷。"

"非常手段？"

"这个办法有点不方便在人前说出来。"

青豆一言不发，眯起眼睛等待下文。

"您瞧，前边不是有块紧急停车用的空地吗？"司机指着前方说，"就是那儿，竖着块埃索大招牌的地方。"

青豆凝神望去，看见在双车道的左侧，辟出一块用来停放故障车辆的空地。首都高速公路没有路肩，所以随处设有这种紧急避难场所，附设黄色的紧急电话亭，可以和高速公路事务所联络。此刻这块空地上一辆车子也没停。紧挨着反向车道，路旁的楼顶上有一块大大的埃索石油广告牌，一只笑容满面的老虎手握加油管。

"其实呢，那儿有一段阶梯，供人走到下边的地上。遇到火灾或大地震，驾驶员就可以弃车逃生，从那儿爬下去。平时，维修道路的工人就从那儿爬上爬下。利用那个走下去的话，不远处就有一个私铁东急线车站。坐上电车，很快就能赶到涩谷。"

"首都高速上居然有避难阶梯，我还真不知道。"青豆说。

"一般人几乎都不知道。"

"但现在又不是紧急事态，随便去爬那个阶梯，会不会惹出什么麻烦来？"

司机顿了一顿。"是啊，道路公团的详细规则是怎么规定的，我也不清楚。但这样做并不会给别人带来不便，大概可以容忍吧。况且那种地方又没有人站岗。道路公团尽管员工很多，但真正干活的人少得可怜。他们就是凭这个名扬天下的嘛。"

"那阶梯是什么样？"

"这个嘛，和火灾的逃生梯很像。喏，就是那种老式楼房背面常常能看到的梯子。并不是特别危险。大概有三层楼那么高吧，不算难爬。入口处倒是有一道栅栏，但不高，只要您想翻，一下子就能翻过去。"

"您自己爬过那个阶梯吗？"

没有回答。司机只是在后视镜中淡淡一笑。那是寓意无穷的微笑。

"总之，您自己决定。"司机和着音乐节奏，用指尖轻轻地叩击着方向盘，说，"坐在这儿，悠闲地欣赏音质上佳的音乐，对我来说是没关系的。反正再怎么努力，咱们也不可能脱身。到了这个份上，就只能听天由命啦。我只是说，如果您有急事，也不是没有非常手段。"

青豆微微皱起眉，看了一眼手表，然后抬头望着周围的汽车。右边有一辆蒙着白乎乎一层薄尘的黑色三菱帕杰罗。坐在副驾驶座的年轻男子打开车窗，百无聊赖地抽着烟。长头发，晒得黑黑的，身穿深红防风外衣。货厢里装着好几块肮脏的冲浪板。再往前停着一辆灰色的萨博九〇〇，有颜色的玻璃窗关得严严实实，看不出里边坐的是什么人。车蜡打得锃亮，走近了足以映出人脸。

青豆乘坐的出租车前边，是一辆后保险杠瘪下去的练马区车牌的红色铃木奥拓。一位年轻的母亲手握方向盘，幼小的孩子无聊地站在座位上扭来扭去。母亲似乎很不耐烦地在警告孩子，隔着玻璃窗可以读出她的唇型。这光景和十分钟前一模一样。在这十分钟内，车子恐怕前进了不足十米。

青豆思前想后，把各种要素按照先后顺序，在脑中整理了一番。没花多长时间就得出了结论。雅纳切克的音乐也与之相伴，进入了最后的乐章。

青豆从挎包中取出小巧的雷朋太阳镜，戴好，再从钱包里抽出三张千元纸币，递给司机。

"我就在这里下车。不能迟到。"她说。

司机点头，收下钱。"您要收据吗？"

"不用了。零钱也不用找了。"

"那太谢谢了。"司机说，"风好像很大，请您当心脚下，别打滑。"

"我会当心的。"青豆答道。

"另外，"司机对着后视镜说，"有一件事想请您记住：事物往往和外表不一样。"

事物往往和外表不一样。青豆在脑中重复了一遍，微蹙眉尖。"什么意思？"

司机字斟句酌地说："就是说，现在您要去做一件非同一般的事，不是吗？大白天从首都高速公路的避难阶梯爬下去，这样的事普通人一般不会做。女人尤其不会。"

"大概吧。"青豆说。

"那么，一旦做了这样的事，往后的日常风景，该怎么说呢，看上去也许会和平常有点不一样。我也有过这样的经验。但是，不要被外表迷惑。现实永远只有一个。"

青豆思索了一会儿司机的话。在她思忖之际，雅纳切克的音乐演奏完毕，听众马上开始鼓掌。播放的大概是某处音乐会的录音。长久而热情的掌声，不时还能听见喝彩声。青豆眼前浮现出指挥家面带微笑向起立的观众一次次鞠躬的光景。他仰起脸，举起手，和首席小提琴手握手，又转过身，举起双臂赞美全体乐手，再转身向前，又一次深深鞠躬。长时间地倾听，渐渐感觉那不像掌声，竟像在聆听无休无止的火星沙暴。

"现实永远只有一个。"像给书中一段重要的话画上着重线，司机缓缓地重复道。

"那当然。"青豆说。诚如所言。一个物体，在一个时间点，只能存于一个场所。这已由爱因斯坦证明。现实始终是冷澈的，始终是孤独的。

青豆指着车内立体声。"音质非常好。"

司机点头。"作曲家叫什么名字来着？"

"雅纳切克。"

"雅纳切克。"司机重复道，仿佛在背诵重大的暗号，然后扯动拉杆，打开后座的自动车门，"一路顺风。希望您能赶上约会。"

青豆提着皮质大挎包，下了车。收音机里的掌声依然响个不停。她沿着高速公路边缘，朝着十米外的紧急避难处小心翼翼地走去。每当反向车道有载重卡车驶过，路面便在高跟鞋底下微微震动。与其说是地面在震动，不如说更接近波涛的汹涌，就像行走在漂浮于巨浪浪尖的航空母舰的甲板上。

坐在红色铃木奥拓上的小女孩，从副驾驶座的车窗探出小脸，嘴巴张得大大的。她望着青豆，然后扭过头问母亲："哎，哎，那个女的在干什么呢？她要到哪儿去？我也想出去走走嘛。哎，妈妈，我也要到外面去。妈妈，妈妈！"她执拗地大声央求。母亲只是无言地摇头，用责备的目光瞥着青豆。这是周围发出的唯一声音，是映入眼帘的唯一反应。其余的驾驶者们只是抽着香烟，眉头微皱，目光追逐着她毫不犹豫地迈步走在护壁与车列之间，仿佛看着一个炫目的东西。他们似乎不急着下判断。就算车不动，有人行走在首都高速公路上也不是常见的事。要将它作为现实的景象认知并接受，得多少花些时间。如果行走的是一位身穿迷你裙、脚蹬高跟鞋的年轻女子，就更是如此了。

青豆收紧下巴直视前方，挺直后背，浑身感受着周围的视线，步履坚定地走着。栗色查尔斯·卓丹高跟鞋在路面上敲击出枯燥的声响，风荡起风衣的下摆。已进入四月，但是风依旧冷冽，蕴蓄着狂野的预兆。她在"岛田顺子"绿色毛料薄套装外穿了件米色春季风衣，肩挎黑色皮质挎包。垂到肩膀的头发修剪整齐、保养精心。首饰之类的一律不戴。身高一米六八，几乎一点赘肉也没有，所有的肌肉都经过细心打造，但隔着风衣，别人却无缘知晓。

从正面仔细观察她的脸，就会发现两只耳朵的大小相差很多。左耳远远比右耳大，形状有点歪。但谁也不会注意这些，因为耳朵总是隐藏在头发下面。嘴巴抿成笔直的"一"字，暗示着桀骜不驯的性格。窄小的鼻子、微凸的颧骨、宽阔的前额、长而直的眉毛，则分别给这个倾向投上一票。然而一张鹅蛋脸还算端正。就算人各有所好，也基本可以说她是美女。问题是面部表情极其贫乏。紧闭的双唇除非万不得已，绝不会浮出一丝笑意。两只眼睛像优秀的甲板监视员，冷峻，从不懈怠。所以，她的脸庞几乎从未给人留下鲜明的印象。多数情况下，吸引人们关注的，与其说是处于静态时的相貌好坏，不如说是神采灵动时的优雅自然。

一般人都把握不住青豆的相貌。一旦移开视线，就描绘不出她是什么模样。按理说，她长着一张有个性的脸，但不知何故，别人脑中却不会留下细部的特征。在这层意义上，她就像善于巧妙拟态的昆虫。改变颜色和形状潜藏进背景之中，尽量做到不引人注目，不让别人轻易记住，这正是青豆梦寐以求的。从孩童时代起，她就一直这样保护自己。

但如果因为什么皱起脸，青豆那张冷峻的脸就会发生堪称戏剧性的巨变。面部肌肉各行其是，无序地左右抽搐上下拉拽，极端地强调两颊的扭曲之态。满脸堆起深深的皱纹，眼睛利落地凹下去，鼻子嘴巴粗暴地歪斜，下巴扭曲，嘴唇上翻，露出白森森的大牙。于是像面具的扣襻断裂、忽然从脸上掉落一般，她在瞬间变得判若两人。目睹这样恐怖的变脸，对方无不魂飞魄散。那是从平淡之境朝着恐怖深渊的骇人飞跃。因此她小心翼翼，绝不在陌生人面前皱起脸。她变脸，只限于自己独处时，或威吓讨厌的男人时。

到达那块用来紧急停车的空地，她驻足四望，寻找避难阶梯。立刻发现了目标。正像司机说的，入口处设有比腰略高的铁栅，门紧锁着。穿着紧身迷你裙翻越这道铁栅有点麻烦，但只要不在乎众人的眼光，也不是难事。她毫不犹豫地脱掉高跟鞋，塞进挎包。光脚走的话，这双连裤袜大概算完了，但这种东西随便到哪家店里买一双就行。

众人无言地注视着她脱去高跟鞋，又脱去风衣。作为背景音乐，从停在附近的黑色丰田赛利卡敞开的车窗中传来迈克尔·杰克逊高亢的歌声，是《碧丽·珍》。简直就像站在脱衣舞台上嘛，她想。好啊。仔细瞧着好了。一定堵得无聊极了吧？可是各位，我只脱到这里啦。今天只脱高跟鞋和风衣。对不起各位啦。

青豆把挎包斜挎在肩上，以防掉落。刚才乘坐的那辆崭新的丰田车停在远处，在午后阳光的照耀下，挡风玻璃像镜子般反射出耀眼的光芒。看不见司机的脸，但他肯定注视着这里。

不要被外表迷惑。现实永远只有一个。

青豆大大地吸了口气，再大大地呼出去。然后耳朵追逐着《碧丽·珍》的旋律，翻过了铁栅。迷你裙一直翻到腰际。管它呢，她想。想看就看。就算看见了裙子底下，也别想看透我这个人。何况修长美丽的双腿，正是全身最令青豆自豪的地方。

下到铁栅对面，青豆理好裙子下摆，拂去手上的灰尘，重新穿上风衣，把挎包背好，把太阳镜往上推了推。避难阶梯就在眼前，是涂成灰色的铁梯子。简朴的、事务性的、只追求功能性的阶梯。绝不是给脚上仅有一双连裤袜、穿着紧身迷你裙的女子上下的。岛田顺子也不是为了在首都高速三号线的避难阶梯爬上爬下而设计这套西装的。载重卡车驶过反向车道，把阶梯震得瑟瑟颤动。风呼啸着吹过铁骨间。不过，反正阶梯就在那里。剩下的只是朝着地面走下去而已。

　　青豆最后一次回头看，用演讲结束后仍留在讲台上等待听众提问的演讲者的姿态，从左向右，再从右向左，扫视了一遍路上密密麻麻的车阵。车阵从刚才起没有向前移动半分。人们被困在那里，无所事事，只好守望着她的一举一动。这个女人到底想干什么？他们很奇怪。满心好奇与毫无兴趣、羡慕与轻蔑交织的视线，倾注在翻到铁栅对面的青豆身上。他们的感情像不稳定的天平，无法倒向任何一侧，摇摇晃晃摆个不停。凝重的沉默低垂下来，笼罩四周。甚至没人举手提问。（当然，就算提问，青豆也无意回答。）人们只是无言地等待永远也不会造访的机缘。青豆轻收下颌，咬着下唇，透过深绿色的太阳镜，把他们大致品味了一番。

　　我是谁，现在要到哪儿去，去干什么，你们肯定没法想象。青豆嘴唇一动不动地对他们说。你们被囚禁在这里，哪儿也去不成。既不能前进，也不能后退。但我不同。我有工作得去处理。我有必须完成的使命。所以先告辞啦。

　　青豆最后很想对着在场的众人狠狠皱起脸，但好不容易控制住了自己。她没有时间做这种无聊的事。一旦变脸，再恢复原状颇费时间。

　　青豆无言地转身背对观众，脚底感受着钢铁那粗鲁的冷意，然后小心翼翼地顺着避难阶梯往下走。刚迎来四月的冷冽的风吹拂着她的头发，不时露出有点歪的左耳。

第2章 天吾
另有主意

　　天吾最早的记忆是一岁半时的。母亲脱去衬衫，解开白色长衬裙的肩带，让一个不是他父亲的男人吮吸乳头。婴儿床上有个男婴，那大概就是天吾，他把自己当作第三者进行观察。也许那是他的孪生兄弟？不，不对。躺在那儿的大概就是一岁半的天吾自己。他凭直觉知道是这样。男婴闭着眼睛，呼吸细匀地睡着。对天吾来说，这是他人生最初的记忆。那大约十秒钟的情景，鲜明地烙印在意识中。既无前因又无后果。仿佛被洪水淹没的街市上的尖塔，这段记忆孤零零地，在滚滚浊流中探出头来。

　　只要一有机会，天吾就向周围的人打听：您能回忆起来的人生最早的情景是几岁时的事？许多人只能想起四五岁时的记忆。最早的也不过三岁。更早的例子一个也没有。看来孩童能把周围的情景作为有一定逻辑性的事物进行观察并认识，似乎至少要到三岁以后。在此之前，所有映入眼帘的情景只是不可理解的混沌状态。世界像一锅稀粥，黏糊糊地没有骨骼，无从把握。它还未在脑中形成记忆，就从窗外一掠而过。

不是父亲的男人吸吮母亲的乳头这一幕的意义，一岁半的幼儿当然无从判断。这一点很明确。所以，如果天吾这段记忆真切无误，他一定是未作任何判断，只是把目击的场景原样烙印在视网膜上。如同照相机把物体单纯地当作光和影的混合体，机械地记录在胶片上。于是随着意识的成长，这保留并固定下来的影像一点点得到解析，被赋予意义。但是，这种事在现实中到底是否会发生？在幼儿脑中保存这种影像是否可能？

或者这只是伪造的记忆？一切都是他的意识在事后为了某种目的和企图，随意虚构出来的？这种可能性，天吾也充分考虑过，并得出了"恐怕不是"的结论。如果说是虚构的，这段记忆未免过于鲜明，过于有说服力了。其间的光线、气味、心跳，这些真实感强大难拒，无法认为都是赝品。而且，假定这种情景果真存在，什么事都能顺理成章地解释，不论是从逻辑还是从感情的角度。

这段长度约为十秒的鲜明影像，常常突如其来地出现在眼前。既无征兆，又无犹豫，连个敲门声也没有。有时是正坐在电车上，有时是正在黑板上书写算式，有时是正在吃饭，有时则正在和谁对坐交谈（比如说就像这次）。它说来就来忽然造访，像无声的海啸，排山倒海地汹涌而至。等回过神来，它已经矗立在眼前，手脚已经麻痹，时间长河忽然断流，周围的空气变得稀薄，呼吸无法正常进行。四周的人和物悉数化作和自己无关的东西。那道液体的高墙将他全身吞噬。尽管感觉世界被锁进黑暗，意识却并不因此模糊，只是迅速转换轨道，某些部分甚至变得更为敏锐。没有恐惧，却睁不开眼。眼睑被牢牢地闭锁，四周的声响也渐渐远去。那熟悉的影像于是一次又一次被投映在意识的屏幕上。周身汗水喷涌，他清楚地感觉到腋下的衬衣渐渐变湿。全身开始微微颤抖，心跳加速，加剧。

如果有别人在，天吾会假装忽然晕眩。实际上，这和忽然的晕眩的确非常相似。只要过一小会儿，一切就会恢复正常。他从口袋里拿出手帕，掩住嘴巴一动不动，举手示意对方：没事，不必担心。有时可能三十秒就平复了，也有持续超过一分钟的情形。其间，相同的影像自动地反复播放，比作录像带的话就像锁定在了重播状态。母亲解开长衬裙的肩带，一个陌生男人吸吮她勃起的乳头。她闭上眼，大口喘息。母乳令人怀念的香味微微飘溢。对婴孩来说，嗅觉是最为敏锐的器官。嗅觉教会他许多，有时甚至教会他一切。他听不见声音。空气是黏糊糊的液体。他能听见的，只有自己柔嫩的心音。

看着它！他们说。只许看着它！他们说。你就在这里，除了这里，你哪儿也去不了！他们说。这些信息被一次又一次地重复。

这次的"发作"持续了很久。天吾闭着眼睛，像往常一样，用手帕堵着嘴，紧咬牙关。不知道持续了多长时间，只有等一切都过去，才能根据身体的疲乏程度来估测。身体消耗得非常厉害。第一次感到如此疲倦。等了很长时间，眼睛才能睁开。尽管意识在争取尽早清醒，肌肉和内脏系统却抗命不从。就像冬眠的动物弄错了季节提前醒来一样。

"喂喂，天吾君！"有人从刚才起就一直在呼唤。那声音仿佛从横穴的深处隐隐传来，天吾猜到是在呼喊自己。"怎么啦？老毛病又犯了？要紧吗？"那声音说。这次稍微靠近了。

天吾终于睁开双眼，调准焦点，凝视自己紧握着桌边的右手。确认了这个世界仍然存在并未崩溃，自己也依然故我完好无损。麻痹感还残留未退，可放在那儿的确实是自己的右手。还传来了汗味。是在动物园的兽栏前闻到的那种奇怪而粗野的气味。但不容置疑，那是自己发出的气味。

喉咙干渴。天吾伸手拿起桌子上的玻璃杯，小心翼翼地不让水泼洒出去，喝了半杯。休息片刻，调整呼吸，再把剩下的半杯喝光。意识渐渐回归原处，身体感觉恢复如初。他把空杯子放下，用手帕擦拭嘴角。

"对不起。已经没事了。"他说着，确认相对而坐的人是小松。两人正在新宿车站附近的咖啡馆里商量事情。周围的交谈声听上去也和普通的谈话一样了。坐在邻桌的两个客人诧异地望着这边，不知道发生了什么。女服务生面露不安的神情，站在旁边，也许担心他会在座位上呕吐。天吾仰起脸，冲着她微微一笑，点头致意。仿佛在说：没问题，不必担心。

"是不是什么老毛病犯了？"小松问。

"没什么大不了。就是忽然感到晕眩。只是有点吃力。"天吾说。声音听上去还不像自己的，不过有些接近了。

"要是在开车时发生这种事，可不得了。"小松注视着天吾的眼睛，说。

"我不开车。"

"那就好。我有个熟人，得了杉树花粉症，正开着车呢，忽然打起喷嚏来，一下子撞上了电线杆。不过天吾君，你这毛病可比喷嚏厉害多啦。第一次真把我吓了一大跳。到了第二次，多少也习惯了一点。"

天吾端起咖啡杯，喝了一口里面的东西。没有任何滋味。只是温乎乎的液体穿过喉咙。

"要不要再来一杯水？"小松问。

天吾摇摇头。"不用了。我已经好了。"

小松从上衣口袋中掏出一盒万宝路，把香烟叼在口中，用店里的火柴点燃。然后飞快地瞟了手表一眼。

"对了，刚才我们在谈什么？"天吾问。必须赶快恢复正常状态。

"是呀，咱们在谈什么来着？"小松说着，抬起眼思考了一下，或者说装出思考的模样。究竟是哪一种，天吾也不清楚。小松的动作和言语中有不少演戏的成分。"啊，对了，刚打算谈谈深绘里这个女孩，还有《空气蛹》。"

天吾点点头。是在谈论深绘里和《空气蛹》。正想向小松说明时，"发作"忽然袭来，谈话就中断了。天吾从提包中取出一叠小说原稿复印件，放在桌子上。把手放在原稿上，再次体味那种感觉。

"在电话里，我简单地和您说过了。这篇《空气蛹》最大的长处，就是它不模仿任何人。作为新人习作，它没有丝毫'想像谁'的成分，这非常罕见。"天吾慎重地斟词酌句，"文章的确还很粗糙，选词用字也很稚拙。就说标题吧，便把'蛹'和'茧'混为一谈。如果成心挑刺儿，恐怕还能找出好多缺点。可是，这部作品里至少有某种吸引人的东西。虽然整个情节充满了虚幻性，细节描写却栩栩如生。这种平衡把握得极好。像独创性必然性这样的词，用在这里合不合适，我不敢说。如果有人说它还没达到这样的水准，或许也对。不过你磕磕巴巴地读完它，肯定会留下沉静的感受。哪怕那是令人不快、难以言喻的奇异感受。"

小松一言不发地注视着天吾，示意他说得更详细些。

天吾继续说道："我希望不要仅仅因为文字稚拙，就轻易把这部作品从初选中筛下去。这几年来，作为工作，我阅读了大量的应征稿件。当然，说是阅读，还不如说是粗略地翻翻。其中既有写得相对不错的作品，也有根本不值一提的作品——当然是后者居多。总之，我阅读过这么多作品，能让我有感觉的，这个《空气蛹》还是第一篇。而让我读完后还想从头再读一遍的，这也是第一篇。"

小松哼了一声，然后毫无兴趣似的喷出一口烟，嗫起嘴。但根据绝不算少的和小松打交道的经验，天吾不会轻易被这外在的表情蒙蔽。

此人往往会浮现出和真实想法无关的，甚至截然相反的表情。所以天吾耐心地等待对方开口。

"我也读过了。"小松隔了一段时间，才开口说，"接到你的电话，我马上把原稿读了一遍。呃，写得真叫糟糕透啦。助词用得乱七八糟，文章写得不知所云。先别忙着写什么小说，我看得好好打实基础，先学学怎样写文章才行啊。"

"但是您一口气读到了最后。对不对？"

小松微笑了。那仿佛是从平时从不打开的抽屉深处拽出来的微笑。"是啊。你没说错。我一口气读到了最后。连自己都觉得惊奇。我居然会把一部新人奖应征作品从头读到尾，绝无仅有啊。何况有些部分还一读再读。这简直堪比九大行星连珠啊。这一点我承认。"

"这说明其中的确'有点什么'，不是吗？"

小松把香烟放在烟灰缸上，用右手中指搓了搓鼻翼。却没有回答天吾的提问。

天吾说："这个孩子只有十七岁，是个高中生。她只是没有接受过阅读和写作小说的训练。想夺取这次新人奖，也许的确很难。但值得保留到最后一轮评选。这种事，只要您一句话就可以定下来，对吧？要是这样，下一次就有机会了。"

小松再次哼了一声，似乎很无聊地打了个呵欠，然后喝了一口水。"喏，天吾君，你好好想一想啊。你把这么粗糙的东西留到最后一轮试试！那些评委大人不吓一大跳才怪呢。恐怕还得暴跳如雷。首先连读都不可能读完啊！四名评委都是处于创作高峰期的作家，个个忙得不可开交。翻上两页就会甩到一边去。嘴里还得说：这东西简直是小学生写的作文！就算我点头哈腰，满腔热情地解释这是一块有待打磨的璞玉，又有谁肯听呢？就算我说得上话，我还想先留着，遇到更有希望的作品时再说呢。"

"这么说，您是打算把它简单地刷下去了？"

"我可没说。"小松一面搓着鼻翼一面说，"关于这部作品，我另有一个小小的主意。"

"另一个小小的主意？"天吾说。他从中听出了一丝不祥的余韵。

"你说寄望于下一次。"小松说，"我当然也愿意期望。付出时间精心培育青年作家，这是当编辑的一大喜悦。环视清澄的夜空，第一个发现新星，自然令人兴奋。但说老实话，我觉得这孩子大概不会有下一次。我虽然愚钝，也在这一行里混了二十年，亲眼见过各色各样的作家热闹登场又悄然离去。至少看得出来什么人有下一次而什么人没有。所以啊，要让我说，这个孩子是没有下一次的。你别不高兴：下下一次也没有。下下下一次也不会有。首先，她这种文章不是花时间刻苦钻研就能提高的东西。你等上多长时间也没用，只是白等一场。为什么这么说，因为啊，作者自己根本没有一丝一毫的念头想写出好文章，或想努力学会把文章写好。文章这东西，要么是天生就有文才，要么是死命努力学会的。但深绘里这孩子，和这两者都沾不上边。就像你看到的，没有天生的才华，好像也没有努力的打算。我不知道为何会这样，不过，她显然对文章这东西毫无兴趣。的确，她有想讲故事的愿望，似乎还相当强烈。这一点我承认。这种愿望以原始的形态吸引了你，也让我把原稿一口气读完。换个角度来看，不妨认为这很了不起。尽管如此，作为小说家，她却毫无前途。连臭虫屎大的前途都没有。可能要让你失望了，但我是根据实情来说的，实情就是如此。"

天吾想了想，觉得小松的见解也不无道理。不管怎样，小松有编辑的悟性。

"不过，给她一个机会总不算坏事吧？"天吾说。

"你的意思是把她扔进水里，看看她是浮起来还是沉下去？"

"说得直白点，就是这个意思。"

"这么多年来，我干过太多的杀生之举。不想再看见有人淹死。"

"那我的情况又如何呢？"

"你至少在努力。"小松谨慎地说，"据我所见，你从不随便应付。而且对写文章这门手艺活态度极为谦虚。为什么呢？因为你喜欢写文章。我对这一点也很看好。喜欢写作，这对想当作家的人来说，是最为重要的资质。"

"但单凭这个还不够。"

"当然，单凭这个还不够，还必须有'某种特别的东西'。至少必须有某种我参不透的东西。我这个人啊，就小说而言，最看重的就是我参不透的东西。能参透的东西，我会觉得兴味索然。其实这是理所当然。单纯极了。"

天吾沉默片刻，问："深绘里写的东西里，有您参不透的东西吗？"

"是啊，当然有。这孩子拥有某种重要的东西。我不知道那是什么，但她肯定拥有。这一点毋庸置疑。你也明白，我也明白。那就像在无风的午后从火堆里冒出的烟，谁都一目了然。可是天吾君，这孩子拥有的东西，只怕她自己无力承受。"

"就算把她扔进水里，也不可能浮起来？"

"完全正确。"小松说。

"所以就不保留到最后一轮了吗？"

"问题就在这里。"小松说，然后歪着嘴唇，在桌上合拢双手，"所以我不得不谨慎地挑着字眼说话啊。"

天吾端起咖啡杯，凝视着里面的东西，然后放回原处。小松仍然一言不发。天吾说："您说的另一个小小的主意就浮上脑际了，对不对？"

小松仿佛一个教师面对成绩优秀的好学生，眯起眼睛，慢慢地点点头。"正是。"

小松这个人总有点让人摸不透。他在想些什么，他的感受如何，从他的表情和声音中很难轻易解读。他似乎也乐于把别人弄得迷惑不解。头脑的确灵活。属于毫不在乎别人的想法、只按照自己的逻辑来想事情下判断的类型。不会不必要地炫耀自己，却博览群书，知识全面而细致。不仅如此，还独具慧眼，能凭直觉看穿他人、看透作品。其中多有偏见，不过对他而言，偏见也是真实的重要因素之一。

他原本不是个多言的人，遇事讨厌多费口舌，但必要时，却能口齿伶俐、逻辑清晰地陈述己见。只要他愿意，也可以言语辛辣。一句话就说中对方的要害。无论对人还是作品，他的偏好都很鲜明，不能容忍的人和作品比能容忍的远远要多。当然，别人对他也一样，不抱好感的要远远多于抱好感的。不过这恰恰是他想要的。在天吾看来，小松更喜欢孤立，甚至享受被人疏远或明显被人厌恶的状态。精神的锐利不可能产生于舒适的环境中。这就是他的信条。

小松比天吾年长十六岁，将满四十五。一直从事文艺杂志的编辑工作，在业界是小有名气的好手，但他的私生活却无人知道。就算在工作上有往来，他也从不与人谈及私事。他在哪儿出生长大，现在家住哪里，天吾一无所知。即使与他长谈，这种事也绝对不会成为话题。给人的第一印象这样差，和人也没有像样的交往，又常常一开口就轻侮文坛，这样的人居然还能讨到稿子！别人都百思不解，他本人却似乎不费力气，如有需要，著名作家的稿子也容易到手。有好几次全亏了他，杂志才总算保全体面。因此大家尽管不喜欢他，也对他另眼相待。

传言说，小松在东京大学文学部读书时，正赶上一九六○年的安保斗争①，而他正是学生运动中干部级的人物。据说桦美智子遭警察殴打至死时，他就在近旁，也伤得不轻。这种说法不知是真是假。不过他身上的确有某种东西，让人不禁觉得"此说有理"。他长得又高又瘦，嘴巴很大，鼻子却很小，手长腿长，指尖染着尼古丁的污秽，总让人想起十九世纪俄罗斯文学里登场的落魄革命家型知识分子。他不苟言笑，但一笑起来，整张脸就满是笑容。即便如此，看上去似乎也不太高兴。怎么看都像个久经磨炼的魔法师，一边准备了不祥的预言一边暗中高兴。虽然仪容整洁注重修饰，但大概要向全世界宣告自己对服装全无兴趣，永远穿相同式样的衣服：粗花呢西服上衣，配牛津棉白衬衫或浅灰Polo衫，不系领带，灰色裤子，绒面革皮鞋。这就像他的正式行头。大概半打颜色、质地和图案大小略有不同的粗花呢三扣西服上衣，刷得干干净净挂在家中衣橱里的情形，仿佛就在眼前。为了方便区分，没准还编上了号。

小松像细铁丝般坚硬的头发，前发稍稍开始变白。头发鬈曲，几乎盖住耳朵。奇怪的是，长度永远保持在一周前就该去理发的程度。怎么做才能一直这样？天吾不知道。他的目光不时像闪烁在冬季夜空的星辰一般，锐冽地闪亮。而一旦有事沉默不语，他便像月球背面的岩石似的，永远沉默。表情几乎完全消失，连体温仿佛也丧失了。

天吾和小松相识是在约五年前。他投稿应征小松担任编辑的那家杂志的新人奖，进入了最后一轮评选。小松打来电话，说想见面聊聊。两人在新宿的咖啡馆（就是此刻这家咖啡馆）会面。小松告诉天吾，这次你的作品想得到新人奖大概不可能（果然没得到），不过我个人很喜欢。"我不是打算卖人情给你，不过你要知道，我极少这样对人

---

① 1960年1月，日美签署新《日美安保条约》，日本民众因此掀起战后最大规模的社会运动。下文中的桦美智子即是当年6月此次运动的冲突中被打死的东京大学女生。

说话。"（当时天吾并不知道这话千真万确。）小松又说：所以你下一部作品写出来后，我想第一个读到。我会这么做的，天吾说。

小松还想了解天吾是什么样的人，家教如何，现在从事什么工作。天吾能回答的尽量都据实回答。生长于千叶县市川市。母亲在天吾出生不久后便病逝了。至少父亲是这么说的。没有兄弟姐妹。父亲后来没有再婚，独自将天吾带大。父亲从前担任 NHK 的视听费收款员，现在身患阿尔茨海默症，住在房总半岛南端的一家疗养院里。天吾毕业于筑波大学一个名字十分奇妙、叫作"第一学群主修自然学类数学"的学科，一面在代代木的某补习学校当数学教师，一面写小说。毕业时他本来可以就职，去当地的县立高中当教师，却选择了做工作时间相对自由的补习学校教师。独自住在高圆寺一所小公寓里。

自己是否真的渴望成为职业小说家，天吾不清楚。自己有无写小说的才华，这也不清楚。心中清楚的只有一个事实：每天非得写小说不可。写文章对他来说，就如同呼吸一样。小松并不发表感想，而是静静地听着天吾说话。

不知是什么缘故，小松似乎很器重天吾。天吾体格魁梧（从初中到大学都是柔道部的中坚力量），长着一双早起的农夫那样的眼睛。头发剪得很短，肤色永远像被太阳晒黑了，耳朵状似花椰菜，圆乎乎皱巴巴的。整个人既不像文学青年也不像数学教师。大概正是这种地方让小松喜欢。天吾一写出新的小说，就拿去给小松看。小松读后将感想告诉他。天吾按照他的忠告进行修改。再将改好的稿子拿过去，小松针对新稿给出新的指示。就像教练把难度一点点提高一样。"你这种情况可能得慢慢来。"小松说，"但不必心急。定下心每天不间断地写下去。写出的东西尽量收好，不要扔掉。以后也许能派上用场。"我会这么做的，天吾说。

小松还拿些琐细的文稿工作让天吾做。是为他们出版社的女性杂志撰写不署名的稿子。从修改投稿，到电影和新书的简单介绍，甚至占星算命的文稿，天吾来者不拒一一完成。他全凭灵机一动写出的星座占卜，居然由于常常说中而出名。他写道："当心早间地震。"那天早晨果真发生了地震。这样的副业可以带来外快，又能当写作练习。自己写的文章不管是以何种形式印刷出来摆在书店里，都是令人喜悦的事。

天吾不久还得到了为文艺杂志新人奖预读来稿的工作。他还在应征新人奖，却又在预读其他候选作品，真叫怪事，但他并不介意自身处境的微妙，公正地判读这些作品。阅读过堆积如山的糟糕透顶、无味之极的小说，他对什么叫糟糕透顶、无味之极，自然有了切身的认识。他每次都要阅读一百多篇小说，从中选出十几篇能读出点意思的，拿给小松。每篇都附上写有感想的纸条。最终有五篇小说进入最后一轮评选，由四位评委从中选出新人奖。

除了天吾，还有其他担任预读的打工者，而除了小松，还有几位编辑负责预审。虽然尽量做到公正，但也不用太较真。不论总数如何多，多少有点看头的作品，最多不过两三篇，不管谁去读都绝无遗漏的可能。天吾的作品曾经三次入选终审。当然他绝不至于挑选自己的作品，是另两位预读者，还有编辑部负责预审的小松留下的。这些作品最终并未获得新人奖，但天吾并不灰心。理由之一就是小松说的"不必心急，慢慢来"深深烙在了心里，而且他也不想立刻成为小说家。

调整好讲课时间，一周就有四天可以待在家里做自己喜欢的事。天吾连续七年在同一家补习学校当老师，在学生中声誉颇佳。因为他讲课扼要得体，绝不拖泥带水，不管什么问题都能马上回答。连天吾都吃惊的是，自己居然还很有口才，不仅说理透彻，声音也洪亮，还能讲些笑话活跃教室气氛。当教师以前，他一直以为自己拙于言辞。

直到现在，和别人面对面地交谈时他还是紧张，甚至会语塞。几个人在一起的时候，他总是负责倾听。但一站在讲台上，面对不特定的多数听众，大脑却变得明朗澄澈，嘴上流利地说个不停。人这东西，真是捉摸不透啊。天吾重新认识了自己。

他对工资没有怨言。算不上高收入，但补习学校是按照能力支付报酬。定期让学生对老师进行评定，获得高分的话待遇也会相应提高。因为他们害怕优秀教师被其他学校挖走（实际上猎头公司曾多次找上门来）。普通学校就不可能这样了，工资得按照资历长短决定，私生活得由上司管理，能力和人气没有任何意义。天吾很喜欢补习学校这份工作。学生大半抱着报考大学的明确目的来到教室里，热心地听课。老师去教室教书即可，其他的一律不必过问。这对天吾来说难能可贵。不必为学生品行不良或违反校规之类的问题头疼，只要站在讲台上讲授数学题的解法就行，而使用数字这种道具推演纯粹的概念，本是天吾天生的拿手好戏。

待在家里时，他一大早便起床，基本直到傍晚都在写小说。万宝龙钢笔、蓝墨水和四百格的稿纸，只要有它们，天吾就觉得心满意足。每周一次，已是有夫之妇的女朋友到他的房间来，两人共度一个下午。和年长十岁的有夫之妇做爱，虽然没有未来却也轻松快活，内容也很充实。傍晚来一次长长的散步，天黑后便一个人边听音乐边读书。不看电视。NHK的收款员来收费时，他礼貌地拒绝说：对不起，我没有电视。真的没有。您可以进来查一查。不过他们没进来过。NHK的收款员禁止进入人家的房间。

"我在考虑的，是件更大一点的事。"小松说。

"更大一点的事？"

"对。什么新人奖之类，这种小玩意儿提也别提。既然要干，咱们就找个大的下手。”

天吾不语。小松的意图不明。但他感觉其中有种令人不安的东西。

“芥川奖呀。”小松略一停顿，说。

“芥川奖。”天吾仿佛在潮湿的沙地上用短棍书写汉字，将对方的话重复了一遍。

“芥川奖。尽管你不谙世事，这个总知道吧？报纸上满篇都是，电视新闻也要报道。”

“喂，小松先生，我听不懂您在说什么。我们不是在谈论深绘里吗？”

“是呀，我们正在谈论深绘里和《空气蛹》。应该没有其他议题。”

天吾咬着嘴唇，想读懂他背后的意思。“可是，我们不是一直说，这篇作品连夺取新人奖都不可能吗？照眼下这种样子，不是说无计可施吗？”

“就是啊，照眼下这种样子，的确无计可施。这是明摆着的事实。”

天吾需要时间进行思考。“您是说，要对应征稿进行修改？”

“没有别的办法啊。对有希望的应征作品，编辑提出建议让作者改写，这种事很常见，并不稀罕。不过这一次不是由作者自己，而是由别人来改写。”

“什么人呢？”天吾问，其实在张口前，他就知道答案了，只是为了慎重起见问问而已。

“由你来改写呀。”小松说。

天吾在寻找词儿，却找不到合适的。他喟然长叹，说：“不过，小松先生，这篇作品如果只是小修小改，根本无济于事。恐怕得从头到尾彻底重写一遍才行。”

“当然要从头到尾彻底改造。故事骨架还用原来的，文体氛围也尽量保留。但文字差不多得全换掉。所谓脱胎换骨啊。具体的重写由你负责，我负责整体的运作。"

"这种事情能成功吗？"天吾仿佛在自言自语。

"你听好了。"小松拿起小茶匙，像指挥家用指挥棒指定独奏者一般，指向天吾，说，"这个名叫深绘里的孩子身上有种特别的东西，只要读了《空气蛹》就一清二楚。这种想象力非同小可。遗憾的是，她的文章一塌糊涂，不可救药。而你会写文章，素质极好，感受性强。虽然长得人高马大，文章却写得理性而纤细，也有足够的气势。但和深绘里正好相反，你还没搞清楚应该写什么。因此往往看不见故事的主干。你应该描写的东西，肯定牢牢地隐藏在你心里。它却像胆怯的小动物，躲进深深的洞穴里，死活不肯出来。明知它就躲在洞穴深处，但它不出来，你就抓不住。我说别心急慢慢来，就是这个意思。"

天吾在塑料椅上笨拙地改变一下姿势，一言不发。

"事情很简单。"小松微微地挥动小茶匙，继续说，"只要把这两个人合为一体，拼凑出一个新作家来就行。在深绘里粗糙的故事里，由你来添加完美的文字。这是十分理想的搭档。你具备足够的实力，我不是正因如此，才在个人层面一直支持你吗？对不对？剩下的事全交给我好了。只要我们同心协力，什么新人奖根本不在话下。就是芥川奖，也是唾手可得的事。我在这个行业里这么多年，也不是白吃饭的。这种事情该如何处理，我可是无所不知啊。"

天吾微微张开嘴巴，呆呆地望着小松。小松把小茶匙放回茶碟里，发出大得不自然的声响。

"如果得了芥川奖，以后怎么办？"天吾缓过神来，问。

"得了芥川奖，自然声名大振。世上的人大多不懂得小说的真正价值，却又不愿被世间的潮流遗弃，只要有本书得了奖成了话题，就会买来看。假如作者还是个高中女生，人们越发会这样。书卖得好，就能大赚一笔。赚的钱咱们三个酌情分成。这些事我会安排妥当的。"

"分成之类的事,现在先别提。"天吾用缺乏水分的声音说,"干这种事,和编辑的职业道德就没有抵触吗?万一这种勾当暴露到社会上,可是重大问题。您也别想在出版社里待下去啦。"

"不会那么轻易暴露的。只要我愿意,一切都会干得神不知鬼不觉。就算万一暴露了,出版社那边的工作我也会高兴地辞掉!反正上头对我印象不佳,净坐冷板凳。工作嘛,马上就能找到新的。我呀,根本不是为了钱才要这么干。我只盼望着狠狠地捉弄一下文坛。一帮家伙挤在昏暗的洞穴里,一面互相吹捧、互舔伤口、乱使绊子,一面还大言不惭地标榜什么文学的使命,对这帮没用的家伙,我要好好地出他们的洋相。钻体制的漏洞,实实在在地戏弄他们一番。你不觉得这很开心吗?"

天吾并不觉得有多开心。他还没见识过那个所谓的文坛,得知小松这样才干过人的人居然出于如此孩子气的动机便打算冒险,一时哑然。

"您说的话,在我听来好像是诈骗。"

"这种形式的合作并不少见。"小松皱着眉说,"杂志上的连载漫画之类,多半是这样的东西。大家同心协力编出一个故事,由画家画出简单的线稿,再由助手们画出细节,涂上颜色。这和工厂里制造钟表是同一个道理。小说界也有类似的事例。比如说浪漫小说就是这样,大部分是按照出版社制订的指导原则,由雇来的作家编造装模作样的故事。换句话说,就是分工制度。不这么做,就别指望成批地生产。只是在保守的纯文学界,这种方法在表面上行不通,因此作为实际战略,我们要把深绘里这个女孩一个人推上舞台。万一暴露的话,也许会成为丑闻,却不违背法律。这种做法已经是时代潮流所趋。何况我们又不是在谈论巴尔扎克、谈论紫式部。不过是在一个高中女生写的漏洞百出的作品上做些修补,把它加工成一部像样的作品!这又有何不可呢？只要加工出来的作品质地优良，能让广大读者读得开心，不就行了？"

天吾思考了一会儿小松的话，然后慎重地选择词句："有两个问题。其实应该有许多问题，不过我暂时只提两个。首先，深绘里这个女孩，是否同意由别人来改写？如果她不答应，当然就无法向前推进了。还有，就算她同意了，我能不能重新写好这个故事，也是个问题。协同作业是件十分微妙的事，只怕事情不会像您考虑的那样，没那么简单吧。"

"天吾君，你肯定能行。"小松仿佛预料到了这个问题，天吾话音刚落他便接口，"毫无疑问，你肯定行。刚开始阅读《空气蛹》，这个念头就猛然跳进了我的脑海。这东西是个应该由天吾君来改写的故事！说得更清楚一点，这是个适合你来改写的故事。是个正等待着你来改写的故事。你不这么认为吗？"

天吾只是摇摇头，说不出话。

"不必急着下结论。"小松平静地说，"这件事很重要。不妨好好考虑两三天。把《空气蛹》从头重读一遍。再仔细考虑我的提议。对啦，这个交给你。"

小松从上衣口袋里掏出一只茶色信封，递给了天吾。信封里装着两张标准规格的彩色照片。是女孩子的照片，一张是胸部以上的肖像照，另一张是全身生活照，好像是同时拍摄的。她站在台阶前。宽阔的石台阶。古典美的脸庞，长而直的头发。白色上衣。小巧、瘦削。嘴唇在努力做出笑意，眼睛却在与之抗争。一双过于认真的眼睛。追求着什么的眼睛。天吾交互地看了一会儿。不知为何，望着这两张照片，他想起了这个年龄时的自己，胸口微微作痛。这是许久不曾体味过的特殊的疼痛。她的形象中似乎有唤起这种疼痛的东西。

小松说："这就是深绘里。相当漂亮哦。而且是清纯型的。十七岁。无可挑剔。真名叫深田绘里子。但我们不会公布真名，要一直使用'深绘里'这个名字。你不觉得，如果她夺得芥川奖，肯定会成为风靡一时的话题吗？传媒大概会像黄昏时分成群结队的蝙蝠一样在头上盘旋。书会供不应求啊。"

小松是从哪儿弄来这些照片的？天吾觉得奇怪。投稿并不会附上照片。但天吾不想提问。理由之一是那回答——会有怎样的回答，根本无法预测——他也不想听。

"那东西你拿着好了。说不定有用处。"小松说。天吾把照片放回信封里，放在《空气蛹》的复印件上。

"小松先生，我对业界的内情几乎一无所知，不过按照一般常识来考虑，这是个非常危险的计划。一旦向社会说了谎话，就不得不把谎言永远继续下去，就得一直圆谎。无论在心理上还是技术上，这都不是件简单的事。只要有一个人不小心在什么地方做错了，就可能给所有人带来灭顶之灾。您说呢？"

小松摸出一根新的香烟，点燃。"你说得对。你的见解既全面又正确。这的确是个充满风险的计划。此时此刻，不确定的因素稍稍多了点。究竟会发生什么事，无从预见。没准会失败，给每个人带来不快的记忆。我完全理解。可是啊，天吾君，考虑了这一切，我的本能告诉我：向前进！因为这是个千载难逢的机遇啊。到现在为止，这样的机遇一次也不曾有过。只怕以后也不会有了。把它比作赌博也许不恰当，不过，一手好牌全凑齐了，筹码也足足有余。万事俱备。如果错过这个好机会，将来要后悔的。"

天吾沉默不言，望着对方脸上浮出的不祥的微笑。

"最重要的，是我们打算把《空气蛹》改造成更优秀的作品。这是个本该写得更好的故事。里面有某种极其重要的东西。某种必须由某个人巧妙地抽取出来的东西。你肯定也是这么想的。不对吗？为了这个目的，我们齐心协力，议定计划，各尽所能。这作为动机，拿到哪儿都不会让人羞愧。"

"不过小松先生，不管抬出什么高尚的理由，搬出什么堂皇的名分，怎么看这都是诈骗。也许这动机拿到哪儿都不会让人羞愧，可实际上无法拿到任何地方。只能偷偷地行动。如果说诈骗这个词不恰当，就是背信弃义。就算不违反法律，这里面也有道德问题。您想想，身为编辑却捏造自家出版社文艺杂志新人奖的获奖作品，这不就像股票的内部交易吗？"

"文学不能和股票相比。两者完全不同，"

"比如说什么地方不同？"

"比如说，对啦，你漏了一个重大的事实。"小松说。他的嘴巴开心地张大，大到天吾从未见过的程度。"不如说，你是故意视而不见。这个事实，就是你已经跃跃欲试了。你的心已经向着改写《空气蛹》迈进了。我一目了然。管他什么风险和道德！天吾君，你现在肯定满心希望亲自动手改写《空气蛹》，肯定想取代深绘里，把那个东西抽取出来。喏，这恰恰是文学和股票的不同之处。在这里，不管是好是坏，一个超越了金钱的动机在推动事物前进。你回家好好地问问自己吧。站在镜子前仔细观察自己的脸吧。那脸上清楚地写着呢。"

天吾觉得周围的空气似乎忽然变得稀薄。他短促地环视四周。那段影像又要出来了吗？但没有这样的迹象。这空气的稀薄来自别的领域。他从口袋里掏出手帕，拭去额头的汗水。小松的话总是正确的。为什么呢？

第3章 青豆
几个被改变的事实

青豆脚上只穿了双连裤袜，走下狭窄的避难阶梯。风呼啸着穿过无遮无拦的阶梯。尽管迷你裙很贴身，也不时被从下方吹来的强风鼓翻，像船帆般膨胀起来，身体被向上托起，很不安定。她双手紧紧抓住用来代替栏杆的铁管，后背朝外，一级一级地向下走。不时停一停，把垂到脸上的头发掠向一旁，调整一下斜背在身上的挎包。

眼底绵延着国道二四六号线。引擎声和喇叭声，汽车防盗报警器的尖叫，右翼宣传车播放的古老军歌，某处巨锤击碎混凝土的钝响，以及其他种种都市噪音，将她重重围绕。噪音从周围三百六十度、从上下左右四面八方涌来，随风飞舞。听着听着（虽然她不想听，却没有余裕堵起耳朵），渐渐感觉到一种类似晕船的不适。

沿着阶梯向下，不一会儿出现一条返回高速公路中央的横向通道。她继续向下走。

从无遮无拦的阶梯上望去，隔着公路，立着一幢五层小公寓。外壁贴着茶色的装饰砖，是一幢相当新的建筑。这一面造有阳台，但每扇窗户都关得严严的，垂着窗帘或百叶窗。究竟是怎样的建筑师，才会特意在紧挨首都高速公路的位置设计阳台呢？肯定不会有人在这种地方晾晒床单，也不会有人在这种地方边眺望黄昏的交通堵塞边喝金汤力。尽管如此，好几个阳台上却像平常那样，拉着尼龙晾衣绳。一个阳台上甚至还摆着花园椅和盆栽橡皮树。那是一株潦倒而退色的橡皮树，树叶干瘪枯黄。青豆情不自禁地对那橡皮树生出了同情。就算能转世投胎，变成什么都行，只有这东西我可是不要做！

看来这避难阶梯平时很少有人使用，处处结满蜘蛛网。小小的黑蜘蛛紧紧地趴在那儿，耐心地等待着小小的猎物自投罗网。不过蜘蛛恐怕从不曾意识到自己的耐心。蜘蛛除了结网，并没有别的能耐，除了在那儿死死守候，再也没有其他生活方式可以选择。坚守在某处苦等猎物，直到寿命终结，死去，干枯。一切都在遗传因子中预先设定好了。其中没有犹豫，没有绝望，也没有后悔，更没有形而上的质疑和道德的纠葛。也许。但我不同。我必须遵循目的移动，才会像这样，牺牲了我的连裤袜，在这索然无味的三轩茶屋附近，顺着首都高速公路三号线莫名其妙的避难阶梯，独自一人往下走。还得边拂去寒碜的蜘蛛网，边望着蠢头蠢脑的阳台上肮脏的橡皮树。

我移动，故我存在。

青豆顺着阶梯向下走时，想到了大冢环。并没有特意去想她，但一浮上脑际，就无法停下不想。环是她高中时代最要好的挚友，两人都在垒球队，作为队友一起去过许多地方，做过许多事。甚至还干过一次类似同性恋的事儿。暑假里两人结伴去旅行，睡在一张床上，因为她们只能预定到有一张小双人床的房间。在那张床上，两人抚摸了对方身体的各处。她们并不是同性恋，不过是被少女特有的好奇心驱使，大胆地试着比画一下。当时两人还没有男朋友，也没有性经验。那天夜里发生的事，如今只被当作人生中"例外却有趣"的插曲，留存在记忆中。然而，走下这无遮无拦的铁阶梯时，回忆起与环互相触摸对方的躯体，青豆的身体似乎从深处开始发热。环那椭圆形的乳头、稀疏的阴毛、臀部漂亮的隆起、阴蒂的形状，青豆不可思议地依然能鲜明地忆起。

追踪着这栩栩如生的记忆，青豆脑中像背景音乐似的，朗朗地鸣响起雅纳切克《小交响曲》的管弦乐那节庆般的齐奏。她的手轻柔地抚过大冢环躯体上的凹陷。对方开始还觉得痒得难忍，渐渐地，咮哧的笑声停止了，呼吸变了。那音乐本是为了某次运动会谱写的开场鼓号曲。和着音乐，波西米亚绿色的草原上，风儿温柔地拂过。她感觉对方的乳头忽然变得僵硬。自己的乳头也变得同样僵硬。然后定音鼓描绘出复杂的音型。

青豆停下脚步，微微晃了几次脑袋。不能在这种地方思考这种事。必须聚精会神地走下阶梯，她想。却无法中止思考。当时的情景绵绵不绝地浮上脑际，无比鲜明。夏夜，狭窄的床，隐约的汗味。口中喃喃的絮语。无法言喻的心情。已经遗忘的约定。未曾实现的希望。走投无路的憧憬。一阵风掀起她的头发，甩击在她的脸颊上。这痛楚让她眼里浮出薄薄的泪水。下一阵风又将眼泪吹干了。

那是什么时候的事？青豆追忆着。但时间在记忆中纠缠在一起，像乱成一团的毛线，失去了笔直的中轴，前后混乱，左右不分。抽屉的位置被彼此调换。应该想起来的事情，不知为何却想不起来。现在是1984年4月。我出生于……对了，1954年。到此为止还想得起来。可是这样铭刻于心的时间，却在意识中急速地丧失了实体。她的眼前浮现出印着年号的白色卡片在强风中被吹得七零八落、飘往四面八方的光景。她奔跑着，想尽量多拾起一枚。但是风太强劲，飘散的卡片太多。1954，1984，1645，1881，2006，771，2041……这样的年份纷纷扬扬地被吹向远方。系统丧失，知识消亡，思考的阶梯在脚下崩溃。

青豆和环在同一张床上。两人十七岁，尽情享受着天赋的自由。对她们来说，这是头一次结伴出游。这让她们兴奋不已。她们泡温泉，把冰箱里的罐装啤酒分成两半喝了，然后关灯爬上床。开始两人只是在开玩笑。打打闹闹地戳点对方的躯体。可是在某一刻，环伸出手，隔着当睡衣穿的薄T恤，轻轻地捏住青豆的乳头。青豆浑身闪过一股电流。两人于是脱去T恤，脱去内裤，赤身裸体。夏季的夜晚。是去哪儿旅行来着？想不起来。哪儿都无所谓。不知何时，她们已经仔细地点检起对方的身体来。凝视，抚摸，亲吻，舔舐。半是玩笑，半是认真。环生得小巧，胖乎乎的很可爱，乳房也大。青豆则长得又高又瘦，肌肉体质，乳房不太大。环总是说要减肥。不过青豆觉得，她这样就已经够美了。

环的肌肉柔软，皮肤细腻。乳头呈美丽的椭圆形，让人联想起橄榄的果实。阴毛又稀又细，仿佛纤细的柳叶。青豆的则又粗又硬。两人笑话彼此的不同，相互抚摸身体的细微之处，交换信息，确认哪一部分最敏感。既有一致的地方，也有不同的地方。然后两人伸出手指，抚弄对方的阴蒂。她们都有过自慰的经验。有过好多次。都觉得对方的摸起来感觉不一样。风儿掠过波西米亚绿色的草原。

青豆再次停住脚步，又摇摇头。长叹一口气，再度紧紧抓住铁管。必须停止思考这种事。必须集中精神下楼梯。应该已经走了一多半，青豆想。真是的。这噪音怎么这么严重啊？这风怎么这么大啊？甚至觉得它们是在责难我、惩罚我。

这些先不去管。万一走下阶梯到了地上，碰巧那儿有人叫住我，讯问来龙去脉的话，我该怎样回答才好呢？"高速公路堵车，就从避难阶梯走下来了。因为我有急事。"这么说，能安然过关吗？弄不好会引起麻烦。青豆可不想卷入任何麻烦，至少在今天。

值得庆幸的是，地上没有人看见她走下来。到了地面，青豆先从挎包中取出鞋穿上。阶梯尽头是一块高架桥下的空地，被二四六号国道的上行线和下行线夹在当中，现在用作材料堆积场。四周被金属板围着，裸露的土地上横七竖八地堆着几根铁柱。大概是施工剩下来的，被扔在了这里，长满了铁锈。有一个角落安了塑料顶棚，下面堆着三只布袋，不知装着什么，上面盖着塑料布，防止被雨淋湿。这大概也是施工的剩余物资。似乎是嫌——运走麻烦，便扔在了这儿。顶棚下边，还有好几只拆开的纸板箱、几个塑料瓶和几册漫画杂志扔在地上。此外什么也没有。只有塑料购物袋无依无靠地随风飘舞。

入口处安着金属丝网做的门，上面缠绕着好几道铁链，挂着一个巨大的铁锁。门很高，顶端还装着铁蒺藜。根本不可能翻过去。就算翻过去了，这身衣服也一定变成一堆烂布了。试着又推又拉，可那门纹丝不动。连一只猫儿进出的缝隙都没有。真是的！干吗把门锁得这么严实？明明没有什么东西可偷嘛！她皱起眉头，恨恨地咒骂。甚至朝地上吐了口唾沫。真是的！费了好大力气才从高速公路上爬下来，却要困死在这材料堆积场里！她看了一眼手表。时间还绰绰有余。但是，总不能一直在这儿转来转去呀。而且，现在也不能再回高速公路上了。

连裤袜的两只脚后跟都磨破了。确认了无人偷看，青豆脱去高跟鞋，掀起裙子，褪下连裤袜，又从脚上拽下来，再把鞋子穿好。磨出洞的连裤袜塞进了包里。于是情绪稍稍稳定。青豆一面全神贯注地四下观察，一面绕着这材料堆积场走了一圈。这儿和一间小学教室差不多大，一圈很快就走完了。出入口只有一个。只有上锁的那扇栅栏门。四周的金属板材质很薄，却一律用螺栓牢牢固定。没有工具就别想拧开螺栓。没办法。

青豆查看放在塑料顶棚下的纸板箱，发现它做成了床的形状。还堆着几床磨损的毛毯，不算太旧。恐怕有流浪汉在这里睡觉，周围才乱扔着杂志和空饮料瓶。不会有错。她开动脑筋：既然他们睡在这里，肯定就有供他们进出的秘密入口。他们擅长寻找能躲避风雨又不为人知的场所，还会悄悄地为自己留一条秘密通道，像野兽出没的野径那样。

青豆仔细地一一检查金属板壁。用手摇动，看看有无松动。果然不出所料，她发现一处地方螺栓脱落，金属板摇摇晃晃。她试着朝各个方向摇动它，稍稍改变角度，轻轻向里一拉，就出现了恰好让一个人钻进钻出的空隙。这位流浪汉大概天黑后就从这里钻进来，躺在顶棚下无忧无虑地大睡。如果被人发现他待在这里，会引起不必要的麻烦，于是白天出去找粮食，收集空瓶赚些小钱。青豆向这位夜间的无名居民道谢。不得不以无名的状态出没于大都市的阴影里，在这一点上，青豆和他们是同类。

青豆屈起身子，穿过这个狭窄的空间。小心翼翼，避免昂贵的西服套装被尖处钩破。这不仅是她最喜欢的套装，也是她唯一的套装。平时她根本不穿什么西服，也从不穿高跟鞋。但为了这份工作，有时必须装扮入时。宝贵的套装可不能断送在这里。

幸运的是，板壁外杳无人迹。青豆再次检查着装，让表情恢复平静，便走到有信号灯的地方，穿过二四六号国道，步入跃进眼帘的药妆店，买了一双新的连裤袜。向女店员借后堂用，穿上了新连裤袜。情绪大大好转，胃里残存的那点晕船般的不适，现在也消失了。她向女店员道谢后，走出药妆店。

大概是首都高速公路因事故堵车的消息传开了，并行的国道二四六号线比平日更拥挤。青豆决定放弃乘坐出租车，改从附近的车站乘坐东急新玉川线。这样绝对不会有错。她不愿再次乘着出租车陷入交通堵塞。

在走向三轩茶屋车站的途中，青豆和一位警察擦肩而过。一位高个子的年轻警察，正匆匆赶往什么地方。她骤然感到紧张，但那警察似乎急着赶路，笔直向前，甚至瞧也没瞧她。交臂而过时，她注意到那警察的着装和往常不一样。不是那种看惯了的警服。虽然同样是深藏青上衣，款式却有微妙的不同，更接近休闲式样，不像从前那样贴身，质料也比从前柔软。衣领小，藏青的色调也稍淡一些。而且手枪的型号变了。他腰间别的是大型自动手枪，而日本警察一般配备左轮手枪。在持枪作案极少的日本，警察卷入枪战的机会几乎不存在，因此旧式六连发的左轮手枪便够用了。左轮手枪结构简单，价格便宜而且故障很少，还便于修理。但这位警察不知为何携带着能半自动射击的最新型手枪。可以装填十六发九毫米子弹。大概是格洛克，要不然就是贝雷塔。到底发生了什么事？难道警服和手枪的规格在她一无所知的情况下更换了吗？不对，这不可能。青豆一直非常仔细地阅读报纸，如果要进行这样的换装，报上一定会连篇累牍地报道。何况她一直在关注警察的着装。到今天早晨为止，也就是仅仅数小时前，警察们还身穿和往常一样的硬邦邦的警服，佩带和往常一样的难看的左轮手枪。她记得清清楚楚。真奇怪。

但青豆没有余裕深思。她有工作得去完成。

青豆把风衣锁进涩谷车站的投币式寄存柜里，只穿着那套西服，沿着坡道朝那家酒店快步走去。那是一家中级都市酒店，虽然不算豪华，却设备齐全，清洁，不会有可疑的客人光顾。一楼有餐厅，还有便利店。离车站近，位置极佳。

她走进酒店后，直奔洗手间。幸运的是，洗手间里空无一人。先坐在马桶上撒尿，撒了好长时间。青豆闭起眼睛，心无杂念，像聆听遥远的怒涛声一般，听着自己撒尿的声音。然后走向洗脸台，用肥皂仔细地洗手，用发刷梳头，擤鼻涕。掏出牙刷，不蘸牙膏麻利地刷了牙。时间不太充裕所以省去了洁牙线。还不至于这样，又不是去幽会。对着镜子薄薄地抹了层口红，理了理眉毛。脱下西服上衣，调整胸罩吊带的位置，将白色衬衣的皱纹扯平，闻了闻腋下，没有汗味。然后闭目，照惯例念诵祈祷词。句子本身毫无意义。意义之类的怎样都无所谓。重要的是念诵祈祷词这一行为。

做完祈祷后，青豆睁开眼睛看了看镜子里的自己。没问题。从哪个角度看，都没有丝毫疏漏。完全是个干练的职业女性。背挺得笔直，嘴也抿得紧紧的。只有鼓鼓囊囊的大挎包有些不合时宜。也许该拿个薄薄的公文包。但这样看上去反倒显得真实。她慎之又慎地再次查点挎包里的物品。没有问题。一切都放在该放的地方。任何东西都只凭手感就能取出来。

剩下的，便是直接实施既定计划。必须抱定毫不动摇的信念和冷酷无情的心，勇往直前。然后青豆解开衬衣最上面的一粒纽扣，以便俯身向前时更容易看见乳沟。如果乳房再大点，效果肯定更好，她遗憾地想。

没有任何人上来盘问，她乘电梯上了四楼，沿着走廊走去，立刻发现了四二六号房间。拿出挎包中准备好的文件夹，抱在胸前，敲房门。轻轻地、简洁地敲。稍等片刻。然后再次敲门。稍微加重一点，坚决一点。里面传来窸窸窣窣的声响，房门打开一条缝，一个男子探出头来。年龄在四十岁前后，上穿宝石蓝衬衣，下穿法兰绒长裤。周身洋溢着暂时脱掉西装解去领带的生意人的感觉。似乎很不高兴，眼睛红红的。恐怕是睡眠不足吧。看见穿着一身工作装的青豆，他露出略感意外的神情。大概他还以为是女服务员来补充冰箱里的食物。

"对不起，打搅您休息了。我是酒店管理部的，叫伊藤。因为空调设备发生了问题，特地来检查一下。可以在你的房间里打扰五分钟吗？"青豆和颜悦色地微笑着，干脆利落地说。

男子不快地皱着眉。"我正在赶一件重要的工作。大概再过一小时就得出去。能不能等到那时再说？现在这个房间的空调没什么问题。"

"实在非常抱歉。因为可能导致漏电，需要紧急确认是否安全。可能的话我们想尽快处理，才这样一个个房间进行检查。请您合作。用不了五分钟就能解决问题。"

"真没办法。"男子不悦地说，"我就是为了工作时不受干扰，才到你们这儿来订房间的嘛。"

他指指写字台上的文件。电脑打印的明细图表堆积如山。大概是在准备今晚会议所需的资料。有一个计算器。便笺纸上写满了数字。

青豆知道这家伙在石油业某公司工作，是中东各国的设备投资方面的专家。根据得来的资料，他在这个领域才干出众。这从他的举止和态度便能看出来。家境不错，收入很高，开的是捷豹的新型车。少年时代备受宠爱，到外国留学，能说流利的英语和法语，遇事信心十足。而且不管在怎样的事上，都不能容忍别人提出要求。也不能容忍批评，尤其是来自女性的。相反，自己向别人提出要求时却毫不在意。拿起高尔夫球棒打断妻子几根肋骨，也觉得无关痛痒。真以为这个世界是以他为中心转动的。没有他的话地球可能就转不好了。如果有人妨碍或否定他的行动，他便大发雷霆，而且是雷霆万钧。简直像恒温器跳闸了一样。

"给您添麻烦了。"青豆面带职业性的明朗微笑说。并且像在制造既成事实，把半个身体挤进了房间里，用背抵着门，摊开文件夹，拿圆珠笔在上边写着什么。"先生，您是，呃，深山先生对不对？"她问。虽然她反复细看过照片，牢牢记住了他的面容，不过确认一下没认错人，又不会有损失。万一弄错的话，便无可挽回了。

"是呀，我是深山。"男子口气粗鲁地回答，然后仿佛认输似的叹了口气，似乎在说：得啦，随你折腾吧。于是一只手拿着圆珠笔，走到写字台边，再次拿起看了一半的文件。铺得平平整整的双人床上，胡乱扔着西装外套和条纹图案的领带。一看便知，两者大概都价格昂贵。青豆依旧把挎包挎在肩头，径直朝壁橱走去。她事先已经得知空调的开关板在那里。壁橱里挂着用柔软的料子缝制的英式风衣和深灰羊绒围巾。行李只有一个皮制的公文包。没有换洗衣物，也没有盥洗用具袋。大概没打算在这里过夜吧。写字台上放着一壶请送餐部送来的咖啡。有大约三十秒，她假装检查开关板，然后对深山说："谢谢您的合作，深山先生。这个房间的设备没有任何问题。"

"一开始我不就跟你说过，这个房间的空调没有问题嘛。"深山头也不回，傲慢地说。

"呃，深山先生。"青豆怯生生地说，"对不起，您脖子后面好像粘着什么东西。"

"脖子后面？"深山说着，把手伸到后颈上搓了几下，然后狐疑地凝视着那只手说，"好像什么也没有。"

"不好意思，请让我给您看一看。"青豆说着走近写字台前，"我可以凑近点看看吗？"

"哦，没关系啊。"深山莫名其妙，说，"是什么东西？"

"看上去好像是什么涂料。浅绿色的。"

"涂料？"

"我说不清楚。看这色调，很像涂料。对不起，我可以用手碰一碰吗？说不定能擦掉。"

"行啊。"说着，深山向前俯下身躯，把后颈朝向青豆。他似乎刚剪过头发，后颈没有头发披下来。青豆吸了一口气，屏住呼吸，集中意识迅速找到了那个部位。然后仿佛做记号似的，用指尖轻轻地按住那儿。闭上眼，确认这感觉准确无误。没错，这儿就行。本来想花更多时间慢慢找准部位，却没有余裕。只能在现有条件下尽力而为。

"实在不好意思，您能不能保持这个姿势不动？我从包里把钢笔电筒拿出来。在这个房间的灯光下看不清楚。"

"涂料之类的，怎么会粘到那种地方去呢？"深山说。

"不知道。我现在就查查看。"

青豆用手指轻轻按住男子后颈那一点，从挎包中掏出塑料小盒，打开盖子，取出包裹在薄布里的东西。单手灵巧地解开包布，露出一个类似小号冰锥的物体，全长约十厘米。木制的柄紧紧衔在其外。但它仅仅是外形类似冰锥，却绝非用来弄碎冰块的。这是她自己设计制作的。尖端像缝衣针般尖锐而锋利。为了防止此锐利的尖端折断，上面插着一片小小的软木。这是经过特殊加工、质地更加柔软的软木。她用指甲尖小心地取下软木片，放进口袋里。然后把裸露的针尖对准深山后颈那个部位。好啦，镇定，现在最关键。青豆这样告诫自己。不允许十分之一毫米的误差。只要偏差一丁点，一切努力都将化作泡影。最需要的是集中注意力。

"还没弄好吗？到底要花多长时间？"男子不耐烦地说。

"实在抱歉。马上就好。"青豆说。

别着急，一眨眼就完事啦。她在心里对这个男子说。再等一小会儿，就什么都不用考虑啦。什么石油精炼设备、重油市场动向、上报给投资集团的季度报告、飞往巴林的机票预约、送给官员们的贿赂，以及馈赠情妇的礼物等等，统统不用再考虑了。为了这种事绞尽脑汁，也真够累人的。所以对不起，请稍等片刻。我这会儿在全神贯注地认真工作呢，别捣乱。拜托啦。

一旦定好位置，下了决心，她便把右掌举到空中，屏息凝神，微微顿一顿，让它笔直地落下。冲着木制的把柄落下。不必太用力。如果用力过度，针就会在皮下折断。不能把针尖留在里面。轻轻地，充满爱怜地，以精确的角度，以精确的力度，落下手掌。不违抗重力，笔直地落下。于是细细的针尖仿佛被那个部分自然地吸了进去。深深地，流畅地，而且是致命地。关键是角度和用力的方法——不，应该说是卸力的方法。只要留心这两点，剩下的就像向豆腐上扎针一样简单。针尖刺穿皮肉，戳中脑下部某个特殊部位，像吹灭蜡烛一般让心脏停止跳动。一切都在瞬间完成，快得甚至令人觉得乏味。这只有青豆才能做到。凭借手感探寻那个微妙的部位，再没有别人能做到，但她能。她的指尖生来拥有这种特别的直觉。

　　男人惊愕地抽了口气，全身肌肉微微抽搐一下。确认了这种感觉，她利索地把针拔出，马上用口袋里备好的小纱布按住伤口。这是为了预防出血。针尖非常细，而且插入体内仅有数秒。即便出血也非常少。尽管这样，也必须慎之又慎。不能留下血痕。一滴血就可能致命。心思缜密是青豆的长处。

　　深山变得僵硬的身体上，力量随着时间徐徐消退，就像篮球漏气那样。她依然用食指按着男子后颈那一点，让他的身体伏在写字台上。他枕着文件，侧着脸伏在桌上。眼睛大睁着，露出惊讶的眼神，好像在最后一刻目睹了不可思议的怪事。眼中没有恐惧，也没有痛苦，只有纯粹的诧异。在自己的身上发生了非同寻常的事，却没明白那究竟是什么。到底是痛是痒？是快感还是某种启示？甚至连这些都没弄清。世上有形形色色的死法，但恐怕再不会有如此惬意的死法了。

　　如此惬意的死法，可太便宜你了。青豆这么想着，皱了皱眉头。这样太简单了。我应该用五号铁头高尔夫球棒打断你两三根肋骨，让你饱尝痛楚后，再仁慈地送你去死。因为这种惨毒的死法才适合你这样的恶棍。这不过是你对你太太亲手干过的事。遗憾的是，我没有这样选择的自由。把这个家伙迅速而秘密地，同时稳妥无误地送到那个世界去，是我被赋予的使命。所以刚才我完成了使命。这个家伙刚才还好端端地活着，但此刻已经一命呜呼了。甚至连他本人都不曾觉察，便已迈过了生与死的门槛。

青豆精确地把纱布在伤口上按了五分钟。用不会留下指痕的强度，耐心地按着。其间，她的眼睛没有离开手表的秒针。漫长的五分钟。感觉似乎会永远持续下去的五分钟。如果此时有人推门而入，看见她一手握着细细的凶器，一手按住男子的后颈，就什么都完了。她无法辩解。也许服务生会来取咖啡壶。也许马上就会传来敲门声。但这是不能省略的重要的五分钟。为了稳定心绪，她静静地深呼吸。不能慌张。不能丧失冷静。必须是一贯的那个冷酷的青豆才行。

能听见心脏的鼓动。和着那鼓动，雅纳切克的《小交响曲》开篇的鼓号曲在她的脑中轰鸣。柔曼的风无声无息地拂过波西米亚绿色的草原。她知道自己分裂成了两半。一半正在冷静异常地按着死者的后颈，另一半却极度害怕，一心想把这一切全抛下，立刻从这个房间飞逃出去。我在此地，同时又不在此地。我同时处于两个场所。尽管违反爱因斯坦的定理，但也没办法。这就是杀人者的禅。

五分钟终于过去。不过青豆出于慎重，又增加了一分钟。再等一分钟吧。情况越是紧急，越该谨慎。她静静地忍耐着这仿佛永无止境的凝重的一分钟。然后缓缓地把手指移开，借着钢笔电筒查看伤口。连个蚊子叮咬般的痕迹也没留下。

用极细的针刺入脑下部特殊的部位而致命，酷似自然死亡。在普通医师的眼里，这怎么看都不过是心脏病发作。伏案工作之际，心脏病忽然发作，便一命呜呼了。死因是过度劳累与心理压力。看不出不自然之处。甚至看不出有解剖尸体的必要。

此人曾十分能干，但有点劳累过度。收入固然很高，然而一旦撒手人寰，又不能带进坟墓里用。尽管穿着阿玛尼，开着捷豹车，最终也不过命同蝼蚁。工作，干活，毫无意义地死掉。连他曾经在这个世界上存在过的事，不久也将被忘却。还这么年轻，怪可怜的。别人也许会这么说。也许不说。

青豆从衣袋里取出软木片，扎在针尖上。把这纤细的工具再次用薄布裹好，装入塑料盒中，放进挎包底部。从浴室里拿来浴巾，把房间内留下的指纹悉数擦去。她留下指纹的地方，只有空调开关板和房门把手两处。除此以外，她的手没有接触过任何地方。然后把浴巾放回原处。再把咖啡壶和咖啡杯放在送餐用的托盘上，拿出去放在走廊上。这样的话，来收咖啡壶的服务生就不会敲门进来，尸体被发现的时间就会推迟。顺利的话，负责打扫的女服务生在这个房间里发现尸体，要等到第二天的退房时间以后。

今晚他不去出席会议，别人大概会往这个房间里打电话，但是，没人会接电话。别人也许会觉得可疑，可能请经理开门查看，但也可能不这么做。那就得听天由命了。

青豆站在洗手间的镜子前，确认自己的着装没有凌乱之处。把衬衣最上方的纽扣扣上。已经没有让人偷窥乳沟的必要了。那个恶棍反正都没拿正眼瞧过我！把别人当什么嘛！她适度地蹙了蹙眉，随后梳理头发，用手指轻轻地按摩面部，放松肌肉，对着镜子和颜悦色地浮出笑容。露出刚请牙医磨洗过的白牙齿。好啦，现在我要离开死者所在的房间，回到平时那个现实世界去啦。得调整一番气压才行。我已经不再是冷酷的杀人者，而是穿着时髦西装的、笑容可掬才干过人的职业女性。

青豆把门拉开一条细缝，四下窥望，确信走廊里空无一人，便迅速闪出房间。不坐电梯，而是从楼梯走下去。穿过大堂时，没有人注意到她。她挺直脊背，目视前方，快步离去。但绝不快到引人注意的程度。她是专家，而且是近乎完美的专家。如果胸脯再大一点，也许就能成为无懈可击的专家啦。青豆遗憾地想着，再度轻蹙眉尖。但也无可奈何，只能凭着天赋的资质生活下去。

第4章 天吾
假如你希望这样

天吾被电话铃声吵醒。时钟的夜光针刚过一点。不用说，四周一片漆黑。他一开始就知道这是小松打来的电话。午夜一点后还会打电话来的熟人，除了小松再无别人。而且这样纠缠不休，绝不气馁地让电话铃声一直响下去，直到对方拿起听筒为止的，除了他也再无别人。小松没有时间观念。只要他想到什么，马上抓起电话就打，从来不管是什么时刻。管它是深更半夜还是一大清早，管它是新婚初夜还是弥留之际。这个电话打过去可能给对方带来麻烦，这种散文式的思维，好像从不会浮现在他那蛋形的脑袋里。

不过，小松大概不会对谁都这样。他毕竟是在某个组织中工作并领取工资的人，不可能不分对象，对谁都做出如此违背常理的事。因为对方是天吾，他才会这样做。对小松来说，天吾或多或少像是自己的延伸，像手足一样。如果自己还没睡觉，便会以为对方也没睡。而没有特别的情况，天吾一般晚上十点睡觉，早上六点起床，过着很有规律的生活。他睡眠沉实，然而一旦被什么吵醒，就很难再睡下去了。在这种地方他相当神经质。他不止一次告诉过小松：拜托您，半夜别再打电话来了。话说得很明白，就像农夫求神拜佛，祈求别在收获之际把蝗虫大军派到农田里一样。"知道了。下次不在半夜打电话。"小松答道。但这种诺言并没在他的意识里牢牢扎根，只要下上一场雨，便被冲刷得一干二净。

天吾爬下床，东磕西碰地好不容易到了放电话的厨房。其间，电话铃一直毫不留情地鸣响。

"我和深绘里谈过了。"小松说，照例没有寒暄，也没有开场白。既不会问一声"你睡了吗"，也不会说一句"深夜打搅，不好意思"。这人真了不起呀。每一回都令天吾如此叹服。

天吾坐在黑暗中，皱着眉沉默不语。半夜被吵起来，脑子会好长时间无法正常工作。

"哎，你在听吗？"

"在听呢。"

"只打了个电话，不过也算和她交谈过了。但几乎都是我在讲个不停，她只是听我说，按常识来说，这根本不叫对话。反正这孩子非常少言寡语，说话方式也有点古怪。你和她一交谈就知道了。总之，我把那个计划大体给她说了一遍。借第三者的手重新改写《空气蛹》，让作品更加完美，去争取新人奖，这样做行不行？大体就是这样的内容。是电话嘛，我也只能讲个大概，对她说具体事宜当面再谈，问她对这件事有没有兴趣，当然我问得比较婉转。毕竟是这种内容，说得太直率的话，怕是连我也会处境不利啊。"

"然后呢？"

"她没有回答。"

"没有回答？"

小松很有效果地停顿了一会儿。叼上香烟，用火柴点火。只是通过电话听到声音，这光景却清楚地浮现在天吾眼前。小松从来不用打火机。

"深绘里说了，要先见见你。"小松吐着烟说，"对我的提案，她不说感兴趣也不说不感兴趣。也没表示愿意还是不愿意。首先要和你见一面，当面谈谈。好像这是最为重要的事。说是跟你见面后，再决定怎么办。你不觉得责任重大吗？"

"还有呢？"

"明天傍晚你有空吗？"

补习学校的课一大早就开始，下午四点结束。不知该说走运还是不走运，那之后总是没有安排。"有空。"天吾说。

"傍晚六点，你到新宿的中村屋。我会以我的名义订一张靠里一些的安静的桌子。尽管拣喜欢的东西吃喝好了，记在我们公司的账上就行。你们两个好好谈谈。"

"这么说，明天您不来了？"

"和你单独交谈，是深绘里提出来的条件。说是现阶段还没必要和我见面。"

天吾沉默不语。

"情况就是这样。"小松用爽朗的声音说，"好好干哦，天吾君。你虽然长得人高马大，但很能给别人好感。又是在补习学校做老师，恐怕也习惯和早熟的女高中生谈话吧。比我更胜任这件差事啊。只要和颜悦色地说服她，让她信赖你就行了。我等着你的好消息。"

"等一下。这不是您提出的设想吗？连我都还没答应您。上回我已经告诉过您，这个计划太危险，做起来只怕不会那么简单。弄不好要闹出社会问题来。究竟接不接受，我自己还没决定呢，怎么可能去说服一个素不相识的女孩子？"

小松在电话那边沉默了一会儿，然后说："呃，天吾君，这个计划的确已经正式启动了，走到这个地步早就欲罢不能了。我呢，是决心已定，你其实也下了一半的决心。我和你现在是同生死、共患难啊。"

天吾摇摇头。同生死、共患难？真是的，从何时起事态竟变得如此严重了？

"不过，上回您不是说，我不妨花点时间慢慢考虑吗？"

"从那天起，已经过去五天了。你慢慢考虑的结果如何呢？"

天吾无言以对。"还没考虑出结果。"他如实答道。

"总之，你先和深绘里见面谈谈，不是挺好吗？然后再作判断也不晚。"

天吾用指尖使劲揉着太阳穴，脑子还是不能正常工作。"我明白了。先见见深绘里再说。明天六点在新宿中村屋。大体情况我会向她解释。不过我无法向您作更多的承诺。因为我只能解释，不可能帮您说服她。"

"这样就行。没问题。"

"关于我的事情，她知道多少？"

"我大致跟她说了说。年龄大概不是二十九就是三十，独身，在代代木的补习学校当数学老师。人高马大，但是为人不坏。不会打女孩子的主意。生活节俭，眼睛长得很温柔。而且我很喜欢你的作品。大体就说了这些。"

天吾叹了口气。刚想动脑思考，现实就飘飘忽忽，时远时近。

"我说小松先生，我可以回床上睡觉了吗？马上就要一点半了，我还想在天亮前再睡一会儿。明天得上三节课呢。"

"行啊。晚安。"小松说，"做个好梦。"随即一下子挂上电话。

天吾凝视了一会儿手中的听筒，然后放回原处。如果能睡着，真想马上睡去。能做好梦的话，真想做一个看看。但他明白：在这种时候不由分说地被吵醒，还被派了个重大任务，想再睡着谈何容易！虽然也有喝酒催眠这一招，他此刻却没有喝酒的心情。结果只是喝了一杯水，回到床上点亮灯，读起书来。原打算借读书催眠，可天快亮了才睡着。

在补习学校教完三节课后，天吾乘电车到新宿。去纪伊国屋书店买了几本书，然后前往中村屋。在店门口报上小松的名字，随即被领到店堂深处一张安静的桌子前。深绘里还没到。我在这里等个朋友。天吾对服务生说。您需不需要一面喝点什么一面等呢？服务生问。什么都不要。天吾说。服务生放下冰水和菜单，退下去。天吾摊开刚买的书，开始阅读。这是一本关于咒术的书。论述咒术在日本社会里发挥过什么样的功能。咒术在古代社会中曾经扮演过重要角色，填补了社会体制的不完善与矛盾。那真是个快活的时代！

到了六点十五分，深绘里还没露面。天吾并不介意，继续读书。对于对方的迟到，他并不特别惊讶。整件事已经足够莫名其妙，纵然莫名其妙地发展，也让人无话可说。就算她改变主意不露面，也不奇怪，反倒值得庆幸。因为那样一来事情更简单了。我等了大约一个小时，深绘里没有来。只要这么向小松报告一声就行。至于以后该怎么办，不关我的事。独自一人吃过晚饭，拍拍屁股回家就好了。这样也算对小松尽了情分。

深绘里在六点二十二分露面了。她由服务生领着来到桌边，在对面的座位上坐下，把小巧的双手放在桌面上，大衣也不脱，直勾勾地注视着天吾的脸。既不说"来晚了，对不起"，也不问"您等了很久吗"，甚至连一句"幸会"或"你好"都没有。只是把嘴唇抿成一条线，从正面直视着天吾。就像远远地望着从未见过的风景。这人真了不起呀。天吾暗想。

深绘里身材娇小玲珑，容貌比照片中更漂亮些。在她的脸庞上，最引人注目的是那双眼睛。令人印象深刻的、深邃的眼睛。在那对水灵漆黑的眼珠的凝视下，天吾有点坐立不安。她的眼睛几乎一眨不眨。望上去，她甚至似乎不呼吸。头发笔直，仿佛是拿着直尺一根根画出来的。眉毛的形状和发型十分相配。和许多十几岁的美少女一样，表情中缺乏生活的气息，从中还能感觉到某种失衡。或许是左右两眼深邃的程度有所差异的缘故。这让看到她的人心情不快。她身上有种深不可测的东西，揣度不出她在思考什么。在这层意义上，她不是那种可以成为杂志模特或偶像歌手的美少女。但正因如此，她身上存在着挑逗与吸引别人的东西。

天吾合上书，放在桌子的一边，挺直胸膛端正姿势，喝了一口水。确如小松所言，这样一位少女一旦获了文学奖，传媒绝不会轻易放过，肯定会引发一场不小的骚动。闹出这样的局面，怎么可能安然脱身？

服务生走来，在她面前放下一杯冰水和菜单。但深绘里依旧一动不动，碰也不碰菜单，只是盯着天吾看。天吾无奈，只得说："你好。"面对着她，更觉得自己人高马大。

深绘里并不答话，只是凝视着天吾。"我知道你。"过了一会儿，她小声说。

"你知道我？"天吾说。

"你教数学。"

天吾点点头。"没错。"

"我听过两次。"

"是听我的课吗？"

"对。"

她的说话方式有几个特征：去掉了修饰的句子。微微的缺乏语调。有限（至少是让对方觉得有限）的词汇。确如小松所言，有点古怪。

"这么说，你是我们补习学校的学生？"天吾问。

深绘里摇摇头。"只是去听听。"

"没有学生证应该进不了教室呀。"

深绘里微微耸了耸肩。好像在说：一个大人，怎么会说出这种蠢话来！

"我的课怎样？"天吾问。又是个毫无意义的问题。

深绘里并未将视线移开，喝了一口水，没有回答。但既然来过两次，恐怕一开始的印象还不算糟糕，天吾推测。如果没有勾起兴趣，肯定听过一次就不会再来了。

"你是高三的？"天吾问。

"算是吧。"

"考大学吗？"

她摇摇头。

那意思究竟是"不想谈论考大学的事"呢，还是"我可不考大学"，天吾不清楚。他想起了小松在电话里说的：这孩子非常少言寡语。

服务生过来询问点什么东西。深绘里依然穿着大衣。她点了沙拉和面包。"只要这些就行。"她说，把菜单还给了服务生。然后像忽然想起来了，加了一句："一杯白葡萄酒。"

年轻的服务生似乎想打听深绘里的年龄，却在她的凝视下涨红了脸，话未出口又吞了回去。这人真了不起呀。天吾再次暗暗感叹。他点了海鲜通心粉。也点了一杯白葡萄酒，表示奉陪。

"做老师，写小说。"深绘里说。像在向天吾提问。提问时不加问号，好像也是她说话的特征。

"目前是这样。"天吾说。

"两个都不像。"

"大概是吧。"天吾答道。想微笑，但没笑好。"有教师资格证书，也在补习学校当老师，但不算正式教师。小说是在写，但没有发表过，所以也不是小说家。"

"什么都不是。"

天吾点点头。"你说得对。目前我什么都不是。"

"喜欢数学。"

天吾在她的话尾加上一个问号，再回答这个问题。"喜欢。从前就喜欢，现在仍然喜欢。"

"什么地方。"

"是喜欢数学的什么地方吗？"天吾替她添上词语，"这个嘛，面对数字的时候，我就能心平气和。就像一切事物都变得井然有序。"

"积分课很有意思。"

"是说我在补习学校讲的课吗？"

深绘里点点头。

"你喜欢数学？"

深绘里简短地摇摇头：不喜欢。

"但积分课很有意思，是吗？"天吾问。

深绘里再次微微耸肩。"你很珍惜地讲积分课。"

"哦。"天吾说。头一次有人这样对他说。

"像在讲自己很珍惜的人。"少女说。

"如果是数列课的话，没准我会讲得更投入。"天吾说，"在高中的数学课程中，我最喜欢数列。"

"喜欢数列。"深绘里照例抽去了问号，问。

"对我来说，这就像巴赫的平均律：永远不会令人厌倦，时常会有新发现。"

"平均律我知道。"

"你喜欢巴赫？"

深绘里点头。"老师总是在听。"

"老师？"天吾问，"你学校的老师？"

深绘里没有回答。谈论这个话题，现在为时尚早。她脸上浮现出这样的表情，看着天吾。

然后，她像忽然想起来似的，脱去了大衣。像昆虫蜕皮一般，蠕动着身体从中剥离出来，叠也不叠就放在邻座的椅子上。大衣底下是浅绿色圆领薄毛衣，下穿白色牛仔裤。没有佩戴首饰，也没有化妆。但她还是十分引人注目。身材苗条纤细，但照这个比例，胸脯则大得让人不禁想偷看，形状也很漂亮。天吾不得不留神别把目光投向那里。尽管这样想，视线却不知不觉溜了过去。就像目光被巨大的旋涡中心吸引过去一样。

白葡萄酒送了上来。深绘里喝了一口，然后陷入沉思似的凝视着酒杯，把它放到桌子上。天吾只抿了一小口，意思一下。接下去还得讨论重大的事情呢。

深绘里把手伸向笔直的黑发，用手指梳理了一会儿头发。优美的动作，优美的手指。似乎每一根纤细的手指都拥有自身的意志与方针。甚至能从中感受到某种咒术般的东西。

"喜欢数学的什么地方？"天吾为了把注意力从她的手指和胸脯移开，再次出声询问自己。

"数学这东西就像流水一样。"天吾接着说，"当然有许多艰深的理论，但基本原理极其简单。水会以最短距离从高处流向低处，同样，数字的流向也只有一个。只要注意观察，那条线路就会自己浮现出来。你只要注意观察就行，别的什么都不必做。只要聚精会神地凝视，它就会主动揭开谜底。对我如此亲切友善的，在这广漠的世界上只有数学。"

深绘里就此思索了片刻。

"为什么写小说。"她用缺乏语调的声音问。

天吾把她的疑问转换成较长的句子："既然数学那么有趣，根本不必劳神费力地写小说，一直研究数学不就得了？你想说的是这个吗？"

深绘里点点头。

"那倒是。现实的人生不同于数学。在人生中，事物未必采取最短距离向下流动。数学对我来说，该怎么说呢，实在太自然了。就像美丽的风景。它就在那里，甚至用不着把它转换成别的什么。所以当我置身于数学中，有时就会觉得自己渐渐变得透明起来。这常常让人恐惧。"

深绘里目不转睛，笔直地凝视着天吾的眼睛。就像把脸紧贴在窗玻璃上，窥视无人的房间。

天吾说："写小说时，我使用语言，把周围的风景转换成对我来说更为自然的东西。就是重新架构。通过这样做，来确认我这个人确实存在于这个世界上。这种做法，和置身于数学世界时大不相同。"

"确认自己的存在。"深绘里说。

"还不能说我做到了。"天吾说。

深绘里似乎没有领会天吾的说明，但没多言，只是把葡萄酒杯送到唇边，啜了一口，像用吸管喝一样，不发出一丝声音。

"如果让我说，从结果上看，其实你也在做同样的事情。你把用眼睛看到的事物，转换成自己的语言，重新架构。并借此确认自己的存在位置。"天吾说。

深绘里端着酒杯的手静止不动，思索片刻，仍然没发表见解。

"并赋予这个过程具体的形式，把它作为作品留存下来。"天吾说，"假如这部作品唤起了众多读者的同意与共鸣，就将成为具有客观价值的文学作品。"

深绘里决然地摇头。"对形式不感兴趣。"

"对形式不感兴趣。"天吾重复道。

"形式没有意义。"

"那你为什么要写那部作品,投稿应征新人奖?"

深绘里把酒杯放在了桌上。"我没有。"

天吾为了镇定下来,端起杯子喝了一口水。"你没有投稿应征?"

深绘里点头。"我没有投稿。"

"那么,是谁把你写的东西寄到出版社去应征的?"

深绘里微微耸肩,沉默了约十五秒,然后说:"谁都有可能。"

"谁都有可能。"天吾重复道,随后从噘着的嘴巴中长长地叹出一口气。这可怎么办?这件事果真困难重重啊,和预想的一模一样。

迄今为止,天吾和在补习学校教过的女生有过几次私下的交往。不过都是在她们离开补习学校、考进大学之后。都是她们主动联系,说想见见面,于是见面聊聊天,结伴外出。她们究竟被他什么地方吸引,他也不太清楚。不过,反正他是独身,对方也不再是他的学生,没有理由拒绝约会。

从约会发展到肉体关系,也有过两次。但是和她们的交往都持续不久,不知何时便自然地分道扬镳了。和刚考进大学的精力充沛的女孩在一起,天吾总有些坐立不安,觉得心情不畅。就像和顽皮好动的小猫在一起,起初新鲜有趣,渐渐便会感到疲倦。那些女孩也发现,这位数学教师站在讲台上热心讲授数学的时候,和除此之外的时候,竟有不同的人格,便有点失望。这种心情连天吾都能理解。

能让他心绪宁静的,是和比自己年长的女性在一起。不论做什么,自己都无需冲在前面,一想到这个,他就如释重负。而且许多年长的女性都对他抱有好感。所以,一年多前和年长自己十岁的有夫之妇发生关系后，他彻底停止了和年轻女孩的交往。每周一次，在家里和年长的女朋友幽会，就基本释放了他对活生生的女人怀有的欲望（或必要性）。其余的时间躲在房间里写写小说，读读书，听听音乐，时而去附近的室内游泳池游泳。在补习学校里，除了和同事交谈几句，几乎和谁都不说话。而且对这样的生活，他并无不满。对他而言，不如说这就是接近理想的生活。

但面对深绘里这个十七岁的少女，天吾感到了强烈的心灵震撼。这和第一次看见她的照片的感觉完全相同，但面对真人时，这种震撼变得更强烈。不是爱慕，也不是性欲，绝非这一类东西。恐怕是什么物体从细细的缝隙中挤了进来，正要填满他体内的空白。他如此感觉。这不是深绘里制造出来的空白，而是天吾心中原本就有的。是她将特殊的光芒投射进去，重新将那里照得雪亮。

"你对写小说并没有兴趣，也没有投稿应征新人奖。"天吾说，像是在核查事实。

深绘里没有从天吾脸上移开视线，点点头。然后仿佛在抵御刺骨的西北风，微微耸了耸肩。

"你不想成为小说家。"天吾察觉到自己提问时也省略了问号，愕然一惊。肯定是这种说话方式具有传染性。

"不想。"深绘里说。

这时饭菜送了上来。深绘里的是大盘沙拉和面包卷。天吾的是海鲜通心粉。深绘里就像查点报纸大标题一样，用叉子叉起生菜叶子，翻来覆去看了好几遍。

"不过，反正有人把你写的《空气蛹》寄到出版社应征新人奖了。而且我负责预读来稿，注意到了这篇作品。"

"空气蛹。"深绘里说着，眯起眼睛。

"《空气蛹》，你写的小说标题。"天吾说。

深绘里一声不响，继续眯着眼睛。

"那不是你起的名字吗？"天吾不安起来，问。

深绘里微微摇头。

天吾的大脑又有点混乱了，决定不再追究标题的事。得把谈话继续下去。

"那无所谓。反正是个不错的标题。很有氛围，也很醒目。能让读者思索这是什么。不管是谁起的，我对这个标题没有任何不满。蛹和茧的区别我弄不清楚，但这不是什么大问题。我想说，读了这篇作品，我的心被深深地吸引了。所以我把它拿到了小松先生那里。他也非常喜欢《空气蛹》。但他的意见是，如果真心想夺取新人奖，文章必须进行修改。故事很好，可是与之相比，文字比较单薄。而且他打算让我，而不是你，来负责文章的改写。对此，我还没有下定决心。接受还是不接受，也没有答复他。因为我还没想清楚这样做对不对。"

天吾在这里略作停顿，观察深绘里的反应：没有反应。

"我现在想知道，对于我代替你改写《空气蛹》这种做法，你是怎么想的。不管我怎么下决心，如果没有你的同意和协助，这种事注定没有可能。"

深绘里用手捏起一只小番茄吃。天吾拿叉子叉起一块贻贝，吃了。

"你做吧。"深绘里简单地说着，又捏起一只番茄，"随你怎么改。"

"你是不是应该再花一点时间，好好考虑？这件事相当重大。"天吾说。

深绘里摇摇头：没那个必要。

"假如由我改写你的作品。"天吾解释道，"我会注意不改动故事，只是加强文字方面。大概要进行很大的改动。但作者仍然是你。这篇作品始终都是一个名叫深绘里的十七岁女孩写的小说。如果作品获得新人奖，就由你去领奖，由你一个人去。印成书的话，作者就只有你一个人。我们组成一个团队，你和我，还有那个姓小松的编辑，我们三个人。不过露面的只有你一个。其余两个躲在幕后不声不响，就像演戏时管道具的。我的话你明白吗？"

深绘里将西芹用叉子送入口中，轻轻点头。"明白。"

"《空气蛹》这个故事，永远是你自己的作品，是产生于你内心的作品。我不可能把它算作自己的东西。我，说到底，不过是在技术层面上帮你的忙。而且我曾经帮忙的事，你得永远当作秘密。就是说，我们合谋说谎欺骗世人。这怎么想都不是件容易的事。得把一个秘密永远藏在心底。"

"既然你这么说的话。"深绘里说。

天吾把贻贝的壳推到盘子一角，叉起通心粉，念头一转，又放下。深绘里拿起黄瓜，仿佛在品味未曾见过的美味，小心地咬了一口。

天吾握着叉子，说："我再问你一遍。由我来改写你的故事，你没有异议吗？"

"随你的便。"深绘里吃完黄瓜后，答道。

"怎么改写都不要紧？"

"不要紧。"

"你为什么这样想？对于我，你一点也不了解。"

深绘里一言不发，微微耸肩。

二人随后一声不响地用餐。深绘里聚精会神地吃着沙拉。不时在面包上涂抹黄油，吃一口，并举杯饮酒。天吾则机械地将通心粉送进口中，想着各种各样的可能性。

他放下叉子，说："起初小松先生跟我商量这件事，我觉得荒诞无稽，毫无可能，本打算设法拒绝他。但是回家后，又反复思考这个提案，渐渐地，想试一试的念头越来越强烈。先不论这在道德上对不对，反正我非常想在你创作的《空气蛹》这个故事上，赋予一种由我打造的新形式。该怎么说呢，这很像极为自然的、自发的欲求。"

不对，说是欲求，不如说这种感觉更接近渴望。天吾在脑中补充道。诚如小松的预言。这种渴望变得越来越难抑制。

深绘里不言不语，从中立而美丽的眼睛的最深处眺望着天吾。她似乎在努力理解天吾口中吐出的语言。

"你很想改写。"深绘里说。

天吾正视着她的眼睛。"我是这么想。"

深绘里那双黑色的眼珠仿佛映出了什么东西，微微闪亮。至少在天吾看来是这样。

天吾伸出双手，仿佛托举着空中某个无形的箱子。这个动作没有特别的意义，但他需要一个无形的虚构物，用作传达感情的媒介。

"我说不好，不过，把《空气蛹》反复阅读了好几遍，我觉得好像也能看见你见到的东西了。尤其是'小小人'现身的场面。你的想象力的确有独到之处。该怎么说呢，富于独创性和感染力。"

深绘里把匙子静静地放在盘子上，用餐巾拭了拭嘴角。

"真的有小小人。"她用平静的声音说。

"真的有？"

深绘里停顿了一会儿，然后说：

"像你我一样。"

"像你我一样。"天吾重复道。

"想看的话你也能看到。"

深绘里那简洁的说话方式，具有不可思议的说服力。令人觉得她说的每一个词语都像尺寸精确的楔子，恰如其分地揳入要害。但深绘里这个女孩究竟是否正常？正常到什么程度？天吾还无法判断。这个少女身上有某种超然物外、异乎寻常的地方。这也许是天赋的资质。

或许他此刻面对着一个活生生的天才，但她也可能是徒有其表。头脑聪明的妙龄少女，有时会本能地装腔作态，做出不寻常的样子，说着充满暗示的话语迷惑对方。这样的例子他见过许多次。区别真相与演技，有时很难。天吾决定把话题拉回现实，或者说是离现实较近之处。

"只要你同意，我想明天就开始动手改写《空气蛹》。"

"假如你希望这样。"

"我希望。"天吾简洁地回答。

"你要见一个人。"深绘里说。

"我去见那个人。"天吾说。

深绘里点头。

"什么样的人？"天吾问。

问题遭到了无视。"你跟他谈。"少女说。

"如果需要这么做，我可以跟他见面。"天吾说。

"星期天上午有空。"她不带问号地提问。

"有空。"天吾答道。简直像用旗语通信，他想。

吃完饭，天吾和深绘里分了手。天吾在饭馆的粉红色公用电话里塞入几枚十元硬币，给小松的出版社打了个电话。小松还在社里，不过等了半天才来接电话。其间，天吾一直把听筒贴在耳朵上，等着。

"怎样？顺利吗？"拿起电话，小松劈头就问。

"由我改写一事，她基本上同意了。我想大概是。"

"行啊，你。"小松说。声音显得非常高兴。"太好啦。老实说，我正在担心哪。该怎么说呢，我想你的性格恐怕不太适合这种谈判。"

"其实没有谈判。"天吾说，"也不需要说服对方。我只是把情况大致解释了一遍，她就自己决定了。"

"怎样都没关系。只要有了结果，我就心满意足了。这样就能实施计划啦。"

"但在此之前，我必须去见一个人。"

"见一个人？"

"我不知道是谁。反正她要求我去见这个人，跟他谈谈。"

小松沉默了数秒。"那么，什么时候和对方见面？"

"这个星期天。她领我到那人的住处去。"

"关于秘密，有一项重大原则。"小松用严肃的声音说，"知道秘密的人越少越好。此时此刻，世界上只有三个人知道这个计划：你、我和深绘里。如果可能，我希望尽量不让这个数字增大。你明白吧？"

"在理论上。"天吾说。

随后小松的语气变得和缓："不管怎样，深绘里已经同意由你改写原稿，这可是最重要的事。其余的都好办。"

天吾把听筒换到了左手，用右手食指慢慢按住太阳穴。

"这个……小松先生，我感觉很不安。我这么说并没有确凿的证据，但总觉得自己正被卷入一起非同小可的事件。我面对深绘里这个女孩时，并没有这样的感觉，可是跟她分手后自己独处时，这种感觉渐渐强烈起来。我不知道该叫它什么好，是预感还是臆想。反正这里面有一种奇怪的东西，一种不寻常的东西。我不是凭着头脑，而是凭着身体感觉到这些的。"

"你是见了深绘里后，才这样感觉的吗？"

"也许是。深绘里大概是个真品。当然，这只是我的直觉。"

"你是说，她是真正的天才？"

"天才不天才，我还不清楚。因为刚认识。"天吾说，"不过，也许她真的见过我们从来不曾见过的东西。也许她拥有某种特殊的东西。这一点让我放心不下。"

"你是说她脑子不正常？"

"她是有些异乎寻常的地方，但我觉得她脑子没什么不正常。说话大体也条理分明。"天吾说着稍稍顿一顿，"我只是觉得她有点奇特。"

"不管怎样，她对你这个人产生了兴趣。"小松说。

天吾想挑选恰当的词儿，但根本找不到。"这我就不清楚了。"他答道。

"她和你见了面，至少认为你具备改写《空气蛹》的资格。就是说，她对你这个人感到满意。你干得太好啦，天吾君。下面的事我也说不准。当然会有风险。不过，风险是人生的调味料嘛。你马上就动手改写《空气蛹》，我们没有时间了。改写完毕的原稿，还必须尽早送到堆积如山的应征稿里，把原来的稿子换下来。十天内，你能写好吗？"

天吾长叹一声。"时间太紧了。"

"不一定要最后的定稿嘛。以后还可以修改。大体像样就行。"

天吾在脑中粗粗估算了一下。"那样的话，十天也许就差不多了。但还是很紧张啊。"

"动手干吧。"小松声音爽朗地说，"用她的眼睛来观察世界。你要变成媒介，把深绘里的世界和这个现实世界联结起来。你肯定行。天吾君，我啊——"

这时，那些十元硬币用完了。

第5章 青豆
需要专业技能与训练的职业

完成工作后，青豆步行了一小段路，然后招手喊了辆出租车，去了赤坂一家大酒店。回家睡觉前，有必要借酒精缓解一下神经的亢奋。毕竟刚把一个家伙送到了那个世界。尽管那是个死有余辜的恶棍，但人就是人。她手中还残留着生命消逝那一刻的感觉：呼出最后一口气，灵魂游离了躯体。青豆去过几次这家大酒店的酒吧，设在高楼顶层，景致绝佳，吧台很舒适。

走进酒吧，是在七点过后。一对年轻的钢琴吉他二重奏正在演奏《甜蜜的洛伦》。虽是模仿奈特·金·科尔[①]，但也不错。她像平时一样坐在吧台前，点了金汤力和一碟开心果。客人还比较少。一对观赏着夜景啜饮鸡尾酒的年轻夫妇。四位似乎在谈生意的西装客。手擎马丁尼酒杯的外国中年夫妇。她慢慢地喝着金汤力，不想过早地醉倒。夜还长着呢。

从挎包中取出书来读。这是一本关于二十世纪三十年代满洲铁路

---

① Nat King Cole（1919－1965），美国爵士钢琴家、歌手。

的书。满洲铁路是在日俄战争结束后的第二年，以俄罗斯将铁路线及其权益转让给日本的形式诞生的。其规模迅速扩大，为日本帝国侵略中国开便利之路，一九四五年被苏联红军解体。一九四一年苏德战争爆发前，经这条铁路转乘西伯利亚铁路，十三天就能从日本下关抵达巴黎。

身穿一套西装，旁边放着大大的挎包，热心地阅读关于满洲铁路的书（还是精装本）。这样，即便独自坐在大酒店的酒吧里喝酒，恐怕也不会被误认为正在勾引客人的高级妓女，青豆心想。但是，真正的高级妓女一般打扮成什么模样，青豆其实一无所知。假如她们真以富有的生意人为顾客，为了不让对方紧张，也为了不被赶出酒吧，只怕会努力不让人认出是妓女。比如说身穿"岛田顺子"的套装和白衬衣，尽量少化妆，带着实用的大挎包，面前摊开一本关于满洲铁路的书，诸如此类。细细一想，此刻她的所作所为，和候客的妓女实质上并无多大差别。

时间流逝，客人渐渐增多。回过神来，四周已经充满嘈杂的人语，但青豆期待的类型还未出现。她要了第二杯金汤力，还点了蔬菜条（她还没吃晚饭），继续读书。终于，来了一个男人，在吧台前坐下。没有同伴。皮肤晒得恰到好处，身穿一套雅致的蓝灰色西服，领带也品位不俗，不过于花哨，也不过分素淡。年龄在五十岁上下，头发相当稀薄，不戴眼镜。大概是来东京出差，已经处理完工作，赶在睡觉前来喝一杯的。和青豆一样，将适度的酒精灌入体内，缓解紧张的神经。

来东京出差的白领，大多不会入住如此高级的酒店，而是住房钱更加便宜的商务酒店。这种酒店大多离车站很近，一张床几乎占据了全部的空间，窗外只能看见隔壁建筑的外墙，胳膊肘不碰二十次墙壁就洗不成淋浴。每一层走廊里都放着出售饮料和盥洗用具的自动售货机。他们不是只能支取这么点差旅费，就是打算住在便宜的酒店里，把省出来的费用塞进腰包。他们在附近的小酒馆里灌饱啤酒上床睡觉，在隔壁的牛肉盖饭店狼吞虎咽地吃早餐。

住在这家酒店里的，则是不同类型的人。他们因公出差来东京时，非新干线头等车厢不坐，非固定的高级酒店不住。工作结束后，便在酒店的酒吧里悠闲自得地喝昂贵的酒。其中多是在一流企业工作、位居管理层的人物。或者是私营业主，再不就是医师、律师等专业人员。人到中年，花钱随便，而且多少是吃喝玩乐的行家。青豆脑中所想的，就是这样的类型。

青豆早在二十多岁时，就连自己也莫名其妙地，常常被头发开始稀疏的中年男子吸引。和完全秃顶相比，头发略剩下一点的人，才是她的偏爱。但不是只要头发稀疏就好，脑袋轮廓不好看也不行。她的理想是肖恩·康纳利的谢顶方式。脑袋的轮廓非常漂亮、性感。只是远远地看着，胸口便悸动不已。吧台前那个和她隔着两个座位的男人，脑袋的轮廓就很不错，虽然没有肖恩·康纳利那样端正，却另有一番风味。发际线退到了额头很靠后的地方，所剩无几的头发让人联想起晚秋落霜的草地。青豆从书页上微微抬起眼睛，观赏了一会儿那男人的头形。他的容貌不怎么让人印象深刻。虽然不胖，但下颚的肉已微微开始松弛，眼睛下面出现了眼袋。一个随处可见的中年男人。但无论怎么说，那颗脑袋的轮廓却正合青豆的口味。

侍者把酒单和毛巾递过去。男人看也不看酒单，就点了苏格兰威士忌的高杯酒。"您有什么喜好的牌子吗？"侍者问。"没有特别的喜好。什么都行。"男人说。声音平静而安详。听得出关西口音。随即，那男人像偶然想起来了，问：有没有"顺风"①？有。侍者回答。不

———————

① Cutty Sark，开发于 1923 年的苏格兰著名威士忌品牌。

俗，青豆心想。此人挑选的不是皇家芝华士，不是讲究的纯麦芽威士忌，这让她很有好感。按照青豆的见解，在酒吧里对酒的品种刻意挑拣的人，大多对性都很淡泊。至于有什么理由，不太清楚。

关西口音是青豆的偏爱。尤其喜欢生长于关西的人来东京出差，努力说东京话时那种格格不入的落差。词汇与语调不一样的地方，让人有种无法言喻的乐趣。那种独特的音韵奇妙地让她安心。就是他啦。她决定。好想尽情地用手指抚弄那还未脱尽的残发。侍者把"顺风"高杯酒端给男人时，她叫住他，用故意让那男人听见的音量说："请给我一杯'顺风'威士忌加冰。"

"明白了。"侍者毫无表情地回答。

男人解开衬衣最上端的纽扣，稍稍松开细条纹的藏青色领带。西装也是藏青色。衬衣是淡蓝的标准领式样。青豆一面读书，一面等待着威士忌送来，其间若无其事地解开了一粒衬衫纽扣。乐队在演奏《那只是个纸月亮》，钢琴手只唱了一段副歌。加冰的威士忌一送来，她就端到唇边，啜了一口，心里明白男人在不时朝这边瞟。青豆从书页上抬起脸，将视线投向男人。若无其事地，仿佛纯属偶然地。与男人视线相交时，她似有似无地微微一笑，随即将目光收回，假装观赏窗外的夜景。

这是男人和女人搭讪的绝妙时机，她特意为他营造了这样的情景。但男人没有过来搭话。真是的！你是干什么的！青豆暗想。又不是没见过世面的小伙子，总该明白这种微妙的氛围吧？大概是缺乏勇气。他五十岁，我才二十多岁，担心贸然搭讪可能会被无视，甚至会自讨羞辱，被骂作秃老头。哎呀，真是什么都不懂。

她合上书，塞进包里，主动和男人攀谈起来。

"你喜欢喝'顺风'？"

男人似乎吃了一惊，看着她，脸上浮现莫名其妙的表情，似乎不明白对方在问什么，随即放松下来。"啊，噢，'顺风'。"他像是想起来了，"我以前就喜欢这个牌子，经常喝。因为上面画着帆船。"

"你喜欢帆船啊。"

"是的。喜欢帆船。"

青豆举起玻璃杯，男人也微微抬了抬高杯酒的杯子。像干杯一样。

然后青豆把放在旁边的挎包挎在肩上，手中端着那杯加冰威士忌，灵巧地越过两个座位，移到了男人的邻座。男人有点惊愕，但努力不露在脸上。

"和高中时的女同学约好在这儿见面，可她好像爽约了。"青豆看着手表说，"人也不来，也不联系。"

"别是对方把约会日期弄错了吧？"

"可能是吧。她这个人从前就毛手毛脚的。"青豆说，"我还得再等她一会儿。可以边等边和你闲聊两句吗？还是你想自己享清闲？"

"不不，不碍事。毫无问题。"男人说，声音略有些不对劲。眉毛拧起，用审查抵押品般的眼神注视着青豆，似乎怀疑她是不是正在物色客人的妓女。但青豆身上没有那种感觉，怎么看也不会是妓女。男人的紧张缓和了一些。

"你住在这个酒店里吗？"他问。

青豆摇摇头。"不，我住在东京。只是在这儿等个朋友。你呢？"

"我是出差。"他说，"从大阪来。来开会。一个很无聊的会。但是总公司在大阪，总得来个人参加一下，不然不成体统。"

青豆礼貌地笑笑。喂喂，你的工作如何如何的，我可是连鸽子粪大的兴趣都没有哦。青豆想。我只是对你那脑袋的轮廓感兴趣罢了。只是，这种话说不出口。

"完成了一件工作，想过来喝一杯。明天上午还得完成一件工作，完了就回大阪。"

"我也是，就在刚才，完成了一件重大工作。"青豆说。

"哦？你做什么样的工作？"

"工作的事，我不太喜欢多谈。不过嘛，类似专业技术工作吧。"

"专业技术工作。"男人重复道，"普通人无法胜任、需要专业技能和训练的工作。"

你难道是活字典？青豆想。不过这话也没说出去，只是面露微笑。"呃，差不多吧。"

男人又喝了一口高杯酒，从小钵子里拿起一粒腰果吃。"我对你做什么工作挺感兴趣，可是你不愿意多谈。"

她点点头。"现在还不想。"

"没准是使用语言的工作？比如说啊，对啦，像编辑、大学里的研究者什么的。"

"为什么这样想？"

男人把手伸向领带打结处，再次系好。衬衣纽扣也扣上。"只是这么猜测。因为见你捧着本大部头读得好像很投入。"

青豆用指甲轻轻地弹了一下酒杯口。"读书是因为喜欢，和工作没关系。"

"那我就没办法啦。猜不出来。"

"你肯定猜不出来。"青豆说。恐怕你永远也别想猜出来。她在心里补充道。

男人若无其事地观察青豆的身躯。她假装把什么东西碰落了，向前俯下身，让对方把乳沟看了个心满意足。乳房的形状应该多少能看到一点，饰有花边的白色内衣也是。然后她仰起脸，把加冰威士忌喝光。玻璃杯里圆形的大冰块当啷响了一下。

"要不要给你再来一杯？我自己要再点一杯。"男人说。

"拜托你啦。"

"你酒量很大啊。"

青豆暧昧地笑笑，随后忽然换了一脸严肃的表情。"对啦，我想起来了。有件事想问问你。"

"什么事？"

"最近警察的警服是不是换了？佩带的手枪种类也换了？"

"你说的最近，是指多长时间？"

"这一个星期左右。"

男人露出奇怪的表情。"警服和手枪的确换了，不过那可是好几年前的事了。从前那种挺括的警服改成了像便装的夹克，手枪也改用了新型自动手枪。其他的好像没有大变化。"

"日本的警察佩的不都是老式左轮手枪吗，直到上个星期为止？"

男人摇摇头。"哪里。警察早就全部佩自动手枪啦。"

"你能肯定吗？"

她的语调让男人有点畏缩。他眉间皱起，认真地搜寻记忆。"哎呀，被你这么一问，还真有点糊涂了。不过报上肯定报道过全体警察都更换了新型手枪。当时还闹出点事来，说是手枪性能过高，市民团体照例还向政府提出抗议来着。"

"有好几年了？"青豆问。

男人把上了年纪的侍者喊过来，问他警察换装是什么时候的事。

"是两年前的春天。"侍者一口答道。

"瞧瞧，一流酒店的侍者不管什么事都知道啊。"男人笑着说。

侍者也笑了。"不，哪里。只是我弟弟碰巧是当警察的，所以这件事我记得清楚。我弟弟不喜欢新警服，老是发牢骚。还说手枪也太重。新枪是贝雷塔九毫米自动式，只要拨一下开关就能转换成半自动。现在好像是三菱在国内进行特许生产。日本几乎不会发生枪战，所以不需要这样高性能的手枪。万一手枪被盗，反倒更令人担心。不过政府已定下方针，要强化警察的功能。"

"老式左轮手枪怎么办了？"青豆尽量压低声调问。

"应该是全部回收，拆卸销毁。"侍者答道，"我在电视上看到过拆卸工作的报道。要拆卸处理那么多的手枪，再废弃子弹，得费好大的功夫呢。"

"卖给外国不好吗？"头发稀疏的白领说。

"宪法禁止出口武器。"侍者谦虚地指出。

"瞧瞧，一流酒店的侍者……"

"这么说，从两年前开始，日本警察就根本不用左轮手枪了，对吗？"青豆打断男人的话头，询问侍者。

"据我所知是这样。"

青豆微微皱起了眉。是我的脑子出问题了吗？就在今天早晨，我还看到了身穿从前的警服、佩带老式手枪的警察。老式手枪一把不剩地全处理了！这种事情闻所未闻。但不至于是这个中年男子和侍者双双记忆出错，或一起撒谎！这么一来，只能是我自己弄错了。

"谢谢。这个问题到此为止吧。"青豆对侍者说。侍者脸上像一个恰当的标点一般，浮出职业性的微笑，回去工作了。

"你对警察感兴趣吗？"中年男子问。

"也不是。"青豆含混地说，"只是记忆有点模糊。"

两人喝着新送来的高杯酒和加冰的"顺风"。男子谈起了游艇。他在西宫市的游艇港里停泊着自己小小的游艇，到了休息日就驾着出海。男子滔滔不绝地谈论着独自在海上乘风破浪是何等美妙。青豆根本不想听那味同嚼蜡的游艇的故事。还不如谈谈滚珠轴承的历史或乌克兰矿物资源的分布情况，只怕更有趣。她瞟了一眼手表。

"夜已经深了。我可以坦率地问你一个问题吗？"

"当然可以。"

"该怎么说呢，是个私人问题。"

"只要我能回答。"

"你的老二算不算大？"

男人微微张口，眯眼，盯着青豆的脸看了一会儿。似乎无法相信钻入耳朵的话。但青豆满脸一本正经。并非开玩笑。这只要看看她的眼睛便一清二楚。

"这个嘛。"他严肃而认真地答道，"我也不太清楚，算是普通吧。猛然这么一问，我也不知道该如何回答……"

"你年龄多大？"青豆问道。

"上个月刚满五十一。"男人用没有把握的声音回答。

"长着个一般的脑袋，活了五十多年，也有份像样的工作，甚至还有一艘游艇，居然不知道自己的老二和世间一般的标准相比，是大还是小？"

"这个嘛，说不定比一般的要大一点。"他想了一下，似乎难以启齿地说。

"真的？"

"你干吗对这个感兴趣？"

"感兴趣？谁说我感兴趣了？"

"这个嘛，当然没人说过……"男人在吧凳上往后缩了缩屁股，说，"不过现在这件事好像成了问题。"

"根本没成什么问题嘛。"青豆干脆地说，"我吧，只是觉得大点的比较对胃口——从视觉角度来说。不是说不大就感觉不到高潮，也不是说只要大就好。我不过是说，就感觉而言，我比较喜欢大一点的。难道不行吗？不管是谁，总会有偏好。不过，太大了不行。那只会让我疼。明白吗？"

"这么说，没准刚好能让你满意。比一般的要大那么一点，但绝不会太大。就是说，恰到好处……"

"你不是在撒谎吧？"

"这种事情，撒谎也没什么意思。"

"嗯。那好，让我瞧一瞧如何？"

"在这里？"

青豆有节制地皱起了脸。"在这里？你脑子有毛病啊？这么一把年纪，到底是想着什么长大的？穿着高级西装，还系着领带，就没有一点社会常识吗？在这种地方掏出老二来，究竟算怎么回事？也不想想周围的人会怎么看！当然是到你的房间里去，脱掉裤子让我看啦。就咱们两个。这种事不是明摆着嘛！"

"给你看了，然后怎么办呢？"男人担心地问。

"看了以后该怎么办？"说着，青豆屏住呼吸，相当大胆地皱了皱脸，"当然是做爱啦。不然你说还能干什么？难道特地跑到你的房间里，就是看一眼老二，然后说一声：'谢谢，您辛苦了。今天看了个好东西。拜拜，晚安。'就这么扭头回家？你呀，难道是脑子里短路了？"

男人亲眼目睹了青豆面孔的急剧变化，倒吸一口凉气。只要她皱起脸，男人大都会畏缩，小孩子的话恐怕还得尿裤子——就是这样有冲击力。是不是有点过分？青豆暗想。不能让对方那样畏惧，在那之前还有事得做呢。她赶忙让脸恢复原状，强作笑颜，像在开导对方般说：

"总之，就是到你的房间里去，上床做爱。你总不至于是同性恋或阳痿什么的吧？"

"不，我想不是。孩子也有两个了……"

"喂喂，你有几个孩子，谁也没问你呀。我又不是在做人口调查，你别说这些不相关的话。我要问的是，和女人上了床，你的老二翘不翘得起来，只有这个嘛。"

"我想，关键时刻派不上用场的情况，还没有过。"男人说，"不过，你会不会是专干这个的……我是说，是以此为生的？"

"当然不是。你别瞎猜。我可不是专干这个的，也不是变态。只是个普通市民。一个普通市民单纯而率真地希望和异性发生性关系而已。并不特殊，极其普通。这有什么不行？完成了一件艰难的工作，夜幕降临，喝一杯酒，想和素不相识的人做爱，发泄一通，休息神经。需要这么做。如果你是个男子汉，一定能理解这种感觉吧？"

"当然能理解……"

"我不要你一分钱。如果你能让我满足，我甚至还能给你钱呢。安全套我也准备好了，你不必担心染病。明白了吗？"

"我明白了，不过……"

"你好像不大起劲嘛。对我不满意？"

"不不，那倒没有。我只是不大明白，你又年轻又漂亮，而我的年龄恐怕和你父亲差不多大……"

"好了！别说这种无聊的话，拜托啦。不管年龄相差多少，我又不是你不成器的女儿，你也不是我不争气的父亲。这种事情不是大家都明白嘛！被你这么毫无意义地一说，弄得人家神经紧张。我呢，只是喜欢你的秃头。喜欢那形状。明白了吗？"

"尽管你这么说，我的头还算不上秃呢。发际线的确有点……"

"好啰唆啊！真是的。"青豆强压着想狠狠皱起脸的念头，说。随后又让声音柔媚一些。不能毫无必要地吓坏了对方。"这种事情无所谓，对不对？求你了，这种傻话别再提了。"

不管你本人怎么想，这副样子绝对是秃头。青豆心想。如果人口调查中有秃头这一项，你就得规矩地在这一栏里填上记号。如果上天堂，你注定要去秃头天堂；如果下地狱，你注定要去秃头地狱。明白了吗？明白的话，就不要再假装看不见事实。快，咱们走吧。你就要一路直奔秃头天堂啦，马上。

男人付了账，两人转移到他的房间。

他的阴茎果然比一般的标准大一点，又不大得过分。自我申报如实无误。青豆熟练地抚弄着它，将它弄得又大又硬。她脱去衬衣，脱去裙子。

"你大概觉得我的胸部小吧？"青豆俯视着男人，冷冷地问，"自己的老二挺大的，我的胸却小，所以小看我，觉得自己吃亏了，是不是？"

"不，我可没那么想。你的胸不算小，形状也非常好看。"

"是吗？"青豆说，"我跟你说，其实平时，我根本不戴这种花哨的蕾丝胸罩。因为工作，没办法才戴的。是为了偶尔展示一下胸部。"

"究竟是什么类型的工作？"

"喂，我不是跟你说清楚了吗？我不想在这种地方谈论工作。但别管是什么工作，做个女人可真不容易。"

"就算是男人，活着也一样不容易。"

"但是，你总不至于明明不想戴，却非得戴着蕾丝胸罩不可吧？"

"那倒是……"

"既然这样，就不要不懂装懂啦。女人呀，烦心事要比男人多得多。你穿着高跟鞋跑下过又陡又直的楼梯吗？你穿着紧身迷你裙翻过铁栅栏吗？"

"我说错啦。"男人老实地道歉。

她把手伸到背后，解下胸罩，扔到了地板上。再把连裤袜卷着脱下来，团成团也扔在地板上。然后躺在床上，再次抚弄起男人的阴茎来。"哎哟，这家伙挺神气的。佩服佩服。形状也好看，大小也合适，还硬得像树根一样呢。"

"你能这么说，我很开心。"男人似乎放下了心，说。

"好啦，姐姐现在好好地爱抚爱抚你，要让你快活得乱抖呢。"

"是不是应该先去冲个澡呀？身上有汗。"

"好烦啊你。"青豆说，并且像在警告，用手指轻捏右侧的睾丸，"告诉你，我到这儿是来做爱的，可不是来冲澡的。明白了吗？先干。痛痛快快地干。汗什么的都没关系。又不是害羞的女学生。"

"明白了。"男人说。

做完爱后，男人筋疲力尽地趴在床上。用手指抚摸着他暴露无遗的后颈，青豆强烈地感受到想把锋利的针尖扎进那个特殊部位的欲望。甚至想要不要真的扎一下。挎包里就放着裹在布中的冰锥，尖上插着费时耗力地进行过特殊柔软加工的软木。只要想动手，不费吹灰之力就能做到。右手的掌心对准木制的把柄笔直落下，对方还不知不觉，就一命呜呼了。毫无痛苦。大概会被判为自然死亡。她当然放弃了这个念头。必须把这人从社会中除去的理由根本不存在——除非对青豆来说，他已经不再有存在的理由。青豆摇摇头，把这个危险的念头从大脑中驱逐出去。

这人并不是恶人。青豆告诫自己。做爱也做得不错，有不在她高潮前射精的分寸。脑袋的轮廓也好，秃头的程度也好，都让人满意。阴茎的大小也正合适。礼貌周到，服装的品位也很棒，没有咄咄逼人之处。大概家教和家境都不错吧。的确，他的谈吐惊人地乏味，让人心焦。但这不是十恶不赦的死罪。恐怕不是。

"可以打开电视看看吗？"青豆问。

"可以啊。"男人仍然趴在床上不动，答道。

青豆光着身子躺在床上，把十一点的新闻一直看到最后。在中东，伊朗和伊拉克照旧在继续血腥的战争。战局陷入了泥潭，找不到丝毫解决的头绪。在伊拉克，逃避征兵的青年被吊死在电线杆上，以示惩戒。伊朗政府责难萨达姆·侯赛因使用神经毒气和细菌武器。在美国，沃尔特·蒙代尔和凯利·哈特在总统竞选中争夺民主党候选人的宝座。两个人看上去都不像世界上最聪明的人。大概是因为聪明的总统大多会成为暗杀目标，于是脑力超过常人的角色都努力不做总统的缘故。

在月球上，永久性观测基地的建设正在进行。在那里，美国和苏联罕见地携手合作，像在南极的观测基地一样。月球基地？青豆一愣。这种事情闻所未闻嘛。到底是怎么回事？但她决定不想太多。因为眼前还有更重大的事。九州的煤矿火灾造成多人死亡，政府正在追究事故原因。在月球基地即将建成的时代，人们还在继续挖煤，这个事实更让青豆惊愕。美国向日本提出开放金融市场的要求。摩根·斯坦利、美林公司挑唆政府，试图寻求新的生财之道。再介绍岛根县一只聪明的猫。它能自己开窗外出，出去后还会把窗子关上。是主人教会它这样做的。青豆钦佩不已地看着那只瘦瘦的黑猫转过头，伸出一只爪子，带着似乎大有深意的眼神关上窗子。

种种新闻无奇不有。但在涩谷的酒店中发现一具男尸的消息却没有报道。新闻节目结束后，她按下遥控器的按钮关掉电视。四周静谧无声。只能听见躺在身边的中年男子轻微的鼾声。

那个家伙此刻肯定保持着相同的姿势，伏在写字台上，看上去像陷入沉睡。就像我身旁这个男人一样，但听不见鼾声。那个恶棍醒来站起身的可能性，根本不存在了。青豆仰视着天花板，在脑中描绘那尸体的情形。微微摇头，一个人皱起了眉。然后爬下床，把扔在地板上的衣物一一捡起来。

第6章 天吾
我们要去很远的地方吗？

小松打来电话，是在星期五的凌晨，五点刚过。那时天吾刚好在做梦，梦见自己正走过一座长长的石桥，到对岸去取遗忘在那儿的重要文件。走在桥上的，只有他一人。那是一条美丽的大河，河心随处裸露出沙洲，河水缓缓地流淌，沙洲上长着柳树。还能看见鳟鱼优雅的泳姿。鲜亮的绿叶柔曼地垂向水面。像中国彩绘瓷盘上描绘的风景。这时他醒了过来，在黑暗中瞅了一眼枕旁的时钟。这种时候谁会打电话来，他当然在拿起听筒前就知道了。

"天吾君，你有文字处理机吗？"小松问。既没道一声"早安"，也不问一句"起床了吗"。这时候还醒着，说明他肯定通宵未眠，绝不是为了观赏日出特意早起。他在睡觉前，想起了有事应该告诉天吾。

"当然没有。"天吾答道。四周还是一片漆黑。而且他还伫立在长桥中央。天吾难得做印象这样鲜明的梦。"不是自吹，我可买不起那东西。"

"那你会用吗？"

"会用呀。电脑也好文字处理机也好，只要有，大概就能用。补习学校就有，我经常在工作时使用。"

"那好，你今天就去找一台文字处理机，立刻买回来。我对机械类的东西一窍不通，什么制造商呀机种呀，就统统拜托你啦。货款回头找我要。你用它赶紧开始改写《空气蛹》。"

"话虽这么说，可是一台也得二十五万元呢。"

"就这么一点钱的话，没问题。"

天吾在电话机旁想了片刻。"这么说，您是要给我买一台文字处理机？"

"对啊。把我那点可怜的零花钱全拿出来。这项工作值得投入这些资金。小气就办不成大事。你也知道，《空气蛹》寄来的是文字处理机打印的稿子，改写稿如果不使用文字处理机的话，不太合适。要尽量和原来的稿子保持一致。你今天可以开始改写吗？"

天吾略一沉吟，说："行啊。我这边随时可以开始。只是，深绘里要求我星期天去和一位她指定的人见面，这是让我进行改写的条件，可我和那个人还没有见面。如果和对方的谈判破裂，投资和功夫统统化为泡影，这种可能性也不是没有。"

"不要紧。这个我会想办法。你别介意这种细节，马上就动手。这可是在和时间竞赛啊。"

"您确信会面能顺利吗？"

"是直觉。"小松说，"我这种直觉可准得很呢。老天好像没有赐予我什么才华，只有直觉倒是不少。说来惭愧，我能混到今天，全靠着这东西。你知道吗，才华和直觉最大的区别是什么？"

"不知道。"

"区别就在于，你再怎么才华横溢，也未必就能填饱肚皮；但只要你拥有敏锐的直觉，就不必担心混不上饭吃。"

"我会记住的。"天吾说。

"所以你用不着担心。今天就赶快开始工作吧。"

"既然您这么说了，我当然没关系。我只是不希望还没准备好就开始行动，最终落得两手空空。"

"这方面的责任就由我来承担好了。"

"明白了。我下午跟朋友约好了会面，其余的时间都空着。早上我就到街上去买一台文字处理机。"

"好，拜托了，天吾君。全靠你啦。咱们俩齐心协力，闹它个天翻地覆！"

九点多，他那身为有夫之妇的女朋友打来电话，是在开车把丈夫和孩子们送去车站后打的。这天下午她本要到天吾家来，星期五一直是他们幽会的日子。

"今天我身体不适。"她说，"很遗憾，不能去看你了。下周再见吧。"

所谓身体不适，是进入生理期的委婉说法。她接受的教育要求她谈吐文雅委婉。在床上，她倒不怎么文雅委婉，不过那是另一回事。见不到你，我也觉得非常遗憾。天吾说。但这种事本来也没办法。

其实只说这个星期的话，不能和她相见并不让天吾特别遗憾。和她做爱当然愉快，但他的心思早已转向《空气蛹》的改写。种种改写方案，宛如太古的大海中熙熙攘攘的生命萌芽，在他的脑海里沉浮隐现。这样的话，我不是变得和小松一样了？天吾想。事情还没怎么样，心却自作主张地朝那个方向想了。

十点钟赶往新宿，用信用卡买了富士通的文字处理机，最新款式，和同一系列的先期产品相比，分量减轻了许多。还买了备用的墨带和纸张。拎回家放在桌上，接上电源线。在办公室里他用的是富士通大型文字处理机，这台尽管是小型机，基本功能却没有太大差异。天吾一面确认机械的性能，一面开始动手改写《空气蛹》。

这篇小说该如何进行改写？天吾并没有一个可称为明确计划的东西，只是针对一个个具体的细节有了些方案。并不曾准备贯穿改写工作始终的方法和原则。能不能对《空气蛹》这样富有虚幻色彩、诉诸感觉的小说进行逻辑性的改写，他本来就毫无自信。确如小松所言，文章显然必须大刀阔斧地修改，可是这么做了，能否不损害作品原来的氛围和资质呢？这难道不等于给蝴蝶安上骨骼吗？这么一想，他就心生迷惑，不安倍增。但事情已经启动，而且时间有限，没有余裕悠闲地遐想。恐怕只能从细微处着手，具体地一一解决。动手处理细节的过程中，整体形象也许会自动浮现出来。

天吾君，我相信你能做到。我有把握。小松曾满怀自信地断言。而且不知何故，天吾竟然全盘接受了小松这种说法。此人的言行一向很成问题，基本是个只顾自己的角色。如有必要，他肯定会把天吾干脆地扔下，甚至不会回头看一眼。但正像他自己说过的，小松作为编辑，直觉中的确有种特别的东西。他永远不会迷茫，遇到任何事情都能当机立断，付诸实施。毫不在乎周围的人怎么议论。这是优秀的前线指挥官必备的资质。而且无论怎么看，这都是天吾身上没有的资质。

天吾实际开始改写，是在中午十二点半。他把《空气蛹》原稿最初几页恰好自成一段的原文，打到文字处理机的显示屏上。暂时先改写这部分，直到满意为止。不对内容本身作任何改动，只是对文章进行彻底的调整，就像改装公寓房间一样。基本结构原封不动，因为结构本身并无问题。排水管的位置也不变更。此外可以调换的东西——地板、天花板、内墙、隔板——悉数拆除，更换一新。我是个技艺高强的匠人，被授予全权。天吾告诫自己。没有已定的设计图，只能随机应变，凭直觉和经验下功夫修改。

一读之下难以理解的部分，便添加说明，让文章的走势更为明显易懂。多余的部分和重复的表达，便进行删削，而不够透彻的地方，便酌情补充。在各处颠倒与转换句序和词序。形容词和副词原本极少，于是他尊重这个特点，但同时，感到需要修饰性的表达时，他就选取贴切的词语增补上去。深绘里的文字虽然整体上感觉稚拙，但好的和坏的部分十分清楚，在取舍上并没有预想的那样花费时间。有些部分因为稚拙而难解难读，但另一方面，也有些表达因此令人耳目一新。对前者，他大刀阔斧地删削，代以别的东西，对后者则原样保留。

在改写的过程中，天吾越来越明晰地感受到，深绘里写作这篇小说，根本不是为了留下一部经典的文学作品。她仅仅是把存在于内心的故事——借用她的表达，就是她亲眼看见的故事——暂且用语言记录下来。其实未必非得用语言不可，只是除了语言，她没有找到足以恰当地记述这些内容的方式。仅此而已。所以从一开始她就没有什么文学野心。从未打算把写出来的东西当作商品出售，在修辞与表达上便毫无精雕细琢的必要。如果比作房屋，就是只要有四壁有屋顶，足以抵御风雨就行了。正因如此，不管天吾怎么修改自己的文章，深绘里都觉得无所谓。因为她的目标已经实现了。她说"随你怎么改"，恐怕是发自真心的吧。

尽管如此，构成《空气蛹》的文字，又绝非自己读懂了就不管别人的那一类。如果深绘里的目的只是把映入眼帘或浮上脑际的东西作为信息记录成文，只要逐条记成笔记就够了。没必要不厌其烦地特意加工成一篇读物。无论怎么看，这都是以让他人捧在手上阅读为前提写下的文字。所以，尽管《空气蛹》并非以文学创作为目的而写，尽管文字十分稚拙，却具有震撼人心的力量。但是，这个他人，似乎又不同于现代文学作为原则设定的"不特定的多数读者"。天吾读着读着，这种感觉越来越强烈。

那么，她设想的究竟是怎样的读者呢？

天吾当然一无所知。

天吾知道的，不过是《空气蛹》为一部巨大的美质与缺陷并存的、极其独特的虚构作品，其中似乎还蕴藏着某种特殊的目的。

改写的结果，稿子的字数几乎膨胀了两倍半。原作中欠透彻之处远远多于过头之处，想改写得条理分明，整体的量自然会增加。要知道起初可是漏洞百出啊，而现在文章变得合情合理，观点稳定，读起来顺畅多了。但作品整体的流势总让人觉得涩滞，逻辑过于外露，原文最初具有的锋芒被削弱了。

接下去要做的，是从膨胀了的稿子中，把"可有可无之处"精简掉。把多余的赘肉一一削除。削除与增补相比，做起来要简单得多。经过这番工作，文章的分量大约减到了七成。这是一种智力游戏。先设定一个时段，增加尽可能增加的，再设定一个时段，削减尽可能削减的。执拗地一再重复这种做法，于是振幅渐渐变小，文字量自然地稳定在了应当稳定之处，到达一个无法增加也无法减少一点的程度。自我被削除，多余的修饰被筛落，裸露无遗的逻辑退回了后堂。天吾生来就擅长这种工作，是个天生的技师。拥有为了觅食在空中盘旋的鸟儿一般敏锐的注意力，又像运水的骡子一般坚忍不拔，永远遵守游戏规则。

屏气凝神地沉湎于这样的工作，歇口气时望了望墙上的挂钟，已经将近三点。如此说来，午饭还没有吃。天吾走到厨房，用水壶烧开水，其间磨咖啡豆。吃了几片饼干加奶酪，啃了个苹果。等水烧开后泡了咖啡，倒进带柄的大茶杯里，一面喝，一面想象一通和年长的女友做爱的情景，借此转换心境。本来，这会儿应该正在跟她干那事。于是，他如何动作，她又如何动作。他闭起眼睛，冲着天花板，充满暗示和可能性地深叹了一口气。

然后，天吾回到桌前，再次切换脑中的电路，在文字处理机的显示屏上，将《空气蛹》的开头部分重读了一遍，就像斯坦利·库布里克[1]的电影《光荣之路》开场时，那位将军视察战壕阵地一样。他对眼前看到的东西点头表示满意。不错。文章得到改进，事物在向前迈进。但还不能说已经够了。还有许多事情必须去做。处处沙袋崩塌，机关枪弹药不足，还看到多处铁丝网过于单薄。

　　他把这段文章打印在纸上，然后保存，关闭文字处理机电源，把机器推到桌子边缘。而后把打印件放在面前，一只手拿着铅笔，再次仔细地重读一遍。又删去一些觉得多余的部分，补足几处表述不够的地方，将与上下文不协调的部分修改到自己满意为止。就像挑选和浴室的狭窄缝隙尺寸相符的瓷砖，他慎重地选择最合适的词语，从各种角度检查是否严丝合缝。如果不够吻合，就调整瓷砖的形状。一丝细微的差别，既能赋予文章生命，也足以毁掉文章。

　　文字处理机显示屏上的东西与印刷在纸上的东西，哪怕是同一篇文章，看上去印象也有微妙的不同。用铅笔在纸上书写和敲击文字处理机的键盘，所处理的词语在感觉上会发生变化。需要从双方的角度加以验证。接上电源，把打印件上用铅笔写下的订正处，一一反馈到显示屏上。再在上面阅读已经更新的原稿。不错，天吾心想。一个个句子各有相应的分量，从中生出了自然的节奏。

　　天吾坐在椅子上，挺直后背，仰望着天花板长长地舒了一口气。当然，这还不算大功告成。放上几天后重读一遍，肯定还会发现应该修改的地方。不过，今天这样就可以了。差不多到了神经紧绷的极限。需要一段冷却的时间。时钟的指针已经接近五点，四周开始变黑。明

---

① Stanley Kubrick（1928—1999），美国电影导演。代表作有《2001：太空漫游》等。下文的《光荣之路》为其 1957 年的作品。

天再修改下一大段。仅仅是改写开头几页，就耗费了几乎一整天，比想象的要费事。然而一旦铺设完轨道，把握住节奏，工作起来进展肯定更为迅速。而且不管什么，最费事的就是开头部分。只要渡过这道难关，以后……

然后，天吾浮想起深绘里的脸庞，心想，如果她读了这改写过的稿子，究竟会作何感想呢？他想象不出。关于深绘里这个人，他等于一无所知。除了她今年十七岁，高中三年级，对考大学毫无兴趣，说话方式十分奇怪，喜爱白葡萄酒，长着一张足以让人怦然心动的美丽脸庞以外。

但天吾心中生出了这种感受，或者说类似的东西：自己大致在逐渐把握深绘里在《空气蛹》中试图描写（或记录）的世界的形态。深绘里用她独特而有限的词汇试图描绘的光景，经过天吾细心慎重地改写，比以前更鲜活、更明确地显露出来。一种流势从中涌出。天吾明白这一点。他不过是从技术层面进行修改补充，却仿佛那原本就是自己创作的故事，完成的作品自然地融为一体。于是，《空气蛹》这个故事跃跃欲试地，即将拔地而起。

这最让天吾高兴。由于长时间集中精力改写，身体已觉疲惫，精神却相反，亢奋得很。切断文字处理机的电源，起身离开桌子后，还想写下去的念头很长时间未能平息。他在发自内心地享受改写这个故事的工作。照此下去的话，大概不会让深绘里失望。话虽如此，天吾却想象不出深绘里喜悦或失望的样子。不止这样，他甚至无法想象她嘴角浮现笑意或面庞微微阴沉是什么模样。她脸上没有表情这种东西。究竟是原本就没有感情才没有表情呢，还是尽管有感情却不和表情产生关系？天吾不知道。总之这是个奇怪的少女。他再次这样觉得。

《空气蛹》的主人公恐怕就是从前的深绘里自己。

她是个十岁的少女，在山里某个特殊的"公社"（或者是类似公社的地方）中照料一只瞎眼的山羊。这是分配给她的工作。每一个孩子都被分配了各自的工作。那只山羊已经很老了，但对这个公社来说，却是一只非常重要的山羊，需要有人一直守护着它不受伤害，片刻也不能松懈。人们这么吩咐她。但她终于不小心放松了警惕，那只山羊死了。她因此受到惩罚，和死去的山羊一起被关进土仓里。在那十天中，少女完全与外界隔绝，不许出去，也不许和别人说话。

山羊担负着小小人与这个世界之间的通道的使命。她不明白小小人究竟是好人还是坏人（天吾当然也不明白）。到了夜里，小小人便通过这只山羊的尸体到这边的世界来，待到天亮，再回到那边的世界去。少女能和小小人说话。他们教给少女制作空气蛹的方法。

天吾感慨的是，眼睛看不见东西的山羊的习性和行动，都被描写得细致入微。这种细节描写，使整部作品栩栩如生。她真的饲养过失明的山羊？而且，她真的像作品中描写的那样，在深山里的公社中生活过？天吾推测她大概真有这样的体验。如果毫无体验，她作为一位讲述者，无疑具备旷世稀有的天才。

下次见到深绘里时（应该是星期天），问问她山羊和公社的事。天吾想。他不知道深绘里会不会回答这种问题。他回忆起上次和她的交谈，看来她只回答觉得可以回答的问题。不想回答的或是不准备回答的问题，她一律不予理会，置若罔闻。和小松一样。他们在这方面倒很相似。天吾则不同，只要别人提问，不管是什么样的问题，他都会尽量规规矩矩地回答。这一点大概是与生俱来的。

五点半，年长的女朋友打来了电话。
"今天都干了些什么？"她问。

88

"一整天都在写小说。"天吾说。一半是真话,一半是假话。因为他写的不是自己的小说。但他无法解释得那么详细。

"工作顺利吗?"

"还可以。"

"今天忽然有变故,对不起。我想下个星期可以见到你。"

"期待着那一天。"天吾说。

"我也是。"她说。

接着她谈起了孩子。她经常和天吾谈论自己的孩子。那是两个小女孩。天吾没有兄弟姐妹,当然也没有孩子,他不了解小孩子。然而她不在乎这些,径自谈论起自己的孩子的事。天吾不是个多话的人,不论什么事,只是喜欢听别人讲话,所以兴趣盎然地听她谈论。她说,读小学二年级的长女在学校似乎受到了同学的欺负。孩子自己什么也不说,是同学的母亲对她说,似乎有这样的事。天吾当然没见过那孩子。曾经看过一次照片,长得不大像母亲。

"是什么原因让她受欺负的?"天吾问道。

"她不时会发作哮喘,所以不能和大家一起玩耍。也许是因为这个。其实她是个老实的孩子,学习成绩也不差。"

"我真搞不懂啊。"天吾说,"有哮喘病的孩子,同学们应该呵护她才对,怎么可以欺负她呢?"

"在小孩子的世界里,事情可没那么单纯。"她说着,长叹一声,"仅仅是因为和别人不一样,就可能被嫌弃。大人们的世界也差不多,但这在孩子们的世界里表现得更直接。"

"具体有些什么表现?"

她列举了具体的例子。或是把你的东西藏起来。或是没人理睬你。或是不怀好意地学你的样子。一个一个地单独看,都不是什么不得了的大事,然而这些一旦变成日常生活,就会在孩子身上产生影响。

"你小时候有没有受过欺负？"

天吾想起了小时候。"没有。弄不好有过，可我没有觉察到。"

"如果没有觉察到，那就说明你一次也没受过别人的欺负。因为所谓欺负，本来的目的就是让对方明白自己在受欺负。受欺负的人居然没有觉察，这种欺负根本不可能存在。"

天吾从小就身材高大，又有力气，大家都对他另眼相看。没受过欺负大概就是因为这个吧。不过当时的天吾，其实正为远比受欺负严重的问题苦恼。

"你受过欺负吗？"天吾问。

"没有。"她明确地说，然后似乎有些踌躇，"倒是欺负过别人。"

"跟大家一起？"

"对。那是小学五年级时。大伙儿商量好了，都不和一个男孩子说话。为什么要干这种事，我怎么也想不起来了。肯定有什么直接的原因，可既然连想都想不起来，那恐怕不是什么大不了的事。不管怎么说，如今觉得不该干那种事，感到很不好意思。我怎么会干那种事呢？自己都说不明白。"

听了她的话，天吾忽然想起一件事。是很久以前的事了，但时至今日，记忆还会不时苏醒过来。他忘不了。然而他没有说出来。因为说来话长。而且，那是一旦变成话语，就会丧失最为重要的微妙含义的事情。他从来没有对任何人提起过，以后恐怕也不会说起。

"说到底，"年长的女朋友说，"因为自己没有属于遭受排斥的少数人，而是站在了排斥者一方，于是大家都感到安心，暗想：哎呀，幸好站在那一方的不是自己。不管是什么时代什么社会，情况都基本相同。站在大多数人一方，就不用思考烦人的事了。"

"如果在少数人一方，就得整天思考让人烦心的事。"

"就是这样啊。"她说，声音有些忧郁，"不过在这样的环境中，也许至少能学会自己动脑思考。"

"也许自己动脑思考的全是让人烦心的事。"

"那的确是个问题。"

"不用想得太多。"天吾说，"到头来不会有什么大不了的。班级里肯定会有几个孩子，能理性地动脑思考。"

"是呀。"她说，然后自己陷入了沉思。天吾把听筒贴在耳朵上，耐心地等着她想出头绪来。

"谢谢你。跟你聊聊，我心情好多了。"过了一会儿，她说，似乎想到了什么。

"我的心情也好多了。"天吾说。

"为什么？"

"因为和你谈话了呀。"

"下个星期五见。"她说。

挂断电话后，天吾走出家门，去附近的超市购买食品。捧着纸口袋回到家里，将蔬菜和鱼逐一用保鲜膜裹好，放进冰箱。然后一面听着调频广播的音乐节目，一面准备晚饭。这时，电话铃响了。一天中居然来了四个电话，对天吾来说真是非常稀罕的事。这种情况，一年内也只会有几次，屈指可数。这次打电话来的是深绘里。

"这个星期天。"她开门见山地说，连一句开场白也没有。

可以听见电话那一端汽车喇叭鸣个不停，司机似乎在对什么发火。大概是在某个面朝大马路的公用电话打的。

"这个星期天，就是说后天，我要跟你碰头，然后去见某个人。"天吾给她的话添上内容。

"早上九点，新宿站，开往立川的列车最前方。"她说道。三个事实的罗列。

"在中央线下行站台、最前方的车厢碰头，对吗？"

"对。"

"车票买到哪里的？"

"哪里都行。"

"随便买张车票，等到了站再补票。"天吾推测着补充道，和改写《空气蛹》很相似。"这么说，我们要去很远的地方吗？"

"你现在在干什么。"深绘里问道，没有搭理天吾的提问。

"在做晚饭。"

"做什么。"

"就一个人吃，很简单。烤干梭子鱼，擦萝卜泥，花蛤葱末味噌汤，配着豆腐一起吃。再做醋拌黄瓜裙带菜，然后是米饭和腌白菜。就这么点。"

"好像很好吃。"

"是吗？其实没什么特别好吃的。一天到晚吃差不多的东西。"天吾说。

深绘里不语。对她来说，长时间的沉默似乎不算什么，但天吾不同。

"对啦，今天我开始改写你的《空气蛹》了。"天吾说，"虽然还没有征得你最后的同意，但是日子不多了，如果还不开始，就来不及了。"

"小松先生叫你这么做的。"

"对，小松先生叫我开始改写。"

"你和小松先生很要好。"

"是啊。也许很要好。"能和小松要好的人，在这个世界上恐怕根本不存在。然而，这种事说来话长。

"改写顺利。"

"现在还算顺利。"

"太好了。"深绘里说。似乎并非言不由衷。听上去好像改写进展顺利当真让她高兴。然而她那有限的表达方式，却让人捉摸不透她高兴到什么程度。

"能让你满意就好。"天吾说。

"我不担心。"他话音未落，深绘里便答道。

"你为什么这么想？"天吾问。

深绘里没有回答，对着话筒沉默。这种有意的沉默，大概是在催促天吾思索。但任凭怎样绞尽脑汁，天吾也弄不明白她为何那样确信不疑。

天吾为了打破沉默，开口说："哎，我想问你一个问题。你真的在那种公社之类的地方住过？真的养过山羊？这些场面的描写非常逼真。所以我有点想知道，那是不是真实的事。"

深绘里轻轻地咳嗽一声。"不谈山羊。"

"行。"天吾说，"不想谈的话，不谈也没关系。我只不过想问一问。你不必介意。对于作家来说，作品就是一切，不必添加不必要的说明。咱们星期天见！那么，跟那个人见面时，有没有什么需要注意的地方？"

"我不懂。"

"就是说……要不要穿得正经些，或要不要带些简单的礼物去，就是这种。对方是什么样的人，我一点也不知道。"

深绘里再度沉默。不过这次不是有意的沉默，而是对天吾提问的目的，以及他这样的想法本身，她单纯地无法理解。这个问题在她的意识领域中无处着地，它似乎超越了语义的边界，被永远地吸进了虚无。就像擦过冥王星身畔的孤独的行星探测火箭一般。

"不要紧，也不是什么大不了的事。"天吾断了念头，说。向深绘里提出这种问题，本来就是弄错了对象，随便在哪儿买点水果好了。

"那么，星期天九点。"天吾说。

深绘里隔了几秒钟，一言不发地挂断了电话。没有"再见"，也没有"星期天见"，只是噗的一声，电话断了。

或许她是冲着天吾点头致意后再放下电话的。可惜一般说来，肢体语言在打电话时无法发挥原有的作用。天吾把听筒放回原处，深呼吸两次，把脑内的电路切换到相对现实的状态，然后继续准备他那俭朴的晚餐。

第7章 青豆
静静地，别惊动了蝴蝶

星期六下午一点多，青豆拜访了"柳宅"。这户人家庭院里长着好几株经年的巨柳，枝繁叶茂，从石墙上探出头来，一有风吹，就像一群走投无路的幽灵似的，无声地摇荡。因此附近的人们理所当然地，从很久以前起就称这座古老的西洋式宅邸为"柳宅"。登上麻布的陡坡，尽头便矗立着这座宅邸。能看见柳枝顶端停息着一群体态轻盈的鸟。屋顶向阳处，一只大猫正眯着眼睛晒太阳。周围道路狭窄，弯弯曲曲，很少有车辆通过。高树众多，大白天也让人感到有些昏暗。踏入这一角，连时间的步履似乎也稍稍变慢了。附近坐落着几家大使馆，进进出出的人不多。平日一片寂静，到了夏天则为之一变，蝉鸣声震耳欲聋。

青豆按响门铃，对着对讲机报上名字，并把脸庞转向头顶的监控镜头，浮出薄薄的微笑。铁门在机械操作下缓缓地打开，青豆走进去，门又在背后关上。她像平日一样横穿庭院，走向宅邸的玄关。知道监控镜头正在拍摄自己，青豆像时装模特儿一般，后背挺直，下颌收紧，笔直地走过小径。今天的她一身便装：深藏青的防风外衣，灰色的游艇夹克，蓝色牛仔裤。脚穿白色篮球鞋。肩背挎包。今天里面没放冰锥。不需要时，它就躺在衣橱里的抽屉里静静地休息。

玄关前放着几把柚木花园椅，其中一把上窘促地塞着一个大块头男人，个头不算太高，但是上半身发达得惊人的肌肉清晰可见。年龄大概在四十上下，剃着光头，鼻子下面蓄着修剪整齐的胡须。穿着肩很宽的灰西服、雪白的衬衣，系深灰丝绸领带，脚穿擦得锃亮的漆黑的科尔多瓦皮鞋。两耳戴着银耳环。既不像区政府出纳科的职员，也不像汽车保险的推销员。一眼望去像个职业保镖，实际上这正是他的专业领域，有时还充任司机之职。他是空手道的高段者，必要时也能有效地使用武器。还会龇牙咧嘴，变得比谁都凶暴。然而平时的他温和冷静，充满智慧。细看他的双眼——如果他允许这么做的话——还能从中看到温情的目光。

在私下里，他的爱好是摆弄各种各样的机械，以及收集六十年代到七十年代的前卫摇滚唱片。他和一个做美容师的年轻英俊的男朋友一起，生活在麻布的一角。他叫 Tamaru。不知道这究竟是他的姓还是名，也不知道写成什么汉字。但人们都喊他"Tamaru 先生"。

Tamaru 坐在椅子上没动，望着青豆点头致意。

"你好。"青豆说，在男人对面的椅子上坐下。

"听说涩谷酒店里好像死了一个男人。"男人一面查看科尔多瓦皮鞋的光亮，一面说。

"我不知道。"青豆说。

"小事一桩，连报上都不登的。好像是心脏病发作。才四十出头，怪可怜的。"

"心脏嘛，可得小心。"

Tamaru 点头。"生活习惯很重要。不规律的生活、精神负担、睡眠不足，这些东西往往会致人死命。"

"或早或晚，总会有什么东西致人死命。"

"从理论上说，的确如此。"

"有没有解剖验尸？"青豆问。

Tamaru 弯身向前，从鞋面上掸去一星若有若无的灰尘。"警察事儿太多，预算也有限，哪有闲工夫去一一解剖连一点外伤也没发现的尸体？就是遗属，大概也不希望让别人毫无理由地乱切一个安静地死去的人吧。"

"尤其是从被抛下的太太的角度来看。"

Tamaru 沉默了一会儿，伸出像棒球手套一样厚实的右手，递向她。青豆握住这只手。是那种牢牢的握手。

"累坏了吧。不妨休息休息。"他说。

青豆像普通人露出微笑时那样，嘴角微微朝两端拉，但并未浮现出笑容，只是个微笑的暗示。

"本呢，它还好吗？"她问。

"啊，好极了。"Tamaru 回答。本是这户人家饲养的一只母德国牧羊犬。性格极好，又聪明，只是有几种古怪的习性。

"它还吃菠菜吗？"青豆问。

"吃得很多。这阵子菠菜价格居高不下，叫人有点吃不消。要知道它吃得好多啊。"

"我从没见过喜欢吃菠菜的德国牧羊犬。"

"那家伙从不认为自己是一条狗。"

"那它认为自己是什么？"

"它好像认为自己是超越了这种分类的特殊存在。"

"超狗？"

"也许吧。"

"所以它喜欢吃菠菜？"

"跟这没关系。只是喜欢吃菠菜而已，从它还是一只小狗时就是这样。"

"不过，也许正因如此，它才拥有危险的思想。"

"也许真是这样。"Tamaru 说着，看了看手表，"今天好像约的是一点半吧？"

青豆点点头。"对，还有点时间。"

Tamaru 缓缓地站起身。"你在这里稍等一下。也许时间可以提前一点。"说完，消失在玄关里。

青豆眺望着巨大的柳树，在那里等着。没有风，柳枝静静地垂向地面，仿佛一个沉湎于无边冥想的人。

不久，Tamaru 回来了。"请你绕到后院去。说是今天想请你去暖房里见面。"

两人绕向后院，绕过柳树旁，往暖房走去。暖房位于正房背后，四周没有树木，阳光可以无遮无拦地照耀着它。Tamaru 小心翼翼地将玻璃门拉开一条细缝，不让里面的蝴蝶飞出来，先请青豆进去，然后自己也倏地滑进房中，飞快地将门关上。这并不是大块头擅长的动作，但他的动作很得要领，十分简洁。只是不擅长而已。

· · ·

在巨大的玻璃暖房中，毫无保留的完美春天降临了，形形色色的美丽花朵争奇斗妍。摆放在这里的植物大半是到处可见的普通品种，唐菖蒲、银莲花、木春菊之类，随处都有的草花盆栽摆满架子。甚至在青豆看来无非是杂草的东西也混迹于其中。而像昂贵的兰花、珍奇的玫瑰、波利尼西亚的原色花这些奇花异草，却连一种也看不到。尽管青豆对植物不是特别感兴趣，这间暖房的天然之处还是让她心仪。

不过，这间暖房里生息着数量众多的蝴蝶。在这座宽阔的玻璃房子里，女主人似乎并不是对栽培珍异植物，而是对培育珍奇蝴蝶更为关心。这里种植的花，也是以富含蝴蝶喜爱的花蜜的种类为主。在暖房里饲养蝴蝶，需要非同寻常的关怀、知识和劳力，而这种关怀究竟体现于何处，青豆丝毫不知。

除了盛夏，女主人不时会邀请青豆到暖房里来，两人单独交谈。在玻璃暖房中，不必担心谈话会被别人偷听。她们两人所说的事情，不是在任何地方都能高声谈论的。何况在鲜花和彩蝶的环绕下，还可以让神经得到休息。这只要看看她们的表情就能知道。暖房里对青豆来说多少有些热，但没到不能忍受的程度。

女主人是位七十五岁左右的小个子妇人，美丽的白发剪得短短的，身穿牛仔布长袖工作服、奶油色棉布长裤，足蹬弄脏的网球鞋，手上戴着白色工作手套，正在用金属大喷壶挨个给盆栽浇水。她身上的衣服，每样似乎都大了一号，却仍然舒适协调。青豆每次见到她的姿容，都由衷地敬重她那毫不雕饰的天然气质。

她本是某位著名财阀的女儿，在战前嫁给了一位华族，却全无虚饰和纤弱之处。战后不久失去了丈夫，参与经营一家亲族创办的小小的投资公司，在股票运作上展示了出众的才华。谁都会承认，那可说是一种天生的资质。投资公司凭借她的力量得到急速发展，遗留给她的个人资产也大大增值。她以此为本钱，购入了东京市内好几块前华族和前皇族拥有的上等地皮。十多年前引退，看准时机将手头所持的股票高价抛售出去，财产越发增值。她始终竭力避免抛头露面，所以她的名字几乎不为一般世人所知，但在经济界却是如雷贯耳，据说在政界也拥有雄厚的人脉。然而看她本人，却是一位随和而聪颖的女子，并且从来不知畏惧。相信自己的直觉，一旦下定决心，便会坚持到底。

她一看到青豆，便放下喷壶，手指着门口小小的铁制园艺椅，示意她坐到那儿。青豆在指定的位置落座后，她也坐在了对面的椅子上。无论做什么事，她几乎从不发出声响，像一只穿越森林的睿智的母狐。

"要给您端点饮料来吗？"Tamaru 问。

“来点热热的香草茶。”她说，随即望着青豆：“你呢？”

“和您一样。”青豆说。

Tamaru 微微点头，走出了暖房。他留神确认身边没有蝴蝶，然后把门拉开一条细缝，迅速闪出门外，再关上门，宛如踏着交际舞步。

女主人摘下棉质工作手套，就像脱下夜间舞会上用的丝质手套似的，细心地叠好，放在桌子上，然后用光润的黑眼睛直直地看着青豆。这是一双饱览沧桑的眼睛。青豆也回视着她，注意不至于到失礼的程度。

“好像失去了一个挺可惜的人。”她说，“在石油界似乎是个小有名气的人物。据说虽然年轻，却是个很有实力的角色。”

女主人说话从来都是声音小小的，那音量仿佛只要刮起一阵微风，就会被吹散。所以对方得始终仔细倾听。青豆常常有伸出手把音量旋钮朝右转的冲动，但那音量旋钮根本不存在，因此她只能绷紧神经侧耳细听。

青豆说：“虽说他死得很突然，看来也没有引起什么不便。地球照样在转动。”

女主人微笑了。“在这个世界上，不可取代的人大概不存在。不管知识多么丰富本领多么高强，总能在哪儿找到他的替代者。如果世界上到处都是不可取代的人，我们一定会很为难。当然……”她补充道，并且像强调似的把右手食指笔直地举向空中，“像你这样的人，却不大容易找到替代者。”

“就算不容易找到替代我的人，要找到替代的手段也不太困难吧。”青豆指出。

女主人静静地看着青豆，嘴角浮出满意的微笑。“也许是。”她说，“不过就算是这样，我们两人此刻、在此地、如此共有的东西，恐怕不是随处都能找到的。你就是你，你只能是你。我非常感谢你，几乎无法用语言来表达。"

女主人弯身向前，伸出手放在了青豆的手背上。有十秒左右，她的手一动不动。然后放开手，脸上浮现出满足的神情，将身体向后仰去。一只蝴蝶飘飘忽忽地飞来，停在她蓝色工作服的肩上。那是一只小小的白蝶，身上有好几道红色的条纹。蝴蝶仿佛不知畏惧，竟在那里睡着了。

"你以前大概没看过这只蝴蝶。"女主人瞟了一眼自己肩头的蝴蝶，说。从她的语气中可以微微听出一缕自负。"就是在冲绳也不容易找到。这种蝴蝶只从一种花上采食营养，一种只开在冲绳山里的特别的花。要培育这种蝴蝶，首先要把那种花运到这里栽培。相当麻烦。当然也得花些费用。"

"这只蝴蝶好像和您很亲近啊。"

女主人微微一笑。"这个人认为我是朋友。"

"可以和蝴蝶成为朋友吗？"

"要成为蝴蝶的朋友，首先你必须成为自然的一部分。消除人的气息，在这儿一动不动，想象自己就是一棵树一株草一朵花。很费时间，然而一旦对方不再戒备你，以后就会自然地和你成为好朋友了。"

"您给蝴蝶取名字吗？"青豆出于好奇心问，"就是说，像狗儿猫儿一样，每只都起个名字。"

女主人轻轻地摇头。"我不给蝴蝶起名字。即使不起名字，只要看到花纹和形状，就能一个个认出来。纵然给蝴蝶起了名字，她们也是不久就会死去的。这些人是无名无姓、转瞬即逝的朋友。我每天来到这里，跟蝴蝶们见面，寒暄，交谈，可是时间一到，蝴蝶们就会默默地消失，不知所终。我想她们一定是死去了，但是你找不到她们的尸骸，简直就像被吸进天空中了，消逝得无影无踪，不留下一丝痕迹。蝴蝶是世上最优美的生灵。她们不知从何而来，静静地寻觅命中注定的那一点东西，随后悄然消逝，不知去向何方。恐怕是去了和这里不同的世界。"

暖房里的空气温暖而潮湿，充满了植物悠悠的气味。而众多的蝴蝶，仿佛是为既无始又无终的意识流断句的标点一般，忽而此忽而彼地时隐时现。青豆每次走进这间暖房，总觉得似乎丧失了时间感。

Tamaru 端着放有美丽的青瓷茶壶和两只配套茶杯的金属托盘走进来。托盘上还有布餐巾和盛着曲奇饼的小碟。香草茶的香味，和四周的花香融为一体。

"谢谢你，Tamaru。接下来的事我自己来。"女主人说。

Tamaru 把托盘放在园艺桌上，致意，无声无息地退下去，然后踏着和刚才一样轻盈的舞步，开门，关门，走出暖房。女主人掀起茶壶盖，嗅了嗅香味，查看茶叶泡开的状态，然后将茶缓缓注入两只茶杯，细心地注意让两边浓度均等。

"这话也许问得多余，但您为什么不在门口装上纱门呢？"青豆问。

女主人抬脸看了看青豆。"纱门？"

"是啊。在里面再装上一道纱门，把门弄成两层的话，进进出出时，就不用担心蝴蝶会逃出去了。"

女主人左手端着茶碟，右手拿起茶杯送往唇边，静静地喝一口香草茶。品味香气，微微点头。将茶杯放回茶碟里，再将茶碟放回托盘上。用餐巾轻轻地按了按嘴角，放在膝头。就这么几个动作，非常保守地估计，也花去了约有普通人三倍的时间。简直像在森林深处吸食富于滋养的朝露的精灵。青豆想。

然后女主人轻轻咳嗽一声。"我不喜欢网状的东西。"她说。

青豆沉默着等待下面的话，然而下面没有话了。不喜欢网状物，究竟是针对象征着束缚自由的事物的姿态呢，还是出自审美的观点，抑或并无特别的理由，仅仅是生理性的好恶？不明不白地，话便结束了。不过在眼下，这不是个特别重要的问题，只是偶然想到，顺便问问。

青豆也像女主人一样，把香草茶杯和茶碟一同端在手上，不出声地喝了一口。她不太喜欢喝香草茶。像深夜的恶魔一般又热又浓的咖啡，才是她的偏爱。只是那饮料恐怕和午后的暖房太不相配。所以在暖房里，她总是喝和女主人相同的东西。女主人请她吃曲奇饼，她便拿起一块吃了。是生姜曲奇，刚刚出炉，带着新鲜的生姜味儿。女主人战前曾经在英国生活过一段时期。青豆想起来。女主人也用手拿起一块曲奇，咬了一小口，仿佛是为了不惊起那只睡在肩头的珍异的蝴蝶，悄然无声。

"你回去时，Tamaru 会按老规矩，把钥匙交给你。"她说，"等你用完了，请寄还给我，照老样子。"

"明白。"

宁静的沉默持续了片刻。紧闭的暖房里，任何外界的声响都传不进来。蝴蝶安心地继续熟睡。

"我们没有做过任何错事。"女主人笔直地注视着青豆的脸庞，说。

青豆轻轻地咬了咬嘴唇，点头道："我明白。"

"你看看那只信封里的东西。"女主人说。

青豆伸手拿起放在桌子上的信封，将里面的七张一次成像的宝丽来照片，像用塔罗牌占卜时排出了不吉的牌阵那样，排列在雅致的青瓷茶壶旁。这是一些年轻女人裸体的局部特写。后背，乳房，臀部，大腿。甚至还有脚底。只是没有脸部照片。各处都残留着暴力的痕迹。瘢痕，血道，像是用皮带抽打造成的。阴毛被剃光，附近留着像是被烟头烫伤的疤痕。青豆不禁皱起眉头。类似的照片以前也看过，但都没有这样残酷。

"这是第一次看到吧？"女主人问。

青豆无言地点点头。"大致情形我听过介绍，可照片还是第一次看到。"

"就是那个家伙干的。"老妇人说，"三处骨折已经得到了处理，但是一只耳朵出现失聪症状，只怕难以复原了。"女主人的音量没有变化，但是声音变得比方才冷峻、刚硬。仿佛被这声音的变化惊动了，停息在女主人肩头的蝴蝶醒了过来，扑闪着翅膀飘飘忽忽飞上空中。

她继续说道："对于这种行凶作恶的人，我们不能置之不理。不管会发生什么。"

青豆收拾起照片，放回信封里。

"你不这么认为？"

"我也这么认为。"青豆赞同道。

"我们做的事情是正确的。"女主人说。

她从椅子上站起来，大概是为了稳定自己的情绪，拿起了一旁的喷壶，仿佛拿起一件精巧的武器。面色多少有些青白，眼睛一动不动地凝视着暖房的一角。青豆也将目光投向那视线的终点，却没发现特别的东西。那里只放着一盆大蓟。

"谢谢你专程来一趟。辛苦你了。"她拿着空喷壶，说道。看来会见结束了。

青豆也站起身，拿起挎包。"谢谢您的香草茶。"

"再次向你表示感谢。"女主人说。

青豆微微一笑。

"你不必有任何担心。"女主人说。语调不知不觉又恢复了原来的平静，眼里浮出温暖的光芒。她将手轻轻搭在青豆的手臂上。"因为我们做的事情是正确的。"

青豆点头。每次总是以同样的台词结束交谈。这个人大概在不断这样告诫自己吧。青豆心想。像真言或祈祷词一般。"你不必有任何担心。因为我们做的事情是正确的。"

青豆确认了自己身边没有蝴蝶，将暖房的门拉开一条细缝，走出来，再合上门。女主人拿着喷壶，留在了里面。从暖房走出来，觉得外边的空气凉爽而新鲜，散发着树木和草坪的香味。这里是现实世界。时间一如既往地流逝。青豆将现实的空气大口地送进肺里。

在玄关，Tamaru 依旧坐在柚木椅子上，等着把私人信箱的钥匙交给她。

"谈完了？"他问。

"我想是。"青豆答道，然后在他身旁的椅子上坐下，接过钥匙，收进了拎包的隔层。

二人沉默片刻，眺望着飞来院中的鸟儿。风儿依旧停息不动，柳枝静静地低垂着，有几根枝条快要触到地面了。

"那个女人还好吗？"青豆问。

"哪个女人？"

"那个在涩谷酒店里心脏病发作的家伙的太太。"

"现在还不能说好。"Tamaru 皱着眉头答道，"还处于受刺激的状态，不能说话。还需要时间。"

"什么样的人？"

"不到三十五岁。没孩子。美人，给人印象良好。风度相当不错。不过很可惜，今年夏天是没办法穿泳装啦。恐怕明年也不行。照片看到了吗？"

"刚才看到了。"

"很过分吧？"

"相当过分。"青豆说。

Tamaru 说:"这种模式很常见。男方按照世间一般的标准来看很有才干,周围的评价很高,家庭教养也好,学历也高,有一定的社会地位。"

"然而一回到家就变了个人。"青豆接过话头,补充道,"尤其是一喝酒就会动粗。不过只敢对女人动手,只敢打老婆。可是在外边一贯装模作样,别人都以为他是个忠厚的好丈夫。不管太太怎样申诉,说自己遭受何等非人的对待,也无法让人相信。男方也明白这一点,所以专拣别人看不到的地方打,或是不留下伤痕。是这样吗?"

Tamaru 点头说:"差不多。只是这小子滴酒不沾,而且专在光天化日下动手,所以性质更为恶劣。她希望离婚,但丈夫坚决反对。也许是喜欢她,也许是不愿放弃身边的牺牲品,还可能是这家伙喜欢强暴自己的太太。"

Tamaru 轻轻举起脚,检查皮鞋的光亮,然后继续说道:

"只要出示家庭暴力的证据,离婚当然可以实现。但是这样做太花时间,还耗费金钱。对方如果雇一个能干的律师,还可能弄得你极不愉快。家庭法院人满为患,法官却人数不足。而且就算离了婚,判定了精神赔偿费和生活补助费的金额,正经支付这些赔偿费的男人也少之又少。因为巧妙的借口想找多少就有多少。在日本,前夫因为不支付精神赔偿费而被判入狱的,几乎没有。只要表现出支付的意愿,在名义上多少支付一点,法院就会从宽处理。日本社会仍是对男人宽容有加啊。"

青豆说:"不过几天前,那个残暴的丈夫在涩谷某酒店的房间里,凑巧发作了心脏病。"

"凑巧这个词直接了点。"Tamaru 轻轻地叹息,"上天有眼。我更喜欢这个说法。不管怎样,死因没有任何可疑之处,也不牵扯惹人注意的巨额保险金,人寿保险公司也不会产生疑问,大概会顺利地付款。

话虽如此，毕竟也是一笔可观的数目。用这笔保险金，她可以跨出新的人生的第一步。况且原来要花在离婚诉讼上的时间和金钱都可以省下来，还能避免法律上毫无意义的复杂手续，以及事后的纠纷可能带来的精神痛苦。"

"而且，还可以不再听任这种渣滓一样的危险人物横行世间，去寻找下一个牺牲者。"

"上天有眼。"Tamaru 说，"多亏了心脏病发作，一切都圆满收场。只要结尾完美，就一切都完美了。"

"如果哪儿真有那么个结尾的话。"青豆说。

Tamaru 在嘴角制造出一条让人联想起微笑的短短的皱纹。"总会有地方存在那么个结尾。只是没一一写明'这里就是结尾'罢了。梯子最高一级上有没有写'这里已是最后一级，请不要继续往上爬'呢？"

青豆摇摇头。

"和那个一样。"Tamaru 说。

青豆说："只要运用常识，用力睁大眼睛，自然就会明白哪儿是结尾。"

Tamaru 点头。"就算搞不明白，"他用手指做了个下落的动作，"反正，这就是结尾。"

二人一时无言，倾听鸟鸣。宁静的四月的下午。哪儿也看不出恶意与暴力的迹象。

"现在有几个女人在这儿住着？"青豆问。

"四个。"Tamaru 马上回答。

"都是处境相同的人吗？"

"大体差不多。"Tamaru 说，然后噘起了嘴，"不过其他三个情况不这么严重。对方那些男人照例是一群浑蛋，但是性质不如咱们刚谈到的那个家伙恶劣。都是虚张声势的小爬虫，不用你出手，我们就对付得了。"

"合法地？"

"大致合法地，哪怕稍微加点恐吓的勾当。当然心脏病发作也是合法的死因。"

"当然。"青豆附和道。

Tamaru 沉默了一会儿，两手放在膝头，静静地眺望着低垂的柳枝。

青豆犹豫了一下，开口说："Tamaru 先生，有件事想向你请教。"

"什么事？"

"警察的警服和佩枪是几年前换的？"

Tamaru 微微蹙眉。似乎她的语调中混有一丝让他生出戒心的余响。"你为什么忽然问这种问题？"

"也没什么特别的理由，只是刚才偶然想到了。"

Tamaru 看着青豆的眼睛。他的眼睛始终是中立的，里面没有表情。留下了余地，可以倒向任何一边。

"在本栖湖附近的山里，山梨县警察局与过激派爆发枪战，是在一九八一年十月中旬，第二年警察进行了大规模的改组。这是两年前的事。"

青豆表情不变地点头。这样的事件，她毫无记忆，只能附和对方。

"一场血腥的事件。和五把卡拉什尼科夫 AK47 抗衡的，是老式六连发左轮手枪，根本不是那东西的对手。三个可怜的警察被打得像筛子一样，浑身是弹孔。自卫队的特种空降部队立即乘坐直升机奔赴现场，警察脸面丢尽。在那以后，中曾根首相动了真格，要强化警力。进行了大幅度的机构改革，设置了特种武器部队，普通警察也配备了高性能的自动手枪，贝雷塔 92 式。你打过没有？"

青豆摇头。怎么可能呢，她连气枪都没打过。

"我打过。"Tamaru 说，"十五连发的自动式，用一种叫帕拉贝伦的九毫米子弹。这是评价很好的枪械，连美国陆军也用它。价格不菲，却又不像西格和格洛克那么昂贵，这正是它的卖点。只是，这种手枪外行人用不了。从前的左轮枪重量只有四百九十克，这种枪却重达八百五十克。缺少训练的日本警察就是配备了这东西，也根本不起作用。在这么拥挤的地方，乒乒乓乓地乱放性能这么高的家伙，只会殃及一般市民罢了。"

"你是在哪儿打的，这种家伙？"

"哦，经常有这样的故事。有一次，我正在泉水边弹着竖琴，不知从哪儿来了一位精灵，递过来一把贝雷塔92式手枪，对我说：你冲着那里的小白兔打一枪试试看。"

"说正经话。"

Tamaru 让嘴角的皱纹稍微加深了点。"我只说正经话。"他说，"总之，佩枪和警服的更换是在两年前的春天。正好是现在这个时间。这算不算给你的解答呢？"

"两年前。"青豆说。

Tamaru 再次把锐利的目光投向青豆。"我说啊，如果有什么心事，最好还是告诉我。难道警察和什么较上劲了？"

"那倒不是。"青豆说，两手的指头在空中轻轻舞动，"只是对警服有点惦记，在想到底是什么时候换的。"

沉默持续了片刻，于是两人的交谈自然地终止了。Tamaru 再次伸出右手。"祝贺你，工作顺利结束。"他说。青豆握住了他的手。这个男人明白：完成一桩事关人命的严酷工作后，需要伴随着肉体接触的温暖恬静的激励。

"休几天假。"Tamaru 说，"有时也需要停下脚步，做做深呼吸，让大脑变成一片空白。和男朋友一起去关岛玩玩吧。"

青豆站起来，把挎包挎在肩头，把游艇夹克上衣的帽子调正。

Tamaru 也站起来。他个子绝对不算高，但一站起来，简直像矗立起一堵石壁。青豆总是被那紧密的质感震惊。

Tamaru 在背后直直地盯着青豆步步远去的背影。她向前走着，脊背上却一直感觉到他的视线。所以她收紧下颌，挺直脊背，步履坚定地走出一条直线。但在目光无法抵达的地方，她却陷入一片混乱。在自己无能为力的地方，正接连不断地发生自己无能为力的事。而就在不久前，世界还掌控在她的手中，没有破绽和矛盾。然而此刻它快要土崩瓦解了。

本栖湖枪战？贝雷塔 92 式手枪？

究竟发生了什么？如此重大的消息，青豆不可能漏掉。这个世界的体系在某个地方开始出现混乱。她一边走，大脑一边迅速运转。不管发生了什么，必须设法重新把这个世界理顺，必须让其中存在道理，而且要尽快。不然的话，事态只怕不堪设想。

对于青豆内心生出的混乱，Tamaru 应该很清楚。这是个用心周到、直觉敏锐的人，同时也是个十分危险的人物。Tamaru 对女主人深怀敬意，无限忠诚。为了保护她的人身安全，几乎无所不为。青豆和 Tamaru 互相赏识，对彼此抱有好感，至少是近乎好感的情感。然而一旦他断定青豆的存在基于某种理由将不利于女主人，恐怕会毫不犹豫地舍弃青豆，下手处置她。非常事务性地。但不能因此责难 Tamaru，说到底，这是他的职责。

青豆横穿庭院，门扉开启，她冲着监控镜头尽量亲切地微笑，轻轻挥手致意，仿佛什么都不曾发生过。走出围墙外，门扉在背后缓缓关闭。一面走下麻布陡斜的坡道，青豆一面在脑中对当务之急进行了一番整理，列出一份清单。细密地，而且是得心应手地。

第8章 天吾
到陌生的地方去见陌生的人

许多人将星期天的早晨理解为休息的象征。但在整个少年时代，天吾从来不认为星期天的早晨是快乐的，连一次也没有过。星期天总是令他情绪忧郁。一到周末，身躯就会变得呆滞、沉重，丧失食欲，全身处处开始发痛。对于天吾来说，星期天就像个始终把黑暗的背面朝着他的变形的月亮。要是星期天永远不会来访该多好啊！少年时代的天吾常常这么希望。每天学校都开课，没有休息日，那该多么愉快！他甚至还祈祷过星期天不要到来——这样的祈祷当然不可能应验。即便是现在，自己已经长大成人，星期天已经不再是现实的威胁，然而那天早晨醒来，有时还会毫无来由地心绪黯淡，感到浑身关节吱吱作响，甚至会产生呕吐感。这种反应已经深深地沁入心灵深处，恐怕渗透到了深层的潜意识中。

担任 NHK 视听费收款员的父亲，一到星期天就带着年龄还小的天吾出去收款。这从上幼儿园前开始，直到他上小学五年级为止，除非星期天学校有特别活动，从未间断过一次。早晨七点起床，父亲用肥皂把天吾的脸洗得干干净净，仔细检查他的耳朵和指甲，给他穿上尽量干净（但不奢华）的衣服，允诺待会儿给他买好东西吃。

别的 NHK 收款员星期天工作不工作，天吾不知道。但在他的记忆里，父亲星期天必定要去工作，不如说是比平时更卖力地工作。因为那些平时不在家的人，星期天就能找得到他们。

他带着小天吾一起去收款，有几个理由。无法把幼小的天吾独自扔在家里，是一个理由。平日和星期六把他交给保育园、幼儿园或小学，而星期天这些地方都休息。有必要让儿子看到父亲在做怎样的工作，是另一个理由。自己的生活是建立在怎样的营生上，劳动究竟是怎么回事，这些事小时候就得知道。父亲自己从刚开始记事时起，便被赶到农田里去干活了，根本没有什么星期天。农活繁忙时，甚至还得请假下地干活。这样的生活对父亲来说，原本是理所当然。

第三个，也是最后的理由，最有算计的色彩，所以也最深地伤了天吾的心。父亲深知，带着小孩子去收款，常常能事半功倍。面对牵着幼儿的收款员，"这种钱我不想付，赶快滚蛋"之类的话便难以开口。在孩子的凝视下，许多原本不打算付款的人，也只得掏出钱包来。所以父亲在星期天专门走难收款的人家居多的路线。天吾一开始就悟出了父亲期待他扮演的角色，无比反感。但另一方面，为了讨父亲的欢心，他也不得不动足脑筋，完成父亲期待的表演。像耍猴戏的猴儿。如果赢得了父亲的欢心，天吾那一整天都能得到温情的对待。

天吾唯一的宽慰，是父亲负责的区域离自己家有一段距离。天吾家在市川市郊外的住宅区里，父亲的收款地区则位于市中心，学区也不同。所以总算避免了去幼儿园或小学同班同学家里收款的情形。尽管这样，走在市区繁华地段，偶尔也会和同学擦肩而过。这时候他总是飞快地闪身躲在父亲身后，不让对方察觉。

天吾同学的父亲，大多是去东京中心地区上班的白领。他们觉得市川市就是东京的一部分，只不过是因为某种机缘偶然被编入了千叶县。到了星期一早上，同学们便起劲地谈论星期天自己去了哪儿干了什么。他们去了游乐场、动物园、棒球场。夏日里去南房总游泳，冬天则去滑雪。或是让父亲开车带着出游，还有的去爬山。他们起劲地谈论这样的经验，交流各类场所的信息。但天吾无话可谈。他没出去旅游过，也没有去过游乐场。星期天从早到晚，跟着父亲去按响素不相识的人家的门铃，向开门出来的人鞠躬收钱，如果对方不愿付款，就连哄带吓。如果对方要理论，就上演一场论战，也曾被当成狗一样辱骂。这种种经历无法在同学面前卖弄。

小学三年级时，他的父亲是 NHK 收款员一事，成了全班都知道的事实。大概是他跟父亲去收款时，被谁看见了。要知道每个星期天从早到晚，他都得跟在父亲后面走遍市内每一个角落，被熟人看到也是必然的事（他已经长得太大，没法再躲在父亲身后了）。以前居然一直没暴露，反倒更让人诧异。

于是，同学们从此就用"NHK"这个外号来喊他。在出身白领家庭的中产阶级的孩子聚集的社会中，他不得不成为一种"另类"。许多对别的孩子来说是理所当然的事，对天吾来说却并非如此。天吾住在和他们完全不同的世界里，过着另类的生活。他在学校成绩优秀，而且擅长体育，身材高大又有力气，老师对他也事事关照。因此尽管是"另类"，在班级里却没有成为遭受排斥的对象，遇事反而对他另眼相待。然而，就算有人邀请，说星期天一起到哪儿去玩，或是请到我家来玩，他也无言以对。因为他明白，就算告诉了父亲"这个星期天大家都到某某同学家去聚会"，父亲也绝不会理睬。对不起，星期天我不方便。他只能这样婉言谢绝。连续谢绝几次后，自然再也不会有人来邀请他了。等回过神来，他在班上已经不属于任何一个团体，总是一个人。

星期天不管发生什么事，他都得跟着父亲从早到晚沿着预定的线路去收款。这是绝对的铁律，不容更改也没有例外。哪怕患了感冒不停咳嗽，哪怕发着低烧，吃坏了肚子，父亲也大多不会迁就。这种时候，他跟跟跄跄地跟在父亲身后，心里常常想：要是就这么倒地死掉该有多好。这样的话，父亲恐怕会多少反省一下自己的行为吧——自己也许对孩子太严厉了。但不知该说是幸运还是倒霉，天吾天生一副健壮的体格。哪怕发烧，哪怕胃痛，哪怕想呕吐，也从没倒下过，也不曾失神昏迷，能跟着父亲走完漫长的收款路程。连一句怨言也不吐露。

天吾的父亲在战争结束那一年，身无分文地从满洲撤回国。他出生于东北的农家，排行第三，跟着同乡一起加入"满蒙开拓团"，去了满洲。他倒不是盲目地全部相信政府的宣传，以为满洲就是王道乐土，土地辽阔肥沃，去了那儿就能过上富裕的生活。王道乐土之类的在哪儿都不可能存在，这种事他一开始就心知肚明。只是他们饥寒交迫，待在乡下的话，就只能过着快要饿死的日子。世间又极不景气，失业者充斥街头巷尾，到城市去也别指望能找到活干。这样一来，就只剩下前往满洲这一条生路。接受了有事时能拿枪的开拓农民的基本训练，脑子里塞进了一点满洲农业情况的应景知识，送行时接受三呼万岁的礼遇后，他们就离开家乡，再从大连坐火车被送到了蒙古边境，在那儿分到了耕地、农具和步枪，和伙伴们一起开始经营农业。那是布满碎石的贫瘠土地，到了冬天万物都冻结成冰。因为没东西可吃，连野狗都吃了。尽管这样，最初几年好在还有政府的补贴，总算熬了下来。

一九四五年八月，就在生活终于开始呈现稳定的迹象时，苏联对日宣战，全面攻入"满洲国"。结束了欧洲战事的苏军将大量兵力通过西伯利亚铁路运往远东，扎实地调整部署，准备跨越国境。父亲从一位因偶然机会交好的官员处私下得知了这样紧迫的形势，预料到了苏军的进攻。那位官员偷偷告诉他，关东军已经弱得不堪一击，要赶紧做好只身出逃的准备，逃得越快越好。所以苏军突破国境的消息刚传出，他就骑上事前准备的快马冲到火车站，挤上了开往大连的倒数第二班火车。同伴中在当年就能逃回日本的，他是唯一一个。

战后，父亲来到东京，做过黑市商人，学过木匠手艺，可一样都没成功，只能勉强填饱肚皮。一九四七年秋，在浅草的一家小酒馆里干送货的活时，偶然在路边遇到了在满洲时的熟人，就是那位把日苏开战在即的消息偷偷告诉他的官员。当年他是被借调到满洲做邮政工作的，这时已回到日本，在以前工作的递信省①供职。大概是同乡的关系，加上官员知道天吾的父亲是个吃苦耐劳的人，对他似乎很有好感，就请他吃饭。

得知天吾的父亲找不到像样的工作生活艰难，这位官员主动问他愿不愿意做NHK收款的工作。有个好朋友在那个部门干，可以帮忙。如果能那样就太好啦，父亲说。虽然不知道NHK是干什么的，但只要有固定收入，什么工作都成。官员写了封介绍信，甚至还出面做了他的保人。父亲于是顺利地做上了NHK的收款员，接受了培训，领到了制服，分配了工作量。人们终于从战败的冲击下缓过劲来，开始在贫困的生活中追求娱乐。收音机提供的音乐、滑稽节目和体育节目成了身边最廉价的娱乐方式，收音机的普及程度远非战前可比。NHK需要大量的人员到现场去征收收听费。

天吾的父亲工作起来十分尽心尽责。他的强项在于体格健壮，忍耐力极强。要知道有生以来他可是连吃上一顿饱饭都不容易，对这样的人来说，NHK的收款工作根本不算艰苦。不管被人家如何破口大

---

① 今日本邮政省前身。

骂，都毫不在乎。虽然仅仅位于基层，他却为自己隶属于一个巨大的组织而满足。先是干了一年计件支付工资、没有身份保障的委托收款员，由于业绩优秀、工作态度认真，便被录用为正式收款员。这从NHK的惯例来看是破格的提拔。在收款难度特别高的地区取得了优异成绩固然是重要理由，但身为递信省官员的保人的威势也起了作用。基本工资固定，还有各种津贴，搬进了公司宿舍，又加入了医疗保险。与几乎是一次性使用的一般委托收款员简直有天壤之别。这是他人生中遇到的最大的幸运了。无论如何，他终于在图腾柱的最底端确定了自己的位置。

这是他从父亲口中听过无数遍的老生常谈。父亲不唱摇篮曲，也不曾在枕边给他读童话。取代这些的，是把迄今为止的亲身体验一遍又一遍讲给儿子听。出生在东北的佃农之家，像狗一样在劳作和殴打中长大，作为"开拓团"的一员前往满洲，在那片连小便都会在中途冻成冰的土地上，一边端着步枪驱逐马贼和狼群一边开荒耕作，从苏联坦克军团的履带下仓皇奔逃，幸运地没被送进西伯利亚的战俘营而安然回国，忍饥挨饿地熬过了战后的混乱时期，由于偶然的巧合幸运地成了NHK的正式收款员。一段长长的故事。而成为NHK收款员，是最终的完美结局。于是故事大吉大利地结束。

父亲很善于讲这样的故事。虽然无法确认事实究竟如何，但是大致合情合理。虽不能说十分含蓄，也是细节栩栩如生，叙述富有色彩。既有欢快的故事，也有感怆的情节，还有粗暴的场面。有出乎意料让人哑然的故事，也有听了多次还莫名其妙的故事。如果人生可以用轶事和奇遇的多彩程度来计量，他的人生也许称得上相当丰富。

但一说到被录用为NHK正式职员后的情形，不知为何，父亲的故事就陡然失去了色彩和现实感。他的讲述缺少细节，支离破碎。仿佛这对他来说是不值一提的事后余谈。他与某个女子相识，结婚，生了一个孩子——就是天吾。而且妻子生下天吾数月后就得了病，离开人世。从此以后他没有再婚，努力做好 NHK 收款员的工作，独自一人把天吾带大，这样直到现在。故事讲完了。

他是怎样和天吾的母亲邂逅并最终成婚的？她是怎样的女人？死因又是什么（她的死与生下天吾有没有关系）？她去世时是比较平静，还是充满痛苦？关于这些，父亲几乎只字不提。天吾问他，他也是把话题岔开，不予回答。更多的时候，他会很不高兴，沉默不语。母亲的照片连一张也没留下。结婚典礼的照片也没有。没有余力举行结婚典礼，也没有照相机。父亲解释说。

但天吾基本不相信父亲的话。父亲在隐瞒事实，另外编造了一个故事。母亲不是在生下天吾数月后去世的。在留给他的记忆中，母亲到他一岁半为止还活着。而且在天吾睡着时，她在一旁和并不是他父亲的男人搂抱、亲热。

他的母亲脱去衬衫，解开白色长衬裙的肩带，让一个不是他父亲的男人吮吸乳头。天吾在旁边呼呼大睡。但天吾并未睡着。他在注视着母亲。

这对天吾来说，就是母亲的纪念照。这长约十秒的情景清晰地烙印在他的脑中。这是他手中掌握的唯一的关于母亲的具体信息。天吾的意识通过这个印象，才能和母亲相连，虚拟的脐带把两个人连为一体。他的意识浮在记忆的羊水里，倾听着来自过去的回声。但父亲并不知道天吾的脑袋里鲜明地烙印着那样的光景，不知道他像原野上的牛一般将那光景没完没了地反刍，从中摄取宝贵的营养。父子俩各自深深地怀着阴暗的秘密。

这是一个让人心情舒畅的晴朗的星期天早晨，但吹拂的风中却含着凉意，告诉人们虽说已是四月中旬，季节却能轻易逆转。天吾在黑色圆领薄羊毛衫外穿上一件从学生时代穿到现在的人字呢夹克，下身是米黄色卡其布裤子，脚穿茶色暇步士，鞋子比较新。这一身是他能做出的最潇洒的打扮了。

天吾到达中央线新宿站开往立川的站台最前方时，深绘里已经在那里了。她一个人坐在长椅上，身体一动不动，眯着眼睛凝视前方。在怎么看都像是夏装的印花棉布连衣裙外面，套了一件冬天穿的厚实的草色羊毛开衫，赤脚穿着一双退了色的灰旅游鞋。在这个季节，这身搭配似乎有些奇妙。连衣裙太薄，羊毛衫太厚。但她如此装扮，并不给人别扭的感觉。或许她是通过这样的不协调来表达自己的世界观。看上去不无这种可能。但她也许是未作深思，只是随心所欲地选的衣服。

她不读报，不看书，也不听随身听，只是静静地坐在那儿，大大的黑眼睛直直地眺望着前方。像是在盯着什么，又像是什么也没看。似乎在思考着什么，又似乎什么都没想。远远地看去，就像一尊用特殊材料雕刻出来的逼真的雕像。

"等了有一会儿了？"天吾问。

深绘里看着天吾的脸，头微微摇动了几厘米。她的黑眼睛里有丝绸般鲜亮的光泽，却和上次见面时一样，脸上根本看不到任何表情。似乎此刻她不想和任何人交谈。所以天吾放弃了继续交谈的努力，一声不响地在她身边坐下。

电车驶来，深绘里默默地站起身，两人坐上了那趟电车。休息日前往高尾的快车里乘客很少。天吾和深绘里并排坐在座位上，无言地眺望着对面车窗外流过的都市风景。深绘里依旧一言不发，天吾也不声不响。她仿佛是为了对付即将到来的严寒，把羊毛开衫拢紧，紧闭着嘴唇面朝正前方。

天吾拿出带来的文库本开始阅读，犹豫了一下又作罢了。他把文库本重新放回口袋里，双手放在膝上，只是呆呆地望着前方，仿佛要陪着深绘里。打算想想心事，又想不出一件可想的心事来。因为长时间把心思集中在改写《空气蛹》上，脑子似乎拒绝思考完整的问题。大脑中心似乎有一团乱麻。

天吾眺望着流过窗外的风景，倾听着铁轨发出的单调声音。中央线简直像一条在地图上用直尺画出的直线，无边无际地笔直向前延伸。不，不必加上"简直像"或"一样"之类的形容，当时的人一定是这么造出这条铁路来的。关东平原这一带在地势上没有一处值得一提的障碍物，才可能造出这么一条没有能察觉的弯道和起伏、没有桥梁也没有隧道的铁路线，只用一根直尺就够了。电车冲着目的地只管一路直奔就行。

不知何时，天吾不觉睡着了。等他感到震动醒来时，电车正徐徐减速停靠荻洼站台。短暂的睡眠。深绘里保持着和刚才相同的姿势，凝望着正前方。但天吾不知道她究竟在看什么。只是从她那全神贯注的样子来看，似乎暂时没有下车的意思。

"你平时都读什么书？"天吾耐不住无聊，在电车驶过三鹰站后，这样问道。这是他早就打算找机会问深绘里的问题。

深绘里看了天吾一眼，又把脸朝向前方。"我不读书。"她简洁地回答。

"从来不读书？"

深绘里短促地点点头。

"是对读书不感兴趣？"天吾问。

"读起来很费时间。"深绘里说。

"是因为读书很费时间才不读？"天吾不解其意，再次问道。

深绘里面朝正前方，并没有回答。似乎表示她无意否定。

当然，一般来说阅读一本书得花费相应的时间。和看电视、看漫画不同，读书是在相对较长的时间性中进行的、具有连续性的行为。但深绘里的"费时间"这种说法，却好像含有几分不同于这种泛泛之论的余韵。

"你说很费时间，是说……要花很长很长的时间？"天吾问。

"很长很长。"深绘里断言。

"比普通人要长得多吗？"

深绘里点头称是。

"那么，在学校里不是会很麻烦？上课时得阅读好多书呢。要是那么费时间的话。"

"我假装在读书。"她若无其事地说。

天吾的大脑中响起了不祥的敲门声。要是可能，他很想假装没听见这声音蒙混过去，但不可能。他必须知道事实。

天吾问："你说的，就是所谓的阅读障碍症？"

"阅读障碍症。"深绘里重复道。

"也就是诵读困难。"

"有人这么说过。阅读……"

"是谁说的？"

少女微微耸了耸肩。

"就是说……"天吾摸索着寻找词句，"从小就一直是这样？"

深绘里点头。

"这么说，到现在为止你从没读过小说之类的东西？"

"没有自己读过。"深绘里说。

要是这样，就足以解释她为什么没有受到任何作家的影响。这是个合情合理的有力说明。

"没有自己读过。"天吾说。

"别人读给我听。"深绘里说。

"是爸爸妈妈读给你听？"

深绘里没有回答。

"虽然不能读，写倒不成问题吧？"天吾战战兢兢地问。

深绘里摇摇头。"写字也很费时间。"

"要费很长很长的时间吗？"

深绘里再次微微耸了耸肩。意为"是"。

天吾改换身体的位置，在座位上端正了坐姿。"那么，也许《空气蛹》这篇文章并不是你自己写的？"

"我没写过。"

天吾有几秒钟不说话，这是很有分量的几秒钟。"是谁写的？"

"阿蓟。"

"阿蓟是谁？"

"小我两岁。"

再度出现短暂的空白。"是她替你写了《空气蛹》。"

深绘里十分自然地点点头。

天吾拼命地开动脑筋。"就是说，你讲故事，阿蓟把它写成文章。是这样吗？"

"打好字，打出来。"深绘里说。

天吾咬着嘴唇，把面前的几个事实在脑子里排列好，调整好前后左右，然后说："就是说，是阿蓟把印出来的东西投稿应征杂志新人奖去了，恐怕是瞒着你的，还给起了个名字叫'空气蛹'。"

深绘里歪了歪脑袋，不知那意思是"对"还是"错"，但她没有反驳。大概这是合乎实情的吧。

"阿蓟是你的朋友？"

"住在一起。"

"是你妹妹？"

深绘里摇摇头。"是老师的女儿。"

"老师。"天吾说，"这位老师也和你生活在一起？"

深绘里点头。好像在说，怎么到了现在还问这种问题。

"我现在要去见的，一定是这位老师吧？"

深绘里转过脸看着天吾，用仿佛是观察远方流云般的眼睛，或说是思考怎样处置脑袋不灵光的狗般的眼睛，端详了一会儿天吾的脸庞，随后点了点头。

"我们去见老师。"她用缺乏感情的声音回答。

谈话到此大致结束。天吾和深绘里再度闭口不言，两人并肩坐着，久久地眺望车窗外。在单调平板的土地上，毫无特色的房屋无边无垠地排列着。无数电视天线像虫子的触角般伸向天空。生活在那儿的人们是否规矩地缴纳 NHK 的视听费？星期天天吾动不动就想起视听费来。其实他无意想这类事情，却不由自主地去想。

今天，在这个四月中旬晴美的星期天清晨，几个难说是愉快的事实逐渐清楚了。首先，《空气蛹》不是深绘里自己写的。如果相信她的话（这时他还想不出不信的理由），深绘里只是口述故事，由别的女孩将它写成了文章。其制作过程和《古事记》、《平家物语》等口传文学相同。这个事实虽然减轻了天吾对自己动手修改《空气蛹》一事的罪恶感，从整体上来看却让事态更加——说得干脆些是一筹莫展地——复杂化了。

另外她有阅读障碍，不能正常地读书。天吾把自己知道的关于阅读障碍症的知识整理了一番。在大学里学习师资培养的相关课程时，他听过关于这种障碍症的讲座。阅读障碍症患者从原理上讲是能读书写字的，在智力上被认为不存在问题，但阅读时会很费时间。阅读短句子时没有困难，但这些短句叠加成长句子时，信息处理能力就应付不了，文字和它表达的意思在脑子里很难连为一体。这就是阅读障碍症的普遍症状。原因还未完全清楚。不过如果学校每个班级都有一两个患有阅读障碍症的孩子，也不是令人吃惊的事。爱因斯坦曾是如此，爱迪生和查理·明格斯[①]也曾是如此。

天吾不知道有阅读障碍的人在写文章时，是不是也感到和阅读文章时一样的困难，但就深绘里的个案而言，似乎应当是这样。她在写文章时，也会感到和读文章时相同的困难。

得知此事，小松会说什么？天吾不由得喟然长叹。这位十七岁的少女患有先天性的阅读障碍症，连读书和写长点的文章都不如人意，和人交谈时（如果不是刻意为之）也每次只能说出一个句子。要把这样的人打造成职业作家，哪怕只是装装样子，也完全不可能。就算自己把《空气蛹》改写得十分成功，作品获得了新人奖，得以出版，好评如潮，也无法永远骗过世间睽睽众目。即便开始时一帆风顺，久而久之人们也肯定会发觉"其中有诈"。如果那时露了馅，相关的人恐怕无一幸免，个个都将身败名裂。天吾的小说家生涯要在此——其实根本还没起步呢——被一刀斩断命脉了。

这样漏洞百出的计划本来就不可能顺利进行。从一开始他就有如履薄冰之感，现在连这样的形容也显得过于温和。还没抬脚踏上去，那冰已经在吱吱作响了。回家后只好打电话告诉小松："对不起，小松先生，这件事我放手不干啦。实在太危险了。"这才是一个神经正常的人应该做的。

但一想到《空气蛹》这部作品，天吾又心神不安、左右为难起来。不论小松制订的计划怎样危险，要在此刻中断《空气蛹》的改写，天吾显然无法做到。在进入改写阶段以前，或许还有可能，但事到如今

---

① Charles Mingus（1922 - 1979），美国爵士乐手、作曲家。

已割舍不下了。他已经深深地沉溺在这部作品中，呼吸着那个世界的空气，被那个世界的重力同化了。这个故事的精髓径直渗入了他内脏的四壁。这个故事殷切地要求借天吾之手进行改写，他真切地感受到了这一点。这是只有他才能做到的事情，是值得一做的事情，是必须一做的事情。

天吾在座位上闭起眼睛，面对这种情形自己应当怎样做，他试图找出一个应急的结论。却找不出。一个心神不安、左右为难的人不可能得出合情合理的结论。

"阿蓟是完全按照你讲的那样写下来的吗？"天吾问。

"照我讲的那样。"深绘里答道。

"你来讲，她来写。是吗？"天吾问。

"但必须小声地讲。"

"为什么必须小声地讲呢？"

深绘里环视车厢。几乎没有乘客，只有一位母亲带着两个幼小的孩子，坐在对侧稍稍拉开一些距离的地方。看上去三个人似乎在赶赴某个好玩去处的途中。世间也有这样幸福的人存在。

"为了不让他们听见。"深绘里小声说。

"他们？"天吾说，看她焦点游移不定的眼睛，这显然不是指那母女三人。深绘里说的是某些此时不在此地，却是她所熟知——并且天吾一无所知——的具体的人。

"他们指的是谁？"天吾问。他的声音也变小了。

深绘里一言不发，眉间蹙起细小的皱纹，嘴唇紧闭。

"是小小人吗？"天吾问。

依然没有回答。

"你说的他们，如果故事得到出版公之于众，引起轰动的话，他们会不会生气？"

深绘里没有回答这个问题。眼睛的焦点仍旧涣散不定。等了一会儿不见有回音，天吾换了个问题："能不能和我说说那位老师的情况？他是个什么样的人？"

深绘里似乎觉得不可思议一样看了看天吾，好像是说，这人在说什么呀！然后说："现在去见老师。"

"那倒是。"天吾说，"的确是这样。反正待会儿就要见到了。见了面自己直接判断就行。"

在国分寺站，一群登山打扮的老人上了车。大概有十人，男女各一半，年龄看上去像是从六旬后半到七旬前半。每人都背着背囊戴着帽子，像远足的小学生一样热闹快活。他们有人把水壶佩在腰际，有人则放在背囊的口袋中。天吾心想，上了年纪以后，自己也会像他们那样快活吗？随后微微地摇摇头。不，大概不可能吧。他想象起老人们在某处山顶快活地拿着水壶喝水的情景来。

　　小小人虽然身子非常小，却要喝好多好多水。而且他们喜欢喝的不是自来水，而是雨水，还有附近小河里流淌的水。所以少女白天去小河边用铁桶打水，给小小人喝。下雨时，就在檐槽下放上铁桶接雨水。因为虽然同样是自然水，比起小河里的水，小小人更喜欢雨水。他们很感谢少女这种善意的举动。

天吾觉出自己开始很难集中精神。这是个不好的兆头。大概因为今天是星期天。某种混乱开始在他的体内涌动。在感情的平原上，不祥的沙暴即将在某地生成。星期天常常会发生这样的事。

"怎么了。"深绘里用抽去问号的疑问句问。她似乎能觉出天吾感到的紧张。

"我能做好吗？"天吾说。

"什么。"

"能顺利交谈吗？"

"能顺利交谈。"深绘里问，似乎未能充分理解他想说什么。

"跟老师。"天吾说。

"跟老师能顺利交谈吗。"深绘里重复道。

天吾犹豫了一下，老实地坦白："总之，我觉得好像好多事都对不上号，好像所有的事都注定不会成功。"

深绘里转动身体，笔直地正视天吾的脸。"害怕什么。"她问。

"是问我害怕什么吗？"天吾充实她的问题。

深绘里沉默着点头。

"也许是害怕跟陌生人会面。尤其是在星期天早晨。"天吾说。

"为什么是星期天。"深绘里问。

天吾腋下开始出汗，胸口有种沉重的压迫感。跟陌生的人见面，带来陌生的东西，自己的存在因此遭受威胁。

"为什么是星期天。"深绘里再次问道。

天吾想起了少年时代。花了整整一天走完预定的收款路线，父亲领他来到车站前的小饭馆，对他说想吃什么就点什么。那是对他的奖励。对于生活节俭的他们，这几乎是唯一一次在外面吃饭的机会。父亲在那儿难得地要了啤酒（他平时几乎滴酒不沾）。尽管父亲这么说，天吾却感觉不到丝毫食欲。平日每天都觉得饥饿难忍，只有星期天无论吃什么东西都感觉味同嚼蜡。将点的东西全部吃完——父亲绝对不许将食物剩下——变成了一大痛苦。有时甚至不禁想呕吐。这就是少年天吾的星期天。

深绘里看了看天吾的脸，探寻他眼中的东西，然后伸出一只手，握住了天吾的手。天吾一惊，但努力不让惊愕表露在脸上。

直到电车抵达国立车站为止，深绘里始终轻轻地握着他的手。她的手比想象的要坚硬干爽，不热，也不冷。那只手大约只有天吾的手一半大。

"不用害怕。因为这不是往常的星期天。"少女仿佛在公布一桩众所周知的事实，这样说。

她一次说出两个句子，这或许还是头一回呢。天吾心想。

第9章　青豆
风景变了，规则变了

青豆去了离家最近的一家区立图书馆，在服务台申请阅览报纸的缩印版，一九八一年九月至十一月，三个月的。有朝日、读卖、每日和日经，您希望阅览那一种？图书馆员问。那是位戴眼镜的中年女人，看上去不像图书馆的正式职员，更像个打临工的主妇。人倒不算很胖，可手臂像英式火腿一样肥腴。

随便哪种都行。青豆答道。不管哪种都是一回事。

"也许是这样，不过您得指定一种，不然我们不好办。"妇人用拒绝继续争论般的缺乏抑扬顿挫的语调，如此说道。青豆也毫无争论的意思，并无特别理由地随意选择了《每日新闻》。然后在设有挡板的桌子前坐下，翻开笔记簿，一只手捏着圆珠笔，眼睛追逐着报纸上刊登的新闻。

一九八一年初秋，并未发生重大事件。这一年七月，查尔斯王子和戴安娜举行了婚礼，余波至今还未平息。两人去了哪里，干了什么，戴安娜穿了什么衣服、戴了什么首饰等等，连篇累牍。查尔斯和戴安娜结婚，青豆当然知道，不过并没有特别的兴趣。世上的人对英国皇太子和皇太子妃的命运为何竟有如此深切的关心，青豆完全无法理解。查尔斯从外表上来看，与其说像皇太子，不如说更像一个胃肠有毛病的物理教师。

在波兰，瓦文萨领导的"团结工会"加深了与政府的对立，苏联政府对此表示"忧虑"。换成更明确的语言来说，就是如果波兰政府无力收拾事态，可要像一九六八年的"布拉格之春"时一样，把坦克军团派过去啦。这些消息青豆大致有记忆，还知道经历种种变故之后，苏联终于放弃了介入，因此不必详细阅读报道内容。只有一处，即美国的里根总统大概是为了牵制苏联，发表声明称："希望波兰出现的紧张局势不至于给美苏联合建设月球基地计划带来障碍。"建设月球基地？这话可是闻所未闻。如此说来，好像上次的电视新闻中也提过此事。就是和来自关西的头发稀薄的中年男子做爱的那天晚上。

九月二十日在雅加达举行了世界最大规模的风筝大赛，一万多人聚在一起放风筝。这则新闻青豆不知道，但不知道也不奇怪。三年前在雅加达举行的风筝大赛，又有谁现在还记得住？

十月六日在埃及，萨达特总统遭到伊斯兰激进组织的暗杀。青豆记得这次事件，再度为萨达特总统感到悲伤。她相当偏爱萨达特总统那秃顶的方式，而且对涉及宗教的激进组织一贯抱有强烈的厌恶。这帮家伙偏执的世界观、自以为是的优越感、盛气凌人的嚣张态度，只要想一想，就不由得怒火中烧。她无法巧妙地控制这怒气，但此事和她目前面临的问题无关。青豆深呼吸数次镇定神经，移向下一页。

十月十二日在东京板桥区的住宅街，一位NHK收款员（五十六岁）同拒付收视费的大学生发生口角，用包里随身携带的牛耳尖刀刺中对方腹部造成重伤。收款员被赶赴现场的警察当场逮捕。当时他手持沾满鲜血的尖刀恍惚呆立，被捕时毫无抵抗。该收款员六年前被录用为职员，工作态度极为认真，业务成绩也优秀。一位同事介绍说。

青豆不知道发生过这样的事件。她订阅的是《读卖新闻》，每天仔细浏览一遍，不漏掉任何角落，社会版的报道——尤其是涉及犯罪的消息——更是详细阅读。这则报道几乎占据了晚报社会版近一半的版面，漏掉如此重大的报道恐怕不太可能。当然也可能出于某种原因没能读到。这种可能性极低，但不能断言绝对没有。

她额头上蹙起皱纹，沉思片刻这种可能性，然后在笔记簿上记下日期和事件概要。

收款员名叫芥川真之介。好神气的名字，像文豪①一样。没有刊登他的照片，只登了一张被刺伤的田川明（二十一岁）的照片。田川君是日本大学法学院三年级的学生，剑道二段，如果有练习用的竹剑在手，恐怕不会如此简单地被刺伤。当然，普通人不会单手握着竹剑和NHK的收款员交谈，普通的NHK收款员也不会在包里放上把牛耳尖刀走动。青豆仔细地追踪了其后几天的报道，没有发现那位被刺学生死去的消息，大概是保住了一条命。

十月十六日北海道夕张的煤矿发生了重大事故。在地下一千米的采掘现场发生火灾，正在作业的五十余人窒息身亡。火灾蔓延至地表附近，又有十人被夺去性命。公司为了防止火势扩展，甚至不曾确认其余作业人员的生死，便开动水泵放水淹没坑道。死者共达九十三人。这是一桩令人发指的事件。煤炭是"肮脏"的能源，挖煤则是危险的作业。采掘公司舍不得投资设备，劳动条件恶劣，事故经常发生，矿工们的肺不可避免地受到伤害。但煤炭廉价，所以存在需要它的人们和企业。青豆清楚地记得这次事件。

青豆要寻找的事件，发生在夕张煤矿火灾事故的余波还未平息的十月十九日。曾经发生过这样的事件，在数小时前Tamaru告诉她之

---

①指著名作家芥川龙之介。

前，青豆居然一无所知。无论怎么想象，这都是不可能的事。因为关于此次事件的标题，是用绝不可能看漏的大号铅字印在早报的第一版。

于山梨县山中与过激派枪战　警察三人身亡

还配了大幅照片。是事件发生现场的航拍照片，在本栖湖附近。还有简单的地图。从开发为别墅用地的地区出发，深入山中。三位死亡的山梨县警察的肖像照。乘坐直升机出动的自卫队特种空降部队。迷彩战斗服，装有瞄准镜的狙击步枪和枪身短小的自动步枪。

青豆久久地扭着脸。为了正当地表现情感，她将面部各处的肌肉尽量拉伸。但桌子两侧都有挡板，没有人目击她面部如此剧烈的变化。然后青豆深深地呼吸，将四周的空气完全吸入，再全部吐出。就像鲸鱼浮出海面，将巨大的肺里的空气全部更换时那样。背靠背坐着正在学习的高中生，被这声音吓了一跳，扭头看了看青豆，当然未发一言，只有心惊胆战的份儿。

把脸扭了一阵子，她再努力舒缓各处的肌肉，恢复原来普通的脸庞。然后用圆珠笔杆的末端，咚咚地久久敲击门牙，试图将思绪整出个条理。这里面肯定有什么理由，不如说必须有理由才对。为什么这样震撼整个日本的重大事件，我居然会漏掉呢？

不，还不仅仅是这一桩事件。就算是NHK的收款员刺伤大学生的案件，我也毫不知晓。太奇怪了。不可能连续出现如此重大的疏漏。再怎么说，我也是个一丝不苟、一向谨慎的人，哪怕是一毫米的误差都不会放过，对记忆力也很有自信。才会把好几个人送到那个世界去了，却不曾犯过一次错误，得以平安无事。我每天细心地阅读报纸，而我说"细心读报"，就意味着从不放过任何稍有意义的信息。

本栖湖事件连续多天充斥着报纸的版面。自卫队和警察为了追捕逃走的十名过激派成员，进行了大规模的搜山，击毙三人，重伤二人，逮捕四人（其中一名系女性），一人行踪不明。报纸通篇充斥着这一事件的报道，结果NHK收款员在板桥区刺伤大学生一案的后续报道，就不知被挤到哪里去了。

NHK——当然不会表现出来——无疑很高兴。如果没有发生这桩重大事件，媒体肯定会抓住此案不放，对NHK的收款制度或这个组织的现有形态，大声提出质疑。在这一年年初，发生了自民党横加指责NHK的洛克希德贿赂事件报道特辑，逼迫其更改内容的事件。NHK在播放前向几位执政党的政治家详细说明了节目内容，毕恭毕敬地请示："内容即是这样，是否可以播放？"令人震惊的是，这居然是习以为常的例行公事。NHK的预算必须经国会批准，上层害怕得罪执政党和政府而遭到报复。执政党内也存在着认为NHK不过是自己的宣传机关的想法。这样的内幕被揭露出来，众多国民当然开始对NHK节目的独立性与政治公正性抱有不信任感，于是拒付收视费的运动也势头大增。

除了这起本栖湖事件和NHK收款员案，青豆对这一时期发生的其他变故、事件和事故，每一件都记忆犹新。这两件事以外的其他新闻，记忆中并无疏漏。她记得每篇报道当时都仔细阅读过。然而，唯独本栖湖枪战事件和NHK收款员案件，根本没有给她留下任何记忆。究竟是什么缘故？就算我的大脑出了什么问题，但只漏掉这两起事件的相关报道，或只把记忆中与之相关的部分巧妙地删掉，这种事可能吗？

青豆闭上眼睛，用指尖使劲揉着太阳穴。不，说不定这种事真有可能。在我的大脑中生出了某种试图改造现实的功能般的东西，它选出某种特定的新闻，严实地蒙上黑布，不让我的眼睛触及，不让它留在记忆中。像警察的佩枪和着装的更新，美苏联合建设月球基地，

NHK收款员用牛耳尖刀刺伤大学生，本栖湖畔过激派与自卫队特种部队进行的激烈枪战，诸如此类。

然而，这些事件之间究竟存在怎样的共性？

再怎么想，也不存在什么共性。

青豆用圆珠笔杆的末端咚咚地敲击门牙，动脑思索。

经过很长时间，青豆忽然这样想：

比如说，可不可以这样思考——出问题的不是我自己，而是包围着我的外部世界？并非我的意识和精神出现了异常，而是由于某种莫名其妙的力量的作用，我周围的世界本身接受了某种变更。

想来想去，青豆越发觉得这种假设显得更自然。无论如何，没有任何真实感让她觉得自己的意识出现了缺损或扭曲。

于是她把这个假设继续向前推演。

发生了错乱的不是我，而是世界。

对，这就对了。

在某个时间点，我熟知的世界消失了，或说退场了，由另外一个世界取而代之。就像铁轨被切换了道岔一样。就是说，此时在此地的我，意识还属于原来的世界，而世界本身却已经变成了另外的东西。发生在此地的事实的变更，目前还很有限。构成新世界的大部分东西，沿用了我熟知的原先那个世界的，所以就生活而言，（眼下几乎）没有出现现实上的障碍。但随着时间的推移，这些"被更改的部分"恐怕会在我的周围制造出更大的差异。误差一点点地膨胀，于是在不同的场合产生不同的误差，它们或许会破坏我采取的行动的逻辑性，会让我犯下致命的过错。如果真的形成那样的局面，的确会成为致命伤。

平行世界。

就像口中含了个很酸的东西，青豆扭起了脸，但不像刚才那样剧烈。然后再次用圆珠笔杆末端咚咚地使劲敲打门牙，喉咙深处发出沉重的呻吟声。背后的高中生听见了，但这次假装没听见。

这简直是科幻小说。青豆暗想。

说不定是我为了保护自己，随意编了一套假设？也许只是我的脑袋出了毛病。我以为自己的精神完美正常，以为自己的意识毫无扭曲。然而，声称自己完全正常，是周围的世界发了疯，难道不是绝大部分精神病患者的主张吗？会不会只是我提出了平行世界这个荒诞的假设，强词夺理地想把自己的疯狂正当化呢？

需要冷静的第三者的意见。

但又不能去找心理医生接受诊察。事情太错综复杂，不能直言相告的事实也太多。比如说我近来做的工作，毫无疑问是违背法律的。要知道那可是用自制的冰锥偷偷地把男人们杀死啊！这种事不能告诉医生。即使对方都是一些坏事做绝死有余辜的坏蛋。

就算能把这些违法的部分巧妙地遮掩过去，我走过的人生道路中那些合法的部分，哪怕往好里说，也难算得上中规中矩。就像一只皮箱，里面结实地塞满了肮脏的衣物。其中有足以将一个人逼得精神异常的材料，不，大概足够三个人用的。只需举出性生活这一条即可。绝非可以在人前说出口的东西。

不能去看医生。青豆想。只能自己单独解决。

先把我自己的假设继续推演下去。

假定这样的情况真的发生，换言之，我置身的这个世界真的被变更了，那具体的道岔口究竟是在何时、何地，又是如何被扳转的呢？

青豆再度集中意识，搜寻着记忆。

最先想到的世界变更的部分，是数日前在涩谷的酒店房间中处置油田开发专家那一天。在首都高速公路三号线上走下出租车，利用紧急避难阶梯下到二四六号公路，换了一双连裤袜，走向东急线三轩茶屋车站。途中青豆和一位年轻警察擦肩而过，第一次发现对方的外表和平时不同。那便是开端。如此看来，恐怕是在稍往前一点，世界发生了转换。因为那天早上，她还在家附近看见警察身穿看惯的警服、佩着老式左轮手枪。

青豆想起在陷入交通拥堵的出租车中听到雅纳切克《小交响曲》时体验的那种不可思议的感觉。那是一种身躯被扭绞的感觉，一种身体组织像抹布一样被一点点地绞干的感觉。那位司机告诉我首都高速公路上有紧急避难阶梯，我脱下高跟鞋，从那条危险的阶梯走下去。在强风的吹拂下光着脚走下阶梯时，《小交响曲》开头的鼓号曲始终断断续续地在我的耳中鸣响。没准那就是开端。青豆暗想。

出租车司机给人的印象也十分奇妙。他在临别时说的那句话，青豆依然记得清楚。她尽量准确地在脑子里再现那句话。

一旦做了这样的事，往后的日常风景，看上去也许会和平常有点不一样。但是，不要被外表迷惑。现实永远只有一个。

这个司机说话挺奇怪的。青豆当时想。但是他究竟想表达什么，她心里并不明白，也没特别在意。她急着赶路，没时间多想麻烦事。但现在重新回味，这段话显得十分唐突、奇妙。像是忠告，又似乎能理解成暗示性的讯息。司机究竟想向我传达什么寓意？

还有雅纳切克的音乐。

为什么我立刻明白那音乐是雅纳切克的《小交响曲》？我怎么会知道那是谱写于一九二六年的曲子？雅纳切克的《小交响曲》并不是听了开篇主题就能说出名字的通俗乐曲。一直以来我也没有热心地听过古典音乐，连海顿与贝多芬在音乐上的差异也不太清楚。尽管如此，为什么一听见出租车的收音机里流出的那支乐曲，我立刻就明白"这是雅纳切克的《小交响曲》"？为什么那支乐曲会给我的身体带来激烈的个人震撼？

对，那是一种非常个人的震撼。像长期休眠的潜在记忆，因为某个契机在不曾料想到的时刻被忽然唤醒，就像那种感觉。其中有种仿佛被人抓住肩膀摇撼的感觉。如此看来，也许我在迄今为止的人生中的某个地点，曾经和那支乐曲发生过深切的关联。也许当音乐流过来，开关就自动打开，我身体内部的某种记忆就自然苏醒了。雅纳切克的《小交响曲》。但无论怎样苦苦搜寻记忆深处，青豆也毫无头绪。

青豆环顾四周，凝视自己的手心，检查指甲的形状，为慎重起见还隔着衬衣用双手抓住乳房检查形状。没有特别的变化，大小与形状一如平日。我还是原来的我，世界还是那个大千世界。但某些东西开始发生变化。青豆能感觉到。就像寻找图画上的错误一样。这里有两张图画，左右并排挂在墙上比较，似乎完全相同。但你仔细地一一检查细节，就会发现有几处细微的差别。

她调整情绪，翻动缩印版报纸，抄录了本栖湖枪战的详细情形。五支中国制造的卡拉什尼科夫 AK47 自动步枪，据推测大概系由朝鲜半岛走私进来的。恐怕是军方转让的二手货，水准不低，弹药也充足。日本海海岸线漫长，利用伪装成渔船的作业船，趁着夜幕把武器弹药偷运进来，也不算难事。他们就这样把毒品和武器运进日本，再把大量的日元带回去。

山梨县的警察不知道过激派组织已经这样高度武装起来，他们以伤害罪——完全是名义上的——领到搜查证，分乘两辆巡逻车和小巴，携带着普通装备前往一个叫"黎明"的组织的根据地所在的"农场"。该组织成员表面上在那里采用有机耕作技术经营农业。他们拒绝警察进入农场搜查，理所当然地演变为肢体冲突，并由于某个契机开始枪战。

尽管实际上并未使用，但过激派组织甚至预备了中国制造的高性能手榴弹。没有用上，是因为手榴弹刚到手，训练还不充分，他们用不好。这实在是幸运。如果动用手榴弹，警察和自卫队的损失肯定会大得多。警察们开始甚至连防弹背心都没准备。警察当局情报分析的疏忽与装备的陈旧受到了指责。但世人最惊愕的，还是过激派竟仍然作为实战力量继续存在，还在暗中活跃的事实。人们还以为六十年代后期喧嚣一时的"革命"早已成为过去，过激派的残余也在"浅间山庄事件"①中彻底毁灭了。

青豆做完全部摘录，把缩印版报纸还给服务台，从放着音乐图书的书架上挑了一本叫《世界作曲家》的厚厚的大部头，回到书桌前。然后翻开了雅纳切克这一页。

莱奥斯·雅纳切克于一八五四年生于莫拉维亚的乡村，一九二八年去世。书上登着他晚年的肖像照。没有谢顶，头顶被生气勃勃的野草般的白发覆盖，没法看出脑壳的形状。《小交响曲》作曲于一九二六年。雅纳切克过着没有爱情的不幸婚姻生活，直到一九一七年六十三岁时，邂逅了有夫之妇卡米拉，于是双双坠入情网。这是两位已婚者的成熟恋情。一度为创作低迷期苦恼的雅纳切克，邂逅卡米拉后，再次唤起旺盛的创作激情，于是晚年的杰作陆续不停地问世。

一天，两人在公园里漫步时，看见户外音乐堂正在举行演奏会，便停下脚步聆听演奏。这时，雅纳切克忽然觉得有一种幸福感充满全身，《小交响曲》的主题从天而降。他后来回忆说，当时他感觉脑袋里似乎有什么东西忽然崩裂，浑身包容在鲜活的恍惚之中。雅纳切克那时碰巧受托为一个大型运动会创作开场鼓号曲，那开场曲的主题和在公园里获得的"灵感"融为一体，于是作品《小交响曲》降生了。虽然名字叫"小交响曲"，其结构却彻底非传统，铜管乐器演奏的辉

---

① 1972年2月19日，5名过激派成员在长野县轻井泽占据一处名为"浅间山庄"的疗养所，劫持管理人之妻为人质，与警察对峙10日，造成2名警察与1名民间人士死亡，27人受伤。

煌开场曲与中欧式的宁静管弦乐组合为一体，酿造出独特的氛围。书中如此解说道。

青豆为慎重起见，把这些传记内容和乐曲说明大致抄录下来。但《小交响曲》和青豆之间究竟有怎样的接触点，或可能会有怎样的接触点，书中的记述没能提供任何启发。出了图书馆，她沿着临近黄昏的街道信步走去，时而自言自语，时而摇头晃脑。

青豆边走边想，一切当然只是假设，但目前对我来说，这却是最有说服力的假设。至少，在更有说服力的假设登场以前，似乎有必要依据这个假设采取行动，否则很可能会遭到淘汰。哪怕只为了这一点，似乎也该为自己所处的这种新状况起个恰当的名字。为了和警察们佩着老式左轮手枪走动的曾经的世界区别开，也需要有个自己的称呼。连狗儿猫儿都需要名字，接受这种变更的新世界不可能不需要。

1Q84 年——我就这么来称呼这个新世界吧。青豆决定。

Q 是 question mark 的 Q。背负着疑问的东西。

她边走边独自点头。

不管喜欢还是不喜欢，目前我已经置身于这"1Q84 年"。我熟悉的那个 1984 年已经无影无踪，今年是 1Q84 年。空气变了，风景变了。我必须尽快适应这个带着问号的世界。像被放进陌生森林中的动物一样，为了生存下去，得尽快了解并顺应这里的规则。

青豆走到自由之丘车站附近的唱片行里，寻找雅纳切克的《小交响曲》。雅纳切克并非人气很高的作曲家，汇集了他的唱片的角落非常小，收录有《小交响曲》的唱片只找到一张，是由乔治·赛尔[①]指

———————

① George Szell（1897 － 1970），匈牙利指挥家。

挥，克利夫兰管弦乐团演奏的。A面是巴托克[1]的《为管弦乐创作的协奏曲》。不知演奏得如何，但别无选择，于是她买下了那张密纹唱片。回到家，从冰箱里拿出夏布利酒[2]，打开瓶塞，把唱片摆在转盘上，放下唱针。然后一面喝着冰得恰到好处的葡萄酒，一面聆听音乐。开头那段开场鼓号曲辉煌地鸣响，和在出租车中听到的是同样的音乐，没错。她合起眼，把意识集中到音乐上。演奏不错。但什么事也没发生，只有音乐在轰鸣。既没有身躯的扭绞，也没有感觉的改变。

她听完了音乐，把唱片放回封套里，坐在地板上，倚着墙壁喝葡萄酒。独自一边想着心事一边喝的葡萄酒，几乎毫无味道。走到卫生间，用肥皂洗了脸，拿小小的剪刀修剪眉毛，用棉棒掏净耳朵。

不是我疯了，就是世界疯了。我不知道究竟是哪一个疯了。瓶口和瓶盖尺寸不符。也许该怪瓶子，也许该怪盖子。但不管怎样，尺寸不符的事实不容动摇。

青豆打开冰箱，查看里面的东西。这几天没有买菜，里面的东西不太多。取出熟透了的木瓜，拿厨刀一切两半，用调羹挖着吃。然后取出三根黄瓜，用水洗净，蘸着沙拉酱吃了。慢慢地花充足的时间咀嚼。把豆浆倒进玻璃杯里，喝了一杯。这就是晚餐的全部内容。虽然简单，却是理想的预防便秘的饮食。便秘是青豆在这个世界上最厌恶的事之一。几乎和讨厌实施家庭暴力的卑劣男人，以及精神褊狭的宗教激进分子一样。

结束晚餐后，青豆脱掉衣服，冲了一个热热的澡。走出洗澡间，用浴巾擦拭身体，在嵌在门上的镜子中观察全身。纤细的腹部，精练的肌肉，不够惹眼的左右不对称的乳房，让人想起没好好修整的足球

---

① Béla Viktor János Bartók (1881 – 1945)，匈牙利作曲家。
② Chablis，法国布列塔尼夏布利地区产的白葡萄酒。

场的阴毛。正望着自己的裸体，忽然想起再过一个星期自己就要三十岁了。无聊的生日又将来临。真是的！第三十个生日偏偏是在这个莫名其妙的世界里迎来的！青豆心想。随即蹙起眉头。

1Q84 年。

这就是她的栖身之处。

第10章 天吾
真正的流血革命

"转车。"深绘里说，然后再次牵住天吾的手。那是在电车即将抵达立川车站时。

走下电车，上楼梯下楼梯，来到别的站台，其间深绘里一刻也没放开天吾的手。在周围的人们眼中，他们肯定被视为一对恋人。虽然年龄相差不少，不过天吾看上去总显得比实际年龄年轻许多。身材高矮的差异，从一旁望去大概也让人感到温馨。春季周日早晨幸福的约会。

然而从握着他的手的深绘里手中，却感受不到对异性的情爱那样的东西。她始终用一定的强度握着他的手。她的手指间，仿佛有一种为病人试脉搏的医师般的职业性的精确。这位少女也许是通过手指或手掌的接触，在交流一种无法用语言传达的信息。天吾忽然这样想。但就算真有那样的做法，那也不是交流，不如说更接近单向通行。天吾心中的所思所感，深绘里也许在通过自己的手掌汲取与感知，但天吾却不能读出深绘里的内心。天吾并不担心，因为什么被读取了都无所谓，自己心里没有任何害怕被深绘里知道的信息与情感。

不论怎样，就算这位少女心中毫无异性意识，她对自己大概也抱有一定的好感。天吾如此推测。至少肯定没抱坏印象。否则，不管出于何种打算，也不会如此长久地牵着自己的手。

两人转到青梅线站台，登上了等在那儿的始发列车。因为是星期天，车内坐满了一身登山打扮的老人和携家带口的乘客，比想象的要拥挤。两人没在座位上坐下，而是并肩站在了车厢门口。

"好像是来远足一样。"天吾环顾车厢内，说。

"可以拉着你的手。"深绘里问天吾。走进车厢后，她依然牵着天吾的手不放。

"当然可以。"天吾说。

深绘里似乎放了心，仍旧牵着天吾的手。她的手还是那样干爽，不出一滴汗。好像还在继续探寻他的所思所感。

"不害怕了。"她不加问号地问。

"我想是不害怕了。"天吾说。这不是假话。大概是深绘里握着他的手的缘故，星期天早晨袭来的惊恐确实失去了锐气。汗也不出了，僵硬的心跳声也听不见了，幻觉也没有出现。呼吸也恢复了平日的安静。

"太好了。"深绘里用缺乏抑扬顿挫的声音说。

太好了。天吾也觉得。

简洁快速的广播声传来，通知电车很快就要发车。于是，像老派的大型动物睡醒后浑身打战一样，车门夸张地发出哆哆嗦嗦的震动声，闭拢起来。电车好像终于下了决心，缓缓地驶离站台。

天吾与深绘里互相握着对方的手，眺望着窗外的风景。开始是司空见惯的住宅区，但随着列车的前进，武藏野平坦的风景变成了山峦更为醒目的景致。从东青梅站开始，线路成了单线，在那里改乘四节编组的电车，四周的群山开始一点点地增加存在感。从这一带起已经不再是在东京中心城区工作的上班族的通勤圈了。山坡的地表上虽然还残存着冬天的枯色，但常绿树的绿色已鲜明地映入眼帘。每到一站打开车门，就可以发觉空气的气味变了。连声音的回响似乎都有所不同。沿线的农田变得醒目起来，农家风格的建筑不断增多。与轿车相比，轻型卡车的数量大大增加。这地方好远啊！天吾想。到底要到什么地方去？

"不用担心。"深绘里似乎读出了天吾的心思，告诉他。

天吾无语地点点头。简直有点像去拜见恋人的父母，向人家提婚。他心想。

两人下车的地方，是一个叫"二俣尾"的车站。这个站名他从未听过，是个相当奇怪的名字。在这个古老的木结构车站，除了他们俩，下车的还有五六个乘客。无人上车。人们为了在空气清新的山道上漫步而来到二俣尾，绝不会有人是为了什么《梦幻骑士》的公演、以野性著称的迪斯科舞厅、阿斯顿·马丁的陈列室、因大龙虾焗通心粉闻名的法式餐馆而跑到二俣尾来。这只要看一眼下车人的装束，就大概知道了。

车站周围没有可以称得上商店的东西，连个人影也没有，却还有一辆出租车停在那儿，恐怕是算准电车的抵达时间赶来候客的。深绘里轻轻地敲了敲车窗，车门打开，她坐进去，随即招手叫天吾也坐进去。车门关闭，深绘里简短地把目的地告诉司机，司机点点头。

出租车行驶的时间不算长，路线却异常复杂。沿着险峻的山丘忽而爬上忽而爬下，驰过很难错车、田间小道般的窄路。弯道和拐角多不胜数，但司机在这样的地方也不减速，吓得天吾心惊肉跳，只好死死抓住车门上的把手一路不放。然后车子爬上一座陡峭得惊人、像滑雪场一样的斜坡，在一处山顶般的地方终于停下。与其说是坐了出租车，不如说更像坐了游乐场里的过山车。天吾从钱包中取出两张千元纸币，要了零钱和收据。

在这座传统的和式住宅前边，停着一辆短型黑色三菱帕杰罗和一辆绿色大捷豹。帕杰罗擦洗得锃亮，捷豹却是老式的，上面覆盖着厚厚一层灰尘，已经看不出原来是什么颜色，挡风玻璃肮脏不堪，看来很久没有驾驶过。空气新鲜得让人吃惊，周围充溢着深深的静寂，静寂到要重新调节听觉才能适应的程度。天空仿佛穿透了一般高远。裸露的肌肤可以无碍地感受阳光柔柔的暖意。不时传来未曾听惯的高亢的鸟鸣声，却看不见鸟儿的踪影。

这是一座雍容大方的宅邸。看来已经建造多年了，却维护得很好。庭院里的树木也修剪得十分美观。因为修剪得过于整齐，有几棵树木看上去甚至像塑料做的。巨松把宽大的树影投在地上。视野相当开阔，但举目所及，看不见一户人家。特意选择如此不便之处隐居的，一定是个很不愿意和人交往的人物。天吾揣测道。

深绘里哗啦哗啦地拉开没有上锁的大门，走进去，示意天吾跟上。没有人出来迎接。他们在异常宽敞宁静的玄关脱去鞋子，走过擦得明亮的冷飕飕的地板，进入客厅。从客厅的窗口能望见连绵的山峦，像一幅全景画。波光粼粼、蜿蜒而行的河流映入眼帘。景致非常美丽，天吾却没有观赏风景的闲心。深绘里让天吾坐在宽大的沙发上，一言不发地走出房间。沙发散发着古老的时代气息。究竟古老到什么程度，天吾不得而知。

这是一间朴素得惊人的客厅。一整块厚厚的木板制成的矮桌上，没有摆放任何东西。没有烟灰缸，也没有台布。墙壁上连画也没挂一幅，没有挂钟和挂历，更没有装饰柜之类，也没放书和杂志。只铺着一块颜色退尽、已辨认不出原来花式的旧地毯，放了一套同样古老的沙发，就是天吾坐的大得堪比木排的大沙发和三张单人沙发。有一个

144

开放式的大暖炉，但根本没有最近点火用过的痕迹。虽然是四月中旬了，室内却冷森森的。这个房间似乎是从下定决心不再款待任何人开始，已然经过漫长的岁月。深绘里回来了，依然一声不响地在天吾身边坐下。

许久，两人都不发一言。深绘里沉浸在自己谜一般的世界里，天吾则静静地做着深呼吸，平静自己的情绪。除了偶尔听见的鸟鸣，整座房屋悄无声息。天吾感觉到，如果侧耳倾听，这静寂中似乎含着好几种寓意。并不只是悄无声息。仿佛是沉默自身在谈论自身。天吾无意地看了一眼手表，再抬眼看看窗外的风景，然后又看看手表。时间几乎没有流逝。星期天早晨，时间总是过得极慢。

大概过了十分钟，没有任何预告，房门忽然打开，一位瘦削的男子步履匆忙地走进客厅。年龄大约在六十五左右，身高大概有一米六，由于姿态优雅，并不让人觉得寒酸。后背挺得笔直，像插进了一根钢筋，下巴紧紧地向后收。眉毛浓密，戴着一副仿佛是为了吓人而造出来的、镜架粗大漆黑的眼镜。举手投足中有种东西，让人联想起每一个零部件都被压缩、制作得小巧紧凑的精妙机械。没有任何多余之处，所有的部件都有效地彼此咬合。天吾正准备站起来打招呼，对方却迅速挥手示意他坐着别动。天吾按指示把浮起一半的身体又沉了下去，对方也像是和他竞赛似的，急忙在对面的单人沙发上坐下。然后，男人不言不语地久久端详着天吾。目光虽然不算锐利，却毫不松懈地洞穿每个角落。眼睛忽而眯起，忽而睁大，像摄影家在调整镜头的光圈一样。

男子上穿白衬衣，外套墨绿羊毛衫，下穿深灰毛料裤子。每件衣服看上去都像家常穿了十来年，十分合身，却略微有些旧。他大概是个对衣着不太讲究的人，要不就是身边没有一个替他讲究衣着的人。

头发稀少，后脑勺偏长的头形就更明显。脸颊瘦削，下巴方方正正，唯有孩童般小巧丰厚的嘴唇和整体的印象不太协调。脸上处处留着未剃干净的胡茬，也可能只是光线的原因，看去像是如此。从窗口射进来的山地阳光，似乎和天吾平时看惯的阳光的成分有点不同。

"有劳你远道而来，十分抱歉。"此人的语调带有一种独特的抑扬顿挫，是长期面对不特定的多数听众的人讲话的方式，所讲的恐怕还是很有逻辑性的内容。"因为事出无奈，我很难离开此地，所以只得请你屈尊驾临了。"

小事一桩，不用客气。天吾答道，并且报上姓名。为自己没有名片表示歉意。

"我姓戎野。"对方说，"我也没有名片。"

"戎野先生？"天吾又问了一遍。

"大家都喊我老师。连亲生女儿不知为何也叫我老师。"

"字是怎么写的？"

"我这姓氏很少，难得一见。绘里，你把字写给他看。"

深绘里点点头，取出一个笔记本一样的东西，用圆珠笔在空白页上缓慢地写下"戎野"二字，那字就像用钉子在砖头上刻出来似的。倒也有特别的韵味。

"用英语说就是 field of savages。我从前是搞文化人类学的，这名字和那门学问倒很相配。"老师说，还在嘴角浮起了一缕类似笑意的东西，眼睛却仍旧没有丝毫的松懈，"不过很久以前就和学术研究绝缘了。我现在搞的是和学问毫不相干的东西，转移到另一种 field of savages 来混日子了。"

这名字的确少见，不过天吾觉得很耳熟。六十年代后半期，好像是有过一个叫戎野的著名学者，出过几本书，在当时很有声誉。不知道那些书是什么内容，但这个名字却留在记忆的一角。然而不知何时这名字就销声匿迹了。

"我好像听说过您的名字。"天吾试探地说。

"也许吧。"老师好像在谈论无关的他人，眺望着远方，说，"不管怎么说，早已是过去的事了。"

天吾可以感觉到坐在身旁的深绘里宁静的呼吸。慢慢的、深深的呼吸。

"川奈天吾君。"老师像在朗读姓名牌似的说。

"是。"天吾应道。

"你念大学时攻读数学，如今在代代木的补习学校里当数学老师。"老师说，"但同时还在写小说。这些情况我从绘里那儿大致听说了，没错吧？"

"完全正确。"天吾回答。

"但你看上去既不像个数学教师，也不像个小说家。"

天吾苦笑着回答："就在不久前，我还被人家这么说过。可能是身材的缘故吧。"

"我倒不是出于恶意。"老师说，随后把手指放在黑框眼镜的鼻夹上，"看上去什么也不像绝不是坏事。因为那意味着你还没有改变自己去适应环境。"

"您能这么说，我自然十分荣幸。不过我还不算个小说家，只是在尝试着写小说。"

"在尝试？"

"就是说正在反复摸索。"

"哦。"老师说，然后像是才觉察到室内的寒意，轻轻地揉搓着两手，"而且据我所知，绘里写的小说将由你进行修改，要使它更成熟些，去争取文艺杂志新人奖，把这孩子打造成作家推出去。可以这样理解吗？"

天吾慎重地挑选着词句："基本像您说的那样。这是一个姓小松的编辑拟定的方案。我不知道这种计划实际上能否顺利进行，也不知道这么做在道义上是否正确。在这项计划中与我有关的，只是对《空气蛹》这部作品的文字进行改写的部分。说起来就是个手艺人而已。其他部分，则全由这个姓小松的人负责。"

　　老师静静地想了片刻。在安静的房间里，好像可以听见他脑筋转动的声音。然后他开口说："是那位姓小松的编辑想出了这个方案，而你在技术方面予以配合。"

　　"是的。"

　　"我原来是个学者，说老实话，小说之类的我不太热衷阅读，因此对小说界的规矩不太清楚。不过你们打算做的事，在我看来好像有些诈骗的味道。是我理解错了吗？"

　　"不，您没理解错。我也觉得是这样。"天吾答道。

　　老师微皱眉头。"可是你一面对这项计划提出道德上的异议，一面却仍然主动打算参与。"

　　"主动倒是谈不上，打算参与却是事实。"

　　"那又是为何？"

　　"这正是一个星期以来，我反复追问自己的问题。"天吾老实地答道。

　　老师和深绘里无言地等着天吾说下去。

　　天吾说："我拥有的理性、常识和本能，都告诫我应该尽早从这种勾当中抽身。我原本就是个谨慎的普通人，不喜欢赌博和冒险。不妨说是胆小鬼一个。可是只有这一次，面对小松提出的这项危险的计划，我无论如何也无法说不。理由只有一个，我的心被《空气蛹》这部作品彻底征服了。如果是其他作品，我大概当场就拒绝了。"

　　老师好奇地久久盯着天吾。"就是说你对计划中诈骗的成分不感兴趣，却对改写作品有浓厚的兴趣。是这样吗？"

"正是这样。甚至远远超过了浓厚的兴趣。如果说《空气蛹》非得改写不可，那么我不愿把这项工作拱手让给别人。"

"原来如此。"老师说，然后露出一副不小心把什么酸东西塞进了嘴巴的表情，"原来如此。我觉得大致能理解你的心情。那么，小松这人的目的又是什么？金钱？不然就是名声？"

"小松的心思，老实说我也不太清楚。"天吾答道，"不过我觉得，他的动机恐怕是比金钱和名声更大的东西。"

"比如说呢？"

"这一点小松可能不愿意承认：其实他也是个沉湎于文学的人。这样的人的追求只有一个：就是一辈子只有一次也行，发现一件不折不扣的真品，把它捧在托盘上，奉献给世人。"

过了片刻，老师凝视着天吾的面庞，说："就是说你们各自拥有不同的动机。某种既非金钱也非名声的动机。"

"我觉得应该是这样。"

"但不管动机的性质如何，正如你自己所说，这是一个充满危险的计划。如果在某个阶段真相败露，毫无疑问会成为丑闻，会受到世间非难的恐怕不只是你们两个。绘里的人生也许会在十七岁时便遭受致命的伤害。就这项计划而言，这是我最为忧虑的一点。"

"您感到担心是理所当然。"天吾点头赞同，"您说得完全正确。"

一双漆黑的浓眉的间隔缩短了大概一厘米。"尽管如此，尽管结果可能会让绘里暴露于危险之中，你还是希望由自己动笔改写《空气蛹》？"

"刚才我告诉过您，这种愿望来自理性和常识都无法触及的地方。从我的角度来说，也想尽量保护绘里。但是我不敢打包票，说绝对不会危及她。因为那么做就是说谎。"

149

"难怪如此。"老师说，然后仿佛要为论题分段，咳了一声，"别的先不说，你好像是个诚实的人。"

"至少我希望尽力做一个率真的人。"

老师仿佛在观察未曾见惯的物体，眺望了自己放在膝盖上的双手好半天，望望手背，再翻过来望望手心，然后抬头说："于是，那位姓小松的编辑真以为这项计划万无一失？"

"他的意见是'任何事物都会有两面'，"天吾说，"好的一面和坏的一面。"

老师笑了。"非常独特的见解。小松这人是乐天派呢，还是个自信家？究竟是哪一类？"

"哪一类都不是。只是愤世嫉俗而已。"

老师微微摇头。"这人一开始愤世嫉俗，就会变成乐天派，或者变成自信家。是这样吗？"

"也许有这种倾向。"

"好像是个很棘手的角色。"

"相当棘手。"天吾答道，"但是并不愚蠢。"

老师缓缓地呼了一口气，然后把脸转向深绘里。"绘里，怎么样？你怎么看这个计划？"

深绘里凝神静思片刻，然后回答："这样就行。"

老师给深绘里简洁的发言做了必要的补充："就是说，请这个人来改写《空气蛹》也没问题，对不对？"

"没问题。"深绘里说。

"但因为这件事，今后你可能会遇到麻烦哦。"

深绘里没有回答，只是把羊毛开衫的衣领拢得比刚才更紧。但这个动作表明了她不可动摇的决心。

"大概这孩子是对的吧。"老师认输似的说。

天吾凝望着深绘里那双握成拳的小手。

"不过还有一个问题。"老师对天吾说,"你和那位姓小松的,打算把《空气蛹》推向世间,把绘里打造成小说家。但是这孩子有诵读障碍,就是阅读障碍症。你们知道吗?"

"刚才在来这里的电车上,我对情况有了大致的了解。"

"恐怕是先天性的吧。因为这个缘故,她在学校里一直被认为是弱智,但其实是个很聪明的女孩,慧心慧质。尽管如此,她患有阅读障碍症这个事实,哪怕说得客气点,对你们正在考虑的计划也肯定不会有好影响。"

"知道这个事实的人,一共有几位?"

"除了她本人,总共三人。"老师答道,"我和女儿阿蓟,然后就是你。再没有别人知道了。"

"绘里念书的学校的老师不知道这个情况吗?"

"不知道。那是一所很小的乡村学校,阅读障碍症这个词,他们大概连听都没听说过。况且她也没去上过几天学。"

"既然如此,也许我们能巧妙地遮掩过去。"

老师注视了天吾片刻,仿佛在估价。

"绘里对你好像很信任。"过了一会儿,他对天吾说,"理由我不清楚,不过……"

天吾默默地等待着下面的话。

"不过我信任绘里。如果她说可以把作品托付给你,我也只能认可。只不过,如果你真的打算推进这项计划,那么关于她,有几个事实你必须了解。"老师仿佛发现了细小的线头,用手轻掸了几次右腿的膝盖处,"这孩子在什么地方度过了什么样的童年,又是经过怎样的原委由我收留下来。说起来话就长了。"

"愿意洗耳恭听。"

深绘里在天吾身旁换了个坐姿，依然用两手抓住羊毛开衫的领子，拢在颈部。

"好吧。"老师说，"这话得从六十年代说起。绘里的父亲和我，是相识多年的密友，我的年龄要比他大十来岁。我们在同一所大学、同一个系里教书，性格、世界观都相差甚远，但不知为何很合得来。我们两人都是晚婚，婚后不久都生了女儿，因为住在同一处教员宿舍里，所以两家人来往很多。工作上也进展顺利。我们当时都是所谓的'学界后起之秀'，风华正茂。时不时地还在传媒上露面。那是个其乐无穷的时代。

"然而随着六十年代的落幕，世间渐渐变得火药味浓烈起来。一九七〇年安保斗争爆发前，学生运动越发高涨，又是关闭大学，又是和警察机动队冲突，又是血腥的内部斗争，还死了人。这些事让我心烦，于是决定退职离开大学。我本来就和学院派格格不入，这时更是深觉厌恶。体制也好反体制也好，这种事情先由它去，无非是组织与组织的抗争罢了。而我呢，只要是组织，不管是大还是小，一律毫不信任。看你的样子，那时候恐怕还不是大学生吧？"

"我考进大学，是在风波彻底平息后。"

"这么说是在好戏谢幕以后了。"

"是这样。"

老师把双手向上举了片刻，然后放在膝盖上。"我辞去了大学的教职，绘里的父亲也在两年后离开了大学。他当时信奉毛泽东的革命思想，支持中国的文化大革命。至于文化大革命包藏着何等残酷、何等非人性的一面，这样的信息当时几乎完全没有传入我们耳中。拿毛泽东语录当幌子，对一部分知识分子来说甚至是一种知性的时尚。他组织起一部分学生，在学校里建立了一支模仿红卫兵的激进队伍，参加了大学罢课。其他大学也有一些学生信任他，前来参加他的组织。因此他领导的派系一度规模相当庞大。大学当局请求警察出面干预，机动队冲进了大学，坚守在校园内的他和学生们一起被捕，被控刑事罪，于是实质上被大学解雇。绘里那时还很年幼，对这些事恐怕没有一点记忆。"

深绘里沉默不语。

"深田保，这就是她父亲的名字。他在离开大学后，率领曾经构成红卫兵部队核心的十几个学生，加入了'高岛塾'。学生们大半都被大学开除，需要一个暂时的栖身之地，高岛塾则是个不坏的落脚处。当时这在媒体上也成了一个热闹的话题。你知不知道？"

天吾摇摇头。"我不知道。"

"深田的家属也跟着他一起行动，就是说他夫人和绘里。全家都加入了高岛塾。高岛塾的事你大概知道吧？"

"了解大体的情况。"天吾答道，"是一个类似公社的组织，过着一种彻底的共同生活，靠农业维持生计。同时也致力畜牧业，其规模是全国性的。不承认一切私有财产，所有的东西一律公有。"

"完全正确。深田就是要在高岛塾这种体系中追寻乌托邦。"老师神情不快地说，"不用说，乌托邦之类的在任何世界里都不存在，就像炼金术和永动机在任何地方都不存在一样。高岛塾的所作所为，要我来说，就是制造什么都不思考的机器人，从人们的大脑中拆除自己动脑思考的电路。和乔治·奥威尔在小说里描绘的世界一模一样。但恐怕你也知道，刻意追求这种脑死状态的家伙，这世上还不少。不管怎么说，这样更为轻松呀。不用思考任何麻烦的事情，只要听从上方的指示做就好了，不愁没饭吃。对追求这种环境的人们来说，高岛塾也许的确是乌托邦。

"但深田可不是这样的角色。他是一个彻头彻尾自己动脑思考的人，是一个以此为专业、借此为生的家伙，根本不可能满足于待在高岛塾这种地方。当然深田自己从一开始就明白这一点，可是他率领着一群被大学开除、满脑袋空想的学生，无处栖身，于是暂时选择了那里当落脚处。进一步说，他企求的是高岛塾这种体系的秘诀。首先，他们迫切需要掌握农业技术。深田和学生们都是城里人，对农业运作一无所知，就像我对火箭工学一无所知一样。所以他们必须从头学起，掌握实际的知识和技术。以及流通体系的构造、自给自足的可能性与局限性、集体生活的具体规则等等，必须学习的东西很多。他们在高岛塾中生活了两年，该学会的都学会了。这是一群只要有心学就能迅速学好的家伙。准确地分析了高岛塾的长处与弱点，然后深田率领自己的一派人马离开高岛塾，宣告独立。"

"在高岛塾很开心。"深绘里说。

老师微微一笑。"对小孩子来说一定很开心吧。不过等长大后，到了一定年龄，自我一旦成熟，许多孩子就会觉得高岛塾里的生活差不多是一座活地狱。因为希望自己动脑思考的自然欲望，会被来自上方的压制粉碎。这可以说就是给大脑缠足。"

"缠足？"深绘里问。

"从前在中国，人们强迫小女孩穿很小的鞋子，不让她们的脚长大。"天吾解释道。

老师继续说道："深田率领的分离派的核心，自然是一直追随他的那批模仿红卫兵的前大学生，不过也有一些愿意追随他们的人跟了出来，分离派便像滚雪球一样日益扩大，人数远比预想的多。怀抱理想加入高岛塾却对其现状深感不满和失望的人，在他们的周围为数不少。其中既有追求嬉皮士式的公社生活的家伙，也有在学生运动中遭受挫折的左翼人士，还有不满平淡的现实生活、追求新的精神世界而投身高岛塾的人。既有独身者，又有深田这样拖家带口的人。那是一个群居式大家庭，成员形形色色，深田担任了他们的领袖。他是一位天生的领袖，就像统领以色列人的摩西一样。思维敏捷，能言善辩，拥有过人的判断力，还具备天赋的领袖魅力，身材也高大伟岸。对了，就像你这样的体格。人们理所当然地把他奉为群体的中心，听命于他的判断。"

老师摊开双手，比画着那人的身材大小。深绘里望望他两手的宽幅，又望望天吾的身躯，依然一言不发。

"深田和我，性格和外貌都完全不同。他是天生的领导人，我则是天生的独往独来者；他是个政治人物，我则是个彻底的非政治人物；他是个大个子，我则是个小矮子；他英俊潇洒一表人才，我则是个脑袋奇形怪状的穷学者。尽管如此，我们却是患难与共的朋友，相互赏识，相互信任。毫不夸张地说，是彼此平生唯一的知己。"

深田保率领的集团在山梨县的深山里，找到了一个理想的人烟稀少的村落。那是一个年轻人纷纷流失、仅靠剩下的老人操持农活、农业几近废弃的村落。他们以几乎等于白送的价格买下了那里的耕地与房屋，甚至还附送塑料大棚。地方政府也同意以接手既有农田继续经营农业为条件发给补助金，至少最初几年可以享受税金上的优待措施。而且，深田好像还有个人的资金来源。这钱来自何处、属于何种性质，连戎野先生也不知道。

"关于资金来源，深田守口如瓶，对谁都不泄露秘密。总之，深田从某处为创办公社筹来了数额不小的必要资金。他们用这笔资金备齐了农机具，购买了建筑材料，储蓄了准备金。自己动手改修原有的房屋，建成了可供三十名成员生活的设施。那是一九七四年的事，新生的公社被命名为'先驱'。"

先驱？天吾在心中念道。这名字好像听过，却想不起来是在何处听过。他无法在记忆中追寻，这让他的神经一反常态地焦躁不安。

老师继续说下去：

"在习惯新的土地以前，公社的运营恐怕会有几年的艰难时期。深田做好了心理准备。可是进展却比预想的要顺利。天气也帮了大忙，邻近的居民也伸来了援手。人们对领袖深田诚实的人品抱有好感，看到'先驱'的年轻成员汗流浃背地专心干农活的身影，无比钦佩。本地人经常过去给他们出各种有用的主意。就这样，他们掌握了有关农业的实地知识，学会了和土地共生的方法。

"'先驱'基本是沿用在高岛塾学来的诀窍，但在几个地方进行了独创性的改造。比如说改用彻底的有机耕作法，不使用化学药品防治害虫，只使用有机肥料种植蔬菜。并且以都市富裕阶层为对象，开始蔬菜食品的邮购服务，这样做也可以提高单价。这其实是现在所谓生态农业的先导。大多数成员都是城里人，熟知城里人追求的是什么东西。为了无污染的新鲜美味的蔬菜，城里人乐于支付高价。他们与配送业者签订合同，简化流通环节，创立了一整套把食品迅速送往城市的体系。把'带泥土的、外观不整的蔬菜'反过来当作商品卖点，其实也是他们最先提出的。"

"我曾经好几次去访问深田的农场，和他交谈。"老师说，"因为得到了新的环境尝试新的可能性，他显得生气勃勃。那个时期对深田来说也许是最为平静、充满希望的年代。一家人好像也适应了新的生活。

"听到'先驱'农场的美誉，前来农场希望加入的人也增多了。通过邮购服务，农场的大名渐渐被世人知道，媒体也有所报道，把他们视为这类公社的成功先例。想逃离被横流的物欲和泛滥的信息驱使的现实世界、去大自然中挥汗劳作的人，在世上并不少，'先驱'就吸引了这样的群体。每当有希望加入的人到来，就举行面试和审查，大概可用的才吸纳为成员。并非来者不拒。必须保持成员高度的素质与道德水准。公社需要的是懂得农业技术的人，以及身体健康、能够承受繁重体力劳动的人。想把男女比例维持在各占一半的程度，所以也欢迎女性参加。随着人员不断增加，农场规模也逐渐扩大，好在闲置的耕地和房屋附近还有许多，扩充设施不是什么难事。农场成员开始以未婚青年居多，后来带着妻儿一起加入的人渐渐增多。在参与新规划的人当中，也有受过高等教育、从事过专业工作的人。比如说医生、工程师、教师、会计等等，这样的人深受共同体的欢迎。因为专业技术毕竟能派上用场。"

"在这个公社里，是不是实行高岛塾式的原始共产制度？"天吾问。

老师摇摇头。"不，深田摒弃了财产公有制。他虽然在政治上很激进，但同时也是个冷静的现实主义者。他追求的是更为松散的共同体。建立一个蚂蚁窝式的社会，并不是他的目标。他采取的方式，是把整体分割成几个单位，在每个单位中实施松散的共同生活。承认私有财产，也分配一定的报酬。如果对自己所属的单位不满，还可以调换到别的单位去，甚至还允许自由地脱离'先驱'。与外部的交流也是自由的，思想教育、洗脑之类也几乎从未搞过。采用这样一种通风状态良好的自然体制，有助于提高生产效率，这是他在高岛塾时学到的。"

在深田的领导下，"先驱"农场的运营顺利地上了轨道。但不久，公社鲜明地分裂成了两派。这样的分裂，只要是采用深田设计的松散的单位制，就在所难免。一派是武斗派，是以深田从前组建的红卫兵组织为核心、志在革命的集团。他们只是把农业公社生活看作革命的预备阶段。一边从事农业一边潜伏，等时机一到就拿起武器闹革命——这是他们不容动摇的姿态。

还有一派是稳健派，在反对资本主义体制这一点上，和武斗派有共通之处，但同政治保持距离，以在自然中过自给自足的共同生活为理想。就人数而言，稳健派在农场内占多数。武斗派与稳健派水火不容。平时从事田间劳动时，由于大家目的一致，并不会发生什么问题，但要在公社的整体运营方针上做出某些决定时，双方意见总是针锋相对，常常找不到妥协的余地，这时就会激烈地大声争论。长此以往，公社的分裂只是时间问题了。

随着时间的推移，接受中间立场的余地越来越狭窄，最终深田也被逼到不得不在两者间做出抉择的地步。这时，他也大致悟出了在二十世纪七十年代的日本发动革命的余地和机会都不存在。况且他本来设想的，只是作为可能性的革命，进一步说就是作为比喻、作为假设的革命。他相信这样一种反体制的、破坏性的意志的启用，对一个健全的社会来说必不可缺，就像健全的调味料。但他率领的学生要求的，却是真正的流血革命。深田当然也有责任，他趁势发出令人热血沸腾的言论，把这种不着边际的神话灌输进了学生的大脑。他从来不会告诉他们，说这不过是加了引号的革命。他为人诚实，思维也敏捷，作为学者自然非常优秀，但可惜的是，因为过于能说会道，常常有陶醉于自己的话语的倾向，可以看出他身上还有缺乏深层的内省与证实之处。

就这样，"先驱"公社两派分离。稳健派以"先驱"的名字继续留在最初的村落里，武斗派则移居五公里外的另一个荒村，把那里当作革命运动的根据地。深田一家和其他有家眷的人一样，留在了"先驱"。这大致是一次友好的分手，分离之后重新开始的新公社所需的启动资金，又是深田不知从哪儿筹来的。分离后，两个农场仍然维持了表面上的合作关系，有必要的物资交换，产品出于经济理由也利用了同一条流通渠道。两个小小的共同体想继续生存下去，就有互相帮助的必要。

但"先驱"和分离出去的公社之间的人员往来，不久就在实际上中断了，因为他们追求的目标实在相差太远。只是深田和他从前带来的激进学生在分离后仍然继续交流。深田深感对他们负有责任。他们本来都是由他组织起来、带到这山梨县深山来的，不能因为自己的缘故，就随便将他们弃之不顾。而且分离出去的公社，也需要由他控制的秘密资金来源。

"可以说深田处于一种分裂状态。"老师说，"他在心底已经不再相信革命的可能性和浪漫性。但是，他又不能对它全面否定。否定革命，就意味着否定他迄今为止的整个人生，等于在众人面前承认自己错了。这，他做不到。他的自尊心太强，不允许他这样做。另外他还担心一旦自己抽身，可能在学生中引发混乱。在这一阶段，深田在某种程度上还拥有控制学生的力量。

"于是，他过着在'先驱'和分离派公社之间往来的生活。深田担任'先驱'的领袖，同时又承担了武斗派公社的顾问工作。就是说，一个已经从心底不再相信革命的人，却还要继续向人们宣传革命理论。分离派公社成员一边务农，一边进行严格的军事训练和思想教育，而且在政治上完全背离了深田的原意，变得越来越激进。这个公社实行彻底的秘密主义，根本不允许外部人士进入。治安警察把主张武装革命的他们列为要注意的团体，置于疏松的监视之下。"

老师再一次凝望着膝部，然后抬起脸。

"'先驱'的分裂，是在一九七六年。绘里逃离'先驱'来到我家，是在第二年。并且从那时起，分离派公社开始有了新名字——'黎明'。"

天吾抬起脸，眯起眼睛。"请等一下。"他说。黎明。这个名字显然也听过，但记忆不知为何异常模糊，无法把握。他伸手可及的，仅仅是几个看似事实的东西含糊的片段。"这个'黎明'不久前是不是闹出过什么重大事端？"

"正是。"戎野先生答道，然后用前所未有的严肃眼光看着天吾，"正是，就是在本栖湖附近的深山里和警察部队展开枪战的那个有名的'黎明'啊。"

枪战。天吾心里念道。这件事听人说过，是个重大事件。但不知为何却想不起详情。事情的前后顺序乱作一团。拼命地想回忆，整个身体就像被人狠狠地拧成麻花，上半身和下半身被朝着相反的方向扭绞，脑袋深处钝钝地发痛，四周的空气急速地变得稀薄。就像钻入了水中一样，声音听上去含混不清。"发作"即将袭来。

"你怎么啦？"老师担心地问。声音好像是从遥远的地方传来的。

天吾摇摇头，然后挤出了声音："不要紧。马上就会好的。"

第11章　青豆
肉体才是人的神殿

　　像青豆这样熟知如何踢中睾丸的人，怕是屈指可数。她每天刻意钻研踢蹬的招数，坚持实地训练。想踢中睾丸，最重要的是排除犹豫的情绪。对准对方最薄弱的环节，无情而猛烈地进行闪电式攻击。就像希特勒无视荷兰和比利时的中立国宣言对其狂加蹂躏，突破马其诺防线的弱点，轻易攻陷法国一样。不能犹豫，瞬间的犹豫都会致命。

　　一般来说，女性在一对一的情况下想击倒高大强壮的男人，大概除此以外别无他法。这是青豆从不动摇的信念。肉体上这个部分，是男人这种生物拥有的——或悬吊的——最大的弱点。而且在许多场合，这里并未得到有效的防御。没有理由不利用这个有利条件。

　　睾丸被猛踢后，究竟会有怎样的痛感？作为女性，青豆当然无法具体理解，也无从推测。但那好像相当痛，从被踢一方的反应和表情大概可以想象出来。不论怎样健壮强悍的男人，似乎也忍受不了那种痛苦。而且好像还伴随着自尊心的大幅度丧失。

　　"那是一种让你觉得世界马上就要毁灭的疼痛。没有更恰当的比喻了。和一般的疼痛完全不一样。"一位男子应青豆的要求，经过一番深思熟虑后，这样回答。

青豆仔细思考了一通这个比喻。世界毁灭？

"反过来说，世界马上就要毁灭的感觉，就像睾丸被人狠狠踢了一脚那样吗？"青豆问。

"世界的毁灭我还没有体验过，没有办法准确地回答。不过也许就是那种感觉。"那位男子说着，眼神漠然地瞪着空中，"其中只有深深的无助感。阴暗、苦闷，无可救药。"

青豆后来偶然在电视的深夜节目中看了电影《在海滨》。这是拍摄于一九六〇年前后的美国片。美国与苏联爆发了全面战争，大量的核导弹像成群的飞鱼一般，在大陆间飞来飞去，地球顷刻间便遭毁灭，在世界上大多数地方，人类死绝，但由于风向的关系，也许是其他原因，只有位于南半球的澳大利亚，放射性尘埃还未抵达，不过这死亡之灰的到来只是时间问题。人类的灭绝已然无可避免。苟延残喘的人们在这片土地上，束手无策地等待注定到来的末日。众人按照自己的方式度过人生最后的时光。就是这样一个故事。一部无可救药的阴暗电影。（尽管如此，其实人人都在心底期盼着世界末日的到来。青豆看着电影，更加坚定了这样的信念。）

总之，深更半夜独自看着这部电影，青豆推测："睾丸被人猛踢，原来就是这种感觉啊。"大概明白了。

青豆从体育大学毕业后，有四年之久在一家生产运动饮料和健康食品的公司工作，并作为这家公司女子垒球部的核心选手（主力投手兼四号击球手①）而大显身手。球队曾获得差强人意的战绩，几度进入全国大赛的八强。但在大冢环死后的第二个月，青豆提交了退职报

————————

① 四号击球手一般为该球队第一主力击球手。

告，给自己的垒球选手生涯画上了终止符。因为她再也没有心情继续垒球竞技，生活也彻底地改变。经过大学学长的介绍，在广尾的一家体育俱乐部当了教练。

在体育俱乐部里，青豆主要负责肌肉训练班和武术班的课。这是一家入会费和会费都很昂贵的著名高级俱乐部，会员中名人很多。她开设了几个女性防身术训练班。这是青豆最拿手的领域。模仿彪形大汉的模样做了几只帆布假人，在胯间缝上只黑色工作手套算是睾丸，让女会员们彻底练习踢那里。为了让效果逼真，还在工作手套里塞了两只壁球。对准它迅猛地、无情地反复练习踢蹭。许多女会员很喜欢这个训练，技艺也显著提高。但也有一些人看到这光景就频频蹙眉（当然多是男会员）："那么做未免太过分了吧？"便向俱乐部上层投诉。结果，青豆被经理喊去，接到指示，要她停办踢睾丸训练班。

"可是不踢睾丸的话，女性想抵御男性的攻击保护自己，事实上是不可能的。"青豆对俱乐部经理极力说明自己的观点，"大多数男性体格比女性高大，力量也强得多。迅速攻击睾丸对女性来说是唯一的取胜机会。毛泽东也说过：找准敌人的弱点，集中优势兵力先发制人，这是游击队战胜正规军的唯一法宝。"

"你也知道，咱们可是东京屈指可数的高级体育俱乐部。"经理一脸困惑的表情，说，"会员大多数是社会名流。不论在什么场合，都必须维护我们的品位。形象至关重要。一群妙龄女子聚集在一起，一面怪叫一面狠踢假人的胯间，无论出于什么理由，这种训练未免欠缺品位。申请入会的人前来参观，偶然看见了你们班的训练，便取消入会计划的情况也时有发生。不管毛泽东是怎么说的，或者成吉思汗是怎么说的，这种光景给许多男性带来了不安、焦躁和不快。"

给男性会员带来不安、焦躁和不快，青豆没有感到丝毫的愧疚。和遭受强暴造成的疼痛相比，这种不快微不足道。但上司的指示不能违抗。青豆主办的防身术训练班不得不大大降低攻击强度，假人的使用也遭到禁止。于是训练内容变成了不痛不痒、流于形式的东西。青豆自然觉得无趣，会员中也有人表示不满，但自己受雇于人终究无可奈何。

按照青豆的说法，当男人凭借蛮力步步紧逼过来时，如果不能有效地踢他的睾丸，就几乎只有束手就擒的份儿。反手揪住扑上来的人的手臂，一把扭到背后将其制伏之类的高招，在实战中根本别指望能克敌制胜。现实和电影不同。与其去尝试这种招数，还不如什么也别做撒腿就逃更现实。

总之，青豆精通十几种攻击睾丸的方法。还让学弟带上护具实验过。"青豆学姐的踢法，就算带着护具也疼得要命。您就饶了我吧。"他们叫苦不迭。如果需要，她会毫不犹豫地把这洗练的技艺派上用场。要是有哪个蠢货想打我的主意，就让他好好地体验体验世界末日。她下了决心。让他好好见识见识天国的到来，直接送他去南半球，让他跟着袋鼠和小袋鼠们，劈头盖脸地浑身撒满死亡之灰。

一面默默想着天国的到来，青豆一面坐在吧台前小口小口地喝着汤姆·柯林斯鸡尾酒。她假装正在等人，不时看看手表，其实谁也不会来。她不过是在店里的来客中寻找合适的男人。手表已经过了八点半。她在 CK 的黑褐色西装上衣下，穿了件淡蓝色衬衣，下穿藏青色迷你裙。今天没带特制冰锥。它在衣橱的抽屉中，裹在毛巾里和平地休息。

这家酒吧位于六本木，是家有名的单身酒吧。因为有许多独身男子前来寻找独身女子——反之亦然——而闻名。外国人也很多。内部装潢模仿海明威当年在巴哈马一带待过的小酒吧，墙上装饰着旗鱼，天花板上吊着渔网。还挂着许多人们钓上大鱼的纪念照。也有海明威的肖像画。快活的海明威老爹。这位作家晚年为酒精中毒苦恼而开猎枪自杀一事，来这里的人似乎并不介意。

这天晚上有几个男人过来搭讪，青豆都看不上眼。一对一看就是花花公子的大学生走来邀请她，她嫌麻烦，连理都没理。对另一个目光不善的三十来岁的白领，她则说"我在这里等人"，冷淡地拒绝。年轻男子大多不合青豆的口味。他们咄咄逼人，自信十足，却话题贫乏，谈吐无味。而且在床上犹如饿虎扑食，根本不懂性爱的真正乐趣。稍有点倦意、头发最好有点稀薄的中年男子，才是她的偏爱。还得不猥琐、感觉清爽。头形也得好看才行。但这样的男人不容易找到，必须有个妥协的空间。

青豆环顾店内，无声地叹了口气。为什么世上怎么也找不到"适当的男人"？她想到了肖恩·康纳利。仅仅是浮想起他的头形，身躯深处就钝钝地发痛。如果肖恩·康纳利在这里忽然现身，我不管做什么，都得把他弄到手。但不用说，肖恩·康纳利不可能在六本木的冒牌巴哈马单身酒吧里露面。

安置在店内墙上的大型电视屏幕上，流淌出皇后乐队的影像。青豆不太喜欢皇后乐队的音乐，尽量不让自己的视线投向那边，还努力不听扬声器里传出的乐声。皇后乐队终于结束，这次却又换成了阿巴乐队的影像。天哪，真行啊。青豆感叹道。她预感到这一夜恐怕不会称心。

青豆在供职的那家体育俱乐部里，结识了"柳宅"的老夫人。她参加了青豆主办的防身术训练班，就是那个中途夭折的、主要练习攻击假人的偏激班级。她个头矮小，在班上年龄最大，却动作轻捷，踢蹬也很凶猛。这人一旦到了关键时刻，大概能毫不犹豫地踢向对方的睾丸。青豆暗想。她从不说多余的话，也从不转弯抹角。青豆喜欢这位女性的这些特点。

"到了我这样的年龄，本来也没什么防身的必要。"她在训练班中途夭折后，对青豆这样说，面带优雅的微笑。

"这并不是年龄的问题。"青豆爽快地答道，"这是人生态度的问题。重要的是永远维持一种认真地保护自己的姿态。如果一味地只是遭受攻击不反抗，我们就只能止步不前。慢性的无力感是会腐蚀人的。"

老夫人片刻无言，看着青豆的眼睛。青豆口中说出的话，或是她的语调，似乎给了老夫人强烈的印象。然后她静静地点头。"你的话很对。完全正确。你拥有坚定的信念。"

数日后，青豆收到一只信封，是委托俱乐部前台转交她的。里面有一封短信，用漂亮的笔迹写着老夫人的姓名和电话号码，并附言：知道您很忙，如能抽空联络，不胜感激。

接电话的是个像秘书的男子，青豆报上名字后，他一言不发地转到内线。老夫人接了电话，说：谢谢你特意打来电话。如果你不嫌弃，我想和你共进晚餐。有一些事情想和你私下谈谈。青豆答道：不胜荣幸。老夫人问：那么明天晚上如何？青豆没有异议。只是暗想：和我能谈些什么呢？心下觉得很是奇怪。

两人在麻布某个幽静地段的一家法国餐馆共进晚餐。老夫人似乎是这里的常客，她们被领到了里面的上座，一位似乎熟识的半老侍者彬彬有礼地为她们端菜送酒。她身穿剪裁得体的淡绿色连衣裙（看上去很像六十年代的纪梵希），戴着翡翠项链。中间经理亲自出面，恭敬地过来问候。菜单上的菜肴多是蔬菜类，味道也很高雅清淡。那一天特制的汤恰巧是青豆汤。老夫人只喝了一杯夏布利，青豆也陪着喝了一杯。和菜肴相似，这葡萄酒的滋味高雅清淡。青豆的主菜要了丝网烤白肉鱼，老夫人点的则全是蔬菜。她吃蔬菜的样子简直像艺术品一样美。到了我这个年龄，只要吃一点点就能维持生命啦。她说。然后开玩笑似的又加上一句："可能的话，最好吃上等货色。"

老夫人请求青豆为她做私人教练。可否每周二至三天，到她家中教授武术。如果可能，也希望帮她做肌肉舒展运动。

"当然没有问题。"青豆说，"不过作为私人教练上门授课，一般得通过健身房的前台办理。"

"很好。"老夫人说，"只是关于日程安排，我想直接跟你商量，希望最好不要有人夹在中间传话，那反而麻烦。这样不要紧吧？"

"不要紧。"

"那么下周就开始吧。"老夫人说。

于是，正题到此结束。

老夫人说："上次在健身房里，你说的话让我很钦佩。就是关于无力感的那段话。无力感怎样腐蚀人。你还记得吗？"

青豆点点头。"记得。"

"我可以问你一个问题吗？"老夫人说，"为了节约时间，我的问题恐怕会很直率。"

"不管是什么问题，您问吧。"青豆回答。

"你是不是女权主义者或女同性恋？"

青豆面孔稍微泛红，马上摇头说："我觉得不是。我的想法完全是个人的，既不是女权主义也不是女同性恋。"

"很好。"老夫人说，仿佛安下了心一般，非常优雅地将花椰菜送入口中，非常优雅地咀嚼，喝了一口葡萄酒，然后说：

"就算你是女权主义者或女同性恋，对我来说也一点都没有关系。这件事不会产生任何影响。但非要说的话，如果你不是，事情会比较轻松。我的意思你明白吗？"

"我想我明白。"青豆答道。

每周两次，青豆到老夫人的宅邸去，在那里指导她武术。老夫人的女儿还小的时候，为了让她上芭蕾课，建造了一个镶嵌着镜子的宽敞的练习场，两人就在那儿细致有序地活动身体。照年龄来看，她的身体柔软，进步也快。虽然身材矮小，却是长年累月尽心地保养至今。另外，青豆还传授她舒展肌肉的基本方法，为她做放松肌肉的按摩。

　　青豆擅长做肌肉按摩。在体育大学里，她在这方面的成绩比谁都好。她把人体所有骨头和肌肉的名字都刻在了大脑里，熟知每一块肌肉的作用与性质、锻炼方法与维持方法。肉体才是人的神殿，不管在那里祭祀什么，它都应该更强韧、更美丽清洁。这是青豆不可动摇的信念。

　　她不满足于一般的体育医学，还出于个人兴趣学会了针灸。她跟着一位中国老师正式学习了好几年，老师感叹她进步之迅速，对她说：像你这样，完全可以做职业针灸医师。青豆记忆力极佳，对人体机能的细微之处有永不厌倦的探索心。最重要的是，她拥有直觉好得令人诧异的指尖。就像有人拥有绝对音感①，有人拥有寻找地下水脉的能力一样，青豆的指尖能在瞬间找出那左右身体机能的微妙的一点。这并不是跟谁学来的，她只是自然地知道。

　　青豆和老夫人在训练与按摩结束后，就喝茶消磨时光，后来渐渐谈论起各种话题来。每次总是 Tamaru 把整套茶具放在银质托盘上送来。Tamaru 在开始的一个月左右，从未在青豆面前开口说过一句话，青豆甚至只好向老夫人打听：这个人是不是不会说话？

　　有一次，老夫人问青豆，迄今为止有没有为了自卫而实际试过踢睾丸的招数。

---

①听到某种声音的瞬间，就知道这种声音名称的能力。

只试过一次。青豆回答。

"效果好吗？"老夫人问。

"很有效果。"青豆谨慎而简洁地回答。

"你觉得对我们家的 Tamaru，踢睾丸会起作用吗？"

青豆摇摇头。"恐怕没用。Tamaru 先生对这一套很清楚。如果被懂行的人瞧出了意图，就束手无策了。踢睾丸能对付的，只是没有实战经验的外行。"

"这么说，你看得出 Tamaru 不是'外行'？"

青豆斟词酌句："是啊，和普通人的感觉不一样。"

老夫人在红茶里放入奶油，用茶匙缓缓地搅拌。

"你当时那个对手是个外行？他是个大块头？"

青豆点点头，但什么也没说。对方体格强壮，很有力气，但是太傲慢，见眼前是个女子就放松了警惕。他从来没有被女人踢中睾丸，也从没想到这种事会发生在自己身上。

"那人受伤了吗？"老夫人问。

"不，没有受伤。只不过有一段时间感到剧痛。"

老夫人沉默片刻，然后问："你以前有没有攻击过什么男人？不光是让他感到痛苦，而是有意让他受伤？"

"有过。"青豆回答。说谎不是她的长项。

"这件事，你能对我说说吗？"

青豆微微摇头。"实在对不起，这件事几句话说不清楚。"

"算了。那一定是几句话无法说清的事。你不必非说不可。"老夫人说。

两人默默地喝茶，各自想着心事。

过了一会儿，老夫人说："不过，等什么时候你觉得可以告诉我了，能不能请你说说当时发生的事情？"

青豆说："也许有一天我可以告诉您。也许永远不能。说老实话，连我自己都弄不明白。"

老夫人端详了一会儿青豆的面庞，然后说："我向你打听并不是为了好奇。"

青豆默默不语。

"在我看来，你心里好像埋藏着某种东西。某种异常沉重的东西。第一次见面时我就感觉到了。你有一双坚强的眼睛，充满了决心。其实，我身上也有这种东西，埋藏在心底的沉重的东西。所以我能看出来。我们不必着急。不过，这样的东西还是早晚排出体外为好。我是个守口如瓶的人，也有一些切实可行的办法。凑巧的话也许能帮你做点什么。"

后来，当青豆终于下决心把那件事向老夫人和盘托出时，她打开了人生的另一扇门。

"哎，你喝的是什么啊？"青豆的耳边有人问。是个女人的声音。

青豆回过神，抬脸看着对方。一个头发束成五十年代风格的马尾的年轻女子，坐在邻座的高脚凳上。她身穿碎花图案的连衣裙，肩上搭着小巧的古琦包，指甲上漂亮地涂着淡粉色指甲油。不能说胖，但一张圆脸肉肉的招人喜爱，和蔼可亲。胸脯很大。

青豆有点困惑。她没料到会有女人来搭讪。这里是男人找女人搭话的地方。

"汤姆·柯林斯。"青豆回答。

"味道好吗？"

"不怎么样。不过这酒不太烈，可以小口慢慢喝。"

"为什么要叫汤姆·柯林斯？"

"这个嘛，我不知道。"青豆说，"会不会是最早调制这道鸡尾酒的人的名字？可这也算不上什么惊人的发明。"

那个女子招手喊来侍者。给我也来一杯汤姆·柯林斯，她说。很快，汤姆·柯林斯送了上来。

"可以坐在你旁边吗？"女子问。

"可以啊。反正空着。"你不是已经坐着了吗？青豆心想，不过没说出口。

"你大概不是在这里等人吧？"那女子问。

青豆并不接话，默默地观察着对方的面庞。恐怕比自己年轻三四岁。

"哎，我说，我对那方面几乎毫无兴趣，你不用担心哦。"女子小声地挑明，"如果你是在提防那种事。我也喜欢以男人为伴。和你一样。"

"和我一样？"

"一个人跑到这里，肯定是为了找个不错的男人吧？"

"看上去像吗？"

对方微微地眯起眼睛。"这总看得出来。这家店就是为了这个开的嘛。而且咱们好像都不是靠这行吃饭的。"

"当然。"青豆说。

"我说，咱们合伙干怎么样？对男人来说，和一个单身女人相比，两个结伴的女人好像更容易搭腔。对咱们俩来说，也是两人结伴要比单独行动更轻松、更安心吧？我呢，看上去比较女性化，而你呢，威风凛凛地像个男孩子。咱们俩搭档肯定不会有错。"

像个男孩子。青豆暗想，还是头一回有人这么说我。

"呃，虽说你建议合伙干，可咱们偏爱的口味可能不一样。能弄好吗？"

对方微微歪了歪嘴。"你这么一说，也确实如此。口味嘛……那么，你喜欢什么类型的男人？"

"最好是中年。"青豆答道，"我不太喜欢年轻人，偏爱稍微有点谢顶的。"

"哦。"女子似乎很佩服，说，"是这样啊，中年啊。我可是喜欢年轻活泼的美男子，对中年男人没什么兴趣。不过既然你说那样的好，可以陪着你试一试。怎么说来着？对了，什么事都要试试嘛。中年男人怎么样？我是指做爱方面。"

"因人而异吧。"青豆答道。

"当然。"女子说，然后仿佛在验证什么学说，眯起眼睛，"做爱当然不能一概而论。不过，如果勉强概括一下呢？"

"不错。次数当然没法强求，但时间比较持久。不是那么着急。做得好的话，能给你好几次高潮。"

对方想了一小会儿。"你这么一说，倒引起我的兴趣了。要不我就试一次？"

"随你的便。"青豆说。

"四个人做爱你试过没有？就是中途交换伙伴的那种。"

"没有。"

"我也没有。你有兴趣吗？"

"我想大概没有。"青豆回答，"嗯，咱们俩搭档也没关系。不过哪怕是临时的，既然得共同行动，我想再了解一点你的情况，不然，到了中间咱们的话对不上怎么办？"

"好啊。你的意见很有道理。那么，比如说你想了解我哪些方面？"

"比如说，这个……你做什么工作？"

女子喝了一口汤姆·柯林斯，把它放在了垫盘上，用纸巾像敲击似的擦拭嘴巴，检查纸巾沾上的口红。

"这不是很好喝嘛。基酒好像是杜松子酒吧？"

"杜松子酒加柠檬汁和苏打。"

"的确算不上了不起的发明，不过味道不坏。"

"那太好了。"

"呃，你问我是干什么的？这可是道难题啊。就算我说实话，只怕你也未必肯信。"

"那我先说。"青豆说，"我在体育俱乐部做教练，主要教武术，还有肌肉舒展。"

"武术。"对方似乎很佩服，说，"是像李小龙那样的吗？"

"像那样的。"

"你很厉害吗？"

"马马虎虎。"

女子嫣然一笑，仿佛干杯似的举起酒杯。"那么，万一遇到危险，咱们俩搭档也许能天下无敌呢。你别瞧我这模样，我也练过许多年合气道。老实告诉你吧，我是警察。"

"警察？"青豆说，惊得合不拢嘴。

"我在警视厅供职。看不出来吧？"对方说。

"的确。"青豆说。

"不过这可是千真万确。是实话。我叫亚由美。"

"我姓青豆。"

"青豆。是真名吗？"

青豆郑重其事地点头。"警察，得穿制服、佩手枪、开着巡逻车在街道上巡逻吧？"

"我正是想做那样的工作，才当了警察，可是人家根本不让我干。"亚由美说，然后拿起小钵子里的椒盐小脆饼，嘎巴嘎巴地大声咬，"穿着滑稽可笑的警服、开着迷你巡逻车去取缔违章停车，是我目前的主要工作。手枪当然也不肯发给我。因为冲着把丰田卡罗拉停在消防栓前的一般市民，没有鸣枪示警的必要。我在射击训练中也取得了相当好的成绩，可这种事根本没有人关心。因为是个女的，就得日复一日地拿着根一头绑了支粉笔的细棍，在柏油路上到处写时间和车牌号码。"

"说起手枪，你打的是贝雷塔半自动吗？"

"对。现在都是那家伙啦。贝雷塔对我来说有点太重了，好像装满子弹后重量将近一公斤呢。"

"枪身自重八百五十克。"青豆说。

亚由美用鉴定手表质量的当铺老板般的眼神看着青豆。"我说青豆，你怎么知道得这么详细？"

"我一向对各种枪械很感兴趣。"青豆说，"只是从没实际射击过这种东西。"

"哦。"亚由美好像信服了，"其实我也很喜欢射击手枪。贝雷塔是很重，但后坐力不像老式手枪那么大，只要反复练习，身材较小的女性也可以运用自如。可是上面那些家伙不这么考虑，他们以为女人用不了手枪。警界上层全是一帮男权主义法西斯一样的家伙。我的警棍术成绩也极好，绝不输给一般男人，但是根本得不到好评。冲着我说的都是色迷迷的讽刺话。什么警棍的握法很像样啊，如果还想多做实地练习，就别客气跟我说一声吧。诸如此类。这帮家伙的脑筋啊，整整落后了一个半世纪。"

亚由美说完，从包里掏出弗吉尼亚女士香烟，以娴熟的手势抽出一根叼在口中，用细细的金质打火机点上火，然后对着天花板缓缓地吐出一口烟。

"你怎么会想当警察呢？"青豆问。

"我本来不打算当警察，但又不想做一般的事务工作，也没有什么专业技能。这么一来，能选择的职业就十分有限了。于是在大学四年级时去报考了警视厅。而且，我们家的亲属不知道为什么，警察很多。老实跟你说吧，我爸爸我哥哥都是警察，还有个叔叔也是。警界基本是个关系社会，亲属中有人是警察的话，就会优先录用。"

"警察世家。"

"没错。不过在自己进去以前，我根本没想到警察是性别歧视如此厉害的职业。女警察啊，在警察世界里可以说是二等公民。不是去取缔交通违章行为，就是坐在写字台前管理文件，再不就是到小学去给孩子们进行巡回安全教育，或者是给女嫌疑人搜身，派给你的全是这种无聊之极的工作。那些能力明显不如我的男人，却一个接着一个被派到好玩的现场去。上面的家伙嘴上说着男女机会均等之类的漂亮话，实际上远不是那么简单。人家好好的工作积极性，全叫他们给弄得一干二净。你能理解吧？"

青豆表示赞同。

"这种事情叫人气不打一处来，真是的。"

"你没男朋友吗？"

亚由美皱起了眉，然后盯着夹在指间的香烟看了一会儿。"女人当了警察，要找个恋人在现实中非常困难。因为工作时间不规律，和普通上班族的时间凑不到一起。而且就算两人有那么点意思了，一旦知道我是警察，一般的男人都忙不迭地溜掉。就像水边逃命的螃蟹。你想想，这不是欺人太甚吗？"

青豆附和着，表示同意。

"这么一来，就只剩下职场内恋爱这一条路了。说来也怪，就没有一个像样的好男人，都是些除了说色情笑话什么也不会的蠢材。要不就是天生的笨蛋，要不就是到处找门路想升官的小人。就是这帮家伙在负责社会的安全。日本的未来可不够光明啊。"

"你长得可爱，看上去好像很招男人喜爱嘛。"青豆说。

"啊，是很招人喜爱呀，只要不暴露职业的话。所以在这种地方，我就说自己在保险公司工作。"

"这里你经常来吗？"

"也算不上经常。有时候。"亚由美说。然后想了一下，又坦白地说，"偶尔想做爱。坦白地说就是渴望男人了。嗯，有点周期性。就打扮得漂漂亮亮的，里面穿上华丽的内裤，跑到这儿来。然后随意找一个玩伴，痛痛快快地干一夜。这样情绪就能稳定一阵子。我不过是有健康的性欲，既不是色情狂也不是性交癖，只要好好地发散了，就没事了。不会留下后遗症。第二天又勤恳地去取缔路边的违章停车了。你呢？"

青豆举起汤姆·柯林斯的杯子，静静地啜了一口。"呃，大概差不多吧。"

"没有恋人吗？"

"恋人我是不找的。我讨厌麻烦事。"

"固定的男人太麻烦。"

"嗯。"

"可是有时会特别想干，几乎难以控制。"亚由美说。

"不过想发散这个说法，更合我的口味。"

"想拥有一个丰盛的夜晚，这个说法怎样？"

"也不坏。"

"不管怎么样，仅此一夜，不留后患。"

青豆点点头。

亚由美把胳膊肘支在桌子上，用手托着腮，沉思了一小会儿。"我们也许有不少共同点。"

“也许有。”青豆承认。可你是女警察，我却杀过人。我们俩一个在法律内侧一个在法律外侧。这肯定是个很大的不同点吧。

“咱们俩这么办好了。”亚由美说，“我们在同一家财产保险公司工作，公司名称保密。你是学姐，我是学妹。今天在公司里发生了不愉快，于是到这儿喝酒解闷，喝得正开心。这个场景设定行不行？”

“当然行。不过我对财产保险一窍不通。”

“这个嘛，就全包在我身上啦。滴水不漏地编造这类小故事，正是我的拿手好戏。”

“那就拜托啦。”青豆说。

“注意，我们正后方的桌子前有一对中年男人，一直在馋涎欲滴地东瞅西看。”亚由美说，“你若无其事地回头看一看，验验货？”

青豆于是扭过头望望后面。只见隔着一张桌子，两个中年男子坐在桌前，两人都像是下班后来散心的白领，穿着西装系着领带。西装不算旧，领带的品位也不俗，至少没有不洁之感。一个大概四十五还多，另一个看去不到四十。年长的那个身材瘦削，长脸，额头的发际线已经后退。年轻的那个大概读大学时在橄榄球部活跃过，最近却因为缺少运动开始长肉，还残留着青年时代的面容，但下巴一带渐渐开始变得肥厚。两人一边喝着兑水威士忌一边谈笑，视线的确在漫不经意地扫视店内。

亚由美对这个两人组进行了分析：“看样子，他们对这种场所还不习惯。虽然是来玩的，却把握不好和女孩子搭话的时机。而且这两个人大概是有妇之夫，多少带着点内心有愧的感觉。”

青豆对对方准确的观察力钦佩不已。分明在和我交谈，究竟是何时得到这么多信息的呢？警察世家果然有不同凡响之处。

“青豆，你不是喜欢头发少的吗？那我要那个壮实的啦。你看这样行不行？”

青豆再次扭头望去。那个头发稀少的人脑袋轮廓还说得过去。离肖恩·康纳利当然差了几光年，不过大概能及格。反正是个被迫不停地听皇后乐队和阿巴乐队的夜晚，不能指望十全十美。

　　"这样就行。可是怎么才能让他们来邀请咱们？"

　　"咱们可不能悠闲地等到天亮。得主动出击。笑容满面、友好而积极地。"亚由美说。

　　"你当真？"

　　"那当然。看好了，我这就过去，肯定马上成功。你就在这里等着好了。"亚由美说着，猛然把汤姆·柯林斯一口灌了下去，用力搓了搓两只手掌。然后把古琦包猛地挎上肩头，嫣然一笑。"好啦！警棍术开课！"

第12章　天吾
愿你的国降临

老师转向深绘里，说："绘里，对不起，给我们沏点茶端来好吗？"

少女站起来，走出客厅。门静静地关上。天吾坐在沙发上调整呼吸，重新振作精神。老师一言不发地等着他，摘下黑框眼镜，用一块看着并不干净的手帕擦拭镜片，重新戴好。窗外，一个小小的黑色物体迅速飞过，也许是只鸟儿。也许是谁的灵魂被吹到了世界尽头。

"对不起。"天吾说，"我已经好了。一点事也没有了。请您说下去吧。"

老师点点头，开始说："那场激烈的枪战之后，分离派公社'黎明'毁灭了，这是一九八一年的事，距今三年前。在绘里来到这里四年后，发生了这起事件。但'黎明'的问题暂时和这次的事情无关。

"绘里开始跟我们一起生活时，只有十岁。事先没打任何招呼、突然出现在我家门前的绘里，和我以前认识的那个绘里完全不一样了。她本来是个少言寡语、和陌生人从不亲近的孩子。但她从小和我很亲近，常和我说话。可是那时的她却处于对谁都无法开口说话的状态。

179

似乎丧失了语言功能。问她话，她也只会点头或摇头。"

老师的语速稍微加快，声音也更加清晰。显然，他是想趁深绘里离席之机把话题向前推进。

"抵达这里的途中她好像经历了千辛万苦。虽然随身带着一点现金和写有我家地址的纸条，但要知道她一直在封闭的环境中长大，话也说不明白。但她还是凭着手中的纸条，换乘好几次火车和汽车，总算到了我家门口。

"一看就知道，她身上发生了什么不妙的事。在我家帮忙的女人和阿蓟全力照顾绘里，几天后绘里基本平静下来，于是我给'先驱'打电话，说要和深田通话，但他们说深田现在处于不能接听电话的状态。我问那是什么状态，他们不肯告诉我。我说要和他夫人说话，但他们说夫人也不能接听电话。结果我和谁都没能通话。"

"您当时有没有告诉对方，说您把绘里收留在家里了？"

老师摇摇头。"没有。我当时觉得，除非直接告诉深田，否则绘里在我这里的事还是不提为好。当然，在那以后我曾再三尝试和深田联系，用尽了各种手段，但怎么做都一无所获。"

天吾蹙起眉头。"就是说，这七年间一次也没能和她的父母联系上？"

老师点头。"整整七年，毫无音信。"

"绘里的父母在这七年中，就没有打算寻找女儿的下落？"

"是啊。无论怎么想，这都是不能理解的事。因为深田夫妇非常疼爱和珍视绘里。如果绘里得去投奔什么人，去向也只有我这里。他们夫妻俩都和各自的父母断绝了关系，绘里长这么大从没见过两边的祖父母。她能投靠的只有我家。他们也一直教导绘里万一出了什么事就来投奔我。但他们居然连一个字也不跟我联系。这实在无法理解。"

天吾问："您刚才说，'先驱'是个开放的公社。"

"没错。'先驱'自从建立以来，一直作为一个开放性的公社运作。但就在绘里出逃前不久，'先驱'开始逐渐切断和外界的交流。我最初觉察到这个征兆，是在和深田的联络开始出现不便时。深田一向是个下笔勤快的人，时常给我写来长信，把公社内部发生的事情和自己的心境告诉我。但从某个时刻开始来信断绝了，我给他写信，也没有回音。电话打过去，也不肯转接。就算转接过去了，通话时间也被限制得很短。而且深田的说话方式简直像知道有人在一旁偷听似的，总是冷冰冰的。"

老师在膝头将双手合拢。

"我到'先驱'去了好多次。我需要和深田商量绘里的事，既然写信打电话都不行，剩下的就只有当面交谈了。但他们不放我进入他们的地盘。在大门处就吃了闭门羹，被毫不留情地赶了回来。无论如何交涉，他们也根本不理睬。'先驱'的地盘不知何时也被高高的栅墙围绕起来，外人一律不得入内。

"公社内部究竟发生了什么事，外边的人无从得知。武斗派'黎明'需要采取秘密策略，那可以理解。因为他们追求的是武力革命，有些东西不得不讳莫如深。但'先驱'不过是和平地利用有机耕作法经营农业，从一开始就对外界采取友好的态度，因此当地人对他们很有好感。但如今，这个公社简直像一个要塞。里面的人态度和表情都完全变了。附近的邻居们也和我一样，对'先驱'的变化深感困惑。一想到在这种情况下深田夫妇可能发生不测，我便担忧不已。但在那个时候，除了收养绘里精心抚育，我什么也做不了。就这样，七年时光流逝，一切依然不明不白。"

"甚至连深田是死是活都不清楚吗？"

老师点头说："没错。毫无线索。我尽量不往坏处想，但深田整整七年没有只字片语的联系，一般来说这是不可能的。只能认为他们出什么事了。"说到这里他放低了声音："也许是被强行拘禁在内部。或者是更严重的事态。"

"更严重的事态？"

"就是说，绝对无法排除最坏的可能性。'先驱'已经不再是从前那个和平的农业共同体了。"

"你是说，'先驱'这个团体开始朝着危险的方向推进了？"

"我觉得是这样。据当地人说，出入'先驱'的人数和以前相比似乎大幅增加，车辆频繁地进出，以东京牌照的车辆居多。在乡间难得一见的大型高级车也常常见到。公社成员的人数急剧增加，建筑和设施的数量也有所扩充，内容也充实了。他们用便宜的价格积极增购邻近的土地，还添置了卡车、挖掘机和水泥搅拌机之类。农业也一如既往地继续经营，这应当是他们可观的收入来源。'先驱'品牌的蔬菜越来越广为人知，还向以自然素材为招牌的餐馆直接供货，也和高级超市签订了合同。利润肯定也有所提高。但与之齐头并进，农业以外的某种东西似乎也在进展。光凭贩卖农产品，无论如何也凑不齐那些扩大规模需要的资金。就算'先驱'内部有什么事情正在进展，从他们那彻底的神秘主义做法来看，只怕那也是难以公之于世的东西。这就是当地人所抱的印象。"

"他们又开始从事政治活动了吗？"天吾问。

"肯定不会是政治活动。"老师应声答道，"'先驱'不是在政治上，而是在另外一条轴线上出现了变化，正因如此，他们才在某个时间点不得不把'黎明'切割出去。"

"但后来'先驱'内部发生了某些变故，致使绘里不得不逃离那里。"

"肯定发生了什么事。"老师说，"发生了具有重大意义的变故，某种致使她不得不抛弃父母、只身一人出逃的事。但绘里对此绝口不提。"

"会不会是受到严重刺激，或者是受到心灵创伤，以致无法诉诸语言？"

"不。受到强烈刺激、对某种东西感到惊恐、离开父母自己生活而不安等等，这类的感觉全然没有。仅仅是麻木。但绘里还是顺利地适应了在我家的生活，顺利得几乎让人觉得扫兴。"

老师瞟了一眼客厅的门，然后把视线收回天吾的脸上。

"不管在绘里的身上发生了什么，我都不愿硬生生地撬开她的心灵窥探其间。我以为这孩子需要的恐怕是时间，故意什么也不问她。当她沉默不语时，我也假装毫不在意。绘里总是和阿蓟在一起，阿蓟放学回家后，两个人连饭也不好好吃，就钻进房间。两人在里面干什么，我一无所知。也许只有在她们两人之间，某种类似会话的东西才能成立。但我没有多问，而是随她们去。而且除了不说话，她在共同生活上没有任何问题。她是个聪明的孩子，也非常听话。和阿蓟成了彼此唯一的密友。不过这个时期，绘里没有上学。因为你不能把一个一句话都不会说的孩子送到学校里去。"

"老师您和阿蓟以前一直是两个人生活吗？"

"我妻子在十年前去世了。"老师说，然后稍稍顿了一顿，"汽车追尾事故，当场猝死，留下了我们父女俩。远亲中有一位女士就住在附近，家务全由她帮忙打理，她还帮忙照应女儿她们。妻子去世，不论对我还是对阿蓟来说，都是巨大的痛苦。她死得太突然，我们没有丝毫的心理准备。所以绘里来到我家和我们共同生活，先不管前因后果如何，对我们来说都是件值得高兴的事。哪怕不言不语，只要有她在身边，我们就不可思议地会变得心绪宁静。而且在这七年中，尽管只是一点点地恢复，但绘里毕竟恢复了语言能力。和刚到我家时相比，会话能力显著地提高。在别人看来她说话与众不同十分奇妙，在我们看来却是不小的进步。"

"绘里现在上学吗？"

"不，她不上学。只是在形式上报了个名。要坚持上学实际上不大可能。所以由我，以及到我家来的学生们抽空给她授课，但不过是些零零碎碎的知识，根本谈不上系统的教育。她阅读有困难，所以一有机会就大声读书给她听，还给她买了市面上销售的朗读磁带。这几乎就是她受的全部教育了。但她是个聪明得惊人的孩子。凡是自己决定吸收的东西，就能迅速、深入而有效地吸收。她这种能力超群。但不感兴趣的东西几乎看也不看一眼。其间的差距非常大。"

客厅的门还没有打开。大概烧开水和沏茶很花时间。

"于是绘里对阿蓟讲述了《空气蛹》，对不对？"天吾问。

"刚才我说过，绘里和阿蓟一到晚上就两个人关在房间里，也不知道她们在干些什么。那是她们两个人的秘密。但似乎从某个时刻开始，绘里讲故事成了她们两人交流的重要主题。绘里讲的内容由阿蓟笔记或录音，再用我书房里的文字处理机转换成文章。从这时起，绘里好像慢慢恢复了情感，像皮膜一样笼罩全身的麻木与冷漠消失了，脸上也重新唤回了一些表情，开始接近从前那个绘里。"

"恢复就是从这个时候开始的？"

"并非全面地，只是部分地恢复。但的确如你所说。恐怕是通过讲述故事，绘里的恢复才得以开始。"

天吾思考片刻，然后改变了话题。

"关于深田夫妇音信断绝一事，您有没有找警察商量过？"

"嗯。我去找了当地的警察。没提绘里的事，只说有个友人在里面，长期联系不上，会不会是遭到拘禁了？但那时他们也帮不上忙。'先驱'的地盘是私有地，只要没有掌握那里发生了犯罪行为的确凿证据，警察就不能擅自闯入。无论我怎样交涉，警察就是不予理睬。

而且以一九七九年为界，进入内部进行搜查事实上不可能了。”

老师仿佛要回忆起当时的情形，频频摇头。

“一九七九年到底发生了什么事？”天吾问。

“那一年，‘先驱'获得了宗教法人的认可。”

天吾一时目瞪口呆。“宗教法人？”

“实在令人震惊啊。”老师说，“不知何时，‘先驱'变成了宗教法人‘先驱'，由山梨县知事正式颁布了认可。一旦名称变成宗教法人，警察想进入他们的地盘进行搜查就十分困难了，因为这种行为将威胁宪法保障的信仰自由。而且‘先驱'似乎设置了专人负责法律事务，部署了牢固的防御态势。地方警察根本斗不过它。

“我在警察那里听说了宗教法人的事，也大为震惊，简直如晴天霹雳。起初根本难以置信，亲眼看到了有关文件、亲自确认了相关事实以后，依然很难理解。我和深田是老朋友了，熟知他的性格和为人。我研究文化人类学，和宗教也有不少接触。但他和我不同，是个彻头彻尾的政治人物，是事事讲究以理服人的家伙，按理说对一切宗教都抱有生理性的厌恶。就算是出于战略上的考虑，也绝不会去接受宗教法人认可呀。”

“而且获得宗教法人的认可，应该不是件容易的事。”

“那倒未必。”老师说，“的确有许多资格审查，还得一一通过政府的复杂手续。不过如果从幕后施加政治压力，消除这些障碍在某种程度上就会变得简单。而何为严肃的宗教，何为邪教，其界线划分原本就十分微妙。并没有确凿的定义，全看怎样解释。凡是留有解释余地的地方，常常会产生政治和特权介入的余地。一旦获得宗教法人的认证，就可以享受税赋方面的优惠措施，还可以得到法律的重点保护。”

“总之，‘先驱'不再是一个单纯的农业公社，而是变成了宗教团体。并且是个异常封闭的宗教团体。"

"新宗教。更直率地说，就是变成了邪教团体。"

"想不通啊。发生这样巨大的转变，肯定有什么重大的机缘。"

老师望着自己的手背。手背上长着很多蜷曲的灰色汗毛。"你说得对。无疑存在一个导致了巨大转变的契机。我也一直在思考，考虑过各种各样的可能性，但丝毫没弄明白。这个契机到底是什么？他们采取彻底的神秘主义，不让外人窥知内部的情况。而且从那以后，'先驱'的领袖深田的名字再也不在公开场合出现了。"

"然后在三年前发生枪战事件，'黎明'毁灭了。"天吾说。

老师点头。"而实质上将'黎明'剥离的'先驱'却幸存下来，并作为宗教团体稳步发展。"

"就是说，枪战并没有给'先驱'造成太大的打击。"

"是的。"老师说，"不仅如此，甚至反而等于为他们做了宣传。这是一群肯动脑筋的家伙，把一切都扭转到对自己有利的方向来。但总的说来，这是绘里从'先驱'出逃后发生的事。正如刚才所说，应该是和绘里没有直接关系的事件。"

这似乎是在要求改换话题。

"《空气蛹》您读过了吗？"天吾问。

"当然。"

"您怎么看？"

"一个意味深长的故事。"老师说，"很精彩，而且充满隐喻。但究竟暗示了什么，说老实话，我也不太明白。瞎眼的山羊意味着什么？所谓小小人与空气蛹又意味着什么？"

"您认为这个故事是在暗示绘里在'先驱'里经历的，或者说目睹的某些具体的事实吗？"

"也许是这样。但究竟哪些是现实，哪些是幻想，很难判断。既像一种神话，似乎又可以解读为巧妙的讽喻。"

"绘里对我说，小小人真的存在。"

老师听了，浮出严峻的神情，过了片刻才说："就是说，你认为《空气蛹》中描写的故事是真实的事？"

天吾摇头说："我想说的是，故事的每个细节都描写得非常真实细腻，成了这部小说的一个强项。"

"而且，你打算运用自己的文章或文理来重写这个故事，把它暗示的某种东西转换成更为明确的形态，是这样吗？"

"如果顺利的话。"

"我的专业是文化人类学。"老师说，"虽然我早就不做学者了，其精神却至今依然渗在骨髓中。这门学问的目的之一，就是把人们拥有的个别意象相对化，从中发现对人类来说具有普遍性的共同项，然后再次将它反馈给个人。通过这么做，人也许能获得一个在自立的同时又隶属于某种东西的位置。你明白我的话吧？"

"我想我明白。"

"恐怕要求你做同样的工作。"

天吾在膝头摊开双手。"好像很困难。"

"但似乎值得一试。"

"我甚至不知道自己有没有这个资格。"

老师注视着天吾。此刻他的眼睛里有一种特别的光芒。

"我想知道，在'先驱'里，绘里身上究竟发生了什么，深田夫妇又走过了怎样的命运之路。这七年间，我努力试图揭开真相，却连一丝线索也没抓住。挡在面前的，是个我无力抗争的庞然大物。也许在《空气蛹》中，隐藏着破解谜底的关键。哪怕只有一点可能性，但只要有这种可能，我就情愿一博。至于你是否具备这样的资格，我不知道。但你给了《空气蛹》高度评价，并深深地沉湎其中。这，或许就可以成为一种资格。”

“有一件事我想确认是 Yes 还是 No。”天吾说，“今天我登门拜访就是为了这个。老师，您是否把改写《空气蛹》的许可给了我？”

老师点点头，然后说：“我也想读一读由你改写的《空气蛹》。绘里好像也非常信任你，而这样的对象除了你再没有别人。当然这是说除了阿蓟和我之外。所以，你尽管放手去做，作品就完全托付给你。我的答复是 Yes。”

一旦谈话中断，沉默就像注定的命运一般，降临在了这个房间。恰好这时深绘里把茶端了进来，仿佛算好了两人的交谈已经结束。

归途是独自一人。深绘里出去遛狗了。天吾对照电车的发车时间，请他们叫来出租车，赶往二俣尾车站。然后在立川换乘中央线。

在三鹰车站，天吾的对面坐了一对母女。那是一对穿戴得干干净净的母亲和女儿。两人穿的都绝不是昂贵的衣服，也不新，却很干净，收拾得十分精心，该白的地方雪白，熨烫得服服帖帖。女儿大概不是小学二年级就是三年级，眼睛大大的，五官长得很漂亮。母亲身材瘦削，头发束在脑后，带着黑边眼镜，拎一只退了色的厚布手提袋。里面好像装满了东西。她的脸庞长得也很端正，只是眼角旁流露出神经性的疲劳，使她看上去大概比实际年龄显老。还是四月中旬，她却带着把阳伞。阳伞卷得紧巴巴的，像一根干透了的棍子。

两人坐在座位上，始终一声不响。母亲看上去似乎在脑中考虑着什么计划。坐在邻座的女儿无所事事，忽而瞧瞧自己的鞋子，忽而望望地板，忽而看看从车厢顶垂下来的广告，忽而瞅瞅坐在对面的天吾，像对他高大的身材和皱皱的耳朵生出了兴趣。小孩子们常常用这样的目光看着天吾，像看着无害的珍稀动物。这位少女脑袋和身体几乎不动，只有眼睛活泼地转来转去，观察着周围各种事物。

母女俩在荻洼车站下了车。电车刚开始减速，母亲便拿起阳伞，一言不发地站起来。左手拿阳伞，右手提布手袋。女儿也立刻跟上，飞快地站起来，跟着母亲走下电车。站起来时，她又瞥了一眼天吾的脸。眼睛里蕴含着奇怪的光芒，似乎在要求，又似乎在倾诉。虽然只是微弱的光芒，天吾却能看清楚。这个女孩是在发送信号——他这样觉得。但不用说，就算有信号发送过来，天吾也无能为力。他不了解内情，也没有干预的资格。少女在荻洼车站和母亲一起走下电车，车门关上，天吾坐着不动，朝下一个车站继续前进。少女刚才坐过的座位上，坐着三个初中生，像是刚考完模拟考试结伴回家，开始热闹地大声交谈。但有一会儿，那位少女安静的残像仍留在那里。

　　那位少女的眼睛，让天吾想起了另一位少女。那是在小学三年级和四年级的两年间和他同班的女孩。她也长着一双和刚才那位少女一样的大眼睛。她曾用那双眼睛直直地注视着天吾，然后……

　　那位少女的父母是一个叫"证人会"的宗教团体的信徒。那是基督教的一个支派，宣扬末世论，热心地进行传教活动，对《圣经》上所写的，一一忠实地按照字意实行。比如说完全不赞成输血。如果遭遇车祸身负重伤，生还的可能性便会大大减少。也基本无法接受大手术。但据说坚持这样做，等到世界末日来临时，就可以作为上帝选中的子民幸存下去，能在至福的世界里生活千年。

　　那位少女像刚才的少女一样，有一双漂亮的大眼睛。那是令人难以忘怀的眼睛。五官也很美丽。她的脸上似乎永远蒙着一层不透明的薄膜，那是为了消除自己的存在感。若无必要，她从不在人前开口，也不会把感情表露在脸上。薄薄的嘴唇总是紧紧地抿成一条线。

　　天吾当初关心这位少女，是因为她每到周末就跟母亲一起去传教。在"证人会"信徒的家庭里，小孩子一学会走路，就被要求和父母一起参与传教活动。从三岁左右开始，主要是跟着母亲步行，挨门挨户地走访人家，发放一种叫《洪水之前》的小册子，传播"证人会"的教义。浅显易懂地向人们解释现在世界上出现了多少灭亡的征兆。他们把上帝称作"尊主"。当然几乎每次都会吃闭门羹，就在他们的鼻子前砰的一下关上大门。因为他们的教义过于褊狭、一厢情愿、远离现实——至少和世界上大部分人认识的现实相差太远。但非常罕见地，偶尔也有人认真地听他们的布道。世上总有一些想找谈话对象的人，不管谈的是什么。而且非常罕见地，其中偶尔也有人去出席他们的集会。为了这千分之一的可能性，他们走街串巷，挨家按响人们的门铃。他们就这样不懈地努力，即使成效甚微，也想让世界走向觉醒，这就是他们被赋予的神圣使命。而这使命愈是严峻，门槛愈是高不可攀，赐予他们的至福也就愈是辉煌。

这位少女跟着母亲四处传教。母亲一只手拿着塞满了《洪水之前》的布袋，另一只手常常拿着把阳伞。几步之后跟着这位少女。她总是嘴唇抿成一条直线，面无表情。天吾随着父亲四处去征收 NHK 的视听费时，曾经几度在路上和这位少女擦肩而过。天吾认出了她，她也认出了天吾。每一次，少女的眼中似乎都有某种东西悄悄地闪亮。他们当然从未交谈过，甚至连一声招呼都没打过。天吾的父亲忙着提高收款业绩，少女的母亲则忙着宣扬注定到来的世界末日。少年和少女只是在星期天的街头，被父母拉着，步履匆匆地交臂而过，在一瞬间交换过视线而已。

全班同学都知道她是"证人会"的信徒。她因为"教义上的理由"不参加圣诞节的活动，也不参加走访神社、佛寺之类的远足或修学旅行。从没参加过运动会，也没唱过校歌和国歌。这样一种只能称为极端的做法，使她在班级里越发孤立。而且，每次吃午饭前，她必须念诵一种特别的祈祷词，而且得清晰地大声念诵，让人人都能听见。自然，周围的孩子都觉得那祈祷令人毛骨悚然。她肯定也不愿在众目睽睽之下这样做，但已被训练得坚信在进食前必须念诵祈祷词，即使没有其他信徒在一旁守着，也不能敷衍了事。"尊主"高高在上，把一切都仔细地看在眼里。

　　　　我们在天上的尊主，愿人都尊你的名为圣，愿你的国降临。愿你免我们的罪。愿你为我们谦卑的进步赐福。阿门。

　　记忆真是不可思议的东西，已经是二十年前的往事了，居然还能大致回忆起那祈祷词。**愿你的国降临**。每当听见这句祷词，小学生天吾就不由得思考："那究竟是个什么样的国度？"那里会不会有NHK？一定不会有。既然没有NHK，就不会有收款。如果是这样，也许那国度早点降临才好。

　　天吾一次都没和她说过话。虽然在一个班级，天吾却从来没有和她搭话的机会。少女总是远离群体，孤独一人，没有必要就和谁都不说话。看样子不可能特地走到她面前，跟她打招呼。但天吾心里十分同情她。他们还有一个共同点，就是休息日都不得不跟在父母后面四处挨家按门铃。尽管有传教活动和收款业务的不同，但不由分说地强迫孩子们扮演这种角色，对他们的心灵是何等严重的摧残，天吾深有体会。星期天，孩子们应该和小伙伴在一起尽情地玩耍嬉戏，而不应去威吓人家征收款项，也不应去四处宣扬恐怖的世界末日。那种事——如果真有必要做的话——让大人们去做就行了。

　　天吾只有过那么一次，由于小小的冲动，曾向那少女伸出援助之手。那是四年级的秋天，在上理科实验课时，和她一个实验台的同学对她恶语相向。因为她弄错了实验步骤。究竟是什么样的错误，他已经没有印象了。当时一位男同学揶揄她，提到她参与"证人会"的传教活动，挨家挨户地散发荒唐的小册子，还叫她"尊主"。这应该说是少见的事。因为大家平时不欺负她也不捉弄她，不如说把她当作根本不存在的东西，彻底地漠视。但像理科实验这样的协同作业，不可能只把她一个人排除在外。当时那些话骂得相当恶毒。天吾本来是另一个小组的，使用旁边的实验台，但他再也无法置若罔闻。不知为何，他只是觉得不该放任不管。

天吾走过去对她说，要她换到自己的小组来。没有深思熟虑，也没有丝毫犹豫，几乎像条件反射一般，他这么做了。并且仔细地把实验要领说给她听。少女全神贯注地听着天吾说明，仔细地理解，没有再犯相同的错误。在同一个班级的两年间，天吾还是第一次（也是最后一次）跟她交谈。天吾成绩好，又长得高大强壮，大家都对他另眼相看。所以没有人因为天吾袒护了她而戏弄他——至少在当时那个场合。但由于袒护了"尊主"，他在班级里的声望似乎在无形中下降了一个级别。恐怕是因为和那位少女有了瓜葛，被认为染上了污垢吧。

但天吾对此毫不介意，因为他深知她是个很普通的女孩儿。如果父母不是"证人会"信徒，她当然会作为一个普通的女孩长大成人，被众人接纳，肯定也会有要好的朋友。但只因为父母是"证人会"的信徒，她在学校竟受到像隐形人一般的待遇，谁也不跟她说话，甚至看都不看她一眼。天吾觉得这极不公平。

天吾与少女此后并没有什么交谈。没有交谈的必要，也没有交谈的机会。但每当视线偶然相触，她的脸上就会浮出隐约的紧张。他看得明白。也许天吾在理科实验课上的行为，让她觉得困惑。也许她心生愤怒，觉得他是多管闲事。对此，天吾捉摸不透。他还是个孩子，不会从对方的表情中读出细微的心理变化。

然后有一天，少女握了天吾的手。那是十二月初一个晴朗的下午，窗外能望见高远的天空和雪白笔直的云。在下课后清扫完毕的教室里，偶然只剩下了天吾和她两个，再无别人。她仿佛下了决心，快步穿过教室，来到天吾面前，站在了他身旁。然后毫不犹豫地握住了天吾的手，仰面注视着他（天吾大概比她高十厘米）。天吾吃了一惊，也注视着她，两人视线叠合。天吾在对方的瞳孔中看到了从未见过的透明的深邃。那少女无言地久久紧握着他的手，非常有力，一瞬间都不曾放松。然后她放开了手，裙裾翻飞，小跑着出了教室。

天吾莫名其妙，目瞪口呆地站着不动。他的第一反应是，幸好没人看见。万一被谁看见，天知道会闹出什么乱子来。他环顾四周，先是长舒一口气，随后陷入了深深的困惑。

从三鹰站到荻洼站间坐在对面的母女俩，没准也是"证人会"的信徒，正赶赴例行的星期日传教活动。鼓鼓的布手提袋里，看上去也很像塞满了《洪水之前》小册子。母亲手中的阳伞和少女眼中闪烁的光芒，让天吾想起了同班那位寡言的少女。

不，电车中的两人也许不是什么"证人会"的信徒，只是正赶去上课外班的普通的母女俩，布手提袋里装的也许只是钢琴乐谱、练习书法用的文具。一定是我对各种事物过于敏感了。天吾心想。于是闭上眼睛，缓缓地舒了口气。星期天，时间流逝的方式显得很奇妙，种种景象奇怪地扭曲着。

回到家，简单地做了顿晚饭吃。细想起来，其实午饭也没吃。晚饭后，想起该给小松打个电话，他肯定想知道会见的结果。但这天是星期天，他不上班。天吾不知道小松家里的电话号码。算了，随它去。如果想了解情况，他大概会打电话来的。

时钟的指针转过了十点，正打算上床睡觉时，电话铃响了。他猜测大概是小松，拿起听筒，传来的却是年长的女朋友的声音。

"哎，后天下午我到你那儿去一小会儿行吗？不过没办法待太长时间。"她说。

背后可以听见轻轻的钢琴声。好像她丈夫还没回家。行啊。天吾回答。她来的话，《空气蛹》的改写工作就得暂时中断。但听着她的声音，天吾感觉自己强烈地渴望她的身体。挂断电话后，他走到厨房，把肯塔基波本威士忌倒进玻璃杯里，站在洗碗池前一饮而尽。爬上床，读了几页书，然后昏昏睡去。

天吾这个漫长而奇妙的星期日，就这么结束了。

第13章 青豆
天生的受害者

醒来时，青豆明白自己正处于严重的宿醉状态。她几乎从未宿醉过。不管喝了多少酒，到了第二天早晨脑袋总是清醒如常，立刻就能进行下一个行动。这一点她引以为豪。今天却不对劲，太阳穴钝钝地痛，意识似乎被笼罩上了一层薄薄的雾霭。脑袋就像被人用铁箍一圈圈往里勒。时钟的指针已经转过十点。向正午逼近的晨光，像针刺一般，令眼底深处生疼。从门前的路上疾驰而过的摩托车的引擎声，把拷问机般的嗥叫传遍整个房间。

此刻一丝不挂地躺在自己的床上，她却不记得自己是如何回家的。地板上，胡乱地扔着昨晚穿的全套衣服。看样子是自己剥下来的。挎包放在桌子上。她跨过散落在地板上的衣物走到厨房里，一口气喝了好几杯自来水。然后走进浴室，用冷水洗了脸，照着大镜子检视赤裸的身体。仔细地上下检查了一遍，没发现任何痕迹。她松了一口气。太好了。尽管如此，下半身还是微微残留着激烈做爱后翌日早晨会有的感觉。仿佛身体深处被翻搅过来般的甜甜的倦怠。然后她觉得肛门也有微微的不适。狗东西！青豆心想，用指尖按住太阳穴。那帮浑蛋，居然连那儿也碰了吗？但令人气愤的是，她什么都不记得。

依旧沉浸在模糊浑浊的意识中，她用手撑着墙洗了个滚热的淋浴。用肥皂使劲擦洗全身，把昨夜的记忆——某种近似记忆的无名之物——从身体上洗掉。尤其细心地清洗性器官和肛门，还洗了头发。一边忍受牙膏的薄荷味，一边刷了牙，消除口中沉闷的气味。然后从卧室的地板上拾起内衣和连裤袜，别过脸，把它们扔进放待洗衣物的筐子里。

她检查放在桌上的挎包。钱包好好地还在，信用卡银行卡也都没有丢，钱包里的现金几乎没少。她昨夜支付的现金，好像只有回家的出租车费。包里少了的，只有事前准备好的避孕套。她数了一数，少了四只。四只？钱包里有一张叠得整整齐齐的纸片，上面写着一个东京市内的电话号码。但究竟是谁的电话，她毫无记忆。

她再次倒在床上，横躺着，尽量追忆昨夜发生的事情：亚由美走到男人们的桌子前，笑嘻嘻地谈好了，四个人喝酒，大家都有了醉意。接下去就是老一套的程序。在附近的城市酒店里定了两个房间。青豆按照商量好的，和头发稀薄的做了爱。亚由美则要了那个年轻的大块头。做爱相当棒。两个人一起入浴，然后是漫长而细心的口交。插入前也绝不疏忽，已经戴好了避孕套。

大约一小时后房间里打进一个电话，是亚由美，问道：现在可不可以到你那儿去，大伙儿接着喝？行啊。青豆回答。一会儿，亚由美和她那位男伴来了。然后他们叫酒店把威士忌和冰块送进客房，四人喝了。

后面发生的事她想不起来。四人再次聚齐以后，好像突然间醉意大发。可能是威士忌的缘故（青豆平时不喝威士忌），也可能是和往常不同的缘故。往常总是她自己面对男人，而这次身边还多了个搭档，于是放松了警惕。她依稀记得她们好像还交换伙伴再次做爱。我是在床上和那个年轻的做，亚由美和头发稀薄的在沙发上做。好像是这样。然后……后来的事就模模糊糊，什么都想不起来了。唉，这样也好，想不起来，就这么忘了吧。我尽兴地做了爱，仅此而已。反正今后恐怕不会再和那些家伙见面了。

第二次做爱时有没有戴避孕套呢？这才是让青豆担心的事。千万不能为了这种无聊的事怀孕或染上性病。不过没关系。因为我不论醉到什么程度，不论意识怎样朦胧，在这种事上都毫不含糊。

今天有没有要做的工作？没有工作。今天是星期六，我没安排工作。哦不，不对。并非如此。下午三点要去麻布的"柳宅"，给老夫人做肌肉舒展。几天前 Tamaru 曾来电联系：因为要去医院做个检查，可不可以把星期五的预约改到星期六？这件事竟然会忘得一干二净！不过离下午三点还有四个半小时的时间。到那时，头痛一定已经消失，意识也一定会更加清醒。

泡好热咖啡，径直往胃里灌了好几杯。然后光着身子套上件浴袍，仰面朝天地躺在床上，凝望着天花板度过了上半天。什么事都无心做，只是仰望着天花板。天花板上没有有趣之处，也没什么可抱怨的。因为天花板安装在那里，原本就不是为了让人感到有趣。时针指向了正午，但她全无食欲。摩托车和汽车的引擎声还在脑中轰鸣。这样正式的宿醉，还是头一回体验。

尽管如此，做爱好像还是给了她的身体良好的影响。被男人搂着，任由他凝望、抚弄、舔舐、啃咬赤裸的躯体，被阴茎插入，连续多次体味性高潮，于是盘踞在体内的芥蒂之类的东西解开了。宿醉当然痛苦，但其中却存在一种释放，足够弥补这种痛苦还有余。

可是，这种局面我还得持续多久？青豆心想。这种局面到底我还能持续多久？我马上就要到三十岁，慢慢地，四十岁便会挤进视野。

不过关于此事，先停下不再多想，下次再慢慢思索吧。反正目前还没到迫在眉睫的地步。要认真考虑这种事的话，我……

这时电话铃响了。铃声在青豆听来就像雷鸣，简直像坐着在隧道中疾驰的特快列车。她摇摇晃晃地从床上爬下来，抓起听筒。墙上的大挂钟正指着十二点半。

"是青豆吗？"对方问。稍有些沙哑的女人声音。是亚由美。

"是的。"青豆回答。

"要紧吗？刚才那声音听上去好像被巴士辗过。"

"没准差不多啦。"

"是宿醉吗？"

"嗯，相当厉害。"青豆说，"你怎么会知道我的电话号码？"

"你不记得了？不是你自己写给我的吗？还说过几天再见呢。我的电话号码应该也放在你的钱包里。"

"是吗？我什么都不记得。"

"嗯。我猜就可能会这样，有点担心，才打个电话看看。"亚由美说，"我担心你是不是安全到了家。虽然看着你在六本木十字路口坐上了出租车，把目的地告诉了司机。"

青豆长叹一声。"我毫无印象。不过好像安全地回了家。因为我睁开眼时，是睡在自家床上。"

"那就好。"

"你这会儿在干什么？"

"在干活呢，规规矩矩的。"亚由美说，"十点开始驾驶着迷你巡逻车取缔违章停车。这会儿正在休息。"

"真有你的。"青豆佩服地说。

"不过真有点睡眠不足。但是昨晚好开心，玩得这样痛快还是头一次呢。全亏了青豆你啊。"

青豆用手指按着太阳穴。"说实话，下半场我记不清楚。就是你们来到我们房间以后的事。"

"哎呀，那太可惜啦。"亚由美用严肃的声音说，"后来很厉害哟，我们四个人干了好多荒唐事。真难以置信，简直像色情片似的。我和你还光着身子学同性恋的样子。还有啊……"

青豆慌忙拦住她的话头："这个算了，不过有没有戴避孕套啊？我记不清了，有点担心。"

"当然戴了。这种事我都严格检查过，没问题。要知道我除了取缔交通违章，还到区内的高中去巡回，把女学生们集中到礼堂里，相当详细地指导她们如何正确使用避孕套呢。"

"如何使用避孕套？"青豆愕然地问，"警察怎么会教高中生这种事情？"

"本来的目的是到各个高中去巡回宣传，教育女生们认识可能遭遇约会强暴的危险，还有如何对付色情狂、如何防止性犯罪等等。我就顺势作为个人忠告增加了点这样的知识。告诉她们在某种程度上做爱在所难免，所以要千万注意别怀孕或染上性病。大概就是这样。当然还得顾及老师们的颜面，话不能说得那么透彻。所以嘛，这些差不多成了我的职业本能。无论喝了多少酒，也绝不会有疏漏。根本用不着担心。青豆，你是干干净净哟。不带避孕套，别想来真的。这就是我的信条。"

"谢谢。听你这么一说，我就放心啦。"

"喂，我们昨天夜里都干了些什么，你不想详细听听吗？"

"下次再听吧。"青豆说，然后把淤积在肺里的沉闷气体吐出去，"下次找个机会听你仔细说说。不过现在不行。只怕这种话听上一句，我的脑袋就要裂成两半了。"

"知道啦。下次再说吧。"亚由美用爽朗的声音答道，"不过青豆，今天早上醒来后我一直在想，恐怕咱们俩能组成最佳搭档呢。我可以再给你打电话吗？就是说，如果又想像昨天晚上那样干的话。"

"可以啊。"青豆说。

"太好啦。"

"谢谢你打电话来。"

"保重哦。"亚由美说完，挂断了电话。

下午两点，靠着黑咖啡和小睡的作用，意识正常多了。幸好头痛消失了，只是在身体内还残留着微微的倦怠。青豆背着运动包走出家门。里面当然没放特制的冰锥，只有替换衣物和毛巾。一如平素，Tamaru 在门口迎接她。

青豆被领到细长的日光房内，巨大的玻璃窗面对庭院敞开，但是拉着蕾丝窗帘，从外面看不见里面。窗边排列着观叶植物，天花板上的小型扬声器流淌出安详的巴洛克音乐，是羽管键琴伴奏的竖笛奏鸣曲。房间中央摆着一张按摩床，老夫人已经脸朝下趴在那儿，身穿白色浴袍。

Tamaru 走出房间。青豆换上了活动时穿的衣服。老夫人在按摩床上扭头望着青豆脱衣的情形。自己的裸体被同性看见，青豆并不在意。只要当过体育选手，这种事情就会习惯，就是老夫人自己，在接受按摩时也得差不多全脱光，因为这样才方便观察肌肉的状态。青豆脱去棉布长裤和衬衣，穿上一套针织运动衣，把脱下的衣物叠好摞起，放在房间的角落里。

"你浑身的肌肉真结实。"老夫人说道，然后起身脱去浴袍，只剩下一套薄薄的丝质内衣。

"谢谢。"青豆回答。

"从前我的身体也是这样。"

"看得出来。"青豆说。这话大概是真的。青豆心想。纵然已经年过七十，她的身体还清楚地保留着年轻时代的影子，体形没有走样，乳房也有一定的弹性。是节制的饮食和长期的运动让她保持了身体的自然美。青豆推测其中恐怕也加上了适度的美容整形手术。比如定期的除皱，以及眼角和嘴角的提升术。

"您现在的体形仍然很好。"青豆说。

老夫人微微地撇了撇嘴。"谢谢你。可惜无法和从前相比。"

青豆没有回答。

"我曾经充分享受过这个身体，也曾让对方充分享受过它。你能明白我的意思吧？"

"明白。"

"如何？你也在享受着吗？"

"有时候。"青豆回答。

"仅仅是'有时候'的话也许不够。"老夫人脸朝下趴着说，"这种乐趣必须趁着年轻充分地享受。尽情尽兴地。等到上了年纪，不能再做这样的事以后，从前的记忆就会温暖你的身子。"

青豆想起了昨夜的事。她的肛门里还隐约残留着插入感。这样的记忆难道真的会温暖衰老后的身体吗？

青豆把手放在老夫人的身上，开始精心地为她舒展肌肉。刚才还微微残存在体内的倦怠，此刻已经消失。从换上针织运动衣、手指触及老夫人的身体开始，她的神经就明确地变得敏锐起来。

青豆仿佛遵照着地图上的路线一般，用指尖一一确认老夫人的肌肉。每一块肌肉的弹力、硬度、韧度，青豆都详细地牢记在心，像钢琴家熟记琴谱。只要事关身体，青豆就拥有这样细致的记忆力。即使她有所遗忘，她的指尖也记着。如果某块肌肉有丝毫异于平常的触感，她就从各种角度给它各种强度的刺激，查看有何种反应反馈回来。这种反应究竟是疼痛，是快感，还是毫无感觉？对僵硬滞重的部分，她不只是替老夫人放松，还指导她凭借自身的力量活动那块肌肉。当然也有单凭自身的力量难以缓解的部分。这种地方就需要精心地舒展。但肌肉最赞成最欢迎的，还是自身日常性的努力。

"这里疼吗？"青豆问。大腿根部的肌肉比平时僵硬得多。僵直得似乎有意发难。她把手伸进骨盆的缝隙间，将大腿朝着特别的角度轻轻折弯。

"很疼。"老夫人扭歪了脸，回答。

"很好。感到疼是好事。如果感觉不到疼，那就不妙了。还会更疼一点，您能忍受吗？"

"当然。"老夫人回答。无须一一询问，老夫人性格坚忍，大多数事情都能默默地忍耐。即使扭歪了脸，也不会呻吟出声。接受青豆的按摩，高大强壮的男人都会忍不住发出呻吟声。这样的光景，青豆见过许多次。她不得不佩服老夫人意志的坚强。

青豆像固定杠杆的支点一样固定住右手的肘部，把老夫人的大腿折得更加弯曲。只听嘎巴一声钝响，关节移动了。老夫人倒吸一口凉气，但没有出声。

"这样，下面就没问题啦。"青豆说，"接下去就轻松啦。"

老夫人长长地吐了一口气，额角有汗珠闪烁。"谢谢。"她小声说。

青豆花了整整一个小时，让老夫人的身体彻底地放松，刺激和拉伸肌肉，舒展关节。这要伴随着相当的疼痛，不过，没有疼痛就没有解决。青豆明白，老夫人也明白。因此两人几乎一言不发地度过了这一个小时。竖笛奏鸣曲早已演奏完毕，激光唱机沉默着。除了飞来庭院的鸟儿的啼鸣，什么声音都听不到。

"我觉得身体轻快了好多。"过了一会儿，老夫人说。她瘫软地趴在那儿，按摩床上铺着的大浴巾被汗水染得颜色发暗了。

"那就好。"青豆说。

"有你在身边，真帮了我大忙。要是你不在，我肯定会觉得痛苦。"

"您放心吧。我暂时还没有'不在'的计划。"

老夫人仿佛犹豫不决，沉默了片刻后问道："我想问你一个冒昧的问题——你有没有喜欢的人？"

"我有喜欢的人。"青豆回答。

"那很好啊。"

"不过可惜，这个人不喜欢我。"

"我的提问可能有点不太合适……"老夫人说，"为什么对方会不喜欢你呢？我觉得客观地看来，你是一位非常有魅力的年轻女子。"

"因为这个人甚至连我的存在都不知道。"

老夫人思考了片刻青豆的话。

"你难道没有把你存在的事实传达给对方的意思吗？"

"目前还没有。"青豆回答。

"是不是有什么特别的原因？比如说你不能主动接近他之类的。"

"原因也有几种。但几乎都是我自己的心境的问题。"

老夫人似乎无比感叹，注视着青豆的脸庞。"迄今为止我遇到过许多不寻常的人。你或许也是其中之一。"

青豆微微地放松嘴角。"我并没有什么不寻常之处。只是比较率真地面对自己的心情而已。"

"一旦自己定下了规矩，就会坚守到底。"

"对。"

"而且多少有点固执、易怒。"

"也许的确有。"

"不过昨天夜里有点放浪形骸了吧？"

青豆脸红了。"这也看得出来？"

"看一眼肌肤就知道。根据气味也能知道，你身上还残留着男人的气味。人一上年纪，许多事情都能一眼看穿。"

青豆微微扭歪了脸。"这种事也是需要的，有时候。虽然我明白这不是值得赞许的事。"

老夫人伸出手，轻轻地放在青豆的手上。"当然，这种事偶尔也是需要的。你不必介意，我并不是在责备你。我只不过觉得，你完全可以像普通人一样，生活得更幸福一些。比如和你喜欢的人结合，迎来一个圆满的结局。"

"我也觉得能这样当然很好。但只怕很困难。"

"为什么？"

青豆没有回答。这件事并不容易解释清楚。

"如果你有私人的事情想找个人商量，就找我好了。"老夫人说着，把手抽了回去，拿起擦脸毛巾拭去脸上的汗水，"不论是什么事。也许我可以帮你做点什么。"

"非常感谢。"青豆说。

"也有某些事情，只靠不时的放浪形骸是无法解脱的。"

"您说得对。"

"你从来没有做过任何对自己有损的事。"老夫人说，"一件也没有。你知道吧？"

"我知道。"青豆说。的确如此。她想。我从未做过任何对自己有损的事。但仍会有什么东西静静地留下来，就像葡萄酒瓶底的沉渣。

大冢环死去前后的情形，青豆至今还常常回想。一想到再也不能和她相见、交谈，就觉得身体仿佛被撕裂了一般。环是青豆生来结交的第一个挚友，无论什么事都能推心置腹地互相倾诉。在认识环之前，青豆从不曾拥有这样的朋友，在她之后也不再有过。无可替代。如果没有遇到她，青豆的人生肯定会比现在更加悲惨、更加晦暗。

两人年龄相同,是都立高中垒球队的队友。青豆从初中到高中,把自己的全部热情都奉献给了垒球运动。起初她并不是特别热心,本来是因为队员不够拉她去凑数的,谁知不久这竟然成了她人生的意义。她就像眼看要被狂风卷走的人死命抱着柱子不放一样,死死地抱住了这项运动。对她来说这样的东西是必需的。而且连她也没有觉察到,作为运动员,她天生就拥有出类拔萃的资质。在初中和高中,她都是队里的核心选手,由于她的缘故,球队在淘汰赛中一路过关斩将。这给了青豆自信(正确地说并非自信,而是相近的东西)。在球队中,自己有绝不算小的存在的意义,尽管这是个狭小的世界,自己却在其中被赋予明确的位置,这种喜悦对青豆来说胜过一切。世界上有人需要我!

　　青豆是投手兼四号击球手,不容置疑是整个球队攻防的核心。大冢环是二垒手,是球队的灵魂,还担任队长。环虽然个头矮小,却拥有超群的反应速度,知道如何动脑,能敏锐而全面地把握场上的形势。每次投球时,她都能正确地判断该把重心向何方倾斜,对方的击球手一击球,她立刻就能判断出球会飞向何处,跑向准确的位置补防。拥有这种能力的内野手十分少见。不知道有多少次,她的判断力挽救了危机。她虽不是青豆这样的长距离击球手,但击球锐利准确,跑得也快。而且环是一个优秀的领导者,能统合球队,制定战术,给众人有益的建议,激励同伴。她的指导虽然严格,却获得了选手们的信赖。因此球队日益强大,在东京的大赛上打进了决赛,甚至还参加了全国高中运动会。青豆和环还入选了关东地区代表队。

　　青豆和环认可对方的优点,自然地相互亲近起来,很快成了彼此独一无二的挚友。球队远征时,两人在一起度过了漫长的时光。她们毫不隐瞒地坦诚相告各自的成长经历。青豆在小学五年级痛下决心和父母断绝了关系,去投奔舅舅。舅舅一家清楚事情的原委,满怀温情地收养了她。但那毕竟是别人的家，她孤身一人，渴望温情，不知该向何处追寻人生的目的和意义，过着不明不白的生活。环家境富裕，也有社会地位，但由于父母关系不好，家里十分冷清。父亲几乎从不回家，母亲屡屡陷入精神错乱，甚至头痛严重得多日不能起床。环和弟弟几乎处于被遗弃的状态。两个小孩的吃饭问题大多靠附近的食堂或快餐店，或买现成的盒饭解决。她们俩各有不得不热衷垒球的缘由。

两位满怀苦闷的孤独少女，当然有说不完的话。暑假里，两人结伴出游，并且在一时无话可说之际，在酒店的床上触摸了对方的身体。这完全是突发的偶然事件，仅有一次，再也没有反复，两人甚至绝口不提。但这件事却使两人的关系更为加深，变得更像同谋了。

高中毕业考进体育大学后，青豆仍然继续垒球竞技。她是全国知名的优秀垒球选手，某私立体育大学邀她加入，还给她提供特别奖学金。在大学的垒球队中她仍然作为核心选手大显身手。而且她一面打垒球，一面对运动医学深感兴趣，开始认真钻研，同时也对武术产生了兴趣。她想在大学期间尽量多学点知识和专业技术，没有时间东游西逛。

环则考进了一流私立大学的法学院。高中一毕业，她就和垒球竞技一刀两断了。对学习成绩优秀的环来说，垒球只是途中经过的一点罢了。她打算去考司法考试，将来做个法律专家。虽然两人未来的目标不同，却仍是对方唯一的挚友。青豆住进了免住宿费的大学学生宿舍，环依旧住在冷清——却给她经济上的宽裕——的家里走读。两人每周一次见面吃饭，畅所欲言。不论畅谈多久，永远都有说不完的话。

环是在大学一年级时失去了童贞。对方是网球协会中高一级的学长。在一次聚会后，学长请她去他的房间，在那里几乎是强暴了她。她对这位学长并不是没有好感，才会在受到邀请后独自去了他的房间，但对方用暴力强迫她发生性行为，以及他当时表现出的自私粗暴的态度，让她受到极大的打击。所以她退出了协会，很长一段时间深陷于忧郁中。这件事在环的心中留下了深深的无力感，她丧失了食欲，一个月内瘦了六公斤。环对男友的期望，是理解和体贴。只要他有这样的表示，再花点时间准备一下，把身体交给他也不是什么重大问题。环怎么也无法理解，为何一定要那样粗暴呢？根本没有必要嘛。

青豆安慰她，忠告说应该用某种方式制裁那个家伙。但环不同意。我自己也有不够检点之处，事到如今即使报警也没用。她说。我自己也有责任，谁叫我受到邀请就一个人到他的房间去呢，看来我只能把这件事忘掉。但这件事给挚友的心灵造成了多么深刻的创伤，青豆完全明白。这绝不是丧失童贞之类的表面性问题，而是人的灵魂的神圣性问题。谁都无权粗暴地践踏这份神圣。而无力感会彻底腐蚀一个人。

青豆决定自己实施私人的制裁。她从环口中问出了那家伙的住址，把一根垒球棒塞进装设计图纸的大型塑料圆筒里，来到他的住处。那一天，环到金泽出席亲戚家的法事去了，这足以构成她不具备作案条件的证据。事前摸清那家伙不在家里。青豆用螺丝刀和铁锤破坏了门锁，进入室内，然后用毛巾在垒球棒上缠了好几道，小心翼翼地注意不发出声响，把房间里所有的东西挨个捣毁。电视机，台灯，时钟，唱片，电烤炉，花瓶，只要能破坏的就无一遗漏地破坏干净。电话线就拿剪刀剪断，书籍就把书脊撕裂把书页扯碎，牙膏和剃须膏就全挤出来喷在地毯上，床上洒满沙司酱，抽屉里的笔记簿撕碎，钢笔铅笔统统折断，电灯泡一律敲碎。窗帘和靠垫用菜刀割破，衣橱里的衬衫也用剪刀剪坏。放内衣和袜子的抽屉里则浇上大量番茄酱。拔下冰箱的保险丝扔到窗外。把马桶水箱里的水塞拆掉弄坏，还把淋浴的莲蓬头砸碎了。破坏进行得十分细心而彻底，遍及每个角落。房间内变得就像不久前在报上看过的、遭受炮击后的贝鲁特市区的光景。

环是个聪明的姑娘（就学习成绩而言，青豆远远比不上），在垒球赛场上则是个无懈可击、心细如发的选手。每当青豆陷入危机，她马上就会来到投手板前，简明扼要地给她有益的建议，嫣然一笑，用戴着垒球手套的手在她的屁股上砰地拍一下，再返回防守位置。她视野开阔，心地善良，也具备幽默感。在学业上也刻苦用功，还口齿伶俐。如果坚持学下去，她一定能成为一个优秀的法律专家。

但面对男人，环的判断力就会变得支离破碎。她喜欢英俊的男人，就是所谓的以貌取人。她这种倾向在青豆看来，简直到了病态的地步。无论那男人多么人品出众，多么才华横溢，并且是主动追求她，只要外表不合口味，环就绝不会心动。她感兴趣的，不知为何永远都是外貌俊美而内心空洞的男人。而且只要事关男人，环就会变得十分顽固，不管青豆如何劝说都不听。而平时对青豆的意见，她总是仔细倾听，只是一律拒绝对男朋友的批评。渐渐地，青豆也死了心，不再劝告她了。她不愿为了这种事情发生争执，损害了与环的友情。说到底，这毕竟是环的人生，只能随她去。总之在大学期间，环和很多男人交往过，每次总是卷入麻烦，遭到背叛受到伤害，最终遭到抛弃。每一次她都陷入半疯狂的状态。还堕胎两次。就男女关系而言，环真是天生的受害者。

青豆没有结交固定的男朋友。如果有人邀请，她不时也赴约，其中也有相当不错的男人，但她从未堕入很深的关系。

"你也不交男朋友，难道想一直当处女？"环问青豆。

"我太忙了。"青豆回答，"应付每天的日常生活已经让我忙不过来了。哪里还有时间和男朋友玩！"

环本科毕业后，留在研究生院里准备司法考试。青豆在一家生产运动饮料和健康食品的公司就职，在那里继续打垒球。环仍然从家里去上学，青豆则住进了位于代代木八幡的公司宿舍。和学生时代一样，周末两个人见面吃饭，聊各种各样的事情，从不厌倦。

环在二十四岁时，和一个大她两岁的男人结了婚。刚订婚，她就从研究生院退学，放弃了继续学习法律。理由是丈夫不同意。青豆只见过这个男人一面。是个富家公子，不出青豆所料，有一副端正却显然毫无深度的面孔。爱好是玩游艇。能说会道，脑子似乎也够机灵，但人品缺乏厚度，谈吐没有力度。就是环一贯钟情的那种男人。而且从他身上甚至能觉察到某种不祥的东西。一开始青豆就不喜欢这人，对方似乎也不太喜欢她。

"你这场婚姻肯定不会美满。"青豆对环说。她本来不想多说，但这毕竟是结婚，不是一般的恋爱，况且环是她多年的挚友，她可不能袖手旁观。她们俩第一次大吵一场。环因为结婚遭到好友反对而歇斯底里，对青豆说了一通难听话，其中有几句是青豆最不愿意听到的。青豆连婚礼都没去参加。

但青豆和环很快就和好了。新婚旅行刚回来，环连招呼都没打，便来看望青豆，为自己的失礼道歉。我当时说的话请你统统忘掉。她说。我那时是疯了，整个新婚旅行中我一直在想你。这种小事你不必在意，我早就忘得一干二净了。青豆说。两人紧紧拥抱，说着笑话，放声大笑。

尽管如此，环结婚后两人见面的机会骤然减少。经常通信，也常打电话。但环好像很难找出时间和青豆见面。因为各种家务太忙。环辩解说。专职主妇其实很辛苦啊。她说。但听她的口气，青豆有一种感觉，好像她丈夫不希望她到外边和别人见面。而且环和公婆住在一起，似乎很难自由外出。青豆也从未被请到环的新居去玩。

婚姻生活十分美满。环一有机会就这么告诉青豆。丈夫很温柔，公公婆婆都是热心肠。生活上没有不如意之处。周末不时去江之岛玩游艇。对放弃法律学习的事并不觉得可惜，因为司法考试的压力相当大。这样一种平凡的生活，说到底也许对我最合适。以后还要生儿育女，这样我就是一个到处可见的索然无味的妈妈了。弄不好连你都不愿再理我了。环的声音总是那么明朗，没有理由怀疑她口中说出的话。那太好啦。青豆说。她真的以为很好。不祥的预感与其应验，当然不如猜错了好。环大概在心中找到了安居之地吧。青豆猜测。或者说，她努力这样想。

因为再没有可以称作朋友的人了，和环的接触减少以后，青豆的日常生活就变得无聊起来。也无法像从前那样把意识集中在垒球上了。似乎随着环渐渐远离自己的生活，自己对这项竞技的兴趣也逐渐变得淡薄了。青豆已经二十五岁了，仍然是处女。情绪不稳定时，她不时会自慰。这样的生活，她并不觉得特别寂寞。在个人层面和别人维系深入的交往，对青豆来说是一种痛苦。与其那样，还不如孤独下去。

环自杀，是在三天后就将迎来二十六岁生日的晚秋，一个刮着大风的日子。她在家中自缢身亡。第二天傍晚，出差回来的丈夫发现了。

"家庭内部不存在问题，也从未听她流露过不满。我根本想象不出她自杀的原因。"她丈夫告诉警察。公公婆婆的说法也一样。

但这是谎言。由于丈夫不断施加虐待狂式的暴力，环在肉体和精神上已经伤痕累累。她丈夫的行为已接近偏执，公婆也基本清楚。警察当局也在验尸时看到她的身体状况，对事态有所察觉，但没有公开。也把她丈夫喊去询问，但她的死因明显是自杀，死亡时丈夫又远在北海道出差。所以他没有受到刑事处罚。是环的弟弟后来偷偷把情况告诉青豆的。

从一开始就存在暴力行为，并随着时间流逝越来越严重，执拗而凄惨。但环无法逃离那噩梦般的地方，她对青豆一句都不曾提及此事。因为从一开始她就知道，如果找青豆商量，得到的回答将是什么。现在立刻离开那个家。青豆肯定会这么告诉她。然而，这正是她无法做到的。

自杀前不久，到了生命的最后一刻，环给青豆写了一封长长的信。信的开头写道，自己从一开始就是错的，而青豆从一开始就是对的。她就这样结束了这封信：

> 每天的生活就是地狱。但我无论如何也无法从这个地狱逃脱。因为我不知道逃离这里以后，该去什么地方。我被关在无力感这座恐怖的牢狱里。是我自己主动钻了进来，自己锁上了门，把钥匙扔得远远的。这场婚姻当然是一个错误。正像你说的那样。不过最深刻的问题不在于我丈夫，也不在于婚姻生活，而在于我自己。我感觉到的所有痛苦，都是我应该承受的。不能责怪任何人。你对我来说是唯一的朋友，是我在这个世间唯一能信赖的人。但我已经没有救了。如果可能的话，请永远记住我。要是我们能一直在一起打垒球该多好啊。

青豆读这封信的时候，难受极了，浑身抖个不停。她往环的家里打了好多次电话，但谁都不接，只能接通录音留言。她乘上电车，赶到环位于世田谷奥泽的家。那是一所高墙环绕的大宅院。她按响了门口的对讲电话，仍然没有回应，只有狗在里面吠着。她只好死了心，回去了。青豆当然无法知道，那时环已经断气了。她在楼梯栏杆上拴了条绳子，孤零零地吊在那儿。在寂静无声的房间里，只有电话铃和门铃声空洞地响着。

得知环的死讯，青豆几乎毫不惊讶。一定是大脑的某处已经预料到这样的结局了。也没有悲哀涌上心头。她事务性地应答之后，挂断了电话，坐在椅子上。很久很久，她感觉体内全部的液体似乎都向外流淌出来。许久许久，她都无法从椅子上站起身。她给公司打了个电话，说身体不适请假几天，一直待在家中闭门不出。不吃饭，也不睡觉，连水都几乎不喝。也没去出席葬礼。她感觉自己体内有什么东西砰地被更换了。以此为界，我已经不再是从前那个我了。青豆强烈地断言。

必须制裁那个家伙。青豆下定了决心。不管会发生什么，必须实实在在地给他世界末日。如果不这么做，那家伙肯定还会对其他人干出同样的事来。

青豆花了充足的时间，制订出周密的计划。她拥有充足的知识，知道用锋利的针尖从哪个角度刺入后颈哪个部位，能让人在瞬间猝死。这当然不是人人都能做到的事，青豆却能。必要的是，要磨炼在最短时间内找准这微妙的一点的感觉，以及弄到合适的利器。她凑齐工具，投入时间，制造出一件特殊的器具，形似小巧细长的冰锥。那针尖有如冷酷无情的观念，锋锐，冷峻，尖利。然后她用种种方法精心地反复训练。在自己觉得万无一失之后，才把计划付诸实施。没有踌躇，冷静而准确地，让天国降临到了那个浑蛋头上。她在事后甚至还念诵了祈祷词。那祈祷词几乎是条件反射般脱口而出。

我们在天上的尊主，愿人都尊你的名为圣，愿你的国降临。愿你免我们的罪。愿你为我们谦卑的进步赐福。阿门。

青豆变得周期性地，并且狂热地追求男人的身体，就是在那之后。

第14章 天吾
几乎所有的读者都从未见过的东西

小松和天吾在老地方碰头。新宿站附近的咖啡馆。一杯咖啡当然价格不菲，但座位间的距离较大，交谈时可以不用留意别人的耳朵。空气比较清净，无害的音乐小声流淌。小松照例迟到了二十分钟。小松大概不会准时赴约，天吾则一般不会迟到，这似乎已经成了规律。小松手提皮质公文包，身穿天吾看惯了的粗花呢西服上衣和藏青色Polo衫。

"让你久等了，不好意思。"小松说，但看上去并没有不好意思的样子。似乎要比平时心情愉快，嘴角浮着黎明时分的月牙般的笑容。

天吾只是点点头，什么话也没说。

"一直催促你，不好意思。这事那事的，恐怕很辛苦吧？"小松在对面的座位上坐下，说。

"我不想夸大其词，不过这十天我连自己是死是活都弄不清楚。"天吾答道。

"但你干得非常出色。顺利地得到了深绘里监护人的承诺，小说的改写也大功告成。了不起啊。对远离世俗的你来说，实在是干得好极了。让我刮目相看呀！"

天吾似乎没听见这几句赞美。"我写的关于深绘里背景的报告，您看过了没有？那篇长的。"

"哦，当然看过了。仔细地看过了。该怎么说呢，情况相当复杂。简直像超长篇小说中的一段故事。不过这个先不管，那位戎野老师居然做了深绘里的监护人，我是怎么也没想到啊。世界可真小。那么，关于我，老师有没有说起什么？"

"说起您？"

"是啊，说起我。"

"并没有特别说什么。"

"这可有点奇怪。"小松似乎觉得不可思议，说，"从前我和戎野老师一起工作过，还到他在大学里的研究室拿过稿子呢。不过那是很早以前了，我还是个年轻编辑的时候。"

"大概是因为年代久远，他忘掉了吧。他还向我打听小松先生是个什么样的人呢。"

"不会吧。"小松说着，不快地摇摇头，"不会有这种事。绝无可能。这位老先生可是个过目不忘的人，记忆力好得惊人，何况我们当时谈了那么多话……不过，这事就算了。那可是个不容易对付的老头。根据你的报告，深绘里周围的情形好像相当复杂啊。"

"岂止是复杂，我们可是不折不扣地抱着颗大炸弹呢。深绘里在每层意义上都不是个普通人，并不只是个十七岁的美少女。她有阅读障碍症，不能正常读书，也写不了文章。好像受过某种心灵创伤，丧失了与之相关的部分记忆。她在一个公社一样的地方长大，连学也没有正经上过。父亲是左翼革命组织的领袖，尽管是间接的，却好像和涉及'黎明'的那次枪战事件也有些瓜葛。收养她的又是昔日的著名文化人类学家。如果小说真成了话题，媒体只怕会一拥而上，追根究底地挖出种种诱人的事实来。咱们就得吃不了兜着走呀。"

"嗯，只怕会像把地狱的锅盖揭开一样，天下大乱啊。"小松说，但嘴角的笑容并未消失。

"那么，要中止这个计划吗？"

"中止？"

"事情大得过分了。太危险。还是把小说文稿换成原来那份吧。"

"事情可没有那么简单啊。由你改写的《空气蛹》已经送到印刷厂，这会儿正在印小样呢。一印出来，就会立刻送到总编辑、出版部长和四位评审委员手中。事到如今，已经没办法去告诉他们：'对不起，那是个错误。你们就当没看过，把稿子还给我吧。'"

天吾长叹一声。

"没办法。时光不可能倒流。"小松说，然后把一根万宝路叼在口中，眯起眼睛，用店里的火柴点上火，"接下去的事由我来仔细考虑，你就不用多想了。就算《空气蛹》获奖，我们也尽量不让深绘里抛头露面。只要巧妙地把她塑造成一个不愿在公众面前曝光的神秘少女作家就行了。我作为责任编辑，将充当她的发言人。在这种情况下该如何处理，我都知道，不会有问题。"

"我并不是怀疑您的能力，但是深绘里和那些满街晃悠的普通女孩可不一样。她不是那种任人摆布的类型。只要她拿定了主意，不管别人说什么，她都会我行我素。对于不合心意的话，根本听不进。事情可不会那么简单。"

小松不说话，在手中把火柴盒翻来倒去。

"不过啊，天吾君，不管怎么说，反正事已至此，咱们只能下定决心这样走下去。首先，你改写的《空气蛹》精彩极了，远远超过了预期，几乎完美无缺。毫无疑问，肯定会夺得新人奖，占尽话题。事到如今，已经不能再把它埋没了。要我说的话，如果再这么做，简直就是犯罪。刚才我也说了，计划正在不断向前推进。"

"犯罪？"天吾注视着小松的脸说。

"有这样一句话。"小松说，"'一切艺术，一切希求，以及一切行动与探索，都可以看作是以某种善为目标。因此，可以从事物追求的目标出发，来正确地界定善。'"

"这是什么？"

"亚里士多德呀。《尼各马可伦理学》。你读没读过亚里士多德？"

"几乎没有。"

"可以读一读。我相信，你肯定会喜欢上他。我每当没书可读，就读希腊哲学。百读不厌。总能从中学到些东西。"

"这段引用的要点何在？"

"事物归结到底就是善。善就是一切的归结。把怀疑留给明天吧。"小松说，"这就是要点。"

"亚里士多德对希特勒屠杀犹太人是怎么说的？"

小松把月牙般的笑容刻得更深。"亚里士多德在这里谈论的主要是艺术、学问和工艺。"

和小松交往的时间绝不算短，其间天吾既看到了他表层的一面，也看到了他深层的一面。小松在同行中是个独来独往的人，看上去始终任性而为。许多人也让这外表欺瞒了。但只要把握来龙去脉，就会明白他的一举一动都经过精密算计。比作象棋的话，就是预先看准了好几着。他的确喜欢出奇制胜，但总是在万全之处画好一条界线，小心翼翼地绝不越过一步。不妨说这是神经质的性格。他的诸多无赖言行其实只是表面的演技罢了。

小松在自己身上小心地加了好几道保险。比如说他在某报的晚刊上撰写每周一次的文艺专栏，对众多作家或褒或贬。贬损的文章写得相当刻薄，写这类文章是他的拿手好戏。虽然是匿名文章，可业内人士都清楚是谁执笔。当然，喜欢让别人在报纸上大写自己坏话的人，大概不会有。所以作家们都留心尽量不得罪小松，他来为杂志约稿时，都尽量不拒绝，至少是几次中必有一次痛快答应。不然，天知道他在专栏中会写出什么来！

天吾对小松这种算计太精明之处喜欢不起来。此人一方面打心里瞧不起文坛，一方面又对其体制巧加利用。小松拥有一名优秀编辑的直觉，对天吾也十分看重，而且他关于小说写作的忠告大多恳切而宝贵，但天吾和小松交往时还是注意保持一定的距离。万一走得太近，冒失地陷得太深却让他抽掉脚底的梯子，可不是闹着玩的。在这层意义上，天吾自己也是个小心的人。

"刚才我也说了，你对《空气蛹》的改写几乎完美无缺。实在厉害。"小松继续说，"但是有一处，仅仅只有一处，如果可能的话，我想请你重新写一遍。不用现在就动手。新人奖的水平，现在这样就足够了。等得了奖以后，要拿到杂志上发表时，再动手改写就行。"

"什么地方？"

"在小小人做好了空气蛹时，月亮变成了两个。少女抬头望天，天上浮现出两个月亮。你还记得这个部分吗？"

"当然记得。"

"要提意见的话，我觉得对这两个月亮的描述还不够充分，描绘得不足。最好能描写得更加细腻具体一些。我的要求就这么一点。"

"的确，那段描写也许有些平淡。但我不愿加进太多的解释，怕破坏了深绘里原文的流向。"

小松举起了夹着香烟的手。"天吾君，你这么想想：只浮着一个月亮的天空，读者已经看过了太多次。是不是？可是天上并排浮现出两个月亮，这光景他们肯定没有亲眼看过。当你把一种几乎所有的读者都从未见过的东西写进小说里，尽量详细而准确的描写就必不可缺。可以省略，或者说必须省略的，是几乎所有的读者都亲眼见过的东西。"

"我明白了。"天吾说。小松的主张确实合情合理。"我把两个月亮出来的那一段，描写得更加细腻些。"

"很好。这样就完美无缺了。"小松说，然后把香烟摁灭，"其余的没有任何可批评的。"

"我很高兴自己写的东西得到小松先生的表扬，不过这一次我高兴不起来。"天吾说。

"你正在迅速成长。"小松一字一顿地缓缓说道，"作为写手、作为作家，你正在成长。你不妨为此高兴。通过对《空气蛹》的改写，关于小说，你肯定学到了许多东西。下一次你写作自己的小说时，这肯定会大大地起作用。"

"如果还有下一次的话。"

小松微微一笑。"不必担心。你做了应该做的事情。现在该我出场了。你只要退出场外，悠闲地观看比赛的进行就可以了。"

女服务生走过来，给杯子里添了冷水。天吾拿起来喝了半杯。喝下去才想起来，其实自己并不想喝水。

"人的灵魂是由理性、意志和情欲构成的。说这话的是亚里士多德吗？"天吾问。

"那是柏拉图。亚里士多德和柏拉图完全不同，举个例子来说，就像梅尔·托美[1]和平·克劳斯贝[2]的区别一样。总而言之，从前万事万物都更为简单啊。"小松说，"想象一下理性、意志和情欲举行会议，

---

[1] Mel Tormé（1925－1999），美国歌手、爵士乐巨匠。
[2] Bing Crosby（1904－1977），美国歌手、演员。

围着桌子热心讨论的情形，不是很有趣吗？"

"至于谁毫无胜算，大致可以预测。"

"关于你，我深感兴趣的，"小松把食指举向天空，"就是这幽默感。"

这可不是什么幽默。天吾心想。但他没说出口。

天吾与小松分手后，走进纪伊国屋书店，买了几本书，在附近的酒吧里一面喝着啤酒，一面阅读新买的书。这是所有的时间中，他感觉最为放松的时刻。从书店里买来新书，走进街头的酒馆，一只手端着饮料，翻开书本读下去。

但这天晚上不知为何总是无法集中精神读书。总是在幻影中看到的母亲的身影，依稀地浮现在他眼前，怎么也不消失。她解开白色衬裙的肩带，露出形状美丽的乳房，让男人吸吮乳头。那个男人不是父亲，更为高大年轻，容貌也很端正。婴儿床上，还是幼儿的天吾闭着眼睛，正呼呼大睡。母亲的乳头被男人吸吮着，脸上浮出忘情的神色。那和他年长的女友迎来性高潮时的表情很相似。

天吾从前出于好奇心，曾经请求过她。我说，你能不能穿一次白色衬裙给我看看？他问。"行啊。"她笑着回答，"下次我就穿，只要你喜欢。还有其他要求吗？什么我都答应你，别不好意思，只管说出来。"

"可能的话，衬衣最好也穿白色的。越简单越好。"

上个星期，她穿着白衬衣白衬裙来了。他脱去她的衬衣，解开衬裙的肩带，吸吮那下面的乳头，和在幻影中出现的男人相同的姿势、相同的角度。那时有种轻微的晕眩感。脑子里仿佛朦胧地升起了雾，神志变得模糊不清，下半身生出沉重的感觉，并急速地膨胀开。回过神来，他浑身颤抖，正在猛烈地射精。

"我说，这是怎么了？已经射出来了？"她惊愕地问。

天吾不清楚究竟发生了什么。但他把精液射在了她衬裙的腰部。

"对不起。"天吾道歉说，"我不是有意的。"

"你不用道歉。"女朋友鼓励天吾说，"这东西只要用自来水冲一下就洗掉了。不就是这东西吗？如果是弄上酱油或红葡萄酒，倒不大容易洗呢。"

她脱掉衬裙，到卫生间去搓洗沾上精液的地方。然后把它晾在了悬挂浴帘的横杆上。

"是不是太刺激了？"她问道，温柔地微笑着，然后用手掌缓缓地抚摸天吾的腹部，"你喜欢白色衬裙嘛，天吾君。"

"也不是。"天吾说。但他无法解释自己提出这种要求的真正理由。

"如果你喜欢这类妄想，不论是什么，告诉阿姐就行。阿姐一定尽力帮忙。其实我最喜欢妄想了。人要是没有或多或少的妄想，就没法活下去了。你说是不是？嗯，下次还要我穿白色衬裙吗？"

天吾摇摇头。"不了。一次就够。谢谢你。"

在幻影里出现的吸吮母亲乳头的年轻男人，会不会就是自己生物学上的父亲？天吾常常这么想。因为这个算作父亲的人——NHK的优秀收款员——和天吾在任何方面都毫无相像之处。天吾身材高大，体格健壮，额头宽，鼻子细，耳朵呈圆形，皱巴巴的。父亲则又矮又胖，其貌不扬，额头狭窄，鼻子扁平，耳朵尖得像马耳一般。整张脸的造型可说几乎和天吾形成绝妙的对比。天吾这张脸庞称得上悠闲自得、落落大方，父亲则长着一张神经质的、总让人觉得吝啬的面孔。很多人看到他们两个，都说不像父子。

但父亲让天吾深深地感到疏离的，倒不是外貌，而是精神上的资质和倾向。在父亲身上根本看不到可称为求知欲的东西。的确，父亲没有受过充分的教育，他出身贫寒，没有余裕在体内构建系统的智力体系。对这样的境遇，天吾也在某种程度上觉得同情。即便如此，希望获得普通水平的知识的基本愿望——天吾觉得这恐怕多少是人的自然欲望——在这个男人身上却过于淡泊。生存必需的实践性的智慧倒是相应地发挥着作用，但努力提高与深化自己、盼望了解更为辽阔远大的世界，这种姿态在他身上却丝毫找不到。

他在狭窄的世界里，严守狭隘的规则，辛苦地度日。对那空间的狭小和空气的污浊，他似乎不觉得痛苦。也从没见过他在家中读书，连报纸都没订阅过（他说只要看看 NHK 的整点新闻就足够了）。对音乐和电影也不感兴趣，甚至从未出去旅行过。如果说对什么东西稍微抱有兴趣，就是他负责的那条收款线路。他画了一张那片地区的地图，用各种颜色的笔做上记号，一有空就拿出来研究，像生物学家区分染色体一般。

相比之下，天吾从小就被视为数学神童，算术成绩出类拔萃，小学三年级时就能解高中的数学题。至于其他学科，他也根本不必拼命努力，就能成绩超群。只要有时间，他就不停地读书。好奇心旺盛，就像挖土机掘土一般，效率极高地将各类知识逐一吸收。所以每次看见父亲那种样子，他就怎么也不能理解为何这个狭隘而无教养的男人的遗传因子，居然在生物学上占据了自己这个存在至少一半。

自己真正的父亲肯定另有其人，这是少年时代的天吾得出的结论。自己是因为某种机缘，由这个自称是父亲、其实毫无血缘关系的男人一手养大的。就像狄更斯的小说里那些不幸的孩子一样。

这个可能性对少年时代的天吾来说，既是噩梦，也是极大的希望。他贪婪地阅读狄更斯的小说。第一本读的是《雾都孤儿》，从那以后他就迷上了狄更斯，把图书馆收藏的狄更斯作品几乎全部熟读。他一面畅游在这样的故事世界里，一面沉湎于对自己身世的种种想象中。

这种想象（或说妄想）在他的脑海中越变越长，越变越复杂。尽管类型只有一个，却生出了无数变奏。总之，自己原本的位置并非这里。天吾告诉自己。我是被错误地关在一个错误的牢笼里。有朝一日，真正的父母肯定会在偶然但正确的引导下来找我，把我从这狭窄痛苦的丑恶牢笼中解救出去，带回原本属于我的地方。于是我将获得美丽、和平、自由的星期天。

天吾在学校成绩优异，父亲十分高兴，为这件事得意扬扬，还在邻居中炫耀。但同时也看得出，他似乎在内心某个角落对儿子的聪明和才华感到无趣。天吾伏案学习时，他经常故意进行干扰。不是命令他去做家务，就是找出些琐碎的小事，絮絮叨叨地埋怨个不停。埋怨的内容常常相同。自己做收款员得怎样不时忍受辱骂，日复一日地走街串巷，不辞劳苦地工作；相比之下你又是怎样轻松自在，过着幸福的生活；自己像你这么大的时候，怎样在家中被奴役，一有大小事就要饱受父亲和兄长的铁拳；怎样吃不饱穿不暖，被当作牲口一般；不能因为你在学校的成绩还不错就神气。如此种种，父亲啰啰唆唆地数落个没完。

这个人也许在嫉妒我。从某个时刻起，天吾这么想。对我的资质或处境，这人大概非常嫉妒吧。但父亲居然嫉妒自己的亲生儿子，这样的事难道真会发生吗？当然，身为孩子的天吾无法做出这样难的判断。但他不可能感受不到父亲在言谈举止中流露出的某种狭隘浅薄，在生理上觉得无法忍受。不，并不只是嫉妒，这人是憎恨儿子身上的某种东西。天吾经常这样感觉。父亲并不是憎恨天吾这个人，而是憎恨蕴藏在他身上的某种东西，觉得它无法容忍。

数学给了天吾有效的逃避手段。躲进计算公式的世界中，就能逃脱现实这个烦扰的世界。只要把脑子里的开关转到 ON，自己就能轻易地转移到那一侧的世界里——他还很小的时候就发现了这个事实。而且只要在那个无边无际、富于条理的领域中探索与徘徊，他便是彻底自由的。他顺着巨大建筑中曲折的走廊前进，依次打开编好门牌号码的门扉。每当有新的光景呈现在眼前，留在现实世界的丑陋痕迹就会变得淡薄，干脆地消逝。由计算公式主宰的世界，对他来说是合法的、并且绝对安全的藏身之地。天吾比谁都正确地理解这个世界的地理环境，能够准确地选择正确的道路。谁也无法追上来。逗留在那一侧的世界里，就能把现实世界强加给他的规则和重负干净地忘却，彻底地忽略。

数学是一座壮丽的虚拟建筑，与之相对，由狄更斯代表的故事世界，对天吾来说则像一座幽深的魔法森林。数学从不间断地向着天上延伸，与之相对照，森林却在他的眼底无言地扩展。它黑暗而牢固的根，深深地布满地下。那里没有地图，也没有编好门牌号码的门扉。

从小学到初中，他忘情地沉浸在数学世界里。因为那种明快和彻底的自由最有魅力，而且在他的生存中不可缺少。但从进入青春期开始，他越来越觉得只有这些怕还不够。在造访数学世界期间毫无问题，一切都称心如意，没有任何东西从中作梗。但一旦离开那里返回现实世界（他不能不回来），他置身的仍然是那个和原来完全一样的悲惨牢笼。情况没有得到丝毫改善，甚至让人觉得枷锁更为沉重。既然如此，数学究竟起了什么作用？难道只是一时的逃避手段吗？难道只是反而让现实情况更加恶化吗？

随着这个疑问不断膨胀，天吾开始有意识地在自己和数学世界之间设置距离。同时，故事的森林开始强烈地吸引他的心。当然，读小说也是一种逃避。一旦合上书页，又不得不返回现实世界。但有一次，天吾发现从小说世界返回现实世界时，可以不用体会从数学世界返回时那种严重的挫折感。这是为什么？他进行了深刻的思考，很快得出一个结论。在故事森林里，无论事物的关联性变得何等明确，大概也不会给你一个明快的解答。这就是它和数学的差异。故事的使命，说得笼统些，就是把一个问题置换成另一种形态。并根据这种置换的性质与方向的不同，以故事性来暗示解答的形式。天吾就带着这暗示，返回现实世界。这就像写着无法理解的咒文的纸片，有时缺乏条理性，不能立刻就起作用，但它蕴含着可能性。自己有一天也许能破解这咒文。这种可能性从纵深处一点点温暖他的心。

随着年龄增长，这种故事性的暗示越来越吸引天吾的兴致。数学在长大成人后的今天，对他来说仍然是极大的喜悦之一。他在补习学校里向学生们讲授数学时，和孩童时代一样的喜悦便会自然涌上心头。他愿意和别人分享这种观念自由的喜悦。这是非常美好的事。但天吾如今无法让自己完全沉浸在计算公式主宰的世界里了。他明白，无论在那个世界里探索多远，也不可能找到要找的解答。

天吾在小学五年级时，经过深思熟虑之后，向父亲发出了宣言。

星期天，我不愿再像从前那样，跟着爸爸一起去收 NHK 的视听费了。我想用这个时间学习，想看书，还想出去玩。就像爸爸您有自己的工作要做一样，我也有自己应该做的事。我想和其他小朋友一样，过正常的普通生活。

天吾就说了这些。简短，但条理清晰。

不用说，父亲勃然大怒。不管别人家怎样，那和咱们家没关系！咱们家有咱们家的做法。父亲说。什么正常的普通生活！不许你胡说八道！你知道什么叫正常的普通生活？天吾没有反驳，始终沉默不语。他从一开始就知道说什么都是白说。这样也行。父亲说。不听爸爸的话的人，爸爸没有饭给他吃。给我滚出去！

天吾依照父亲说的，收拾好行李离开了家。他本来就下了决心，无论父亲如何怒不可遏，如何咆哮如雷，甚至动手打人（实际上并未动手），他也一点都不害怕。得到可以离开牢笼的许可，他甚至深感庆幸。

话虽如此，他毕竟只是个十岁的孩子，还没有办法自己生活。无奈，只好在下课后把自己目前的情况，老实地告诉了班主任老师。他对老师说，自己今天就无处过夜了，而星期天跟着父亲走街串巷去收NHK的视听费，对自己来说是多么沉重的心灵负担。班主任老师是个三十五六岁的单身女子，说不上美丽，还戴着一副式样难看的厚眼镜，为人却公正善良。她体格矮小，平时少言寡语，十分文雅，其实有点性急，一旦发起火来就像变了个人，无人能阻止。人们都对这种落差哑然失色，天吾却很喜欢这个老师。即使她发怒，天吾也不觉得可怕。

她听了天吾的话，对天吾的心情表示理解和同情。这天晚上，她让天吾在自己家里留宿，在客厅的沙发上铺了一条毛毯，叫他睡在上面。还给他做了早饭。第二天傍晚，她陪着天吾去见父亲，进行了一次长谈。

天吾被要求回避，因此不清楚他们谈了些什么。总而言之，父亲不得不停战。无论怎么发怒，总不能让一个十岁的孩子流落街头。法律规定父母有抚养孩子的义务。

谈判的结果，天吾可以按照自己喜欢的方式度过星期天。上午得做家务，其余的时间做什么都可以。这是天吾有生以来头一次从父亲手中赢得的有形的权利。父亲忿忿不已，很长一段时间不理睬天吾，但这对天吾来说无关紧要。他赢得了远为重要的东西。这是迈向自由和自立的第一步。

小学毕业以后，很久都没见过那位班主任老师。如果出席偶尔寄来通知的同窗会，倒可以见到老师，但天吾无意在那种聚会上露面。因为那所小学几乎没有留给他任何快乐的回忆，尽管如此，他还是常常想起那位女教师。要知道她不仅留自己在家睡了一夜，还说服了顽固不化的父亲。不可能轻易忘怀。

与她再度相遇，是在高二。天吾当时属于柔道队，由于小腿负伤，大概有两个月不能参加比赛，他便被管乐队借去，临时充当打击乐手。因为眼看大赛在即，原来的两位打击乐手却一个忽然转校，另一个又染上重感冒，急需援军解脱困境，只要能拿得起两根鼓槌，是谁都行。纯属偶然，因腿伤无所事事的天吾被音乐教师一眼看中，在老师开出了提供丰盛的伙食、期末小论文轻松过关的条件后，他便被赶去练习演奏了。

天吾从来没有演奏过打击乐，也没有产生过兴趣，但实际动手一试，竟然和他头脑的资质惊人地相合。先把时间分割成细小的片段，再把它们组装起来，转换成有效的音列，这样的做法让他感到由衷的喜悦。所有的音都变成了可视的图式，在脑海中浮现出来。就像海绵吸水一般，他理解了形形色色的打击乐体系。经音乐老师介绍，他去了一个在交响乐团担任打击乐演奏者的人家里，接受定音鼓演奏的入门指导。经过几小时的授课，他大致掌握了这种乐器的构造和演奏方法。因为乐谱和计算公式相似，掌握读谱方法并不困难。

音乐教师发现了他的优秀音乐才能，感到惊喜。你好像生来就拥有复合节奏感，音感也极佳，如果继续进行专业学习，也许可以成为职业演奏家。老师说。

定音鼓是一种复杂的乐器，具有独特的深度和说服力，在音的组合上隐含着无限的可能性。他们当时练习的，是从雅纳切克的《小交响曲》中抽出几个乐章、专为吹奏乐演奏改编的曲子，在高中管乐大赛上作为"自选曲"演奏。雅纳切克的《小交响曲》对高中生来说，是支很难演奏的曲子。在开篇的鼓号曲部分，定音鼓纵情施展。管乐队的指导老师——那位音乐教师——就是考虑到自己拥有优秀的打击乐手，才选定这支曲目，谁知道由于刚才提到的理由，打击乐手忽然没了，便一筹莫展。所以作为替补，天吾要承担的责任极其重大。但他没有感到丝毫压力，而是发自内心地在享受演奏。

大赛顺利结束后（虽然未能夺冠，名次也很靠前），那位女教师来找他，称赞他演奏出色。

"我一眼就认出来是天吾君。"那位身材小巧的老师（天吾想不起她的名字了）说，"我想，这定音鼓演奏得真好。仔细一看，真是天吾君。虽然你比从前长得更高大了，可我一看到你的脸，立刻就认出来了。你什么时候开始学音乐的？"

天吾把前因后果简单地说了一遍，她听了感叹不已："你真是多才多艺啊！"

"柔道对我更轻松一些。"天吾笑着说。

"对了，你爸爸好吗？"她问。

"很好。"天吾回答。但这是随口说说。父亲好还是不好，这个问题他不知道，也不是特别想知道。这时他已经离开了家，住在学生宿舍里，甚至很久不曾跟父亲交谈了。

"老师您怎么会到这种地方来？"天吾问。

"我侄女在另外一所高中的管乐队里吹单簧管，这次担任独奏，叫我来听听。"她答道，"你以后还会继续搞音乐吗？"

"等腿好了，我还回去练柔道。不管怎么说，练柔道不愁吃不上饭。我们学校非常重视柔道，有宿舍住，还每天包三顿饭。管乐队就没这些好处了。"

"你想尽量不依靠爸爸照顾，是不是？"

"因为他是那种人嘛。"天吾答道。

女教师微笑。"不过太可惜啦。你原本这么有音乐才华。"

天吾重新俯视着这位身材矮小的女教师，想起了在她家里留宿的情形，脑海中浮现出她那间非常实用的整洁房间，蕾丝窗帘和几株盆栽植物，熨衣板和读了一半的书，挂在墙上的小小的粉红连衣裙，他在上面睡过一夜的沙发的气味。此时此刻，他发现她站在自己面前，简直像个年轻姑娘一样忸怩，也再次认识到自己已不再是那个仅有十岁的无力少年，而是一个十七岁的高大青年了。胸脯厚实，胡须也长了出来，还有难以应付的旺盛性欲。而他和年长的女性在一起时，就奇妙地会觉得安心。

"见到你太好啦。"这位老师说。

"我也很高兴见到您。"天吾回答。这是他的真实心情。但他怎么也想不起她的名字。

第15章 青豆
像给气球装上锚一样牢固

青豆对每天的饮食十分注意。蔬菜是她自己动手做的一日三餐的中心，再加上鱼类，主要是白肉鱼。肉类则只限于偶尔吃点鸡肉。食材只选择新鲜的，调味料的用量控制在最低限度。脂肪多的一律排除，碳水化合物控制在适量范围。吃沙拉时不用现成的调味酱，只浇上点橄榄油、盐和柠檬汁。不只是多吃蔬菜，还仔细研究营养，注意把各种蔬菜均衡搭配着食用。她制订出自己独特的菜谱，在体育俱乐部里也不时应邀进行指导。她的口头禅是：别去计算什么卡路里！只要掌握了正确选食、适量进餐的感觉，数字之类的无须介意。

但她并非一味死抱着这种禁欲主义式的菜谱不放，怎么都忍不住的时候，她也会闯进餐馆里要上一份厚厚的牛排或小羊排。她认为，如果嘴巴偶尔馋得难以忍耐，一定是身体出于某种理由需求那种食物，正在发送信号。她则听从自然的呼唤。

她喜欢喝葡萄酒和清酒，但是为了保护肝脏，也为了控制糖分，她注意不过度饮酒，每周规定有三天不喝酒精饮料。只有肉体对青豆来说才是圣洁的神殿，必须保持纯净，不沾一星尘埃，不染一丝污迹。

至于那里祭祀什么，是另外的问题，不妨留到以后思考。

她的肉体现在还没有生出赘肉，长出的只有肌肉。她每天都要一丝不挂地站在镜子前，仔细地确认这个事实。她并非痴迷自己的躯体，不如说正相反。乳房不够大，左右还不对称。阴毛长得像被前进的步兵方阵践踏过的草丛。她每次看到自己的身体，就不由得皱起眉。不过毕竟一点赘肉也没有，想用手指捏起多余的肉来都不可能。

青豆过着节俭的生活。她最有意地花钱的是饮食，毫不吝惜在食材上的花费，葡萄酒也只喝上等的。偶尔外出用餐，总是挑选烹调慎重而考究的店。但除此以外，她几乎对一切事物都不关心。

对服装、化妆品和首饰，也几乎不关注。去体育俱乐部上班，牛仔裤和羊毛衫这种随意的装扮便足够了。反正一踏进俱乐部的大门，就得一身运动衣对付一整天。自然也不戴首饰。而且她几乎没有刻意盛装打扮外出的机会。没有情人，也没有和别人约会的机会。大冢环结婚以后，连一起吃顿饭的女朋友也没有了。为了寻找一夜情，也相应地化妆，打扮得时尚些，但那一个月最多一次，不用很多衣服。

需要时，去青山的时装店逛逛，买一套"杀手装"，再配上一两件合适的首饰，买一双高跟鞋，就好了。平日的她，总是穿一双平底鞋，头发拢在脑后梳成一束。用肥皂仔细地洗脸后，只抹一点面霜，皮肤就总能光润夺目。只要有一个清洁健康的身体，就别无奢求。

她从小时候起，就习惯没有装饰的简朴生活。禁欲和节制，是她刚懂事时最先被灌输到脑中的东西。家里没有任何多余的东西。"可惜"两字，在她家是用得最为频繁的字眼。没有电视机，连报纸也不订——在她家里，连讯息都是没有必要的东西。肉和鱼很少上桌，青豆主要依靠学校提供的免费午餐补充成长需要的营养。同学们都说

"难吃"，把午餐剩下来，但她甚至连别人那份午餐都想拿来吃下去。

身上穿的总是别人的旧衣服。信徒团体中有这种处理衣物的交换会。因此除了学校指定的体操服，父母从未给她买过新衣服，她也从不记得自己穿过合身得体的衣服和鞋子。颜色和图案的搭配也糟糕透顶。如果因为家境贫寒不得不过这样的生活，则另当别论，但青豆家并不贫穷。父亲是工程师，收入和储蓄都不在世间的平均水平之下。他们完全是为了主义，才选择过着这样极其简朴的生活。

总之，她的生活和周围的普通孩子相差太悬殊，因此有很久她连一个朋友都没有。没有和同学们一起外出时穿的衣服，大概也没有外出的余裕。她从来没有领过零花钱，如果被请去参加别人的生日派对（不知是幸运还是不幸，这样的事从未发生过），她连一件小小的礼物也买不起。

因此她憎恨父母，对父母所属的那个世界和思想深恶痛绝。她想要的，是和其他人相同的普通的生活。她不希望奢侈，只要极其普通平常的生活就行了。只要能这样，别的我都不要，她想。她盼望自己尽快长大，离开父母，按照自己的心意一个人生活。想吃什么吃什么，想吃多少吃多少。钱包里的钱可以自由地花。穿着喜欢的衣服，穿着合脚的鞋子，去想去的地方。结交好多朋友，彼此交换包装美丽的礼物。

但长大成人后的青豆发现了一个事实：最让自己心绪宁静的，还是过着禁欲而节制的生活。她最渴望的，不是打扮得漂漂亮亮和什么人外出游玩，竟是穿着一套运动衣，在自己的房间里独自待着。

环死后，青豆从运动饮料公司辞职，搬出住了多年的宿舍，在自由之丘租了一套一室一厅、厨卫俱全的公寓。虽然不算大，看上去却空荡荡的。厨房用具虽然齐全，家具却只有最低限度的几件，财物也很少。她虽然喜欢读书，但是一读完就卖给旧书店。也喜欢听音乐，但并不收集唱片。不管是什么东西，自己拥有的财物在眼前不断地积聚，对她来说是一种痛苦。每次在商店里购物，她都会产生罪恶感。心想这种东西其实不是真的需要。看到家中衣橱里漂亮的衣服和鞋子，她便感到胸痛难受，心情郁闷。这种自由富足的光景，却很有讽刺意味地让青豆想起一无所有、不自由并且贫穷的童年。

人获得自由，究竟意味着什么？青豆常常如此自问。难道就是从一个牢笼里巧妙地逃出来，其实只是置身于另一个更大的牢笼吗？

每当她把指定的男人送往另一个世界，麻布的老夫人就会付给她报酬。那是用纸裹得紧紧的、既不写收款人也不写寄款人住址姓名的成捆现金，放在邮局的私人信箱里。青豆从 Tamaru 手上拿过信箱钥匙，取出里面的东西，再把钥匙还回去。她会把那封得好好的纸包，连内容也不确认就扔进银行里租的保险箱。共有两包这样的东西，如同坚硬的砖块一样，躺在保险箱中。

青豆连每个月的工资都用不完，有一定的积蓄。因此根本不需要这种钱。她在领取最初的报酬时，这样告诉老夫人。

"这不过是一种形式。"老夫人轻声细语地谆谆教导她，"你就当它是例行公事好了，所以你得先收下。如果不缺钱花，你不用它不就行了。要是这么做仍然觉得不高兴，那你匿名捐献给哪家团体也行。如何处理它，完全是你的自由。不过，如果你肯听我一句忠告，我觉得你最好暂时不要动这笔钱，放在哪儿保存起来。"

"可是，我不想借这种事情做金钱交易。"青豆说。

"你的心情我理解。不过，正因为那些恶棍们顺利地迁移了，才不会发生烦人的离婚诉讼，也不会出现争夺监护权的纠纷。也不必整天提心吊胆，担心丈夫会闯上门，把自己的脸打得奇形怪状了。还能拿到人寿保险金，领到遗属养老金。这笔交到你手上的钱，你就当成是她们对你的感谢方式吧。毫无疑问，你做了一件正确的事。但这不该是无偿的行为。你知道是为什么吗？"

"我不太明白。"青豆老实地回答。

"因为你既不是天使，也不是上帝。我清楚你的行动完全出自纯粹的感情，理解你不愿接受金钱的心情。但纯粹无瑕的感情其实是危险的东西。一个活生生的人要抱着这样的东西活下去，可不是一件容易的事。所以你必须像给气球装上锚一样，牢牢地把你这种感情固定在大地上。就是为了这个目的。并非只要目的正确，只要感情纯粹，就可以为所欲为。你懂了吗？"

思考了片刻，青豆点点头。"我不太明白。不过先照您说的做吧。"

老夫人微微一笑，喝了一口香草茶。"别存到银行账户里。万一被税务局发现了，他们恐怕会产生怀疑。就这样把现金扔进在银行租的保险箱好了。到时候会派上用场。"

我会这么做的。青豆答道。

从俱乐部回到家里，正在准备晚餐时，电话铃响了。

"青豆。"一个女人的声音说道。声音稍微有些沙哑，是亚由美。

青豆把听筒贴在耳朵上，伸手把煤气关小，问："怎么样啊？警察的工作顺利吗？"

"一个劲儿开罚单，处理违章停车，被满世界的人厌恶。没有一点男人缘，正在精神抖擞地拼命干活。"

"太好了。"

"我说青豆，你这会儿在干什么呢？"

"在做晚饭。"

"后天你有空吗？我是说傍晚以后。"

"有空是有空，不过我可不打算像上次那样干啦，那方面我要暂时休息几天。"

"嗯。我也一样，暂时不想那样干了。就是最近没见到你，可能的话想和你见面聊一聊。"

青豆沉思了片刻，但无法立刻决定。

"哎，我这会儿正在炒菜呢，"青豆说，"放不开手。你能不能过三十分钟左右，再打个电话来？"

"好啊。那我三十分钟后再给你打。"

青豆挂掉电话，炒完了菜，又做了个绿豆芽味噌汤，和玄米饭一起吃了。罐装啤酒喝了一半，剩下的倒进了洗碗池里。洗完餐具，刚在沙发上坐下休息，亚由美又打来了电话。

"可能的话，想跟你一起吃饭。"亚由美说，"总是一个人，吃起来没意思。"

"你吃饭时总是一个人吗？"

"我住在供应伙食的宿舍里，一直是大家坐在一起吵吵嚷嚷地边聊天边吃饭。但偶尔也想不慌不忙、安安静静地吃一顿美餐。最好是在高雅点的地方。但又不想一个人去。这种心情你能理解吧？"

"当然。"

"可是，我周围没有能在这种时候一起去用餐的伙伴。男的也好，女的也好。他们都喜欢去小酒馆。所以我想，没准青豆可以和我一起去这种地方吃饭。大概让你为难了。"

"一点也不为难。"青豆说，"行啊，咱们去吃一顿高雅的。我也很久没这么做过啦。"

"真的？"亚由美说，"我好开心！"

"你刚才说后天可以，对不对？"

"嗯。第二天我休息。你知道什么好饭店吗？"

青豆报出一家位于乃木坂的法国餐厅。

亚由美听了这个名字倒抽一口气。"青豆啊，那不是一家大名鼎鼎的餐厅吗？我好像在哪份杂志上看到过，说是价位高得不得了，订座得提前两个月呢！凭我的薪水可去不起呀。"

"没问题。那儿的店主兼主厨是我们俱乐部的会员，我是他的私人教练，还在营养价值方面帮他出主意。我打个招呼的话，订座可以优先，价钱也会便宜许多。只不过，位置可能不会太好。"

"我不在乎，就是安排在壁橱里也不要紧。"

"那你可得好好打扮。"青豆说。

挂断电话后，青豆发觉自己对这位年轻的女警察很有好感，略感吃惊。对别人抱有这样的情感，自从大冢环去世以来，这还是第一次。自然，这和自己从前对环的感情完全不同。尽管这样，和对方两个人一起进餐的情况，甚至是觉得一起进餐也不错的念头，都好久没有过了。而且对方居然还是个现役警察！青豆叹了一口气。这世界真是不可思议。

青豆身穿青灰色短袖连衣裙，外面套了件短小的白色毛开衫，脚穿菲拉格慕高跟鞋，戴着耳环和细细的金手镯，平日一直用的挎包放在家中（当然还有冰锥），改拿了一只小小的百家利手袋。亚由美穿了"川久保玲"的朴素黑夹克、大领口的茶色 T 恤、碎花荷叶裙，拿和上次一样的古琦手提包，戴小小的珍珠耳坠，穿茶色低跟鞋。和上次相遇时相比，显得可爱、高雅得多，看不出来她是个警察。

二人在吧台前见面，稍微喝了点含羞草鸡尾酒，然后被领到桌旁。位置还不错。主厨过来了，和青豆寒暄，告诉她葡萄酒是店里赠送的礼物。

"对不起啦，已经开了瓶，少了试饮的量。昨天，有个客人对味道不满，于是给他换了一瓶。其实酒的味道毫无问题。那客人是个著名政治家，在政界号称葡萄酒大家。但实际上几乎对葡萄酒一无所知，不过是为了在众人面前硬充内行，才故意挑剔，张口就说'这瓶勃艮第怎么会有涩味啊'。对这种客人我也无可奈何，只好瞎说：'是啊，说不定是有点涩味。大概是进口商仓库管理上的问题吧。马上给您换一瓶。不过到底是某某先生啊，一品就品出来啦。'又给他拿来一瓶。这么一来不就没事了嘛。当然，这话不能大声说——结账时只要加上一点它的钱就行了。反正他也是花的交际费嘛。但不管怎么说，凡是客人表示不满退回来的东西，本店当然不能再原样拿出来待客啦。"

"拿出来招待我们大概不要紧，是吗？"

主厨眯起一只眼睛。"大概不要紧吧？"

"当然不要紧。"青豆说。

"根本不要紧。"亚由美说。

"这位美丽的女士是你妹妹吧？"主厨问青豆。

"你觉得像吗？"

"脸长得不太像，不过有点这种感觉。"主厨说。

"我的朋友。"青豆说，"她是警察。"

"真的？"主厨露出难以置信的神情，再次看了看亚由美，"是佩枪在街头巡逻的那种吗？"

"还没冲着人开过枪呢。"亚由美说。

"我没说过什么不合时宜的话吧？"主厨说。

亚由美摇摇头。"没有，绝对没有。"

主厨微笑着，把手掌合在胸前。"不管是什么客人，我都可以满怀自信地推荐，这是公认的上佳勃艮第葡萄酒。名门酒厂生产，年份也好，平常最少也要一万元。"

服务生走来，把葡萄酒倒进两人的酒杯里。青豆和亚由美用这酒干杯。酒杯轻轻相碰，发出了天堂里的钟鸣般的声音。

"哎呀，这么好喝的葡萄酒，我生来还是头一次喝呢。"亚由美喝了一口，眯起眼睛说，"到底是什么家伙，居然会对这样的美酒表示不满？"

"不管是什么东西，总会有人对它表示不满的。"青豆说。

然后两个人仔细地看菜单。亚由美用精明能干的律师研读重大合同时的锐利目光，把菜单来来回回看了两遍。有没有漏掉重要之处，会不会藏有巧妙的漏洞。在头脑中研究上面的种种条件和条款，深思它们可能带来的结果。把利益和损失仔细地放在天平上称量。青豆在对面的座位上饶有兴味地看着她这副模样。

"决定了吗？"青豆问。

"大概。"亚由美回答。

"那你吃什么？"

"贻贝汤，三种葱类沙拉，再加上波尔多葡萄酒炖岩手县产小牛脑。你呢？"

"小扁豆汤，春季蔬菜拼盘，还有纸包烤鲛鲽鱼，配玉米粥。和红葡萄酒好像有点不配，不过既然是免费赠送的，就无话可说啦。"

"可不可以跟你交换着吃一点？"

"当然可以。"青豆说，"还有，如果你不介意，冷盘再加一份炸对虾，咱们俩分着吃，好不好？"

"太好了。"亚由美说。

"菜选好了，最好把菜单合起来。"青豆说，"不然服务生永远也不会过来。"

"那倒是。"说着，亚由美恋恋不舍似的合上了菜单，放回桌上。服务生立刻走过来，请两人点菜。

"每一次在餐馆里点完菜，我都觉得自己是不是点错了菜。"服务生离去后，亚由美说，"你怎么样？"

"就算点错了，不过就是一道菜罢了。和人生的错误相比，根本不算什么。"

"当然。"亚由美说，"但对我来说是一件大事。从小时候起我就是这样，总是点完菜就会后悔，'哎呀，要是不点汉堡牛肉饼，而是点油炸虾肉饼多好'之类的。你从小就是这么酷吗？"

"我小时候，家里由于种种原因，根本没有在外面用餐的习惯。从我懂事时起，连一次饭店也没有去过。所以翻看菜单，从里面挑选出喜欢的菜告诉服务生，这样的经验我一直到长大成人为止，从来没有体验过。日复一日，总是人家端上来什么，我就乖乖地吃什么。难吃也好，量少也好，甚至是我讨厌的东西，都没有抱怨的余地。就算现在，说老实话，我还是不论什么东西都不在乎。"

"呵呵，是这样啊。具体情况我不清楚，不过一点也看不出来。我还以为你从小就习惯在这种地方进出呢。"

这一切，都是大冢环为青豆启蒙的。进入高级餐厅后该如何举手投足，如何点菜才不会被轻视，如何点葡萄酒，如何点餐后甜点，如何应对服务生、餐刀、叉、匙的正式用法，这一切，环都了如指掌，并细致地一一教会了青豆。而如何挑选服装、如何佩戴首饰、如何化妆，青豆也都是从环那儿学来的。对青豆来说，一切都是新的发现。环在高级住宅区里的富裕家庭中长大，母亲是个社交家，对礼仪和服饰格外讲究。因此还是个高中生的时候，环就牢牢掌握了这类社会知识，连成人进出的场所，她也敢大模大样地进出了。青豆贪婪地吸收了这些诀窍。如果没有邂逅环这位好老师，青豆大概会成为一个和现在很不相同的人。她甚至常常觉得环依然活着，就潜藏在自己的体内。

亚由美起初多少有些紧张，不过随着葡萄酒下肚，情绪一点点平静下来。

"哎，我有个问题想问问你。"亚由美说，"如果你不愿回答，就不用回答，只是我很想问一问。你不会生气吧？"

"不会。"

"就算问的问题很怪，我也没有恶意，请你相信。我只是好奇心强了点。不过有些人对这种问题会暴跳如雷呢。"

"没关系的。我不会生气。"

"真的？别人嘴上都这么说，结果还是发火了。"

"我这个人特别。所以没关系。"

"那，你小时候有没有男人对你干过怪事？"

青豆摇摇头。"我想没有。怎么了？"

"我只是问问。没有就好。"亚由美说，随后换了话题，"哎，你以前交没交过男朋友？我是说认真地交往那种。"

"没有。"

"一个也没有吗？"

"一个也没有。"青豆回答，然后犹豫地说，"说实在的，我一直到二十六岁都是处女。"

亚由美一时说不出话来。她放下刀叉，用餐巾拭了拭嘴角，然后眯起眼睛盯着青豆的脸打量了一会儿。

"像你这样出色的人吗？真是难以置信啊。"

"我那时对这种事一点兴趣也没有。"

"不感兴趣吗？"

"我只喜欢过一个人。"青豆说，"十岁时我喜欢上了那个人，握了他的手。"

"十岁时喜欢上了一个男孩。仅此而已？"

"仅此而已。"

亚由美拿起刀叉，深思着把对虾切成小段。"那么，那个男孩现在在哪儿？在做什么？"

青豆摇摇头。"我不知道。我们在千叶县市川市上小学三年级和四年级时是同班同学，五年级时我转到了东京，从那以后一次也没见过他，也没听说过他的消息。关于他，我知道的只是，如果他还活着的话今年应该二十九岁，到了秋天恐怕就三十岁了。”

“就是说，他现在在哪儿，在做什么，你并不打算调查，是不是？要调查的话我想并不困难。”

青豆再次干脆地摇摇头。“我不想自己动手调查。”

“奇怪。要是我，肯定会动用各种手段去查明他的地址。既然那么喜欢他，就找到他，当面告诉他你喜欢他，不就行了嘛。”

“我不愿意这样做。”青豆说，“我希望的，是某一天在某个地方偶然遇到他。比如说在路上迎面相遇，或偶然坐在同一辆巴士上。”

“决定命运的邂逅。”

“啊，差不多吧。”青豆说，喝了一口葡萄酒，“到那时，我要明明白白地向他倾诉：我一生中爱的人只有你一个。”

“我觉得呀，这样当然非常浪漫。”亚由美很惊讶似的说，“但是这样重逢的可能性，只怕很低哦。何况已经二十年没见面了，对方的长相也许发生了很大变化，就怕迎面遇上也认不出来呢。”

青豆摇摇头说：“不管容貌怎么变化，我只要看一眼就能认出他来。绝对不会弄错。”

“是这样啊。”

“就是这样。”

“于是你坚信这偶然的重逢必定到来，只是一味地等待这一天。”

“所以我逛街时始终不懈地观察。”

“哦。”亚由美说，“不过，尽管那么喜欢他，倒也不妨碍和别的男人做爱嘛。我说的是二十六岁以后的事。”

青豆想了一下，然后答道：“那些无非是过眼烟云罢了，绝不会留下任何痕迹。”

片刻的沉默。两人集中心思吃饭。然后亚由美开口说："这个问题好像有点冒昧……二十六岁那年，你身上是不是发生了什么？"

青豆点头说："那一年我身上发生了一件事，彻底地改变了我。但现在我不能在这儿告诉你。对不起。"

"没事。"亚由美说，"我好像在刨根问底嘛，没惹你生气吧？"

"绝对没有。"青豆说。

汤送了上来。两个人静静地喝着汤，谈话中断了。两人放下汤匙，等服务生把它撤下去以后，谈话又重新开始。

"不过，你不感到害怕吗？"

"比如说害怕什么？"

"你看啊，说不定你永远也不会遇到他。当然也许真有偶然的重逢。我也觉得这样很好。我真的希望这样。可是作为一个现实的问题，始终未能相逢就结束一生，这样的可能性不是也很大吗？而且，就算能够重逢，他也许已经和别人结婚，也许已经有两个孩子了。对不对？如果是这样，你不是就要一个人度过今后的人生了吗？和这个世上唯一爱着的人始终无法结合。这么一想，你难道不觉得害怕？"

青豆凝望着玻璃杯中红色的葡萄酒。"也许会害怕。但至少我有一个喜欢的人。"

"哪怕对方不喜欢你？"

"孤独一人也没关系，只要能发自内心地爱着一个人，人生就会有救。哪怕不能和他生活在一起。"

亚由美沉思了片刻。服务生走来，给两个人的酒杯斟满葡萄酒。青豆喝了一口，再次感到亚由美说得一点也不错。到底是什么人，居然会对这样的美酒表示不满？

"青豆你好了不起啊，能这样想得开。"

"我倒不是想得开，只是由衷地这么想。"

"我也有个喜欢的人。"亚由美坦白地说,"是高中刚毕业时,我第一次做爱的人,比我大三岁。但他马上和别的女孩子好上了。从那以后,我就开始胡闹,而且相当严重。我已经对这个人死了心,但当时那种胡闹还没有完全复原。他是个脚踏两只船的无赖,十分圆滑。可是,我竟然喜欢上了他!"

青豆点点头。亚由美也端起葡萄酒杯,喝了一口。

"现在这家伙还常常打电话来,约我见面。他的目标当然是我的身体。我心里明白,所以不见他。见了面反正不会有好事。可是,尽管我脑子里很清楚,身体却会产生反应,心里麻酥酥地就想和他睡。这种情况反复几次,就想随心所欲地胡闹一场。这种心情,你能理解吗?"

"能理解。"青豆说。

"这家伙真是个无赖。生性小气,做爱的本事也不高明。可至少这家伙不害怕我,至少在一起的时候非常疼爱我。"

"这种心情是无法选择的。"青豆说,"它是自己闯上门来的,和从菜单上挑选菜肴完全不同。"

"可点错了便后悔不已,两者倒是很像呢。"

两人笑了。

青豆说:"呃,菜单也好男人也好,别的什么也好,我们觉得好像是自己在挑选,实际上我们也许什么也没选。说不定那是从一开始就设定好的,我们只不过是做出挑选的样子。什么自由意志之类的,没准只是我们的想象。我常常这么想。"

"如果是那样,人生可真够黯淡的啊。"

"也许吧。"

"不过,如果能真心爱上一个人,那么不管对方是何等恶劣,哪怕对方并不爱自己,人生也至少不会是地狱,就算多少有点黯淡。"

"没错。"

"不过呀，青豆。"亚由美说，"我想，这个世界啊，既蛮不讲理，又相当缺乏善心。"

"也许是这样。"青豆说，"但事到如今，已经无法更换了。"

"退货期限早就超过了。"亚由美说。

"小票也扔掉了。"

"说得对。"

"但也没关系。这种世界反正转眼间就会完蛋。"青豆说。

"那太好玩了。"

"然后天国就会降临。"

"等不及啦。"亚由美说。

两人吃了甜点，喝了意式浓咖啡，AA制结了账（便宜得惊人）。然后又去附近的酒吧各喝了一杯鸡尾酒。

"哎，青豆，那边那个男人，不是你喜欢的那种类型吗？"

青豆朝那边看了一眼。一个高个子中年男子正坐在吧台的尽头，独自喝着马丁尼。就像成绩优秀、擅长体育的高中生就这样上了年纪，变成了中年人。头发开始变得稀薄，但面容仍然年轻。

"也许是吧，不过今天我不想要男人。"青豆果断地说，"而且这里可是个高级酒吧呢。"

"我知道。只是提一句。"

"下次再说吧。"

亚由美端详着青豆。"你这话的意思，是下次还跟我结伴？我是说，去找男人的时候。"

"行啊。"青豆说，"咱们俩一起干。"

"太好了。我觉得，和你在一起，好像什么都能办到。"

青豆喝的是得其利酒，亚由美则喝汤姆·柯林斯。

"上次在电话里，你说和我模仿过同性恋的样子。"青豆说，"咱们到底干了什么？"

"啊，那个呀。"亚由美说，"也没做什么大不了的。就是为了活跃气氛，稍微比画了两下同性恋的样子。难道你一点都没记住吗？当时你也劲头十足呢。"

"我根本不记得，忘得干干净净。"青豆说。

"反正是咱们俩光着身子，摸摸乳头啦，亲亲那个地方啦……"

"亲了那个地方？"青豆一说出口，慌忙看看四周。因为在安静的酒吧里，她的声音不必要地响。幸运的是，她的话似乎没有传到别人耳朵里。

"只是做做样子，没有用舌头。"

"哎呀。"青豆用手指按住太阳穴，长叹一口气，"真是的，都干了些什么蠢事啊。"

"对不起。"亚由美说。

"没什么。你不用在意。是我自己不好，居然醉成了那样。"

"不过青豆，你那个地方很可爱很好看呀，感觉就像新的一样。"

"你可别说，实际上就是和新的一样嘛。"

"是因为没怎么用过？"

青豆点点头。"对呀。哎，我说你该不会有同性恋倾向吧？"

亚由美摇摇头。"那么干，我还是生来头一次呢，真的。不过我醉得相当厉害，再加上当时心想，反正是和你嘛，试一试也没关系，不过是学样子闹着玩，大概没什么大不了吧。你怎么样呢，在那方面？"

"我也毫无兴趣。但念高中的时候，曾经和要好的女友有过一次类似的经验。本来没打算那样的，结果却变成了那样。"

"这种事情也可能发生。怎么样，当时有感觉了吗？"

"嗯。我想是有感觉。"青豆诚实地回答，"只有那么一次。我觉得不应该这样，以后再也没发生过。"

"你是说同性恋不应该吗？"

"那倒不是。我不是说同性恋不应该，或者不干净。只是说我觉得不该和那位女友成为那样的关系。我不想把宝贵的友情搞成那种赤裸裸的形式。"

"哦。"亚由美说，"青豆，今晚能不能让我在你家里住一个晚上？我不想就这样回宿舍去。只要一回那儿，这种好容易营造出来的优雅气氛一瞬间就会毁掉。"

青豆喝完最后一口得其利酒，把玻璃杯放在了吧台上。"住在我那儿倒没关系，但不许动歪脑筋哦。"

"嗯，好啊。我不是那个意思。只是想和你多待一会儿。让我睡哪儿都行，地板也好哪儿也好，我都能睡着。明天休息，早上也不用早起。"

她们换乘地铁回到了自由之丘的公寓。时钟指向将近十一点。两人都醉意醺醺，很困。青豆在沙发上铺好卧具，借了一套睡衣给亚由美。

"和我一起在床上躺一下好吗？我想和你抱一会儿。不动歪脑筋，我向你保证。"

"行呀。"青豆说。曾经杀过三个男人的女子，竟然和现役警察睡在一张床上！她在心里感叹。世界真是不可思议。

亚由美钻到床上，双臂环抱着青豆的身体，她那结实的乳房贴在了青豆的手臂上。口中的气息混合着酒精和牙膏的气味。

"青豆，你不觉得我的胸太大了吗？"

"没有呀。形状看上去很漂亮。"

"但是，大胸不是让人觉得脑袋笨吗？跑起来左摇右晃，把两只沙拉碗一样的胸罩晾在晾衣竿上，也让人难为情。"

"男人好像喜欢这样的呢。"

"而且乳头也太大了。"

亚由美解开睡衣的纽扣，露出一只乳房，给青豆看乳头。"你瞧瞧，这么大呀。你不觉得怪吗？"

青豆看了看乳头，的确不算小，但她觉得并没大到让人担忧的地步。只比环的乳头大一点点。"这不是很可爱吗？谁和你说太大了？"

"有个男人。说从来没见过这么大的。"

"那人是少见多怪。这么大很普通呀，我的是太小了。"

"我喜欢你的乳房。形状很秀气，让人觉得脑袋聪明。"

"怎么会呢？太小了，形状还左右不一样。所以挑选胸罩时很头疼啊，因为左右的尺寸不同。"

"哦？原来大家都有让人头疼的烦恼啊。"

"是啊。"青豆说，"赶快睡觉吧。"

亚由美向下伸手，要把手放进青豆的睡衣里。青豆抓住她的手，按住不放。

"不行。刚才不是说好的吗？不动歪脑筋。"

"对不起。"亚由美说着，缩回了手，"对了，刚才的确说好了。我准是喝醉了。不过呀，我很崇拜你，简直就像一个傻里傻气的高中女生。"

青豆沉默不语。

"我说啊，你一定是为了留给那个男孩子，才把自己最宝贵的东西珍藏了起来，是不是？"亚由美仿佛耳语般小声说，"这种地方真让我羡慕。有一个可以为他珍藏什么的人。"

也许是那样。青豆心想。可对我来说最宝贵的东西,到底是什么?

"快点睡吧。"青豆说,"我抱着你,直到你睡着。"

"谢谢你。"亚由美说,"对不起,给你添麻烦了。"

"不必道歉。"青豆说,"你没给我添什么麻烦。"

青豆的腋下一直能感觉到亚由美暖暖的呼吸。远方传来狗吠声,有人咣当地关窗户。其间,她一直抚摸着亚由美的头发。

把睡着的亚由美留在床上,青豆爬起来。看来今夜她要睡沙发了。从冰箱中拿出矿泉水,倒进玻璃杯里,喝了两杯。然后走到狭窄的阳台上,坐在铝制椅子上眺望街景。这是个宁静的春夜,从远处的路上,仿佛人工制造的海涛声般的声响乘着微风传来。午夜已过,霓虹灯的光芒也多少减弱了。

我对亚由美这个女孩的确有好感,愿意尽我所能去呵护她。自从环死后,长期以来,我一直打定主意不再和任何人深交,从来没有想过需要新朋友。但面对亚由美,不知为何却能自然地敞开心扉,能在某种程度上坦白自己的心事。但是,她和你完全不同。青豆对着活在自己心中的环倾诉。你是特殊的存在。我可是和你一起长大的呀。任何人都不能和你相比。

青豆把头向后仰,仰视天空。眼睛虽然在眺望天空,她的意识却徘徊在遥远的记忆中。和环一同度过的时间,两人谈过的话,还有两人相互触摸过的身体……然而渐渐地,她发觉此刻眼中的夜空,与平日的夜空有所差异。某种东西和平日不同。有一种细微的但难以否认的不协调感。

这种不同在什么地方?她费了些时间才想到。在想到之后,又费了好一番辛苦才接受了这个事实。因为,视野捕捉到的东西,意识却无法认证。

天空中浮着两个月亮。一个小月亮，和一个大月亮，并排着浮在空中。大的是平常看惯的月亮，接近满月，黄色。但在它旁边，还有另外一个月亮，一个形状不曾看惯的月亮。稍微有些变形，颜色也仿佛长了一层薄薄的苔藓，发绿。这就是她的眼睛捕捉到的东西。

青豆眯起眼睛，集中精神凝望着那两个月亮。然后闭上眼睛，过了一段时间，做了深呼吸，再次睁开。心里期待着一切恢复正常，月亮依然只有一个。但情况完全相同。既不是光线的恶作剧，也不是视力出了毛病。天空中千真万确、明白无误，有两个月亮美丽地并排浮在那里。黄色的月亮，以及绿色的月亮。

青豆想把亚由美喊醒，问问她，是否真有两个月亮在那里。但她改变了主意，作罢了。"这不是理所当然的事情吗？月亮从去年起就变成了两个。"亚由美也许会这么说。但是，说不定她也会这么说："你胡说些什么呀，青豆。我只看见一个月亮嘛。你眼睛是不是出毛病了？"不论是哪一种，我面临的问题都得不到解决，反而只会变得更严重。

青豆用手捂住下半边脸，继续凝望着那两只月亮。确实，有什么事情正在发生。她想。心脏的跳动加速。不是世界出了毛病，就是我自己出了毛病。是瓶子有问题呢，还是盖子有问题？

她回到房间里，锁上玻璃门，拉上帘子。从橱柜中拿出白兰地酒，倒进玻璃杯里。亚由美在床上发出均匀的鼾声。青豆凝望着她，啜饮着白兰地。两肘撑在餐桌上，努力不去思考帘子后面的那些东西。

说不定，她心想，这个世界真的正在走向终结。

"于是天国降临。"青豆小声说出口来。

"等不及了。"某人在某处应道。

第16章　天吾
能让你喜欢，我很高兴

　　花了十天时间改写《空气蛹》，一部崭新的作品总算完成，交给小松之后，平静的日子又回到了天吾身边。每周三天去补习学校教书，和身为有夫之妇的女朋友幽会。另外的时间花在做做家务、散散步、写写自己的小说上。就这样，四月过去了。樱花凋谢，新芽绽放，木莲盛开，季节依照次序推移，时光有条不紊、顺畅无奇地流逝。这才是天吾梦寐以求的生活——一个星期和下一个星期完美地连为一体。

　　但从中可以看出一个变化，一个良好的变化。写作小说之际，天吾发现自己内心生出了新的泉源。并没有大量的泉水喷涌而出，更像岩石间的涓涓细流。尽管水量不多，泉水却滴落不息从无间断。不必急于求成，也不必焦躁不安，只要耐心地等待它积满岩石上的凹坑即可。等到泉水积满，就可以用手掬起。剩下的便是坐在桌前，把手中的东西转换成文章的形式。于是，故事便能自然地向前推进。

　　或许因为经历了聚精会神、心无杂念地改写《空气蛹》的过程，以前阻塞泉源的岩石被清除了。至于为何会这样，天吾自己也不太明白。但这种如释千斤重负的感觉的确存在。他觉得身体变得轻盈，仿佛从狭窄的角落里走了出来，可以自由自在地舒展肢体了。可能是《空气蛹》这部作品，巧妙地刺激了原本就潜藏在心中的某种东西。

天吾猜想是自己心里生出了激情一类的东西。这正是他生来从不记得自己拥有过的东西，是他从高中到大学常被柔道队的教练和学长们批评的东西。"你既有资质，又有力量，训练也刻苦。但是你没有激情。"或许这话没错。不知为何，天吾"非赢不可"的欲望十分淡漠。所以，他能打进半决赛甚至决赛，但在关键的重大比赛中常轻易地败下阵来。不只是柔道，无论做什么事情，天吾都有这种倾向。或许该称为稳重吧，总的来说他欠缺拼搏的姿态。他的小说也同样。文字写得不错，也能编出很有趣的故事，却没有不顾一切地向读者的心灵倾诉的强悍。读完后总会留下"还少点什么"的遗憾。所以尽管进入了最后一轮评审，却得不到新人奖。正像小松指出的那样。

但天吾在改写《空气蛹》之后，有生以来头一次体会到了懊悔之情。在改写过程中，他完全沉湎于这项工作，只管动手，不想别的。但写完原稿交给小松后，深深的无力感袭上心头。这种无力感告一段落后，一种类似愤怒的情绪又从心底涌上来。这是对自己的愤怒。我借用别人的故事，进行和诈骗一样的改写，而且竟远远比写作自己的作品热心。这样一想，天吾便为自己羞愧。难道不是得找出潜藏在自己心中的故事，把它用准确的语言表达出来，才能算一个作家吗？难道你不觉得可悲？这种东西，只要你愿意写，你应该也能写出来呀。难道不是吗？

但他必须证明这一点。

天吾毅然决定把从前写的稿子全部废弃。然后从零开始，写作全新的故事。他闭上眼睛，久久地倾听自己心中那个小泉眼的滴水声。不久，语言自然地浮现出来。天吾把它们一点一滴地花时间整理成文章。

到了五月，久无音讯的小松打来了电话。时间是晚上九点。

"定下来啦！"小松说。从他的声音中能隐约听出一缕兴奋。这对小松来说，可是少见的事情。

起初，天吾未能理解小松在谈什么。"您在说什么？"

"什么'您在说什么'呀！就在刚才，新人奖决定授予《空气蛹》啦。全体评委一致通过，没有任何争论。这也是当然的，作品具备充分的实力嘛。先别说闲话，总之事态有很大进展。到了这个地步，今后咱们俩可就是同生死、共患难了。大家都要好好干啊。"

天吾瞭了一眼墙上的挂历。这么说今天就是召开新人奖评审会的日子。他只顾埋头写作自己的小说，甚至丧失了时间感。

"那么，今后会怎么样呢？我是问日程安排。"天吾说。

"明天，这个消息将在报纸上公布，全国性的报纸一齐报道。弄不好还会刊登照片。十七岁的美少女，凭这一点就足够成为不得了的话题。这话说出来有点那个，比方说，和一个长相像冬眠刚醒的狗熊、年届三十的补习学校数学教师摘取新人奖相比，新闻价值可大不相同啊。"

"一个天上一个地下。"天吾说。

"五月十六日要在新桥的宾馆里举行颁奖仪式。记者见面会就在那里召开。"

"深绘里要出席吗？"

"那总得出席吧，不过仅此一回。新人文学奖的颁奖仪式上，获奖人总不能不露面。只要这一次不出大事，以后咱们就采取彻底的神秘主义。实在抱歉，作者本人不喜欢在公众场合露面。咱们就巧妙地坚守这条底线。这样就不会露出破绽。"

天吾试着想象深绘里在宾馆大厅会见记者的情形。排列成行的麦克风，闪个不停的闪光灯。那景象他想象不出。

"小松先生，您真的打算搞记者见面会？"

"总得搞一次吧，不然说不过去。"

"肯定会出乱子的。"

"所以，不让它出乱子，就是你的使命。"

天吾对着话筒沉默不语。不祥的预感仿佛昏暗的云朵，涌现在地平线上。

"喂，你还在吗？"小松问。

"在啊。"天吾说，"到底是什么意思，我那个使命？"

"哦，就是把记者见面会的提问方向和对策之类的扎实地教会深绘里。这种场合记者提的问题，一般大同小异。所以事先针对可能的提问预备好回答，让她全部背诵下来。你在补习学校教书，对这一套应该很熟悉吧。"

"这也要我去做吗？"

"啊，当然呀。深绘里不知为何对你很信任，你说的话她会听的。这事不能由我来干，因为她现在还不肯见我。"

天吾长叹了一口气。他想尽量和《空气蛹》的问题断绝关系。让他干的事也干完了，接下来他想集中心思做自己的事。但他有预感，只怕不会那么顺利。而不祥的预感应验的概率，总是比好的预感高。

"后天傍晚你有时间吗？"小松问。

"有。"

"六点钟，在新宿那家咖啡馆。深绘里会去那里。"

"我说小松先生，我可干不了这种事。我又不知道记者见面会是怎么回事。那东西我连看都没看过呢。"

"你不是想做小说家吗？想象一下嘛。想象从未见过的东西，不正是作家的分内事吗？"

"可是小松先生，只要改写一下《空气蛹》，别的什么都不必做了，其余的事全交给我，你只要退到场外悠闲地观看比赛的进展就行了。这话不是您说的吗？"

"天吾君啊，我能做到的，我当然乐意自己去做。我也不愿巴巴地央求别人呀。不就是因为我做不了，才拜托你吗？如果比作顺流直下的小船，我这会儿正忙着操舵呢，两手腾不开。这才把船桨交给你。如果你说干不来，只怕小船就要翻，我们全都身败名裂，包括深绘里。你大概也不愿落到这个下场吧？"

天吾再次长叹。为什么自己总是被逼进无法推拒的绝境？"明白了。我会尽力而为，但无法保证一定成功。"

"拜托了。感激不尽啊。要知道深绘里好像抱定了主意，只和你一个人说话。"小松说，"还有一件事。我们要创办一家新公司。"

"公司？"

"事务所，工作室，制作所……叫什么名字都无所谓，总之是处理深绘里著述活动的公司。当然只是一家皮包公司，表面上由公司向深绘里支付报酬。公司代表请戎野老师担任，天吾君你也是这家公司的员工，头衔什么的怎样都无所谓，总之是从这里领取报酬。我也以不公开姓名的形式参与其中。如果有人知道我牵涉在内，可真要成大问题了。咱们就这样分配利益。你只要在文件上盖上几个图章就行了，其余的由我来妥善处理。我的朋友里有手腕高强的律师。"

天吾对此考虑了片刻。"我说小松先生，能不能别把我算在内？我不要报酬。改写《空气蛹》非常快乐，我从中学到了许多东西。深绘里得了新人奖当然是件大好事。我会尽量安排妥当，争取让她安然度过记者见面会。这些事我会做好的。但这件事就到此为止吧，我不想和那个麻烦的公司扯上关系。那么干简直是有组织的诈骗。"

"天吾君，现在已经无法抽身了。"小松说，"有组织的诈骗？你这么一说，也许的确如此。这么叫大概也不是不行。只不过，这种事你可是从一开始就明白呀。我们当初的目的，不就是要制造出一个半虚构的作家深绘里来哄骗世人吗？对不对？其中当然会牵涉金钱，于是需要一个处理这种事情的有效体系。这可不是儿戏。事已至此，你再说什么'太吓人了。我不想和这种事情扯上关系。钱我不要啦'，这种做法可行不通啊。想下船的话，应该早一点，在水流还很平缓的时候就下去。现在已经太晚了。而且创办一个公司，名义上也需要凑足一定人数，现在又不能把毫不知情的人拉进来。无论如何也得请你加盟，整件事都是在把你包含在内的前提下运作的。"

天吾开动脑筋，好主意却一个也没有冒出来。

"我有一个问题。"天吾说，"听您的口气，好像戎野老师准备全面参与这个计划，他好像同意创办这家皮包公司，并且担任代表。"

"老师作为深绘里的监护人，对全部情况都表示同意和理解，并且开了绿灯。上次听了你介绍的情况后，我立刻给戎野老师打了电话。老师当然记得我，他好像只是想从你口中听听对我的评价。他感叹你对人的观察很敏锐。关于我，你对老师都说了些什么？"

"戎野老师参与这个计划，到底能从中得到什么东西？我不认为他是为了金钱才这么做。"

"完全正确。他可不是为这几个微不足道的小钱动心的人。"

"那他为什么要参与这项危险的计划？他会得到好处吗？"

"这个我也不清楚。这是个捉摸不透的人。"

"连小松先生您都捉摸不透的话，他可真是深不可测。"

"是啊。"小松说，"表面上看，不过是个寻常的无辜老人，实际上却是个高深莫测的角色。"

"深绘里对这些知道多少？"

"她对幕后的情况一无所知，也没有知道的必要。深绘里信任戎野老师，对你怀有好感。所以我才请你再次帮忙嘛。"

天吾把听筒换到另一只手上。必须设法追上事态的进展。"可是，戎野老师已经不再是学者了吧？辞去了大学的教职，书也不写了。"

"是啊，已经和做学问斩断关系了。他本来是个优秀的学者，但对学术世界好像没有特别的依恋。他原本就和权威、组织之类的东西不合，更像一个异类。"

"他现在以什么为职业呢？"

"好像是个股票商。"小松说，"如果嫌股票商这个词太旧，就叫投资顾问好了。从别人那儿筹来充足的资金，进行运作，赚取差额利润。他躲在山上，发出买进或抛售的指令。这人悟性高得惊人，擅长分析信息，创造出了一整套自己的体系。开始只是凭兴趣干着玩，后来这竟然成了他的本行。情况据说就是这样。在那一行似乎相当有名。有一点可以断言，他绝不缺钱。"

"文化人类学和股票究竟有什么联系，我实在搞不懂。"

"一般而言是没有的。但对他来说有。"

"而且深不可测。"

"完全正确。"

天吾用手指久久地按着太阳穴，然后放弃了努力，说："我后天傍晚六点，在新宿那家咖啡馆和深绘里见面，和她商量如何应付即将到来的记者见面会。这样行了吧？"

"计划是这样。"小松说，"天吾君啊，这会儿你别把事情想得太复杂。只要顺其自然就好了。这样的事，一生中也难得一遇呀。简直是一个华丽的流浪汉小说的世界。不如横下心，好好地享受一下恶的滋味！享受一下在瀑布中漂流！而且，从瀑布顶上摔下去时，就让咱们俩一起痛痛快快地摔下去吧！"

两天后的傍晚，天吾在新宿的咖啡馆中见到了深绘里。她身穿胸形清晰可辨的夏季薄毛衣，配纤细的蓝色牛仔裤。头发又直又长，皮肤光润。周围的男人不时朝她这边偷瞟。天吾感觉到了这些视线，但深绘里似乎浑然不觉。的确，这样的少女要是摘取了文艺杂志的新人奖，只怕会引起小小的轰动。

深绘里接到了《空气蛹》获得新人奖的通知，已经知道了此事。但她好像并不显得高兴，也没有兴奋的样子。新人奖能不能得到，都无所谓。这是个让人想起夏天的日子，她却要了热可可，而且双手捧着杯子，仿佛无比珍惜似的喝。要举行记者见面会的事，事先没有通知她，但她听后没有任何反应。

"你知道记者见面会是怎么回事吧？"

"记者见面会。"深绘里重复道。

"会有很多报社和杂志社的记者来，向坐在台上的你提出各种各样的问题，还要拍你的照片。弄不好电视台也会来。你们的问答会在全国报道。一个十七岁的女孩获得文艺杂志新人奖是非常罕见的事，在社会上会成为新闻。全体评委一致强烈推举也成了话题，因为这不多见。"

"提问题。"深绘里问。

"他们提问题，你来回答。"

"什么问题。"

"各种各样的问题。关于作品、你自己、私生活、兴趣爱好、今后的计划。如何回答这些问题，最好现在就作准备。"

"为什么。"

"因为这样更安全啊。这样就不至于答不出来，也不会说出招致误解的话。做好一定的准备不会有坏处。就像预先彩排一样。"

深绘里一言不发地喝着可可。然后用一种似乎在说"这种东西我可没兴趣，不过要是你认为有必要的话"的眼神望着天吾。和她的话语相比，她的眼睛有时更为雄辩，至少能说出更多的句子。但不可能只用眼神举行记者见面会。

天吾从提包里拿出纸，摊开，上面写着记者见面会上可能提出的问题。这是天吾前一天晚上花了很久绞尽脑汁做出来的。

"我来提问。你就当我是新闻记者，回答我的问题，好不好？"

深绘里点点头。

"你已经写了很多小说吗？"

"很多。"

"什么时候开始写小说的？"

"很久以前。"

"这样就很好。"天吾说，"简短回答就行。不用说多余的话。这样就很好。就是说，是请阿蓟帮你记录下来的，是吗？"

深绘里点点头。

"但这个你不要说出来。这是我和你两个人的秘密。"

"这个不说出来。"深绘里说。

"你投稿应征新人奖的时候，有没有想到会得奖？"

她微微一笑，没有张口。沉默持续着。

"你是不想回答吗？"天吾问道。

"对。"

"很好。不想回答时，你就沉默不语，微微一笑好了。反正是无聊的问题。"

深绘里再次点点头。

"《空气蛹》的故事，是从什么地方获得灵感的？"

"是从瞎眼山羊身上。"

"'瞎眼山羊'不好。"天吾说，"说'眼睛看不见的山羊'更好。"

"为什么。"

"'瞎眼'是个有歧视意味的词，使用这种词汇，新闻记者中说不定会有人发作轻度心脏病。"

"有歧视意味的词。"

"解释起来话就长了。总之，别说'瞎眼山羊'，改用'眼睛看不见的山羊'，好不好？"

深绘里稍微顿了顿，然后说："从眼睛看不见的山羊身上。"

"很好。"天吾说。

"'瞎眼'不能说。"深绘里确认道。

"对。你刚才的回答非常好。"天吾继续提问，"学校里的同学对你这次得奖，都说了些什么？"

"我不上学。"

"为什么不上学？"

没有回答。

"今后还继续写小说吗？"

还是沉默。

天吾喝光了咖啡，把杯子放回碟子里。从嵌在店堂天花板上的扬声器里，轻轻地传来弦乐器演奏的《音乐之声》插曲。雨点，玫瑰，猫的胡须……

"我回答得不好。"深绘里问。

"没有不好。"天吾说，"没有任何不好。这样很好。"

"太好了。"深绘里说。

天吾的话是真心的。虽然一次只说出一个句子，虽然缺少标点符号，但她的回答在某种意义上是完美无缺的。最令人满意的，是她回答迅速。而且她直直地注视着对方的眼睛，自己眼睛一眨不眨地回答问题。这证明了她是在诚实地回答。不是有意轻蔑对方而答得简短。再加上，她的话是什么意思，其实谁都不可能正确地理解。这正是天吾希望的。给人诚实的印象，却让对方糊里糊涂。

"你喜欢的小说是什么？"

"《平家物语》。"

回答得精彩！天吾心想。"喜欢《平家物语》的什么地方？"

"全部。"

"此外呢？"

"《今昔物语》。"

"你不读现代文学吗？"

深绘里想了一会儿。"《山椒大夫》。"

精彩。森鸥外写《山椒大夫》是在大正初期，这就是她认为的现代文学。

"你的兴趣爱好是什么？"

"听音乐。"

"什么音乐？"

"巴赫很好。"

"最喜欢的是什么？"

"从 BWV846 到 BWV893。"

天吾思考了片刻，然后说："《十二平均律钢琴曲集》，第一部和第二部。"

"对。"

"为什么你用序号回答呢？"

"这样容易记。"

《十二平均律钢琴曲集》对学数学的人来说，简直是天国的音乐。均衡地使用全部的十二音阶，以大调和小调分别创作前奏曲和赋格曲。总共二十四支乐曲。第一部和第二部合计四十八支曲子。形成一个完美的圆。

"另外还有什么？"

"BWV244。"

BWV244 是什么，天吾一时想不起来。序号有印象，乐曲名却想不出来。

深绘里开始哼唱。

Buß' und Reu'

Buß' und Reu'

Knirscht das Sündenherz entzwei

Buß' und Reu'

Buß' und Reu'

Knirscht das Sündenherz entzwei

Knirscht das Sündenherz entzwei

Buß' und Reu'

Buß' und Reu'

Knirscht das Sündenherz entzwei

Buß' und Reu'

Knirscht das Sündenherz entzwei

Daß'die Tropfen meiner Zähren

Angenehme Spezerei

Treuer Jesu, dir gebären. [①]

天吾一时说不出话来。音程不算太准确，但她的德语发音十分清晰，而且惊人地正确。

_____

①原文为德语，大意为：忏悔与愧疚，折磨着这颗负罪的心。愿我落下的泪珠，能化成美好的香油来膏抹你，贞信的耶稣。

"《马太受难曲》。"天吾说，"你背得出歌词啊。"

"我没有背。"那位少女说。

天吾想说什么，词句却浮不上来。无奈，只好把目光投向手中的纸片，转而问下一个问题："你有男朋友吗？"

深绘里摇摇头。

"为什么没有？"

"因为我不想怀孕。"

"有了男朋友，也不一定得怀孕啊。"

深绘里什么也没说，只是静静地眨了几下眼睛。

"为什么不想怀孕呢？"

深绘里依旧紧闭着嘴唇。天吾觉得似乎问了个愚蠢至极的问题。

"咱们就到这里吧。"天吾把问题集收进皮包，"谁也不知道他们实际上会问什么，那些问题你怎么高兴就怎么回答好啦。你能行。"

"太好了。"深绘里好像放了心，说。

"你大概觉得应付采访时的回答这种事，怎么准备也没用吧？"

深绘里微微地耸了耸肩。

"我也赞成你的意见。我也不是因为喜欢才这么做的，只是受了小松的委托。"

深绘里点了点头。

"但是，"天吾说，"我改写了《空气蛹》这件事，你可千万别告诉任何人。你明白吧？"

深绘里点了两次头。"是我一个人写的。"

"总之，《空气蛹》是你一个人的作品，不是别人的作品。这从一开始就是明确的事。"

"是我一个人写的。"深绘里重复道。

"我给你修改过的《空气蛹》，你读过了吗？"

"阿蓟念给我听了。"

"怎么样？"

"你写得非常好。"

"这么说，你喜欢它？"

"就像我自己写一样。"深绘里说。

天吾看着深绘里的脸。她捧起杯子喝可可。他费了好大的劲才不让视线滑向她胸前美丽的隆起。

"听你这么说，我很高兴。"天吾说，"改写《空气蛹》是件非常快乐的事，当然也很辛苦，因为我要注意不损害《空气蛹》是你一个人的作品的事实。完成的作品能不能让你喜欢，对我非常重要。"

深绘里无言地点点头，然后仿佛要确认什么，把手伸向小小的、形状美丽的耳垂。

女服务生走过来，给两个人的玻璃杯里添了冷水。天吾喝了一口冷水，润润喉咙，然后鼓起勇气，将刚才起一直藏在心里的念头说了出来：

"我有一个私人的请求，当然，得要你同意才行。"

"什么事。"

"如果可以，你能不能穿着今天这身衣服去出席记者见面会？"

深绘里露出不解的神情望着天吾，然后逐一查看身上穿的衣服，就像到现在还不知道自己穿的是什么。

"我穿着这身衣服去那里。"她问。

"对。你就穿着现在这身衣服去出席记者见面会。"

"为什么。"

"因为你穿了很好看。就是说，胸脯的形状显得非常漂亮。这只是我的猜测——新闻记者们恐怕会不由自主地冲着那里看，这样他们就不至于向你提刁钻古怪的问题了。但是，你要是不愿意也没关系，我并不是要求你一定得这样做。"

深绘里说："衣服都是阿蓟挑选的。"

"你不为自己挑选吗？"

"我穿什么都无所谓。"

"你今天这一身也是阿蓟替你挑选的？"

"是阿蓟挑的。"

"这身衣服很好看。"

"穿这身衣服胸脯形状好看。"她抽去了问号问道。

"就是这个意思。该怎么说呢，显得醒目。"

"是这件毛衣和这个胸罩搭配得好。"

在深绘里直直的凝视下，天吾感觉自己脸红了。

"搭配的问题我不清楚，总之，该怎么说呢，带来的效果很好。"
他答道。

深绘里仍然直直地凝视着天吾的眼睛，然后认真地问："会不由
自主地冲着那里看。"

"不得不这么承认。"天吾慎重地挑选着用语，答道。

深绘里拉开毛衣的领口，像要把鼻子伸进去似的，探看着内部。
恐怕是在确认今天穿的是什么内衣。然后望着天吾涨红的脸庞，仿佛
看着一件少见的东西。"我照你说的做。"她过了一会儿说。

"谢谢。"天吾道谢。于是，谈话结束了。

天吾把深绘里送到新宿车站。许多人脱了外衣走在街道上。甚至
还看到身穿无袖衫的女子。嘈杂的人声和喧嚣的车声交杂在一起，制
造出都会特有的开放性的声音。初夏清爽的微风吹过街道。究竟是来
自何方的风带着如此爽朗的气息吹过新宿街头的呢？天吾觉得不可思
议。

"你现在要赶回那个家去吗？"天吾问深绘里。电车拥挤不堪，回家路上的时间又漫长得不可理喻。

深绘里摇摇头。"在信浓町有房间。"

"时间晚了就住在那里？"

"因为二俣尾太远。"

直到走到车站，深绘里仍像上次那样一直握着天吾的左手，简直像小女孩握着大人的手。尽管如此，被她这样美丽的少女握着手，天吾自然也心跳不休。

深绘里在到达车站后，松开了天吾的手。然后在自动售票机上买了一张到信浓町的车票。

"记者见面会你不要担心。"

"我没担心。"

"不用担心我也能做好。"

"我明白。"天吾答道，"我根本不担心。一定会很顺利的。"

深绘里没再说什么，就消失在检票口的人群中。

和深绘里分手后，天吾走进纪伊国屋书店附近的一家小酒吧，要了一杯金汤力。这里是他经常光顾的酒吧，装潢古典、不播音乐这两点让他喜欢。独自坐在吧台前，若有所思地望了一会儿左手。就是深绘里刚才还握着的手，手上还留着少女手指的触感。然后想起了她胸脯的形状。那形状美丽的胸脯，甚至因为太端正太美丽，几乎丧失了性的意味。

这样胡思乱想着，天吾忽然想给年长的女朋友打电话。什么话题都无所谓。养育孩子的牢骚也好，中曾根政权的支持率也好，不管什么都行。就是渴望听到她的声音。如果可能，想立刻和她找个地方见面做爱。但他不能往她家里打电话，接电话的也许是她丈夫，也许是她的孩子。他不能主动打电话给她。这是他们的约定。

　　天吾又要了一杯金汤力。在等待侍者送来的时候，他想象自己乘坐小船顺急流而下的景象。"从瀑布顶上摔下去时，就让咱们俩一起痛痛快快地摔下去吧！"小松在电话里这么说。但是，他的话能不能全信呢？他会不会在眼看就要抵达瀑布的时候，自己纵身跳上旁边的岩石逃命？还要丢下一句："天吾君，对不起了。我忽然想起还有件事得去办。后面就拜托你了。"于是无处可逃、痛痛快快地从瀑布顶上摔下去的，只有我自己——也许这就是结局。并非不可能。相反，甚至极有可能。

　　回到家里，睡觉，做了个梦。许久没有的印象鲜明的梦境。梦中，自己变成了巨大拼图中的一个小块。不是固定在一处的小块，而是一个时时刻刻都在变幻形状的小块，因此任何位置都不能容纳他。这也是当然。另外，在寻找自身位置的同时，他还必须在规定时间内把定音鼓的分谱捡拾起来。这些乐谱被狂风吹散，七零八落，他必须一页页地拾起，确认页码，按照顺序整理成册。做这些事时，他自己还像阿米巴原虫一样不断地变幻形状。事态变得无法收拾。后来深绘里不知从哪儿赶来，握住他的左手。于是天吾停止了变形，风也骤然停下，乐谱不再飘散。这下好啦。天吾心想。但同时，规定时间也将结束。"到此结束。"深绘里小声宣告。依旧只有一个句子。时间戛然而止，世界在此终结。地球缓缓地停止转动，所有的声音和光芒都消失殆尽。

　　翌日睁开眼时，世界安然无恙，还在继续。并且事物已经向前运转起来。就像印度神话中把前方所有生物统统碾杀的转轮一般。

第17章　青豆
无论我们幸福还是不幸

　　第二天夜里，月亮仍旧是两个。大月亮就是通常那个月亮，像刚从灰烬的山里钻出来一般，通体带着一种奇异的白。除此之外，倒和原来看惯的月亮无异。一九六九年一个炎热的夏日，尼尔·阿姆斯特朗迈出了微小而又巨大的第一步的那个月亮。而且，在它身边，还有一个变形的绿色小月亮。它就像一个成绩欠佳的孩子，畏缩地依偎在大月亮旁边。

　　准是我的脑子出了毛病。青豆心想。月亮自古以来就只有一个，现在也肯定只有一个。如果月亮忽然增加为两个，地球上的生活势必发生各种现实的变化。比如说涨潮落潮也会为之一变，这肯定要成为世间的重要话题。我怎么也不可能注意不到。这和由于某种偶然因素漏读一段新闻报道有天壤之别。

　　但果真如此吗？我能怀着百分之百的自信如此断言吗？

　　青豆皱了一会儿眉。最近一段时间，奇妙的事在我身边不断发生。在我不知道的地方，世界正在按照自己的想法发展。就像在玩那种趁我闭眼大家可以自由更换位置的游戏。果真如此的话，天空有两个月

266

亮并排浮现，也许就不是离奇古怪的事了。或许是不知何时，当我的意识正在沉睡，它忽然从宇宙的某个角落冒出来，摆出一副像月亮的远亲一般的神情，停留在了地球的引力圈内。

警察的制服和手枪都更换一新。警察和过激派在山梨县山中展开激烈的枪战。这一切都是在我毫不知情的情况下发生的。还有美国和苏联共同建造月球基地的新闻。这些事和月亮的数目增加，有没有某种关系呢？在图书馆查阅的报纸缩印版上有没有关于新月亮的报道？她苦苦思索，却一件也想不起来。

要是能找个人问一问也好。可是该去找谁，又该怎么问，青豆一头雾水。"哎，我说，这天上好像浮着两个月亮，你能不能帮我看一看？"这么问行还是不行？但是，无论怎么想，这都是个十分愚蠢的问题。如果月亮增加到两个真是事实，对此一无所知未免奇妙；而如果月亮一如既往地只有一个，下场一定是自己被视为精神失常。

青豆把身子深深埋进铝管制的椅子里，两只脚跷在扶手上，想出了十几种提问的方式，还试着问出口来。但每一种听上去都同样愚不可及。没办法。事态本身超出了常规，不可能提出合情合理的问题。这是不言而喻的事。

关于第二个月亮的问题先不管。继续观察一段时间再说。反正暂时没有因此带来实质性的麻烦。而且，也许有一天，会忽然发现它已经消失、无影无踪了。

第二天正午过后，她去了广尾的体育俱乐部，上了两节武术课、一节个人训练课。顺便去前台转了转，看见麻布的老夫人少见地留了口信。内容是：有空时请与我联系。

像平时一样，接电话的是 Tamaru。

如果方便，夫人想请你明天光临，教授例行课程，晚上与你共用便餐。Tamaru 说。

四点后拜访尊府，很荣幸能与夫人共进晚餐。青豆答道。

"很好。"对方说，"那么明天四点后见。"

"哎，Tamaru 先生。你最近有没有看过月亮？"青豆问。

"月亮？"Tamaru 反问道，"你是说浮在天上的月亮？"

"对。"

"刻意看月亮，最近一段时间倒没有过。月亮怎么啦？"

"也没怎么。"青豆说，"那么，明天四点后见。"

Tamaru 稍过了一会儿，才把电话放下。

这天晚上月亮依旧是两个。每一个都仿佛离满月还差两天。青豆端着白兰地酒杯，就像端详着怎么也解不开的字谜，久久地望着那一对一大一小的月亮。越看越觉得这对组合充满了谜。如果可能，她真想向月亮问个明白。究竟发生了什么？突然，你身边就跟上了那个绿色的小伙伴。可惜，月亮自然不理会。

月亮比谁都更为久远地，始终遥遥地凝望着地球。恐怕它曾把地球上发生过的一切现象、一切行为都看在眼中。但月亮沉默不语，始终冷冷地、牢牢地把沉重的过去深埋心底。那里没有空气，也没有风。真空最适合完好无损地保存记忆。谁都不可能去宽慰月亮的心。青豆对着月亮举起了酒杯。

"最近你有没有和谁相拥而眠？"青豆问月亮。

月亮没有回答。

"你有朋友吗？"

月亮没有回答。

"你活得这么酷，会不会偶尔感到疲倦呢？"

月亮没有回答。

和往常一样，Tamaru 在玄关迎接她。

"我看过月亮了。昨晚。"Tamaru 张口就说。

"是吗？"青豆回应道。

"让你一说，未免有些放心不下。不过好久没看了，昨天一看，月亮还真是个好东西。让人心平气和。"

"是和恋人一起看的吗？"

"对呀。"Tamaru 回答，随后把手指放在鼻翼旁，"嗯，月亮怎么了？"

"也没怎么。"青豆说，她斟词酌句，"只是最近不知怎么回事，心里总惦记着月亮。"

"没有理由？"

"没有特别的理由。"青豆答道。

Tamaru 默默地点头。他似乎在揣度着什么。这人不相信缺乏理由的事，却没有深究，而是照老规矩在前头带路，把青豆领进日光房。老夫人身穿一套训练用的运动服，正坐在读书椅上，一边听着约翰·道兰[①]的弦乐合奏曲《七滴泪》，这是她喜欢的乐曲，青豆也听过许多次，熟悉那旋律。

"今天请你来，却到昨天才联系，对不起。"老夫人说，"要是能早一点约你就好了，没想到这段时间刚好空了出来。"

"我这边您不必介意。"青豆说。

Tamaru 端着托盘走进来，托盘上放着茶壶，沏着香草茶。他把茶倒进两只雅致的茶杯里，走出房间，关上门。老夫人和青豆一面听着道兰的音乐，一面眺望着庭院里鲜红欲燃的杜鹃花，静静地饮茶。无

---

① John Dowland（1563－1626），英国作曲家。

论什么时候来，这里都像是世外桃源。青豆想。空气自有分量，时间自有独特的流逝方式。

"听着这支乐曲，我常常会对时间这东西产生许多奇怪的感慨。"老夫人仿佛猜透了青豆的心思，说，"四百年前的人听到的音乐，竟然和我们此刻听的是完全相同的东西。想到这些，你不觉得很奇妙吗？"

"是啊。"青豆答道，"要是这么说，那四百年前的人们看到的月亮，也和我们今天看到的是相同的东西。"

老夫人诧异地望着青豆，随后点头说："的确是这样啊，你说得非常有道理。这么一想，隔着四个世纪听着同样的音乐，也许没有什么不可思议之处。"

"也许该说是几乎相同的月亮。"

青豆说道，注视着老夫人，但她的话没有引发这位老夫人的兴趣。

"这盘激光唱片录的是古乐器的演奏。"老夫人说，"使用和当时一样的乐器，按照和当时一样的乐谱演奏。于是，音乐效果和当时大体上一样。就像月亮那样。"

青豆说："但是，即使东西一样，人们的理解方式也许和今天大不相同。当时的夜晚大概要更黑更暗，月亮恐怕也相应地更大更亮。人们不用说，也不可能拥有唱片、磁带和激光唱盘，不会像现在习惯的，不管什么时候，想听什么音乐就听什么音乐。那在当时，实在是非常特别的。"

"完全正确。"老夫人同意，"我们居住在这样一个便利的社会里，感受性恐怕相应变得迟钝了。浮现在天空中的月亮尽管一样，但我们看到的也许是另外一个东西。也许在四个世纪前，我们曾经拥有更为贴近自然、更为丰富的灵魂。"

"但那是一个残酷的世界。半数以上的儿童由于慢性病和营养不良在长大成人前就夭折了。因为小儿麻痹、结核、天花和麻疹，人轻易就会丧生。在普通百姓中，能活过四十岁的人应该不多。女人要生好多孩子，一到三十多岁就牙齿脱落，变得像老太婆一样。人们为了生存下去，不得不屡屡依仗暴力。孩子们从小就被迫从事会导致骨骼变形的重体力劳动，少女卖淫是常见的事，甚至还有少男卖淫。众多的人在与感性和灵魂的丰足无缘的世界里过着最低限度的生活。都市的大街上满是残疾人、乞丐和罪犯。能够感慨无限地赏月、感叹莎士比亚的戏剧、欣赏道兰的美丽音乐的，恐怕只是极少的人吧。"

老夫人微笑着说："你真是个十分有趣的人啊。"

青豆说："我是个极其普通的人，只不过喜爱读书罢了。主要是关于历史的书。"

"我也喜欢读历史书。历史书告诉我们，我们从前和今天基本相同这个事实。在服装和生活方式上虽然有所不同，我们的思想和行为却没有太大变化。人这个东西说到底，不过是遗传因子的载体，是它们的通道。它们就像把累倒的马一匹又一匹地丢弃一样，把我们一代又一代地换着骑下来。而且遗传因子从不思考什么是善什么是恶。无论我们幸福还是不幸，它们都毫不关心。因为我们不过是一种手段。它们只思考一点：对它们来说，什么东西效率最高。"

"尽管如此，我们却不得不思考什么是善什么是恶，是吗？"

老夫人点点头。"是啊。人却不得不思考这些。但支配着我们生活方式之根本的，却是遗传因子。当然，这样必定产生矛盾。"说完，她微微一笑。

关于历史的讨论到此结束。两人喝完剩下的香草茶，转而进行武术练习。

这天在宅第里吃了顿简单的晚餐。

"只能做些简单的东西，你看行吗？"老夫人问。

"当然没关系。"青豆说。

晚餐是由 Tamaru 用小推车送来的。做菜的大概是专职的厨师，而送来并服侍两人进餐，是 Tamaru 的职责。他从冰桶中取出白葡萄酒，用娴熟的手法倒进酒杯。老夫人和青豆喝了。酒冰得恰到好处，香味宜人。菜肴只有清煮白芦笋、尼斯沙拉和蟹肉煎蛋卷，外加面包卷和黄油。每道菜都食材新鲜，味道鲜美。分量也适度而充足。总之，老夫人每餐总是吃得很少。她优雅地使用刀叉，像小鸟般每次只把一点点食物送入口中。Tamaru 一直守候在房间最远的角落。像他那样身躯厚实的男人，竟然能长时间地彻底消除自己的存在感，实在让人吃惊，青豆一直对此很钦佩。

吃饭的时候，两人只是断断续续地交谈，她们都把意识集中在进餐上。音乐轻声地流淌。是海顿的大提琴协奏曲，这也是老夫人喜欢的曲子之一。

菜撤下，咖啡壶端上来。Tamaru 倒好咖啡，正要退下，老夫人对他举起手指。

"这里没事了。谢谢你。"她说。

Tamaru 微微点头，然后像平日一样无声无息地走出房间。门静静地关闭。两人喝着餐后咖啡时，唱片放完了，新的沉默重又降临。

"你和我互相信任。对不对？"老夫人直直地注视着青豆，问。

青豆简洁地，但毫无保留地表示同意。

"我们共同拥有重要的秘密。"老夫人说，"说起来就是把性命都交给了对方。"

青豆沉默着点点头。

青豆第一次向老夫人全部说出自己的秘密，也是在这个房间里。当时的情形她还历历在目。总有一天，她得向什么人倾吐这心底的重负。因为将它深埋心底独自承受，负担即将到达极限。所以老夫人一引导，青豆就断然把长期紧闭的秘密之门打开了。

自己唯一的密友如何长期饱受丈夫的暴力，以致精神崩溃，却又无力逃离苦海，于是苦恼不堪，终于自杀。自己又如何在将近一年后找个理由上门拜访了那个家伙，并巧妙地设下圈套，用锋利的针刺入他的后颈，把他杀了。那么一刺，不留伤痕也没有出血，于是被当作单纯的病死处理。没有任何人产生过怀疑。青豆当时不认为自己做错了什么，现在仍然不认为，也没有感觉到良心的苛责。尽管如此，有意剥夺一个人的生命带来的沉重感却不能减轻。

老夫人细心地倾听青豆漫长的告白。在青豆断续地讲述整个经过时，她始终一言不发，仔细聆听。等青豆讲完，她在不太明白的细节处提了几个问题，然后伸出手，长久地紧握着青豆的手。

"你做了一件正确的事。"老夫人缓缓地耐心教诲，"如果那个家伙还活着，将来肯定还会对其他女人干出同样的事。他们总能找到牺牲者，注定要一再重复同样的恶行。是你斩断了祸根。这和一般的个人复仇完全不是一回事。你放心好了。"

青豆把脸埋进双手里，泣不成声。她是为环哭泣。老夫人掏出手帕，为她拭去眼泪。

"真是奇怪的巧合啊。"老夫人用没有丝毫迷茫的声音平静地说，"我也曾经为了可以说完全相同的理由，让一个人消失过。"

青豆仰脸望着老夫人，说不出话来。这个人到底在说什么？

老夫人继续说："当然不是我亲自下手。我没有那样的体力，也不像你那样有特殊的技术。我是用自己能采取的适当手段让他消失的。没留下任何具体的证据。就算现在我去自首，也不能证明它是一起案件。和你的情况一样。如果死后有审判，我大概会受到上帝的审判。但这种事我一点也不畏惧。我没有做错。不管在什么人面前，我都会坦荡地说出自己的主张。"

老夫人仿佛安下心一样长叹，随后继续说下去。

"这样一来，你和我就算掌握了对方的重大秘密。对不对？"

青豆仍然未能完全理解对方在说什么。让人消失？在深深的疑问和剧烈的震惊之间，她的脸快要失去正常的形状。老夫人为了让青豆镇定下来，用沉稳的声音进一步说明。

她的亲生女儿也出于和大冢环相似的原因，自己结束了生命。女儿的婚姻生活可能不太顺利，老夫人当初就察觉了。在老夫人眼里，那个男人显然拥有扭曲的灵魂，以前也引发过问题，其原因恐怕根深蒂固。但是，谁也未能阻止这场婚姻。果然，惨烈的家庭暴力一再重复，女儿逐渐丧失自尊和自信，被逼入绝境，患上了忧郁症。她被剥夺了自立的能力，仿佛掉进了万丈深渊，再也无力逃脱。于是有一天，她把大量的安眠药和着威士忌，一起灌进了胃里。

验尸时，发现她身上留有施暴的痕迹。有撞击与殴打留下的伤痕，有骨折的痕迹，还有许多香烟的烫伤。两只手腕上都有绳索紧紧捆绑过的印痕，使用绳索似乎是这家伙的嗜好。乳头也变了形。她丈夫被警察传去讯问取证。他承认了部分施暴事实，却声称这只是性行为的一部分，是在双方同意下进行的，妻子其实喜欢这一套。

结果，和环的情况一样，警察无法对她丈夫追究法律责任。妻子并没有向警方提起过控告，更何况她已经死亡。丈夫拥有一定的社会地位，还聘请了一个精明能干的刑事律师。而且，死因是自杀，并无置疑的余地。

"你把那个家伙杀了？"青豆果断地问。

"不。我并没有杀了那个家伙。"老夫人说。

青豆不太明白，默默地凝望着老夫人。

老夫人说："我女儿以前的丈夫，那个卑鄙的家伙，还活在这个世界上。他每天早上在自己的床上睁开眼睛，用自己的双腿走路。我并不打算杀了那个家伙。"

老夫人稍稍顿了一顿，等着自己的话进入青豆的大脑。

"对那位曾经的女婿，我所做的是让他在社会上身败名裂，而且让他完全地身败名裂。我还拥有这样的力量。他是个软弱的人。脑子够用，还能说会道，在社会上也得到了一定认可，但从本质来说，却是个软弱卑劣的东西。在家庭中对妻儿动用暴力的，肯定是人格软弱的家伙。正因为软弱，才总想找出比自己更软弱的人充当牺牲品。让他身败名裂很容易，那种人一旦身败名裂，就永世不得翻身。我女儿去世已经很久了，但直至今日，我仍然从不间断地监视着他。每当他试图翻身，我就决不容忍。尽管他还活着，但不过是具行尸走肉罢了。他是不会自杀的，因为他根本没有自杀的勇气。这就是我的方式。绝不让他轻易死掉。要从不间断、毫不留情地折磨他，叫他生不如死。就像活生生被剥皮一样。我让他消失的，是另外一个人。因为我们有十足的理由不得不请他消失。"

老夫人继续向青豆说明。在女儿自杀的第二年，她为一些同样受家庭暴力折磨的女性准备了一处私立的庇护所。她在和麻布宅第相邻的土地上拥有一座小小的两层公寓，原本打算不久后就拆除的，没有住人。她把这幢建筑略加修整，用作那些无处投奔的女子的庇护所。由东京的律师牵头，开设了一个"暴力受害女性咨询室"，由志愿人员轮流接听咨询电话。从这里和老夫人取得联系后，那些需要紧急避难处的女子就被送到庇护所。带着年幼的孩子来的也不少，其中甚至有受到父亲性侵犯的十几岁的小女孩。她们住在这里，直到找到安身之处。眼前生活所需的日常用品一应俱全，还提供食品和替换衣物。她们相互帮助，过着一种集体生活。所需的费用由老夫人个人负担。

律师和生活顾问定期访问庇护所，照料她们，和她们协商今后的对策。老夫人有空也会露面，一个个地倾听她们的倾诉，恰当地提供忠告。还为她们寻找工作和安身之地。如果发生需要物理性介入的麻烦，就由 Tamaru 出面适当地处理。比如说丈夫得知妻子的住处、前来强行抢人回去的事并非没有，但再也没人能比 Tamaru 更有效而迅速地处理这类麻烦了。

"但是，单靠我和 Tamaru 不可能解决一切问题。况且还有些情况，不管借助什么法律都找不到现实的解决方法。"老夫人说。

青豆发现，老夫人说着说着，脸上渐渐露出了特殊的赤铜色光辉，平时那种温厚而高贵的印象淡化，渐渐消失得无影无踪，只剩下某种超越了单纯的愤怒和嫌恶的东西。那恐怕是精神最深处又硬又小的、无名的核儿一样的东西。即便如此，她那冷静的声音始终未变。

"当然，假如那些家伙不存在了，就可以省去离婚诉讼的繁杂，保险金就可以立刻到手，但只为了这种实际的理由左右一个人的存在，是不能容许的。我们只有在列举出所有的因素，公正严谨地研判，最终得出这个男子已完全没有怜悯的余地的结论，才采取行动。那些专靠吸弱者的鲜血为生的寄生虫一样的家伙。灵魂扭曲，没有治愈的可能也没有重新做人的意志，在这个世界已找不到丝毫存活下去的价值的恶棍。"

老夫人闭上嘴，用足以穿透岩壁的目光注视了青豆片刻，然后用沉稳如旧的声音说下去。

"对于这种人，我们只能用某种形式请他们消失。某种绝不会引起世间关注的方法。"

"这种事能做到吗？"

"人的消失有种种方式。"老夫人字斟句酌地说。然后停顿了片刻，

"我能制定某种消失的方式。我有这样的力量。"

青豆对这些想了又想。但老夫人的表达太含糊了。

老夫人说："我们都曾经因为某种蛮横无理的形式失去最宝贵的人，从而深受伤害。这种心灵的创伤恐怕永远不会痊愈。但我们不能只是永远坐看自己的伤口，必须站起来投入下一步行动。而且不是为了自己的复仇，而是为了更广泛的正义。如何，你愿不愿意帮我做点工作？我需要值得信赖、精明能干的合作者，需要可以一起分享秘密、分担使命的人。"

把这些话进行整理，理解老夫人所说的内容，花去了一些时间。这是难以置信的告白和提案。而且听了这个提案，为了稳定情绪又花去了更多时间。其间，老夫人坐在椅子上，姿势始终不变，注视着青豆，沉默不言。她不慌不忙，似乎准备一直等下去。

毫无疑问，她一定处于疯狂状态。青豆想。但老夫人的头脑并没有混乱，精神也没有失常。非但如此，她的精神甚至非常冷峻、安定，毫无动摇，有确凿证据的支撑。这与其说是疯狂，不如说是和疯狂相似的东西。或许称为正确的偏见更接近事实。此刻她要求的，是让我和她分享这种疯狂与偏见。并以与她相同的冷峻这样做。她相信我具备这样的资质。

到底思考了多久？沉湎于冥思苦想中，一个人似乎会丧失时间感，唯有心脏固执地铭刻着一定的节奏。青豆走访了自己心中几个小小的房间，仿佛鱼儿逆流而上，回溯时间的长河。那里有习以为常的光景，有遗忘已久的气味，有温柔的怀念，有严苛的痛楚。一缕不知来自何处的光，唐突地刺穿了青豆的身躯。她生出一种奇妙的感觉，自己似乎变得透明了。把手掌伸向那缕光，能看见手掌后面的光景。身体似乎猛然变轻。青豆心想：即使此时此地我委身于疯狂与偏见，导致自己粉身碎骨，世界彻底消亡，我究竟又有什么可以失去呢？

"我明白了。"青豆回答。片刻后，她紧咬着嘴唇，又开口说道："如果有用到我的地方，我愿意尽力相助。"

老夫人伸出双手，紧紧握住青豆的手。从那以后，青豆便与老夫人分享秘密，分担使命以及和疯狂相似的东西了。不，那也许就是彻底的疯狂。但两者的分界线究竟在哪里，青豆却辨认不清。而且她和老夫人一起送进那遥远的世界去的，无论怎么看，都是没有怜悯的余地的人。

"上次你在涩谷的城市酒店，把那个家伙转移到另一个世界之后，还没过去多长时间。"老夫人静静地说。她说"转移到另一个世界"时，听上去简直像在谈论移动家具一般。

"再过四天刚好满两个月。"青豆答道。

"还不到两个月。"老夫人接着说，"因此，现在拜托你去做下一项工作，怎么看都不合适。至少该保持半年的间隔。如果间隔时间太短，你的心理负担就会变大。该怎么说呢，这可不是寻常小事。再加上，也许用不了多久就会有人站出来，怀疑和我运营的庇护所有关系的男人心脏病发作死亡的几率，是否有些偏高。"

青豆微微一笑，随后说："世上疑心重的人很多。"

老夫人也微微一笑。"你知道，我是一个极其谨慎的人，从来不相信偶然、可能、幸运这些东西。一直到最后的最后，都在探索更为稳妥的可能性。只有判断再也没有其他可能性时，才会选择它。并且在万不得已实行它的时候，我会排除一切风险。细心而缜密地研究所有要素，做好万全准备，确信万无一失之后，才会拜托你实行。所以直到现在，没有发生过任何问题。对不对？"

"是。"青豆承认。的确如此。备好工具前往指定的场所，事情已经预先周密地部署完毕。她只要用锋利的尖针在对方后颈特殊的部位刺那么一针。然后在确认对方已经"转移到了另一个世界"之后，离开现场。迄今为止，一切都在顺利而系统地运行。

"但说到这次这个对手，让人心痛的是，好像得请你多少勉强一下。计划还未完全成熟，不确定的因素很多，可能无法像以前那样为你提供完备的条件。因为和以往相比，这次的情况有所不同。"

"怎么不同？"

"对方不是个地位普通的男人。"老夫人慎重地挑选着字眼，说，"说得具体一点，首先警卫非常严密。"

"是个政治家？"

老夫人摇摇头。"不，不是政治家。对此，下面我会细说。我们还探讨了许多办法，看看能否不派你去就解决问题。但好像什么方法都难以顺利实施。普通的方法根本无济于事。实在很抱歉，除了请你出场，我们想不出别的办法。"

"这项工作很紧急吗？"青豆问。

"不，不是很紧急。也没有一个非按时完成不可的期限。不过如果晚了，受伤害的人或许会相应地增多。而且给我们的机会非常有限。下一个时机何时到来，也完全不能预测。"

窗外完全暗下来，日光房被沉默包围着。月亮出来了没有？青豆想。但从她坐的位置看不见外面。

老夫人说："我打算尽量详细地说明情况。不过在此之前我想请你见一个人。现在我们去见见她。"

"这人在庇护所里生活吗？"青豆问。

老夫人缓缓地吸了一口气，喉咙深处发出小小的声音。她眼睛里浮出平时未曾见过的特别的光芒。

"六个星期前从咨询室送到这里来的。整整四个星期她一句话也不说，大概处于精神恍惚状态，总之丧失了全部语言能力。我们只知道她的名字和年龄，一身褴褛地睡在地铁站时被收容，之后辗转被送过许多地方，最后送到了我们这里。我投入时间一点点地和她谈话。花了好长时间才让她明白不必害怕，这里是安全的地方。现在，她多少能开口说话了，虽然说得很混乱很零碎，但是把这些碎片拼凑起来，大致能弄清发生了什么。那是非常残忍、难以启齿的事，简直惨不忍闻。"

"又是来自丈夫的暴力吗？"

"不是。"老夫人声音干涩地说，"她还只有十岁。"

老夫人和青豆走过庭院，打开锁，穿过小小的木门，走向相邻的庇护所。那是一所小小的木结构楼房，从前，在宅第里干活的佣人更多的时候，主要用作这些人的住房。二层小楼，建筑本身很有情调，但作为住宅出租的话，则多少有些破旧。不过当作走投无路的女子的临时避难所，却无可挑剔。古老的橡树伸开枝条，庇护着小楼。玄关的门上镶嵌着图案美丽的装饰玻璃。房间共有十个。有时候人多，有时候人少，一般总有五六个女子默默地生活在这里。这时大约有一半房间亮着灯。除了偶尔传来的孩子的声音，始终安静得令人觉得不可思议，望去像小楼自己沉默不语一般。伴随着生活的各种各样的声响，这里却没有。门口拴着一只母德国牧羊犬，有人走近时，它便低声吼叫，接着吠叫几声。不知是什么人怎样训练的，有男人走近时，这狗便狂吠不停。但它最亲近的是 Tamaru。

老夫人走近时，狗立刻停止了吠叫，拼命地摇尾巴，很高兴地打响鼻。老夫人弯下腰，轻轻拍拍它的脑袋。青豆也搔搔它的耳后。狗记得青豆的面孔，它是一条聪明的狗，而且不知为何喜欢吃生菠菜。然后老夫人用钥匙打开了玄关的门。

"一位住在这里的女子负责照顾那个孩子。"老夫人告诉青豆，"和她住在同一个房间，尽量随时关注她。我还不放心让那孩子独处。"

在庇护所里，暗暗地鼓励女子们平日互相照顾，互相倾诉经历的磨难，彼此分担经受的痛楚。通过这么做，有很多人一点点自然地痊愈了。先进来的人向后进来的人传授在这里生活的要领，交接生活必需品。扫除和烹饪大体实行轮流制。自然，其中也有宁愿独处、绝口不提自身经历的人。这样的女子，其孤独与沉默也得到了尊重。但大多数女子都希望和遭遇相同的女性率直地谈论经历、相互依傍。庇护所内禁止饮酒、抽烟，还禁止未经许可的人出入，但此外没有特别的限制。

小楼里有一架电话、一台电视机，放在玄关旁边的公用会客厅里。里面还有一套旧沙发和餐桌。女子们一日中的大部分时间，似乎都在这个房间里度过。电视机几乎不开，即便开着，音量也是调到若有若无的程度。女子们似乎更喜欢独自读书、看报、编织，或交头接耳地低声谈话。其中也有人一天到晚都在作画。那是个奇特的空间，仿佛是介于现实世界与死后世界中间的临时居所，光是灰暗而滞重的。不论晴天还是阴天，不论白昼还是黑夜，那里的光都完全相同。每次拜访这幢房子，青豆都觉得自己似乎是个不合时宜的存在，是个蠢头蠢脑的不速之客。那是一个类似需要特殊资格的俱乐部的场所。她们感受到的孤独与青豆感受到的孤独，成分不尽相同。

老夫人一出现，会客厅里的三个女人就站了起来。一看便知，她们对老夫人怀着深深的敬意。老夫人请她们坐下。

"你们就这样好了。我只是想找阿翼说两句话。"

"阿翼在房间里。"一个大概和青豆年龄相仿的女子答道。她的头发又直又长。

"她和佐惠子在一起。好像还不能下楼。"一个年龄稍大一点的女子说。

"恐怕还需要点时间。"老夫人微笑着说。

三个女子默默地点头。需要时间意味着什么，她们非常清楚。

上了二楼，进入房间后，老夫人对里面一位身材娇小、毫不起眼的女子说，可否请她离开片刻。那位叫佐惠子的女子浅浅地一笑，走出房间，带上了门，走下楼梯去了，留下阿翼这个十岁女孩。房间里放了一张吃饭用的小桌子。女孩、老夫人和青豆三人围坐在桌前。窗子上拉着厚厚的窗帘。

"这位大姐姐叫青豆。"老夫人对少女说，"她和我在一起工作。你不要担心。"

少女飞快地瞟了青豆一眼，微微地点了点头。动作小得几乎不让人察觉。

"这孩子是阿翼。"老夫人介绍道，随后问少女："阿翼来这里有多长时间了？"

少女仍然微微地摇一摇头，似乎在说"不知道"。那幅度大概还不到一厘米。

"六个星期零三天。"老夫人说，"你也许没记，可我一直数着呢。你知道是为什么吗？"

少女还是微微地摇了摇头。

"因为在有些场合，时间会成为非常重要的东西。"老夫人说，"哪怕只是数一数，都会有重大的意义。"

在青豆眼里，阿翼是一个随处可见的十岁女孩。在这个年龄的女孩子中，个子属于比较高的，但身材瘦削，胸脯还未隆起。看上去似乎是慢性营养不良。容貌不算难看，但给人的印象十分淡薄。眼睛令人联想起蒙上一层雾气的玻璃窗，即便凝神细看也看不清其中的情形。干燥的薄唇经常不安地蠕动，似乎要吐出什么话，但实际上声音并未形成。

老夫人从带来的纸口袋中取出一盒巧克力。盒子上画着瑞士的山地风光，里面装着一打形状各异的美丽的巧克力。老夫人递一块给阿翼，又递一块给青豆，也在自己嘴里放了一块。青豆也把它塞进了嘴巴。看到她们俩这么做了，阿翼也同样吃了下去。三人一时无言，默默地吃着巧克力。

"你还记得自己十岁时的情形吗？"老夫人问青豆。

"记得清清楚楚。"青豆回答。那一年，她握过一个男孩子的手，发誓一辈子只爱他一个人。几个月后，她迎来了初潮。那时在青豆的体内，有好多东西完成了变化。她决心脱离信仰，和父母断绝了关系。

"我也记得清清楚楚。"老夫人说，"十岁那年，父亲带我去巴黎，在那里住了大约一年。父亲当时是外交官，我们住在卢森堡公园附近的公寓里。那是第一次世界大战末期，车站上挤满了负伤的士兵。有些士兵简直还是孩子，也有一些年事已高。巴黎本来是个四季都非常美丽的城市，但给我留下的只有鲜血淋漓的印象。在前线，正在展开激烈的鏖战，失去了手、脚和眼睛的人们仿佛被抛弃的亡灵，流浪在街头巷尾。满眼都是缠在他们身上的绷带的白，以及裹在女人手臂上的黑纱的黑。许多崭新的棺材被装在马车上运往墓地。每当棺木通过，行人便移开视线，紧紧闭上嘴巴。"

老夫人隔着桌子伸出手。少女略一迟疑，抬起放在膝盖上的手，叠放在老夫人的手上。老夫人握住少女的手。老夫人少女时代在巴黎的街头和运棺材的马车擦肩而过时，父亲或母亲恐怕就是这样紧紧地握着她的手，鼓励她什么都别担心。不要紧，你是在安全的地方，什么都不用害怕。

"男人每天都要制造出几百万个精子。"老夫人告诉青豆，"这个事实你知道吗？"

"我不知道具体数字。"青豆答道。

"具体数字我当然也不知道。总之是不计其数。他们把这些东西一下子释放出来。但女人排出的成熟卵子却为数有限。你知道是多少吗？"

"我不知道准确的数字。"

"一生也只有四百个。"老夫人说，"卵子并非每个月都制造出新的，它们是女性一出生时就全部贮藏在体内了。女性在迎来初潮后，会每个月让它成熟一个，排出来。这个孩子的身体里也有这样的卵子。她的生理期还没有开始，所以每个卵子都从未被人碰过，应该还好端端地收藏在抽屉里。这些卵子的使命，不用说，就是接纳精子、受孕。"

青豆点点头。

"男人和女人心态的不同，很多都产生于这种生殖系统的差异。我们女人，纯粹从生理学的见地来说，是以保卫有限的卵子为主题活着的。你也是，我也是，这个孩子也是。"随后她的嘴角浮起淡淡的微笑，"对我来说，应当是过去时，曾经活着。"

我迄今为止已经排出了二百个卵子。青豆在脑中迅速计算着。在我的身体里大概还剩下一半，上面恐怕还贴着"已预约"的标签。

"可是，她的卵子不会受孕了。"老夫人说，"上个星期，请熟识的医生做了检查。她的子宫被破坏了。"

青豆扭歪了脸，看着老夫人。然后微微地扭头看着少女。怎么也说不出话来。"被破坏了？"

"是的。被破坏了。"老夫人说，"即使实施手术，也不能恢复原状。"

"是谁干的？"青豆问。

"我们还没弄清楚。"老夫人说。

"小小人。"少女说。

第18章 天吾
老大哥已经没有戏了

记者见面会后，小松打来电话，说一切顺利，非常圆满。

"简直漂亮极了！"小松罕见地用兴奋的口气说，"哎呀，真没想到她竟然做得如此完美无缺。应对如流啊，给在场的每个人都留下了良好印象。"

听到小松的话，天吾毫不惊奇。虽然没什么具体的根据，但他并不怎么担心记者见面会，他预见到了，这种事情她一个人大概能应对自如。只是"良好印象"这个词，听上去总觉得和深绘里不太相称。

"没有露出破绽喽？"天吾为慎重起见，问了一句。

"是啊。尽量压短时间，遇到不便回答的问题就把话题巧妙地岔开。实际上，几乎没有什么刁钻古怪的提问。对方毕竟是个十七岁的妙龄少女嘛，连那些新闻记者，也未必甘心扮演反派角色。当然啦，还得加上一条注释：'至少眼下如此。'天知道今后会怎样。在这个世界上，风向这东西可是说变就变的。"

天吾脑中浮现出小松满脸严肃地站在悬崖上，在舔着手指测试风向的光景。

"总之，这多亏了你事先彩排得好啊。万分感谢。得奖的报道和记者见面会的情形，明天的晚报就该登了。"

"深绘里穿的是什么衣服？"

"衣服？就是普通的衣服呀。紧身薄毛衣和牛仔裤。"

"是不是胸脯很显眼的衣服？"

"哎，听你这么一说还真是呢。胸脯的形状非常鲜明，简直像是刚刚出炉，还热烘烘的。"小松说，"天吾君啊，这女孩准会成为红遍天下的天才少女作家。人长得漂亮，脑袋也很机灵，尽管说话方式有点奇妙。最主要的是她身上有种异乎寻常的气氛。至今为止，我见证过很多作家在大庭广众前的首次亮相，就数这孩子最特别。我说特别，就意味着是真的特别。一个星期后，刊登《空气蛹》的杂志就要摆上店头了，赌什么都行，哪怕赌一只胳膊一条大腿我也敢——不出三天，杂志肯定卖得一本都不剩！"

天吾表示谢意，感谢他特意来电通知，然后挂断电话。他觉得多少松了口气。不管怎样，总算闯过了第一道难关。虽然根本无法预料还会有多少道难关等在前头。

记者见面会的情形刊登在第二天的晚报上。天吾从补习学校下班后，在车站的售货亭买了四种报纸的晚刊，回家后比较着阅读，各家报纸的内容大同小异。文章篇幅不太长，但作为文艺杂志新人奖的报道，已经是破格的待遇了。（一般而言这种报道几乎都被处理成不超过五行。）一如小松所料，因为一个十七岁的少女获奖，各家媒体一哄而上。报道中写道，四位评委一致将她的《空气蛹》选为获奖作品，根本没有像样的争论，评审会不到十五分钟便宣告结束，这是极为罕见的情况。四位个性极强的作家凑在一起，大家的意见居然完全一致，这样的事绝无仅有。该作品在业内已经声名大噪。在举行颁奖仪式的酒店房间内召开的小规模记者见面会上，她"笑容可掬、明确无误地"回答了记者们的提问。

针对"今后还会继续写小说吗"这个提问，她回答说："小说不过是一种表达思想的形式，这次我只是偶然地选择了小说这种形式，至于下次会选择什么形式，我还不知道。"很难想象深绘里会一次说出如此之长、如此完整的句子。恐怕是记者把她那断断续续的句子巧妙地串起来，适当地补足遗漏的部分，整理成一个句子的吧。当然她也可能一下就说出了如此完整的长句子。关于深绘里，没有一件事是可以下定论的。

对"喜欢的作品是什么"，她当然回答是《平家物语》。有个记者问她喜欢《平家物语》的哪一部分，她便把喜欢的部分背诵了出来。费时五分钟才完成长长的背诵。在场者都感慨不已，背诵结束后，片刻寂静无声。值得庆幸的是（恐怕该这么说），关于她喜欢什么音乐，没有记者提问。

"获得新人奖，谁最为你高兴？"对于这个提问，她停顿了很长时间（这情景天吾也能想象），然后回答："这是秘密。"

只阅读报纸的报道，就可以知道深绘里在回答记者的问题时，没有说过一句谎话。她说出口的，句句都是实情。报上刊登着她的照片。通过照片看到的深绘里，要比天吾记忆中的更为美丽。面对面地交谈，注意力会被容貌以外的形体动作、表情变化、口中话语吸引，而通过静止的画面观看时，他才重新认识到她是一位容颜何等清丽的少女。那好像只是一张在记者见面会的会场拍摄的小照片（她果真穿着和上次相同的夏季毛衣），却可以从中窥见某种光辉。那大概就是和小松所说的"异乎寻常的气氛"相同的东西吧。

天吾把晚报叠好收起，站在厨房里喝着罐装啤酒，开始准备简单的晚餐。自己改写的作品获得一致通过，夺得文艺杂志新人奖，在社会上声名大振，而且今后恐怕会成为畅销书。这样一想，他心里怪怪的。一方面真诚地喜悦，一方面又感到不安，心潮难平。尽管一切都不出所料，但事情真能如此轻易而顺利吗？

准备着晚餐，他却发现自己完全丧失了食欲。刚才还觉得饥肠辘辘，现在却什么也不想吃了。他把做了一半的菜肴用保鲜膜包好，放进了冰箱，坐在厨房的椅子上，眺望着墙上的挂历，只管默默地喝着啤酒。挂历是银行赠送的，上面印着富士山四季的照片。天吾从来没爬过富士山，东京塔也不曾爬过，甚至连高楼大厦的顶层都没上去过。他从小就对高的地方提不起兴趣。这是为什么？天吾思忖。也许因为自己一直是低头关注着脚下悄然度日。

小松的预言果然说中。刊载深绘里的《空气蛹》的文艺杂志几乎当天便售罄，从书店里消踪匿迹。文艺杂志居然能全部卖光，这种事首先就极罕见。出版社每个月都背负着赤字坚持出版文艺杂志。将上面刊载的作品汇总起来出版单行本，以及用新人奖作为舞台发现并培养年轻的新作家，才是出版这类杂志的目的。杂志本身的销路与收益从来就不被看好。因此，文艺杂志居然在上架当天便销售一空，简直就像在南国冲绳竟然有雪花飘舞，本身就是引人瞩目的新闻。然而，即便杂志销售一空，赤字的局面依旧不会改观。

小松打来电话，把这个情况告诉天吾。

"好事情啊。"他说，"杂志卖光了，世人就格外会对这部作品产生兴趣，想一读为快，看看究竟是怎么回事。印刷厂这会儿正在加班加点，赶印《空气蛹》的单行本呢。最最优先，紧急出版哦。这么一来，芥川奖得不得都无所谓了。赶快趁热打铁，把书狂卖一阵。毫无疑问，这本书肯定畅销。我敢打包票。所以天吾君，你也抓紧时间，考虑好这钱怎么花吧。"

星期六的晚刊文艺栏上，登了一篇关于《空气蛹》的报道。刊载该作品的杂志转眼便售罄一事，成了该文的标题。好几位文艺评论家针对该作品畅谈感想，大多是充满好意的见解。笔力苍劲，感性敏锐且想象力丰富，简直难以相信竟出自一位十七岁少女之手。也许这部作品传达了崭新的文学风格。有一位评论家评论道："想象力过于夸张，与现实的结合点不无欠缺之嫌。"这是天吾看到的唯一一条负面意见。不过连这位评论家也平稳地结尾道："这位少女今后将写出什么样的作品，实在令人兴味盎然。"看来目前风向很有利。

深绘里打来电话，是在单行本预定出版日的四天前，上午九点。

"起床了。"她问。照例是毫无抑扬顿挫的句子，也没加问号。

"当然起床了。"天吾答道。

"今天下午有空。"

"四点后有空。

"可以见面。"

"可以见面。"天吾说。

"上次那个地方好吗。"深绘里问。

"好啊。"天吾说，"四点我赶到上次那家新宿的咖啡馆。还有，报纸上的照片拍得很好。就是记者见面会那张。"

"我穿了同一件毛衣。"她说。

"非常好看。"天吾说。

"是因为喜欢胸脯的形状。"

"也许是。不过在这种场合，更重要的是它能给人良好的印象。"

深绘里在电话那端沉默片刻。是像把某样东西放在近前的架子上凝神观察般的沉默。也许在思考良好印象和胸脯形状的关系。而一想到这个问题，关于良好印象和胸脯形状有何种关系，天吾也渐渐糊涂起来。

"四点。"深绘里说，然后挂断了电话。

快到四点的时候，天吾走进咖啡馆，深绘里已经等在那里。她身边坐着戎野老师。他身着浅灰长袖衬衣、深灰长裤，腰照例挺得笔直，仿佛雕像一般。天吾看到老师的身姿，略感吃惊，因为按照小松的说法，他"下山"实在极其罕见。

天吾和他们两人相对而坐，要了一杯咖啡。还未进入梅雨季节，天气却已经热得让人想起盛夏，但深绘里还是像上次一样，小口地喝着热可可。戎野老师要了杯冰咖啡，但一口也没喝。冰块融化了，在玻璃杯上部形成透明的水层。

"咱们又见面了。"戎野老师说。

咖啡送上来，天吾喝了一口。

"各种各样的事情，眼下进展得好像都很顺利。"戎野老师仿佛是在试音，不紧不慢地说，"你的功劳很大，实在是很大。首先得为此向你道谢。"

"承蒙您这样说，非常感谢。不过关于这件事，您也知道，正式来说，我是个并不存在的人。"天吾说，"一个正式来说并不存在的人，是没有功劳的。"

戎野老师仿佛在取暖，双手搁在桌面上搓来搓去。

"不不，你不必如此谦虚。客气话咱们不必说，在现实里你可是实实在在的存在。要是没有你，事情不可能进展得这样顺利。全靠你，《空气蛹》才变成了一部如此优秀的作品。它超出了我的预想，内容既深刻又丰富。到底是小松君，慧眼识人啊。"

深绘里在他旁边，像舔食牛奶的小猫一般，默默地继续喝可可。她上穿一件简洁的白色短袖衬衫，下穿一条藏青色短裙。一如平日，没有戴任何首饰。身体前倾时，面孔便躲进笔直的长发。

"这话我一定得当面说，才劳驾你专门来一趟。"戎野老师说。

"区区小事，您不必放在心上。对我来说，改写《空气蛹》也是一件有意义的工作。"

"我想，得正式向你表示谢意才行。"

"谢意不谢意都无所谓。"天吾说，"只不过关于绘里，我可不可以打听几句个人的事情？"

"当然可以，只要我能回答。"

"戎野老师，您是绘里的正式监护人吗？"

老师摇摇头。"不是，我不是正式监护人。如果可能，我倒是很想这么做。上次我也告诉过你，我根本无法和她父母取得联系。从法律上来说，关于她，我并未拥有任何权利。我只是在七年前收留了来到我家的她，从此就一直在养育她，仅此而已。"

"既然如此，对您来说，恐怕是愿意让绘里生活得风平浪静才对呀。她像现在这样大张旗鼓地抛头露面，说不定会引出什么麻烦来，何况她还未成年呢。"

"你的意思是，比如说她的父母会通过法律手段，要求把绘里领回去，事态可能会变得麻烦。她好不容易才逃出来，弄不好却可能被强行领回。是这样吗？"

"是这个意思。我觉得无法理解。"

"你有怀疑，也是理所当然。不过对方也有无法堂堂正正地采取行动的原因。绘里越在社会上抛头露面，他们如果对绘里采取什么行动，就越会引起公众的关注。这正是他们最不希望看到的事态。"

"他们？"天吾问，"您说的是'先驱'？"

"正是。"老师说，"就是宗教法人'先驱'。我也有养育了绘里整整七年的事实，绘里也明确地希望继续留在我家。绘里的亲生父母不管出于何种理由，在这整整七年间，也是将她弃之不顾。我不可能随便把绘里让给他们。"

天吾整理了一下思路，然后说："《空气蛹》按照预定计划，肯定会成为畅销书。绘里势必受到社会的广泛关注。这样一来，'先驱'反而无法轻举妄动。这些我明白了。那么，按照您的预想，以后的事态会如何展开？"

"这个我也不知道。"戎野老师淡淡地说，"往后的事，对谁来说都是未知的领域。没有现成的地图。转过下一个拐角，等待着我们的将是什么，只有转过拐角后才知道。现在无从预料。"

"无从预料？"天吾问。

"是的。你也许觉得这话听上去不负责任，但现在无从预料，恰恰是整件事情的要点。把石块投进深潭里，扑通一下，巨大的响声传向四方。接下去深潭里会钻出什么东西，我们正在屏气凝神地守望。"

片刻，大家都沉默不语。各自在脑海里浮想着水面上扩散开的波纹。天吾估计那虚拟的波纹已经平静下来，不紧不慢地说：

"一开始我就告诉过您，这次我们的所作所为，是一种诈骗行为。甚至可以说是反社会的行为。今后，恐怕还会有数额不小的金钱也搅进来，谎言会像滚雪球般越滚越大。旧的谎言招来新的谎言，谎言与谎言间的关系变得越来越复杂，到最后可能谁都束手无策。于是，当真相大白时，每一个参与此事的人，包括这位绘里在内，都将身受其害，弄不好还会身败名裂，被整个社会唾弃。这个推论，您大概会同意吧？"

戎野老师把手伸向眼镜架。"怕是不得不同意啊。"

"尽管这样，听小松说，您还是打算当他那个为了《空气蛹》拼凑的公司的代表，这么说，您准备全面参与小松的计划，甚至主动打算陷自己于不义。"

"从结果来说，或许是像你说的那样。"

"据我理解，戎野老师您是个具有超凡的智力、掌握了渊博的知识和独立的世界观的人。但是，您说这个计划前景如何不得而知，转过下个拐角会出现什么无法预料。像老师您这样的人，怎么能置身于如此不明不白、不尴不尬的局面呢？我是百思不得其解。"

"你过奖了，不胜惶恐，不过这话再议……"戎野老师说到这里，略一停顿，"你想说的意思我完全明白。"

沉默。

"会发生什么事，谁也不清楚。"深绘里忽然插了一句话，然后又退回沉默中。可可杯子已经空了。

"说得对。"老师说，"会发生什么事，谁也不清楚。绘里说得对。"

"不过，其中肯定有某种程度的企图。"天吾说。

"是有某种程度的企图。"戎野老师说。

"我可以推测一下这个企图吗？"

"当然可以。"

"通过公开发表《空气蛹》这部作品，也许能弄清绘里父母身上到底发生了什么，从而使真相暴露。这就是把石块扔进深潭里的用意吗？"

"你的推测基本正确。"戎野老师说，"如果《空气蛹》成为畅销书，媒体就会像池里的鲤鱼一样，一拥而上。老实说，现在就已相当热闹了。记者见面会以来，杂志、电视的采访请求络绎不绝。当然我们全部拒绝了，但今后随着作品成书、出版，事态肯定会更热烈。如果我们始终不接受采访，他们大概会使出全部手段查出绘里的身世。绘里的境遇早晚要曝光。她父母是谁，她在何处长大，教养如何，现在又是谁在照料她。这些势必成为诱人的新闻。

"我也不是因为喜欢才来干这种事的。我在山里过着悠闲自在的生活，时至今日，早已不想和这种令世人瞩目的俗事发生纠葛。这种事做了也是一无所得。但我倒想巧妙地将诱饵撒出去，把媒体的兴趣引诱到绘里的父母身上。他们人在何处、境况如何？就是说让媒体取代警察，去干警察无法干或不愿干的事情。我想，如果干得巧妙，或许可以借此机会把他们解救出来。总之，深田夫妇对我来说——当然对绘里来说更是如此——极其重要。不能任由他们一直下落不明。"

"但深田夫妻就算人在那儿，又是为了什么一定得把他们拘禁七年之久呢？这可是漫长的岁月啊。"

"这个我也不清楚，只能进行推测。"戎野老师说，"就像上次我告诉过你的，作为革命性的农业公社而起步的'先驱'，在某个时间点和武斗派集团'黎明'分道扬镳，大幅度地修改了公社路线，摇身一变为宗教团体。由于'黎明'事件，警察曾经进入教团内部进行搜查，却发现他们同该事件毫无关系。打那以后，教团便稳扎稳打地巩固了地位，不不，与其说是稳扎稳打，不如说是突飞猛进才对。话虽如此，他们的活动本质却几乎不为世间所知。你大概也不知道吧？"

"我一无所知。"天吾答道，"我这人从来不看电视，连报纸也很少读，恐怕不能把我作为世间的标准。"

"一无所知的并非只有你一个。他们行动鬼鬼祟祟，尽量不让世间察觉。其他的新兴宗教团体大多行动招摇，以利于尽可能地增加信徒。'先驱'却不干这种事，因为他们的目的并不在于扩大信徒数量。一般的宗教团体力图增加信徒人数，是为了收入的稳定。'先驱'似乎没有这样的必要，他们需求的不是金钱，而是人才，是拥有明确的目的、具备各种专业技能、健康而年轻的信徒。因此他们从不死乞白赖地劝诱别人加入，也不是来者不拒。他们在前来申请加入的人当中，采用面试方式进行甄选。或是主动招募有能力的人。结果形成了一个士气高昂、素质优秀、具有战斗性的宗教团体。他们表面上一边经营农业，一边致力苦修。"

"他们到底是一个基于何种教义的宗教团体？"

"只怕没有特定的教典。即便有，大概也只是七拼八凑的东西。笼统地说，这是一个密宗系的团体，并非由琐细的教义，而是由劳动与修行构成了他们生活的中心。而且非常严格，绝不是徒有其名。于是，追求这样一种精神生活的年轻人，听说了他们的名声，便从全国各地纷纷赶来。他们内部非常团结，对外则一贯实行秘密主义。"

"他们有教主吗？"

"表面上不存在教主。他们排斥个人崇拜，在教团的运营上采取集体领导制。但内情如何并不明朗。我也在尽量收集信息，但泄漏到高墙外的信息微乎其微。唯有一点可以断言，该教团在稳步发展壮大，而且资金似乎非常充裕。'先驱'拥有的土地愈来愈多，设施愈来愈充实，环卫着其土地的高墙也变得愈加牢固。"

"而且'先驱'原先的领袖深田的名字，不知何时从表面的舞台上消失了。"

"你说得对。一切都很不自然，无法理解。"戎野老师说着，看了一眼深绘里，随即转眼注视着天吾，"'先驱'内部隐藏着某种重大的秘密。毫无疑问，在某个时间点，'先驱'内部发生了地壳构造般的变动。我们不知详情，但'先驱'因此彻底转变了方向，由一个农业公社蜕变成一个宗教团体。并且以此时为界，它从一个开放性的稳健团体摇身一变，成了一个采取秘密主义的严格的团体。

"我猜想，很可能就在此时，'先驱'内部发生了类似政变的事件，深田恐怕被卷了进去。以前我就告诉过你，深田是一个没有丝毫宗教倾向的人，是个彻底的唯物论者。他绝不是眼见亲手缔造的共同体要变成宗教团体却袖手旁观的人，肯定会倾尽全力阻止。可能就在此时，他在争夺'先驱'内部主导权的斗争中落败了。"

天吾思索了一会儿。"您的意思我完全明白。不过假定是这样，不是只要把深田从'先驱'中驱逐出去就行了吗？就像和'黎明'友好地分离时那样。没有特地把他们俩监禁起来的必要吧。"

"你说得完全正确。在一般情况下，的确没必要采取监禁这种麻烦的手段。可是，恐怕深田手头掌握了'先驱'的秘密，比如说不方便公之于众的东西。所以只把他驱逐出去并不能解决问题。

"深田是原先那个共同体的创始人，长年累月地发挥了实质性的领导人作用。迄今为止他们做过什么，他全都看在眼里。他也许成了一个知道得太多的人。而且深田在社会上颇为知名，深田保的名字是那个时代的一种时代现象，在某些方面仍然发挥着精神领袖的作用。假如深田离开'先驱'，他的一言一行必然唤起公众注意。这样，就算深田夫妻俩希望脱离，'先驱'也不可能轻易将他们放走。"

"所以您打算让深田保的女儿绘里作为作家轰轰烈烈地登场，把《空气蛹》搞成畅销书，以激发社会大众的关心，从侧面摇撼这种胶着状态。"

"七年是非常漫长的岁月，而在这七年间，无论我怎么努力都没有效果。如果现在不采取大胆的手段，只怕永远也解不开谜底了。"

"您是打算用绘里做诱饵，把老虎从密林里哄出来。"

"究竟会跑出什么东西来，谁也无法预料。也不一定就是老虎。"

"但从事态的推移看来，老师您在心里设想的好像是某种暴力性的东西。"

"这种可能性大概存在。"老师沉思着，说，"恐怕你也知道，在一个封闭的同质性集团中，任何事情都可能发生。"

凝重的沉默。在这沉默中，绘里开口了。

"因为小小人来了。"她小声地说。

天吾看着坐在老师身边的绘里。她的脸上一如平时，毫无表情。

"你是说小小人来了，所以'先驱'内部的某种东西改变了，是吗？"天吾问深绘里。

深绘里没有回答，用手指拨弄着衬衣领口的纽扣。

戎野老师仿佛是将深绘里的沉默接了过去，说："我不理解绘里描绘的小小人究竟意味着什么，她自己也无法用语言说明小小人到底是什么，也许她并不打算说明。总而言之，在'先驱'由农业公社急剧转变为宗教团体的关键点上，小小人好像起了什么作用。"

"或者是小小人般的东西。"天吾说。

"完全正确。"老师说，"那究竟是小小人呢，还是小小人般的东西，我不得而知。但至少，绘里让小小人在小说《空气蛹》里登场，看来是要讲出一个重大的事实。"

老师注视了一会儿自己的双手，然后仰起脸说："乔治·奥威尔在《1984》里，你也知道的，刻画了一个叫'老大哥'的独裁者。这固然是对极权主义的寓言化，而且老大哥这个词从那以后，就成了一个社会性的图标在发挥着作用。这是奥威尔的功劳。但到了这个现实中的1984年，老大哥已经变成了过度有名、一眼就能看穿的存在。假如此刻老大哥出现在这里，我们大概会指着他说：'当心呀，那家伙就是老大哥。'换句话说，在这个现实世界里，老大哥已经没有戏了。但取而代之，这个小小人登场了。你不觉得这两个词是很有意思的对比吗？"

老师目不转睛地望着天吾的脸，浮出一丝笑意。

"小小人是肉眼看不见的存在。它究竟是善还是恶？究竟有没有实体？我们甚至连这些都不知道。但它好像确实正在挖空我们的地基。"老师在这里顿了一顿，"想知道深田夫妻俩或绘里身上发生了什么，也许我们必须先搞清楚小小人究竟是什么。"

"那么说，您是打算把小小人给哄骗出来，是不是？"天吾问。

"一个连有没有实体都不清楚的东西，难道我们有本事哄骗出来吗？"老师说，笑意依然浮在嘴角，"你说的那个'老虎'，也许更现实一点吧。"

"不管怎么样，绘里是诱饵的事实没有改变。"

"不对，诱饵这个词不能说很贴切。制造旋涡这个意象更接近事实。大概过不了多久，周围的东西就会随着这个旋涡开始旋转。我正在等待这一刻。"

老师让指尖在空气中旋转，继续说道：

"在这个旋涡中心的是绘里。在旋涡中心的，不需要动。动的是她周围的东西。"

天吾默默地听着。

"假如借用你那个吓人的比喻，那么不只是绘里，也许我们个个都是诱饵。"老师眯起眼睛望着天吾，"包括你在内。"

"我本来是改写完《空气蛹》就没事了，说起来就是个打打下手的技术人员。这是一开始小松找上门要我充当的角色。"

"是的。"

"不过事情进展到半途时好像逐渐变味了。"天吾说，"就是说，小松原来制订的那个计划，老师您进行了修正，对不对？"

"没有，我并没有修正。小松君有小松君的意图，我有我的意图。眼下这两种意图的方向是一致的。"

"那么，你们两位的意图现在正骑着同一匹马，推动着计划展开，是不是？"

"也许可以这么说。"

"两个人的目的地不同，却骑着同一匹马前行。到途中的某个地点为止，两人跑的是同一条道，可那以后就不知道了。"

"你不愧是个作家，表达得非常巧妙。"

天吾喟然长叹。"我可觉得前途不太光明。不过，不管怎么说，好像已经没有回头路走了。"

"就算还有回头路，想退回原来的场所，只怕也难上加难啊。"老师说。

交谈到此结束，天吾再也找不到该说的话了。

戎野老师先离席，说是有事要在附近跟人见面。深绘里留了下来。天吾和深绘里相对而坐，两人一时无言。

"肚子不饿吗？"天吾问。

"不觉得饿。"深绘里说。

咖啡馆开始嘈杂起来，两人也说不清由谁先提议，走出了这家店，然后漫无目地在新宿街头闲逛。时间已近六点，许多人步履匆匆地往车站赶，但天空依然很明亮，初夏的阳光笼罩着都市。从位于地下的咖啡馆里走出来，不可思议地觉得那种明亮竟像人工制造的。

"你接下来要去什么地方？"天吾问。

"没有什么地方要去。"深绘里答道。

"我送你回家吧？"天吾说，"送你去信浓町的住所。今天你住那儿吧？"

"我不去那里。"深绘里说。

"为什么？"

她未作回答。

"你是觉得不去那儿好吗？"

深绘里默默地点头。

他很想问问她为什么感觉不去那里好，又觉得她反正不会正面回答。

"你回老师家吗？"

"二俣尾太远了。"

"那你还有别的地方去吗？"

"我今晚住在你那里。"深绘里说。

"这可能不大合适。"天吾谨慎地挑选着字眼答道，"我家很小，我又是独身一人，戎野老师大概也不会允许。"

"老师无所谓。"深绘里说，随后做了个耸肩的动作，"我也无所谓。"

"可是我也许有所谓。"天吾说。

"为什么？"

"就是说……"说了半句，后面的词儿出不来了。天吾想不起自己究竟准备说什么。在与深绘里交谈时，他常常这样。会在一瞬间忽然迷失说话的脉络。像是忽然刮来一阵狂风，将正在演奏的乐谱吹得无影无踪。

深绘里伸出右手，仿佛安慰天吾似的，握住了他的左手。

"你还不太明白。"她说。

"比如说不明白什么？"

"我们两个成了一个。"

"成了一个？"天吾惊奇地问。

"我们一起写了书。"

天吾的手心感觉到了深绘里手指的力量。虽然不强，却很均衡、明确。

"的确是那样，我们一起写了《空气蛹》。就算被老虎吃掉时，我们也会在一起吧。"

"老虎是不会出现的。"深绘里罕见地用严肃的声调说。

"那太好了。"天吾说，但他并未因此感到幸福。老虎也许不会出现，但究竟会出现什么东西，却不知道。

两人站在新宿站的售票处前。深绘里仍然握着天吾的手，望着他的脸。人流仿佛滔滔江流一般，从他们俩身边匆匆走过。

　　"行啊。如果你想住在我家里，尽管住吧。"天吾不再坚持，说，"我可以睡在沙发上。"

　　"谢谢。"深绘里说。

　　从她的口中听到道谢的话，这还是第一次呢。天吾心想。不对，也许并非第一次，但上一次听到这样的话是什么时候，他怎么也想不起来。

第19章 青豆
分担秘密的女人们

"小小人？"青豆盯着少女的脸，用温柔的声音问，"哎，小小人说的是谁呀？"

但阿翼只说了那么一个词，便再度紧紧地闭上嘴巴，瞳孔又像先前一样失去了深邃感。仿佛仅仅说出那一个词，便已耗去全身一大半能量。

"是你认识的人吗？"青豆问。

依然没有回答。

"这孩子提到这个词好多次了。"老夫人说，"小小人。不明白这是什么意思。"

在小小人这个词里，隐含着不祥的声响。青豆就像听到了遥远的雷鸣，辨出了这微弱的声响。

青豆问老夫人："是那小小人伤害了她的身体吗？"

老夫人摇摇头。"不清楚。但不管是什么东西，这个小小人看来无疑对这个孩子有重要的意义。"

少女将两只小小的手放在桌子上，姿势始终不变，用那双不透明的眼睛凝视着空气中的某一点。

青豆问老夫人："到底发生了什么事？"

老夫人用一种可以说是淡淡的语气讲述道："发现有强奸的痕迹，而且重复过多次。外阴部和阴道有几处严重撕裂，子宫内部也有伤痕。是在还未完全成熟的小小的子宫里，强行插入成年男子勃起的性器官造成的。所以卵子着床的部位遭到极大的破坏。据医生判断，以后即使长大成人，她也不可能怀孕生子了。"

看来老夫人半是有意地当着少女的面搬出这锥心的话题。阿翼不发一言地听着，看不出她的表情中有丝毫变化。嘴巴不时露出小小的蠕动，却没有声音发出。她仿佛半是出于礼貌，在倾听人家谈论远方的陌生人。

"还不止这些。"老夫人静静地继续说，"就算有万分之一的可能，通过采取某种治疗措施，使子宫机能恢复，这孩子以后恐怕也不愿和任何人发生性行为了。伤害如此严重，性器官插入时肯定伴随着相当的疼痛，而且这样的行为还重复了好多次。这种疼痛的记忆不可能简单地消失。我说的话，你听懂了吧？"

青豆点点头。她的双手放在膝盖上，手指紧紧地交扣在一起。

"就是说这孩子体内已经预备的卵子，都没有用了。它们……"老夫人朝着阿翼瞥了一眼，继续说道，"已经变成毫无意义的东西了。"

这番话阿翼究竟能理解多少，青豆不清楚。纵使她能理解，她那活生生的情感也似乎在别的地方，至少不在此地。她的心似乎被锁在别处某间上了锁的、狭小而阴暗的房间里。

老夫人继续说："我并不是说，怀孕生子才是女性唯一的人生意义。选择何种人生，这是每个人的自由。但她作为女性与生俱来的权利，却被什么人凭暴力预先剥夺了，这样的事无论如何都难以容忍。"

青豆默默地点头。

"当然难以容忍。"老夫人重复道。青豆发现她的声音在微微颤抖，感情似乎渐渐变得难以自制。"这孩子是从某个地方独自逃出来的。不知道她是怎样逃脱的，除了这里，她走投无路。除了这里，任何地方对她来说，都不能说是安全的。"

"这孩子的父母在哪儿？"

老夫人露出不快的神情，用指尖轻轻击打着桌面。"我们知道她的父母在哪里。但是，容许这种残酷行为的，正是她的父母。就是说，这孩子是从父母身边逃出来的。"

"这么说，父母容许别人强奸自己的女儿。您是这个意思吗？"

"不单是容许，而且是鼓励。"

"怎么可能有这种事……"青豆叹道，再也说不出话来。

老夫人摇摇头。"惨不忍闻。无论怎样都不能容忍。但这件事却有用普通的方法难以解决的原委，不能和单纯的家庭暴力相提并论。医生告诉我们应该报警，可是我请求医生不要报警。因为大家是好朋友，才总算说服了医生。"

"为什么？"青豆问，"为什么不报警呢？"

"这孩子受到的，明显是违背人伦的对待，从社会的角度来说也不容置之不理，是应当被重刑严惩的卑劣的犯罪。"老夫人慎重地挑选着字眼，说，"但是，如果现在去报警，警方又能采取什么措施？就像你现在看到的，这个孩子几乎不会说话，她无法说清究竟发生了什么，自己又遭受了什么。就算她能说清，也没办法证明这些都是事实。假如交给警察，这孩子很可能就被直接送还给她的父母。她没有别的地方存身，父母又拥有监护权。如果她被送还给父母，同样的事情恐怕还会再次发生。我绝不能让他们这么做。"

青豆点点头。

"这个孩子我要自己收养。"老夫人断然说道，"我不会把她交给任何人。她父母来也好，谁来也好，我都绝不打算把她交出去。我要把她藏到别的地方去，由我来收留她，抚养她。"

青豆交互地看着老夫人和少女，片刻无言。

"那么，对这个孩子实施性暴力的男人，能确定是谁吗？是不是就一个人？"青豆问。

"能确定。就一个人。"

"但不可能控告那个家伙，是不是？"

"那个家伙拥有强大的影响力。"老夫人说，"非常强大而直接的影响力。这孩子的父母就曾处于这种影响力之下，现在依然如此。他们对这个家伙服服帖帖、唯命是从，根本不具备自己的人格和判断力。对他们来说，这个家伙说的话绝对正确，因此得知要把女儿献给他时，他们不可能违抗。他们对他的话坚信不疑，开心地把女儿交出去，哪怕明明知道会发生什么。"

青豆花了一些时间，才明白了老夫人的话。她开动脑筋，将情况整理了一下。

"那是个特殊的团体吗？"

"对。是拥有同一种狭隘而病态的精神的特殊团体。"

"是邪教那样的团体？"

老夫人点头赞同。"对。而且是性质极其恶劣、危险的邪教团体。"

没错。这只可能是邪教。服服帖帖、唯命是从的信徒。不具备丝毫人格和判断力的人。同样的情况曾经完全可能发生在我身上。青豆咬着嘴唇，心中思忖。

当然，她在"证人会"内部并没有被卷入强奸事件，至少没有受到性方面的威胁。周围的"兄弟姐妹"都是诚实稳重的人，认真地思考信仰，为尊重教义而生，在某些场合甚至不惜牺牲性命。但正确的动机未必一定带来正确的结果，而且强奸未必一定仅仅以肉体为目的。暴力未必总是采取肉眼可见的方式，伤口未必时时流血不止。

阿翼让青豆想起了这个年龄的自己。我按照自己的意愿总算平安逃脱了，但这个孩子遭受了如此严重的伤害，也许已经不能自拔，再也无法恢复原来那种自然的心态了。想到这里，青豆忧伤不已，她在阿翼身上发现，她自己曾经极有可能处于这样的状态。

"青豆。"老夫人坦白地说，"现在不妨实话实说——尽管我知道这么做很失礼，但我们其实对你进行过身世调查。"

听了这句话，青豆才回过神，注视着对方的脸。

老夫人说："就是第一次和你在这里谈过话后不久。我希望你不会感到不快。"

"没关系，我没有感到不快。"青豆说，"调查我的身世，从您的角度来说是理所当然的。因为我们做的，是非同寻常的事。"

"是啊。我们行走在一条微妙的细绳上，正因如此，我们必须相互信赖。但是，不管对方是谁，在对理应知道的事情却一无所知的情况下，我们无法信任别人。所以我们对和你相关的一切进行了调查，从现在起一直回溯到相当久远的过去。当然是几乎一切。因为想了解一个人的一切，是谁也做不到的。恐怕连上帝也做不到。"

"连魔鬼也做不到。"

"连魔鬼也做不到。"老夫人重复道，随后露出浅浅的微笑，"我知道你在童年时代因为邪教的关系受过心灵创伤。你的父母过去曾经是，现在仍然是'证人会'的忠实信徒，并由于你抛弃了信仰而绝不宽恕你。这件事至今依然在折磨你。"

青豆无言地点点头。

老夫人继续说道："说实话，依照我的观点，'证人会'不能算作正经的宗教。万一你在小时候受了重伤或生了重病需要动手术，也许早就丧命了。声称因为在字义上背离了《圣经》，便否定维持生命的必要的手术，这就是彻头彻尾的邪教！这么做，是对宗教教义的滥用，逾越了不可逾越的界限。"

青豆点头赞同。拒绝输血这一法则，是"证人会"的孩子们最先被牢牢灌输进大脑的东西。与其违背上帝的教诲，接受输血而堕入地狱，不如保持着干净的躯体与灵魂死去，进入天堂乐园，这样要远为幸福。孩子们受的就是这种教导。没有妥协的余地。不是下地狱就是上天堂，可以选择的道路只有一条。孩子们还不具备判断能力，这种法则从社会一般观念或从科学认识来看是否正确，他们无法知道。小孩子们对父母传授的知识，只能全部相信。假如我小时候落到了必须接受输血的境地，肯定会听从父母之命拒绝输血，并且一命呜呼，结果被送到天知道是乐园还是什么，总之是莫名其妙的地方吧。

"那个邪教教团很有名吗？"青豆问。

"他们被称作'先驱'。你肯定听说过这个名字。有一阵这个名字几乎每天都在报纸上出现。"

青豆不记得听说过这个名字，不过她什么也没说，暧昧地点点头。她觉得这么做似乎更好。她意识到自己现在并非生活在原来的1984年，而似乎生活在被做了某些更改的1Q84年。这虽然还只是假设，却每天都在扎实地增加着真实性。而且，自己还未获知的信息，看来在这个新世界里还有许多。她必须时刻有所防备。

老夫人继续说道："'先驱'开始只是一个小小的农业公社，以逃离都市生活的新左派团体为核心，并由他们来运营。但从某一个时间点开始，忽然急剧转向，变成了一个宗教团体。至于转向的原因和具体情况，还没有搞清楚。说奇怪也真够奇怪的。总而言之，大部分成员都继续留在了那里。现在，他们已经获得宗教法人认证，但这个教团的实质却几乎不为世间所知。据说基本属于佛教密宗系统，教义内容恐怕只是零星拼凑起来的东西。但这个教团却急速地获得了大量的信徒，越来越强大。尽管和那样重大的事件有千丝万缕的联系，但教团的形象居然没有受到任何损害，因为他们应对得非常聪明，令人诧异。甚至反而成了一种正面宣传。"

老夫人歇了口气，然后继续说道：

"这个事实几乎不为世人所知——这个教团有一个被称作'领袖'的教主，他被认为具有特异功能。据说他有时会运用这种能力给人治病，会预言未来，会引发超常现象。其实，无非都是些精巧的骗局，可是就因为这个，许多人被吸引到他身边。"

"超常现象？"

老夫人皱起了漂亮的眉毛。"我们还不清楚这具体意味着什么。老实说，我对这类玄奥的东西提不起丝毫兴趣。从古至今，同样的诈骗行为在世界各地不断重复，手法永远相同。可是，这种浅薄的骗局却长盛不衰。因为世间大多数人并不相信真实，而是主动去相信自己希望是真实的东西。这样的人两只眼睛哪怕睁得再大，实际上也什么都看不见。对这样的人实施诈骗，就像是拧断婴儿的手臂。"

"先驱。"青豆试着说出口。就像特快列车的名字。她想。不大像宗教团体的名字。

听见"先驱"这个名字，仿佛对隐匿于其中的特别的声响有了反应，阿翼刹那间垂下目光，但马上又抬起眼，恢复了与原来相同的毫无表情的面容。似乎在她的内心忽然卷起了小小的旋涡，又立即平静了。

"就是'先驱'这个教团的教主，强奸了阿翼。"老夫人说，"借口要赋予她们灵魂的觉醒，强逼她们就范。她的父母被告知，必须在她迎来初潮前完成这个仪式。说只有这样尚无污垢的少女，才可能被赋予纯粹的灵魂的觉醒。因此产生的剧烈疼痛，是为了升华到上一个阶段而必须通过的关口。她的父母竟然完全相信。人到底能愚蠢到什么程度啊！实在令人震惊不已。不单是阿翼一个孩子。根据我们得到的消息，他对教团内部的其他少女也干了同样的事。这个教主是个性嗜好扭曲的变态者，这一点毋庸置疑。而教团和教义都只是暂时的伪装，用来遮掩这种个人的欲望罢了。"

"这个教主有名有姓吗？"

"遗憾的是，我们还没弄清楚他的姓名，只知道他被称作'领袖'。他是个什么样的人？有什么样的经历？有什么样的外貌？这一切都不清楚。无论怎么打听，都弄不到相关信息。被完全拒之门外。他一直躲在山梨县山里的教团本部中，几乎从来不在人前露面。就是在教团内部，能见到他的人也极少。总是待在黑暗的房间里，说是在那里冥想。"

"我们却不能听任此人胡作非为。"

老夫人看了一眼阿翼，然后缓缓地点头说："不能让牺牲者再增加了。你不这么认为吗？"

"我们必须采取某种措施。"

老夫人伸出手，放在阿翼的手上，半晌沉浸在沉默中，然后说："是的。"

"他一再重复这种变态行为，证据确凿吧？"青豆问老夫人。

老夫人点点头。"强奸少女是有组织的行为，我们已经取得了确凿的证据。"

"如果真是这样，的确是难以容忍的行为。"青豆声音平静地说，"就像您说的，不能让牺牲者再增加了。"

老夫人的心中，似乎有好几种念头在缠绕纠葛、追逐争斗。然后她说：

"关于这位领袖，我们有必要对他进行更详细、更深入的了解，不能留有模糊之处。不管怎么说，毕竟人命关天啊。"

"这人几乎从来不公开露面，是吗？"

"是的。而且警卫非常严格。"

青豆眯起眼睛，浮想起收藏在衣橱抽屉深处的特制冰锥，想起了那锋锐尖利的针尖。"这个工作好像会很困难。"她说。

"会特别困难。"老夫人说，然后放开了握着阿翼的手，用中指轻轻地按着眉心。这是老夫人——并不常见的——难下决断的标志。

青豆说："现实地看，由我独自前往山梨县的山里，潜入戒备森严的教团内部，处置完那位领袖，再从那里安然脱身，恐怕会相当困难。如果是忍者电影的话另当别论。"

"我当然不会让你去冒这么大的险。"老夫人认真地说，随后似乎明白了青豆在开玩笑，嘴角浮出淡淡的微笑，又补充道，"这种事绝不可能。"

"还有一件事我有些担心。"青豆注视着老夫人的眼睛，说，"就是小小人的事。小小人究竟是什么东西？他们对阿翼究竟干了些什么？有关这小小人的信息，或许也需要。"

老夫人仍然用手指按着眉心，说："这件事我也放心不下。这个孩子几乎不说话，但就像我刚才说过的，她多次念叨小小人这个词。其中恐怕有重大的意义。可是小小人到底是什么，她却不肯告诉我。一谈起这个话题，她就守口如瓶。请再给我一点时间，我们也会对此进行调查。"

"关于'先驱'，有没有什么线索能获得更详细的信息？"

老夫人露出和蔼的微笑。"凡是有形的东西，没有一种是花了钱却买不到手的。而我已经做好了花钱的准备，尤其是在这件事上。也许还得再花点时间，但我们需要的消息一定会弄到手。"

也有花再多的钱也买不到的东西。青豆心想。比如月亮。

青豆改变了话题："您真的打算收留阿翼，抚养她吗？"

"我当然是真心的。我想正式认领她做养女。"

"我想您一定有心理准备，只怕法律手续不会那么简单。因为这件事的背景太复杂了。"

"我当然有心理准备。"老夫人答道,"我会用尽一切办法。只要是我能做到的,就打算尽力。绝不把这个孩子交给任何人。"

老夫人的声音里夹着痛切的余韵。她在青豆面前从未如此露骨地表达过感情,这让青豆多少有些担心。老夫人似乎从青豆的表情中读出了这种担心。

她降低了音量坦白地说:"这话我还没有告诉过任何人,至今为止一直深藏在心底,因为说出来会让我感到凄楚。说实话,我的女儿自杀时,已经有了六个月的身孕。大概我女儿是不愿意生下那个男孩,才带着胎儿一道结束了生命。如果他安然出生,年龄也该和这孩子一样大了。当时,我一下子失去了两条宝贵的生命。"

"真是太遗憾了。"青豆说。

"不过请你放心,我不会让这种私事影响自己的判断,不会让你去进行无谓的冒险。你对我来说也是宝贵的女儿,我们早已是一家人了。"

青豆默默地点头赞同。

"这是比血缘关系更为珍贵的纽带。"老夫人用宁静的声音说。

青豆再度点点头。

"那个家伙不管怎样都必须抹杀。"老夫人仿佛是讲给自己听似的,然后看了看青豆,"有必要尽早把他转移到另一个世界里去。在他伤害下一个人之前。"

青豆凝望着坐在桌子前的阿翼。她眼睛的焦点没有与任何一点相连。她凝视的,只是虚拟的一点。在青豆的眼里,这位少女看上去竟像空壳。

"但是,我们也不能急于求成。"老夫人说,"我们必须谨慎行事,必须耐心等待。"

青豆把老夫人和叫阿翼的少女留在房间里，独自走出小楼。我留在这里，等阿翼睡熟再走。老夫人说。一楼客厅里，四个女人围着圆桌，交头接耳地正在小声说悄悄话。在青豆看来，这似乎不像现实的风景。望过去，她们仿佛正形成一幅虚幻的画作。主题也许可以叫作"分担秘密的女人们"。青豆从一旁走过，她们形成的构图也没有变化。

青豆在门外蹲下，抚摸了一会儿德国牧羊犬。那狗好像很高兴，拼命地摇着尾巴。她每次遇到狗都觉得奇怪：狗这种生物为何会如此无条件地感受到幸福？青豆生来从未饲养过狗儿、猫儿和鸟儿。甚至连盆栽植物都没买过一次。她陡然想起了什么，抬起脸仰望天空。然而，仿佛在暗示梅雨季节的到来，单调的灰色云层遮蔽天空，看不到月亮的身姿。这是个无风的宁静夜晚。虽然云层深处似乎微微能感觉到月光，月亮究竟有几个却不得而知。

走向地铁站的途中，青豆浮想联翩，思索着世界的奇妙。假如像老夫人说的那样，我们仅仅是遗传因子的载体，那我们当中的不少人为何一定要走过一条古怪的人生之路？我们只要简单地度过简单的人生，不去思考无谓的闲事，只顾致力生命的维持与繁殖，不就足以实现它们传递 DNA 的目的了？走过繁复曲折的，有时甚至是奇异的人生之路，对遗传因子来说，究竟又能产生怎样的利益？

强奸还未初潮的少女寻求乐趣的男人，体格健壮的同性恋保镖，拒绝输血主动赴死的虔诚信徒，怀着六个月身孕吃安眠药自杀的女人，在有问题的男人脖颈上刺入尖针将其除去的女人，憎恶女人的男人，憎恶男人的女人……这形形色色的人存在于这个世上，又会给遗传因子带来怎样的利益？难道遗传因子将这些曲折的插曲当作色彩丰富的刺激来欣赏，或是为了某种目的而利用吗？

青豆不明白。她明白的，不过是事到如今再没有可能选择别的人生。无论如何，我只能度过这样的人生。不可能退货，去调换一个新的人生。不管是何等古怪、何等扭曲，这都是我这个载体的现有形态。

老夫人和阿翼要是能幸福该多好。青豆边走边想。她甚至想，假如她们俩能幸福，自己哪怕牺牲也在所不惜。因为我没有什么值得一谈的未来。但平心而论，青豆并不认为她们今后的人生能过得平和而满足，或至少像普通的人生那样。我们或多或少是同一类人。青豆想。我们在人生的道路上，背负了过多沉重的包袱。就像老夫人所说的，我们是一家人。是拥有深重的心灵创伤的同类项，是怀着某种缺憾、永无休止地战斗的大家庭。

正这么浮想联翩，青豆感觉自己强烈地渴望男人的肉体。真是！早不来晚不来，怎么偏偏在这个时候想要男人了！她边走边摇头。这种性欲的亢奋究竟是来自精神的紧张，是积蓄在体内的卵子们发出的自然呼唤，还是遗传因子们曲折的阴谋？青豆无从判断。但这欲望似乎是相当顽固的东西。如果是亚由美，大概会形容为："好想稀里哗啦地大干一场！"该怎么办？青豆踌躇着。不如去老地方，就是那家酒吧，随意找个男人。到六本木乘地铁只有一站地。但青豆太疲倦了，加上这一身也不是勾引男人上床的打扮。没有化妆，脚上穿的还是运动鞋，背着运动包。还是赶快回家开一瓶红葡萄酒，自慰之后睡觉得了。她寻思。还有，月亮之类的就别再费心去想啦。

从广尾到自由之丘的电车里，坐在对面座位上的男子，一眼看去就是青豆喜欢的类型。大约四十五六岁，有一张鹅蛋形的脸，前额的发际线多少有些后退。脑袋形状也不难看。双颊很有血色。戴着一副时尚的黑边细框眼镜。服装也很讲究：一件全棉夏季薄西装上衣，里面穿着白色 Polo 衫，膝盖上放着皮质公文包。鞋子是茶色平底便鞋。模样像个上班族，但看来供职之处不是家坚实牢靠的公司。不是出版社的编辑，就是在某家小建筑师事务所工作的建筑师，再不然就是做服装行业的，大概是这样。他正在热心地读一本包了书皮的文库本。

如果可能，青豆很想和这个男人去找个地方，疯狂地做爱。她想象自己紧握着这个男人勃起的阴茎的情形。它仿佛血流停止了一样坚挺，她很想紧握着不放，用另一只手温柔地按摩两只睾丸。她的双手在膝盖上蠢蠢欲动，不知不觉中手指忽而张开忽而攥起，双肩随着呼吸上下起伏，舌尖缓缓地舔着自己的嘴唇。

但她必须在自由之丘下车。而那个乘这趟车不知要去何处的男人，却不知道自己成了性幻想的对象，在座位上端坐不动，继续读他的文库本。至于对面座位上坐着个什么样的女人，这种事他似乎根本没放在心上。走下电车时，青豆真想冲上去把那文库本劈手夺过来，当然，她抑制住了这莫名的冲动。

凌晨一点钟，青豆在床上陷入了深深的睡眠。她在做一个春梦。在梦中，她拥有一对大小和形状都像葡萄柚的乳房，乳头又硬又大。她把这对乳房压在男人的下半身。衣服脱在脚下，她一丝不挂地躺在那里，双腿大大地岔开。睡熟了的青豆无法知道，天上此时也并排浮着两个月亮。一个是自古就有的大月亮，另一个是新的小月亮。

阿翼和老夫人在一个房间里睡着了。阿翼穿着格子图案的新睡衣，身体微微弯曲着睡在床上。老夫人则和衣横躺在读书椅上，膝上盖着一条毛毯。她本打算在阿翼睡着后就走，谁知竟睡着了。这座位于高冈尽头的小楼，周围一片静谧，只是偶尔传来远处街上疾驰而过的摩托车高亢的呼啸声和救护车的警报声。德国牧羊犬也蹲在大门前睡了。窗户上挂着窗帘，水银灯的光亮将它染成白色。云朵开始散开，两个相邻的月亮不时从云缝间露出脸。全世界的海洋都在调整潮水的流动。

阿翼脸紧紧地贴在枕头上，微张着嘴巴睡着。呼吸很轻，身体几乎一动不动，只有肩膀偶尔像轻微的抽搐般微微颤动。刘海垂在眼睛上方。

不久，她的嘴巴缓缓地张开，从那里，小小人一个接一个地钻了出来。他们观察着四周的情形，小心翼翼地一个又一个现身。如果老夫人醒来，一定能看到他们的身姿，但她在酣然熟睡，一时不会醒来。小小人心里明白。小小人一共五个。他们刚从阿翼嘴巴中钻出来时，只有阿翼的小拇指一般大，但完全来到外面后，他们就像打开了折叠式的工具，不停地扭着身子，变成了三十厘米左右高。他们都穿着同样毫无特色的衣服，相貌上也没有特征，无法逐一识别。

他们悄悄地爬下床，从床底下拖出一个肉包大小的物体，然后围成一圈坐下，一齐动手起劲地摆弄它。那是一个富有弹力的白东西。他们把手伸向空中，用娴熟的手法从那里抽出半透明的白丝，用丝把那软绵绵的物体一点点地弄大。那丝似乎有适度的黏性。他们的身高不知不觉变得接近六十厘米了。小小人能根据需要，自由地改变自己的身高。

这种工作持续了几个小时，五个小小人一声不发地沉湎于其中。他们配合默契，无懈可击。阿翼和老夫人始终在安然酣睡，一动不动。庇护所中的女人们也都躺在各自的床上，不同于平时，深深地陷入梦乡。德国牧羊犬像在做梦，身子伏在草坪上，从无意识的深处挤出轻微的声息。

头上，两个月亮仿佛商量好了，用奇妙的光辉照耀着世界。

第20章　天吾
可怜的吉利亚克人

天吾睡不着。深绘里躺在他的床上，穿着他的睡衣，睡得沉沉的。天吾在小小的沙发上做好入睡的准备（他时常在这张沙发上午睡，并不觉得不便），躺了下去，却感觉不到丝毫睡意，于是站起身，坐在厨房的桌子前接着写长篇小说。文字处理机放在卧室里，他便用圆珠笔写在报告纸上。他并不觉得不便。就书写速度和记录保存而言，文字处理机当然便捷，但他更钟爱动手在纸上书写这种古典方式。

天吾在半夜里写小说，比较少见。他喜欢在天色还明亮、人们时常在外边走动时工作。在四周被黑暗包围、万籁俱寂时写作，文章有时会变得过于浓密。夜里写下的东西，常常得在白昼的光明中再从头改写。既然如此费事，还不如一开始就在白昼里写作。

但时隔许久，再次使用圆珠笔写字，他却发现大脑异常活跃。想象力如天马行空，故事自由奔涌。一个灵感自然地联结起另一个灵感，几乎从未停滞。圆珠笔尖一刻不停地在白纸上发出声响。手感到疲倦时，他便停下笔，像一个钢琴家在做虚拟的音阶练习，在空中舞动右手的手指。时钟指向了一点半。听不见外边的响动，静到了几乎不可思议的地步。遮蔽着都市上空的厚如棉絮的云层，似乎将多余的声响吸收了。

他再次拿起圆珠笔，将语言排列在报告纸上。文章写到中途，他忽然想起，明天是年长的女朋友来访的日子。她总是在星期五上午十一点左右到来。在那之前必须把深绘里送走。好在深绘里从不喷香水和古龙水。如果有谁的气味留在床上，她恐怕立刻会察觉。天吾深知她那谨小慎微、极爱吃醋的性格。自己不时和丈夫做爱不要紧，但如果天吾和其他女子一起逛逛街，她就大动肝火。

"夫妻之间的同房，是不一样的。"她解释道，"是另一笔账目。"

"另一笔账目？"

"开支项目不同呀。"

"你是说使用感情中的另外一个部分？"

"就是这个意思。哪怕使用的肉体是同一个地方，感情却有区别。因此是可以允许的。作为一个成熟的女人，我能做到这一点。但是不允许你和别的女孩子睡觉。"

"我可没干过那种事。"

"哪怕你没有跟别的女孩子做爱，"这位女朋友说，"但仅仅想一想有这种可能，我就觉得受了侮辱。"

"仅仅是因为有可能吗？"天吾惊讶地问。

"你好像根本不懂女人的心理。还写小说呢。"

"这种做法，我觉得好像很不公平。"

"也许吧。不过我会好好地补偿你的。"她说。这并非谎言。

天吾对自己和这位年长的女朋友的关系很满足。她不能说是一般意义上的美女，容貌应该算是独特。甚至会有人觉得她丑。但天吾不知为何一开始就喜欢上了她的容貌。她作为性伴侣也无可挑剔，而且

317

对天吾没有太多的要求。每周一次，在一起度过三四个小时，细致地做爱，最好能来两次，不去接近别的女人。她对天吾的要求基本就是这些。她很看重家庭，并不打算为了天吾破坏家庭。只是在和丈夫的性生活中得不到满足。两人的利害关系基本一致。

天吾并未对别的女人产生欲望。他最希望的，是自由而平静的时间。只要能保证定期做爱，他对女人便没有更多的要求了。与年龄相仿的女人相识、相爱，保持性关系，背负上必然带来的责任，这是他不太欢迎的。几个必须经历的心理阶段，关于可能性的暗示，意图间难以避免的冲突……这一连串棘手的问题，他想尽量不去招惹。

责任和义务这种观念，常常让天吾心惊胆战、望而却步。在迄今为止的人生中，他始终巧妙地避开伴有责任和义务的境遇。不被人际关系的复杂性束缚，尽量避免规则的制约，不欠债也不赊账，独自一人自由而安静地生活。这是他一贯的追求。为此，他已准备忍受大多数不便之处。

为了逃避责任和义务，天吾在人生的早期阶段就学会了不引人注目的方法。不在众人面前卖弄本领，绝口不谈个人见解，避免出头露面，尽量淡化自己的存在。他从童年时代起，就一直处于不依赖任何人、单凭自己的力量谋生的状态。但孩子实际上是弱小无力的，一旦有狂风刮来，就得躲在隐蔽的地方紧紧抓住什么，才能不被卷走。必须时刻将这种谋算放在脑中，就像狄更斯小说中的孤儿一样。

至今为止，天吾大体上可以说一切顺利。他躲过了所有的责任和义务。既没有留在大学里，也没有正式就业，连婚也不结。他找到了一份相对自由的职业，以及一个让人满意的（而且要求很少的）性伴侣，利用充裕的闲暇时光写小说。邂逅了小松这位文学上的导师，靠着他的帮助还定期得到一些文字工作。写下的小说虽然还未见天日，目前的生活却没有什么不自由。没有亲密的朋友，也没有期盼着承诺的恋人。迄今和十多位女子有过交往，发生过性关系，但和谁都未能长久。但他至少是自由的。

可是，自从拿到深绘里的《空气蛹》原稿，他这种宁静的生活也开始露出几处破绽。首先，他几乎是被硬拽进小松制订的危险计划。那位美丽的少女则从奇特的角度撼动了他的心。而且，通过改写《空气蛹》，天吾身上发生了某种内在的变化，他开始被渴望写出自己的小说的强烈愿望驱使。这固然是个很好的变化，但同时，他维持至今、几近完美的自给自足的生活循环将被迫修改，也是不争的事实。

总之，明天是星期五，女朋友要来。在那之前必须把深绘里打发走。

深绘里醒来，是在深夜两点过后。她穿着睡衣，开门来到厨房里，然后拿着大玻璃杯喝自来水，接着揉着眼睛在天吾对面坐下。

"我打搅你了吗。"深绘里照例用没有问号的疑问句问道。

"没关系的。算不上是打搅。"

"你在写什么。"

天吾合起报告纸，放下圆珠笔。

"没什么大不了的东西。"他答道，"而且我正打算收工。"

"我可以和你待一会儿吗。"她问。

"可以。我要喝点葡萄酒。你想喝点什么吗？"

少女摇摇头。意思是什么都不要。"我想在这里待一会儿。"

"行啊。我还不困。"

天吾的睡衣对深绘里来说太大，她把袖口和裤脚卷起来好多。她身体前屈时，从领口露出了一部分隆起的乳房。望着穿着他的睡衣的深绘里，天吾不知为何感觉呼吸困难。他拉开冰箱，把瓶底剩的葡萄酒倒进酒杯里。

"肚子饿不饿？"天吾问。在回家的路上，两人走进高圆寺车站旁的小饭馆里，吃了意大利面。量不太多，又过去了相当长的时间。"我可以给你做点三明治之类的简单东西。"

"肚子不饿。还不如把你写的东西念给我听听呢。"

"我刚才写的东西吗？"

"对。"

天吾拿起圆珠笔，夹在手指间旋转。笔在他的大手里显得非常小。"在全部写完，彻底改完定稿以前，我是不把原稿给人看的。那会给我带来厄运。"

"带来厄运。"

"是我自己定下的规矩。"

深绘里注视着天吾，片刻无言，然后把睡衣领口拢紧。"那，你念本什么书给我听听。"

"念了书你就能睡着吗？"

"对。"

"所以戎野老师经常念书给你听，是不是？"

"因为老师一直到天亮都不睡觉。"

"《平家物语》也是老师念给你听的吗？"

深绘里摇摇头。"是听的磁带。"

"于是你记住了。不过，磁带一定很长吧？"

深绘里用双手比画着盒式磁带垒起来的高度。"很长很长。"

"记者见面会时你背诵的是哪一段？"

"判官出奔。"

"剿灭了平氏之后，源义经被源赖朝逐出京都那一段。胜利到手后，开始同室操戈，骨肉相争。"

"对。"

"你还会背诵哪一部分？"

"说说你想听哪一段。"

天吾思索《平家物语》中有哪些小插曲。可整个故事太长，小插曲多不胜数。"坛浦会战。"天吾随便说了个卷名。

深绘里沉默了约二十秒，集中精神。然后开始背诵。

　　源氏军兵既已登上平家的战船，那些艄公舵手，或被射杀，或被斩杀，来不及掉转船头，便都尸沉船底了。新中纳言知盛卿搭乘小船来到天皇的御船上，说道："看来，大势已去。必将受害的人，都让他们跳海吧！"说完便船前船后地乱转，又是扫，又是擦，又是收集尘垢，亲自打扫。女官们纷纷问道："中纳言，战事怎样了？怎样了？""东国的男子汉，真了不起，你们看吧！"说着呵呵大笑。"这时候还开什么玩笑！"个个叫起来。

　　二品夫人见此情形，因为心中早有准备，便将浅黑夹衣从头套在身上，把素绢裙裤高高齐腰束紧，把神玺挟在肋下，将宝剑插在腰间，抱起天皇，说道："我虽是女人，可不能落入敌人手中，我要陪伴着天皇。凡对天皇忠心的，都跟我来。"说着走近船舷。

　　天皇今年刚八岁，其懂事老成，超逾年齿。姿容端庄，风采照人，绺绺黑发，长垂后背。见此情景，不胜惊愕地问道："外祖母，带我去哪里？"二品夫人面对天真的幼帝，拭泪说道："主上你有所不知，你以前世十善戒行的功德，今世才得为万乘之尊，但因恶缘所迫，气数已尽。你先面朝东方，向伊势大神官告别，然后面朝西方，祈祷神佛迎你去西方净土，你心中要念诵佛号。这个小小的边缘国度令人憎厌，我带你去极乐净土吧。"二品夫人边哭边说，然后给天皇换上山鸠色的御袍，梳理好两鬓打髻的儿童发式。幼帝两眼含泪，合起纤巧可爱的双手，朝东伏拜，向伊势大神宫告别，然后面朝西方，口念佛号不止。少顷，二品夫人把他抱在怀里，安慰道："大浪之下也有皇都。"便自投身到千寻海底去了。

闭着眼睛倾听她背诵故事，果然有聆听盲目琵琶法师说书的情趣，令天吾重新认识到《平家物语》原本就是口传叙事诗。深绘里平时说话极其平板单调，几乎听不出抑扬顿挫，然而一旦讲述起故事来，声音竟惊人地有力，而且富于色彩，甚至让人觉得有什么东西附体一般。一一八五年发生在关门海峡的壮烈的海上会战情形，在此鲜明地重现了。平氏的败北已成定局，清盛的妻子时子怀抱幼小的安德天皇投水。女官们也不愿落入东国武士的手中，纷纷追随其后。知盛强抑着悲痛的心情，假装开玩笑，敦促女官们自裁：这样下去你们注定要体味人间地狱，还不如在此自己了断性命。

"还要听下去吗。"深绘里问。

"不，到这儿就行啦。谢谢。"天吾依然恍惚不已，答道。

新闻记者们茫然无言的心情，天吾也能理解了。"可是，你是怎么记住这么长的文章的?

"我听了好多遍磁带。"

"就算听了好多遍磁带，一般人也根本记不住。"天吾说。

随即他忽然想到，这个少女正因为不能阅读，所以把耳朵听到的东西记忆下来的能力，恐怕异常发达、超过常人。和患学者综合征①的孩子们能在瞬间记忆大量的视觉信息相同。

"念书给我听听。"深绘里说。

"念什么书好?"

---

①有认知障碍，但在某方面却有超乎常人的能力的情况。

"你今天和老师说到的那本书，有吗。"深绘里问，"就是有'老大哥'出场的书。"

"《1984》吗？不，我这里没有。"

"说的什么故事？"

天吾开始回忆小说的情节："我还是很早以前在学校图书馆里看的，具体细节已经记不清了。总之这本书是一九四九年出版的，在那个时候，一九八四年还是遥远的未来呢。"

"就是今年。"

"对，今年正好是一九八四年。总有一天未来会变成现实，又会立刻变成过去。乔治·奥威尔在这部小说中，把未来描绘成由极权主义统治的黑暗社会。人们受到一个叫'老大哥'的独裁者的严厉控制。信息传播受到限制，历史被无休止地改写。主人公在政府里任职，我记得好像是在负责篡改语言的部门工作。每当新的历史被制造出来，旧的历史就被悉数废弃。与之对应，语言也要更改，现有的语言，意思也要改变。由于历史被过于频繁地改写，渐渐地谁也不知道什么才是真相，连谁是敌谁是友也搞不清楚了。就是这样一个故事。"

"改写历史。"

"剥夺正确的历史，就是剥夺人格的一部分。这是犯罪。"

深绘里对此思考了片刻。

"我们的记忆，是由个人记忆和集体记忆加在一起构成的。"天吾说，"这两者紧密地纠缠在一起。而历史就是集体记忆，一旦它被剥夺，或者被改写，我们就无法继续维持正当的人格。"

"你也在改写。"

天吾笑着喝了一口葡萄酒。"我不过是对你的小说酌情进行了一点修改。这和改写历史根本不能相提并论。"

"可是，那本老大哥的书这里没有。"她问。

"很遗憾。我没办法念给你听。"

"别的书也行。"

天吾走到书架前，望着书脊。他迄今为止读过许多书，但手头拥有的书却很少。他不喜欢自己家中摆放着太多东西，不论那东西是什么。因此，读过的书除非很特别，全都送到旧书店里去了。他只买那种买来立刻就能阅读的书，重要的书则读得烂熟，记在了脑子里。除此之外的必要的书，则去近处的图书馆借来看。

选书花了些时间。他不习惯大声诵读，所以判断不出什么样的书适合朗读。踌躇了许久，他抽出了上周刚读完的契诃夫的《萨哈林岛①》。因为他在深感兴趣之处贴了标签，恐怕便于找出合适的地方朗读吧。

在大声朗读前，天吾先对这本书做了简单的说明。一八九〇年契诃夫赴萨哈林旅行时，只有三十岁。作为比托尔斯泰和陀思妥耶夫斯基晚一辈的新进青年作家受到极高评价、在首都莫斯科过着奢华生活的都市人契诃夫，为何会下定决心独自来到这边陲之地萨哈林，并长期滞留，真正的理由无人知道。萨哈林主要是作为流放地开发的土地，对普通人来说只是不祥和悲惨的象征。况且当时还没有西伯利亚铁路，他只能乘坐马车，在苦寒之地跋涉四千多公里，这种苦行让他原本就不健壮的身体受到了无情的摧残。而契诃夫在结束了长达八个月的远东之行后，作为成果写出的《萨哈林岛》，却令许多读者困惑不已。因为这是一部极力抑制文学要素、更接近实用性的调查报告或地志的东西。"为什么契诃夫在对一个作家十分重要的时期，去做这种徒劳无益、毫无意义的事？"周围的人都窃窃私语。甚至有批评家断定这是"企图引起轰动，借以沽名钓誉"。也有人猜测他是"已经

---

① 萨哈林岛，中国多译为"库页岛"。下文的"吉利亚克人"多译为"尼夫赫人"。

没有东西可写，是去寻找素材的"。天吾把书上附的地图给深绘里看，告诉她萨哈林的位置。

"契诃夫为什么去萨哈林呢。"

"你是问我对这件事怎么看？"

"对。你看过这本书。"

"看过。"

"你怎么认为。"

"也许连契诃夫自己都不知道真正的原因。"天吾说，"不如说，他只是突发奇想，就想到那里去看看。比如说，在地图上看到了萨哈林岛的形状，就抑制不住想去亲眼看看的冲动。我也有过类似的体验。有一些地方，我看着地图，就会油然生出这样的心情：'无论如何，我也得去看看！'不知为何，在很多情况下，那往往是遥远而不便的去处。那里风光如何？正在发生什么？总之，一心就想去见识见识。那简直就像麻疹一样，所以无法告诉别人这种激情的出处。纯粹意义上的好奇心。无法说明的灵感。当时从莫斯科去萨哈林旅行是无法想象的艰难之举，所以我想，契诃夫大概不会只有这个理由。"

"比如说呢。"

"契诃夫不仅是个小说家，还是个医生。因此，作为一个科学家，他也许想亲眼检查一下俄罗斯这个巨大国度的患处。自己是居住在都市的著名作家的事实，让契诃夫感到心情不畅。他厌倦了莫斯科文坛的气氛，和那帮动辄相互拆台、装腔作态的文友合不来。而对那些居心叵测的批评家，他只觉得嫌恶。说不定萨哈林之旅正是一种涤荡这些文学污垢的朝圣行为。而且萨哈林岛在多种意义上让他深感震惊。恐怕正因如此，契诃夫才连一篇取材于萨哈林之旅的文学作品都未能写出。那绝不是一件可以随便当作小说题材的肤浅的事。而且这患处，说起来已经成了他身体的一部分。没准这才是他追求的东西呢。"

"那本书有趣。"深绘里问。

"我读了觉得很有趣啊。书中列举了许多实用性的数字和统计，刚才我也说过，不太具有文学色彩。它浓烈地体现了契诃夫作为科学家的侧面。但我能从这种地方读到契诃夫清高的决心。而且在这些实用性的记述中不时夹杂的人物观察和风景描写，给人的印象特别深刻。话虽这么说，那些一味列举事实的实用性文字也很不错，有时还相当漂亮。比如说描绘吉利亚克人的文章。"

"吉利亚克人。"深绘里说。

"吉利亚克人是远在俄国人来殖民之前，就一直生活在萨哈林的原住民。他们原来生活在南边，由于受到来自北海道的阿伊努人①的压迫，便迁到了中部居住。阿伊努人也是受到和人②的压迫，才从北海道迁移过来的。契诃夫近距离地观察了因萨哈林的俄罗斯化而急剧消亡的吉利亚克人的生活文化，并尽力准确地记录下来。"

天吾朗读了描写吉利亚克人的章节。为了便于听者理解，有些地方他做了适当的省略和更改。

　　吉利亚克人体格粗短而健壮，与其说是中等身材，不如说属于矮小的类型。如果身材高大的话，他们在密林中恐怕会感到束手缚脚。其特征是骨骼粗壮，肌肉紧贴其上的末端骨、脊椎骨、结节等都很发达。这些特征让人联想起强壮而健硕的肌肉，以及与自然从不间断的紧张斗争。身体是枯瘦型肌肉质，没有皮下脂肪。肥胖丰硕的吉利亚克人，你根本别想看到。很显然，他们所有的脂肪都消耗在了维持体温上。为了弥补因低气温和极端的潮

①历史上居住在北海道和萨哈林岛等地的原住民。
②同"倭人"，古代中国对日本人的称谓。

湿而失去的脂肪，萨哈林的人们不得不在体内制造出相应的体温。如此一想，大约就能理解为什么吉利亚克人会向食物中索求那么多的脂肪了。油腻的海豹肉、鲑鱼、鲟鱼和鲸鱼的肥肉、血淋淋的精肉等等，这些都用来生吃，或是风干，更多的情况是冷冻起来，大量地食用。由于食用这些粗糙的食物，人人的咬筋密集之处都异常发达，而牙齿都严重磨损。他们专吃肉类，只有偶尔在家中聚餐、饮酒作乐时，肉和鱼才会配上大蒜和草莓。根据涅维尔斯科依[①]的证言，吉利亚克人把农业视为极大的罪恶，他们相信如果有人随意挖掘土地、试图种植什么，此人注定会死去。但俄罗斯人教给他们的面包，却备受喜爱，被视为美食。如今在亚历山大罗夫斯克[②]和雷科夫村[③]，腋下夹着块圆形大面包的吉利亚克人，也不少见了。

天吾念到这里，休息了一会儿。从一动不动地听得入迷的深绘里脸上，他读不到任何感想。

"怎么样? 还要念下去吗? 要不换一本别的? "他问。

"我还想知道更多吉利亚克人的故事，"

"那么，我接着往下念。"

"我躺到床上去，行吗。"深绘里问。

"行呀。"天吾答道。

于是两个人转移到卧室里。深绘里爬上床，天吾把椅子搬到她身边，坐下，然后继续读下去。

---

① Gennady Ivanovich Nevelskoy（1813 – 1876），俄国航海家、探险家、海军军人。
②萨哈林北部城市，1890 年契诃夫曾在此逗留 3 个月，当时此地为萨哈林的行政中心。
③当时萨哈林岛上最大的村落之一，契诃夫曾去做过调查。

吉利亚克人从不洗脸，甚至连人类学家也不敢断言他们真正的肤色是什么颜色。他们也不洗内衣，而他们身上穿的毛皮衣物和鞋子，简直就像刚从死狗身上剥下来的。吉利亚克人自己也浑身发出令人作呕的浓浊恶臭。如果近处有他们的居所，通过鱼干和腐烂的鱼内脏之类那令人不快，有时甚至是无法忍受的气味，立刻就能知道。任何一户人家，旁边都有一个放满了剖成两半的鱼的晾晒场，远远地望去，尤其是太阳当空照耀时，就像珊瑚丝一般。在这种晾晒场附近，克鲁辛斯特恩[①]曾经发现不计其数的蛆虫覆盖着地面，其厚度竟达三厘米。

"克鲁辛斯特恩。"

"我猜他是个早期的探险家。契诃夫是个勤奋钻研的人，他把写到萨哈林的书读了个遍。"

"再念下面的。"

一到冬天，棚屋内弥漫着从炉灶冒出的呛人的浓烟，再加上吉利亚克人不论男女老幼，人人都吸食烟草。关于吉利亚克人的病弱状况和死亡率，虽然没有任何明确的数据，但这种恶劣的卫生环境势必对他们的健康产生极坏的影响，这一点有思考的必要。他们之所以身材矮小、面孔浮肿、动作中缺乏朝气显得吃力，这样的卫生环境很可能便是原因。

---

① Fyodorovich Kruzenshtern（1770－1846），俄国探险家、海军舰队司令，完成了俄国首次环球航海。

"吉利亚克人好可怜。"深绘里说。

　　关于吉利亚克人的性格，各种著作的作者们均做出了不同的解释。不过只有一点，即他们不好战、不喜欢争论和殴斗、是与任何邻人都和平相处的民族，所有的人都意见一致。每当有新的人群到来，他们出于对未来的不安，会投去多疑的眼光，却没有丝毫的抵抗，每次都和蔼地欢迎来者。如果他们以为将萨哈林描述得充满了阴郁感，其他民族会离岛而去，于是说起了谎话，这便是他们最大限度的抵抗了。他们对克鲁辛斯特恩一行十分友好，甚至彼此拥抱，当 L.I. 施伦克[①]发病时，这个消息立即在吉利亚克人中间传播开来，唤起了他们由衷的悲哀。他们说谎，仅限于做买卖时，以及与形迹可疑的人或他们认为的危险人物交谈时；而且在说谎前伙伴间还要递眼色，那做派简直像小孩子。而在与做买卖无关的普通社会里，一切谎言和自夸，他们都觉得令人生厌。

"吉利亚克人好可爱。"深绘里说。

　　应允了别人的事情，吉利亚克人一定会践行。迄今为止从未有过吉利亚克人在半路上将邮件丢弃，或擅自挪用别人物品之类的事。他们勇敢，理解力也强，开朗，可亲，与权势者或富豪同席相处也坦然自若。他们不理会一切高高在上的权力，在他们当中似乎连尊长与晚辈的概念都不存在。经常有人提及，也经常有人写道，在吉利亚克人中间，家长制度也不受尊重。父亲不认为

---

① L.I.Schlenk（1826－1894），俄国人种学家、动物地理学家，曾于 1854 年起在萨哈林岛考察 3 年。

与儿子相比自己是长辈，儿子也一点不敬重父亲，活得任性随心。老母亲在家中也并不比拖着鼻涕的小女孩更有权力。据波亚尔科夫记载，他曾经不止一次目击儿子将亲生母亲踢翻在地赶出家门的场面，而且没有一个人出面规劝阻止。在一家之中，男性一律是平等的。如果你请吉利亚克人喝伏特加，连最年幼的男孩也必须敬酒。

另一方面，女性，不论是祖母、母亲，还是吃奶的幼儿，一律都是没有权利的人。抛弃也好，卖掉也好，像狗一样拳打脚踢也好，都不成问题，她们受着像物品或家畜一样的冷酷待遇。吉利亚克人可以宠爱一条狗，对女性却绝不会笑脸相待。他们觉得结婚之类无聊至极，说白了就是认为不比饮酒作乐更重要，不举行任何宗教或迷信的仪式。吉利亚克人拿着长矛、小船甚至是狗去交换女人，扛回自己的棚屋里，扔到熊皮上睡在一起——便完事了。他们也承认一夫多妻制，但尽管女人怎么看都多于男人，这个制度也没有普及。将女人视为下等动物或物品的歧视，在吉利亚克人中间甚至到了连当作奴隶都不屑的地步。显然，在他们中间，女人和烟草与棉布相同，成了交易的对象。瑞典作家斯特林堡盼望女人变成奴隶，只要听命于男人的喜怒无常便好，是个有名的厌恶女性的人。他在本质上与吉利亚克人拥有相同的思想。如果他来到萨哈林北部，肯定会受到吉利亚克人的拥抱。

天吾休息了片刻。深绘里没有发表任何感想，只是沉默。天吾继续念下去。

他们这里没有法庭，也不知道审判具有何种意义。他们至今仍然不能理解马路的使命，仅从这一件事，恐怕就能明白对他们来说，要理解我们是何等困难。即便是在马路已铺设完的地方，他们照旧穿行于密林中。经常能看见他们全家人带着狗排成一列，艰难地行走在马路近旁的泥泞中。

深绘里闭着眼睛，非常安静地呼吸。天吾端详了一会儿她的面庞。但她究竟有没有睡着，他判断不出。于是他翻开另外一页，继续朗读下去，心想如果她睡着了就让她的睡眠更深沉，同时，他也愿意大声多念两段契诃夫的文章。

在纳伊瓦河口，从前有个纳伊维奇哨所，其建成是在一八六六年。俄国官吏米图利来到此地时，有人居住的房屋和空房加起来一共有十八座，还有小教堂，食品店。据一八七一年来访的某记者写的文章，此地好像驻扎着由一名士官候补生指挥的士兵二十名。说是在棚屋里，一位苗条美丽的士兵妻子用刚生下的新鲜鸡蛋和黑面包招待了记者，对这里的生活赞不绝口，唯独抱怨砂糖价格昂贵。如今这些棚屋已经无影无踪，纵望四周荒凉的风景，苗条美丽的士兵妻子之类的事，简直恍若神话。此处如今只有一所新建成的屋子，不是哨所就是旅馆吧。一眼望去就显得寒冷而混浊的大海，咆哮着将丈余高的白浪砸碎在沙滩上，那情形宛如被绝望禁锢，呻吟着"上帝啊，您为什么要创造出我们来"一般。这里已然是太平洋了。在这纳伊维奇海岸，可以听到响遍建筑工地的囚徒们的斧头声，而遥想大洋对岸，则是美国。向左望去，可见云遮雾罩的萨哈林岬角，向右望去也是岬角……四周杳无人迹，连一只鸟、一只苍蝇也不见。在这种地方，波浪究竟为谁咆哮？谁每夜倾听这涛声呢？波浪在追寻着什么？进一步说，在我离去之后，波浪又为谁继续咆哮——连这也不得而知。站在这海岸上，自己成了忧思而非思想的俘虏。无端地令人心生恐惧，同时，却也让人生出念头，愿意永远伫立在这里，眺望波浪单调的涌动，谛听它震耳的咆哮。

深绘里好像完全睡着了。侧耳细听，传来了她安静的呼吸声。天吾合上书，放在床边的小桌子上，然后站起身，关掉了卧室的灯。最后又看了一眼深绘里的面庞。她面朝天花板，嘴巴抿成一条线，安然地熟睡。天吾拉上门，回到了厨房。

但他无法再写自己的小说了。契诃夫描写的萨哈林荒凉的海岸风景，在他的脑中牢牢安顿下来。天吾能听见那波浪的咆哮声。一闭上眼，他便独自站在荒无人烟的鄂霍次克海的岸边，变成了深深忧思的俘虏。他能和契诃夫共有那无处倾泻的忧郁思绪。契诃夫在这天涯海角感受到的，大概是压倒性的无力感吧。做一个十九世纪末的俄罗斯作家，应当与背负着走投无路的惨烈命运同义。他们越想摆脱俄罗斯，俄罗斯就越要将他们吞噬进体内。

天吾用水把葡萄酒杯冲洗干净，在洗手间里刷了牙，关掉厨房的灯，躺在沙发上把毛毯盖在身上，打算睡觉。在耳朵深处，巨大的海涛声响个不停。尽管如此，不久他的意识还是逐渐模糊，被拖入了深深的睡眠。

醒来已经是上午八点半。床上没了深绘里的身影。他借给她的睡衣窝成一团，扔进了洗手间的洗衣机。手腕和脚踝处还照样卷着。厨房的桌子上有一张留言，用圆珠笔在便笺纸上写着："吉利亚克人现在怎么样了。我回家了。"字很小，写得张牙舞爪，看上去总有些不自然。感觉像是从上空观看用捡来的贝壳在沙滩上排出来的字。他把那张纸叠好，收在了抽屉里。如果让女朋友十一点来时看见，肯定会闹一番。

天吾把床整理干净，将契诃夫的精心之作放回书架。然后泡咖啡，烤面包片。一边吃着早餐，一边感觉有某种沉重的东西在胸中赖着不走。弄明白那是什么费了不少时间。那是深绘里平静的睡容。

难道，我是对这女孩产生恋情了？不对，不会有这种事。天吾对自己说。只是她身上的某种东西，偶然物理性地震撼了我的心。可是，我为什么会对她穿过的睡衣如此介意？为什么会（并没有深刻地意识到）拿起来闻上面的气味？

疑窦丛生。"小说家不是解决问题的人，而是提出问题的人。"说这话的，好像就是契诃夫。精辟的名言。但契诃夫不单是这样对待自己的作品，面对自己的人生时，也始终是同样的态度。其间只有问题的提出，却没有问题的解决。他知道自己患上了不治的肺病（他自己就是医生，不可能不明白），却努力无视这个事实，对自己正走向死亡一事，直到临终时都不相信。他咯血不止，年纪轻轻便丧了命。

天吾摇摇头，从桌边站起来。今天是女朋友来访的日子，接下去得洗衣服大扫除。思考放在那以后再说。

第21章 青豆
不管试着逃到多么遥远的地方

　　青豆到区图书馆去，履行了和上次相同的手续后，把报纸缩印版在桌上摊开，为的是再次查看三年前的秋天发生在山梨县的过激派与警察的枪战事件。老夫人说的那个教团"先驱"的总部就设在山梨县的山里，而枪战的发生也是在山梨县的山里。这也许只是偶然的一致，但偶然的一致这东西让青豆很不满。这两者之间也许存在什么关系。老夫人口中提及的"那么重大的事件"的表达，也似乎在暗示某种关联性。

　　枪战的发生是在三年前，一九八一年（按照青豆的假设，那是"1Q84年的三年前"）的十月十九日。关于枪战的详情，她上次来图书馆时读过报道，已经有了大致的了解。因此这次她打算粗略地浏览这一部分，主要是阅读相关的后续报道，以及从各种角度对事件进行分析的文章。

　　在最初的枪战中，三名警察被中国制造的卡拉什尼科夫自动步枪射杀，两名身负轻重伤。随后过激派集团全副武装逃进深山，武装警察进行了大规模的搜山。与此同时，武装的自卫队空降部队用直升机运往现场。结果，有三名过激派成员因拒不投降被击毙，两名身负重伤（其中一名三天后在医院里死亡，另一名受重伤者后来如何，从新闻报道中无法判断），四人未受伤或身负轻伤被捕。由于身穿高性能防弹背心，自卫队和警方没有伤亡，只有一名警察在追捕过程中从山崖上滑落，造成腿部骨折。而过激派中仅有一人下落不明，该男子居然躲过了大规模的搜捕，消失得无影无踪。

枪战的冲击告一段落后，报纸开始详细地报道这股过激派的来龙去脉。他们本是一九七〇年前后大学纷争的副产品，成员中半数以上参与过占据东京大学安田讲堂或日本大学的行动。在他们的"堡垒"被警察机动队用武力攻陷后，学生们和一部分教员或是被赶出大学校园，或是感觉以大学校园为中心、在城市展开政治活动已陷入穷途末路，因此超越了派系之争，联合起来在山梨县创建农场，开始从事公社运动。起初是参加以农业为中心的公社集合体"高岛塾"，不久对这种生活感到不满，重新联合原先的成员独立出去，以破例的低廉价格购进深山荒废的村落，着手经营农业。一开始历尽艰辛，后来采用有机耕作法生产的食材在城市里渐渐形成热潮，蔬菜邮购生意大获成功。于是趁着有利形势，农场总算得到顺利发展，规模逐渐扩大。别的先不说，他们都是认真勤奋的人，并然有序地团结在领导人之下。这个公社的名字便是"先驱"。

青豆狠狠地扭脸，吞下一大口唾液，喉咙深处发出大大的响声。她用手中的圆珠笔笃笃地敲打着桌面。

她继续阅读报道。

但随着经营逐渐稳定，在"先驱"内部，分裂的迹象却愈来愈明确，最终分为两大派别，即希望进行游击战式的革命运动的过激"武斗派"，以及接受在当下的日本暴力革命并不现实、在此基础上否定资本主义精神、追求与土地共生的自然生活、相对稳健的"公社派"。

在一九七六年，终于发生了人数占据优势的公社派将武斗派从"先驱"中放逐出去的事件。

话虽如此，"先驱"却并非是以实力将武斗派驱逐出去的。根据报道，他们向武斗派提供了新的土地和一定程度的资金，圆满地请武斗派离去。武斗派同意了这个交易，在新的土地上创建了自己的公社"黎明"。而且在某个时间点，他们搞到了高性能的武器。至于其渠道和资金的内情，还有待今后查明。

另一方面，"先驱"是在什么时间、如何调转方向变成宗教团体的？其契机又是什么？警方和报社似乎都没有掌握实情。但这个平静地将"武斗派"切割出去的公社，似乎就是在此前后急剧深化了宗教倾向，以至于在一九七九年作为宗教法人获得了认证。并且接连购进周边的土地，扩大农业用地和设施。在教团设施周围筑起了高墙，外部人士无法再自由进出了。"会妨碍修行"是他们的理由。这些资金究竟来自何处？为何这么早就获得了宗教法人的认证？这也是还未查明的部分。

转移到新土地后的过激派集团，与农业生产并行不悖，在自己的地盘内致力秘密的武装训练，和邻近的农民发生过多次纠纷。其中之一便是关于流经"黎明"地盘的小河用水权的纷争。这条小河很久以来一直是该地区共同的农业用水，"黎明"却拒绝附近居民进入他们的地盘。纷争持续了数年之久，最终发生了居民们对他们设置的铁丝网围墙不满，前来质问，却遭几个"黎明"成员毒打的事件。山梨县警方遂以伤害事件为由取得搜查令，前往"黎明"调查事由。于是意想不到地发生了枪战。

经过深山里的一番枪战，"黎明"事实上已然毁灭后，教团"先驱"马上发表了正式声明。西装革履、年轻英俊的教团发言人召开了记者见面会，宣读了声明。主题十分明确。"黎明"与"先驱"之间从前暂且不论，现在没有任何关系。自从分裂后，除了业务联系外，几乎没有往来。"先驱"是一个致力农业、遵守法律、希求和平的精神世界的共同体，因为得出无法继续与追求过激革命思想的"黎明"共同行动的结论，才与他们圆满地分离。此后，"先驱"作为宗教团体，还得到了宗教法人的认证。发生了这样的流血事件诚然不幸之至，我们对壮烈殉职的警察及其家属表示深刻的哀悼。不论在何种形式上，教团"先驱"都与此次事件毫无关系。尽管如此，"黎明"的母体毕竟是"先驱"，这是难以否定的事实，假如与此次事件相关，当局认为有必要进行某种形式的调查，即便是为了避免招致不必要的误解，教团"先驱"也做好了主动接受调查的准备。本教团是面向社会开放的合法团体，没有任何实情需要隐瞒。如果需要我们公开相关信息，我们愿意尽力回应当局的要求。

数日后，像是在回应这份声明，山梨县警方携带搜查令进入教团内部，花了整整一天在宽广的教团用地上转悠，仔细搜查了设施内部和各种文件。有几位教团干部接受了讯问。虽然表面上已经宣告诀别，只怕在分离后两者的交流仍在继续，"先驱"在地下参与了"黎明"的活动——这就是调查当局的怀疑。但像样的证据却一件也没发现。只看见在美丽的杂木林中，木结构的修行设施沿着小径散见于四处，许多身着朴素修行衣的人在那里致力冥想和严格的修行。旁边有信徒在干农活。保养完善的农机具和重型机械一应俱全，就是找不到像武器的东西，也看不到暗示暴力的东西。一切都很清洁，秩序井然。有洁净的食堂，有住宿设施，还有简单（但深得要领）的医疗设施。两层楼的图书馆里，收藏有许多佛典及佛教著作，由专家负责的研究和翻译工作正在进行。与其说是宗教设施，这里更像小而整洁的私立大学校园。警察们垂头丧气，几乎是两手空空地回去了。

几天后，这一次是报纸和电视的记者得到教团邀请，他们在那里见到的景象，和警察们看到的基本相同。不是那种老一套的经过精心安排的采访，记者们无人陪伴，可以任意采访教团内任何场所，自由地和任何人交谈，将内容写成报道。但是为了保护信徒的隐私，教团与媒体事前约定，只能使用教团方面许可的影像和照片。几位身着修行衣的教团干部在集会用的大房间里回答了记者的提问，针对教团的成立、教义和运营方针进行了说明。说话客气而直率，宗教团体常见的那种宣传口气被彻底排除。他们与其说是教团干部，不如说更像熟悉做提案的广告公司高级职员。只是身上穿的衣服不同而已。

我们并不拥有明确的教义。他们介绍说。成文的手册那样的东西，我们并不需要。我们所做的，是对初期佛教的原理性研究，是对当时实施的种种修行的实践。通过这种具体的实践获得并非字义上的，而是更有流动性的宗教觉醒，才是我们追求的目标。诸位不妨这样理解：每个人这种自发的觉醒，汇集起来就将形成我们的教义。不是先有教义再有觉醒，而是先有每个人的觉醒，最终就会自发地诞生决定我们的佛法的教义。这就是我们的基本方针。在这层意义上，我们同现有宗教的性质截然不同。

关于资金，目前我们同许多宗教团体一样，一部分是依赖信徒的自发捐款。但最终我们不会躺在捐款上无忧无虑，而是将建设以农业为中心的自给自足的朴素生活。在这样一种"知足"的生活中，净化肉体磨炼精神，争取获得灵魂的安宁。对竞争社会的物质主义感到虚妄的人们，为了追求一种更有深度的坐标，接连不断地来敲我们教团的门。其中受过很高的教育、从事专门职业、已经拥有社会地位的人也不少。我们和世间所谓"新兴宗教"是截然不同的。我们不是那种随意受理人们的现世烦恼、大包大揽地要救助世人的"快餐式"宗教团体，也无意追求这样的方向。救助弱者固然十分重要，不过，如果将我们理解为向具有高度自我救助意识的人提供适当场所与帮助的、与宗教的"研究生院"类似的团体，大概更接近实情。

"黎明"的人和我们之间，针对运营方针问题在某个时间点发生了极大的意见分歧，有一段时期甚至还针锋相对。但经过商谈达成了温和的协议，决定大家分离。他们也自成一体，纯粹而禁欲地追求理想，结果竟形成那样的惨案，这只能说是一场悲剧。他们过于教条，以致丧失了与活生生的现实社会的结合点，恐怕是最大的原因。我们应当借这个机会，更加严格地律己，同时还应铭记在心：必须坚持做一个对外开放的团体。暴力不能解决任何问题。希望诸位理解，我们不是一个将宗教强加于人的团体。我们既不劝诱别人入教，也不攻击其他宗教。我们所做的，是为寻觅觉醒和精神追求的人提供恰当而有效的共同体环境。

媒体界人士大多怀着对这个教团的善意印象踏上了归程。信徒不分男女都纤细瘦削，也比较年轻（有时也能看到高龄信徒），目光清澈美丽，说话彬彬有礼，举止温文尔雅。信徒大都不愿多谈往事，但许多人似乎受过很高的教育。为记者提供的午餐（据说与信徒平时吃的基本相同）虽然简单朴素，却都是从教团的农田里刚采摘来的新鲜食材，相当美味。

于是，许多媒体都将转去"黎明"的那部分革命集团，定义为必然从朝着追求精神价值的方向迈进的"先驱"中被筛落的不肖之子。在八十年代的日本，激进的暴力革命思想已然落后于时代。一九七〇年前后曾追求激进政治理想的青年，现在已就职于各种企业，在经济这个战场的最前线打拼厮杀。要不就是同现实社会的喧嚣与竞争保持着距离，在各自的位置上勤勉追求个人价值。总之，世间潮流突变，政治季节成了遥远的过去。"黎明"事件虽然是个极其血腥而不幸的变故，但以长远眼光来看的话，无非是过去的亡灵偶然还魂，是一个不合季节的突发性小插曲，从中只能发现宣告一个时代落幕的意义。这就是报纸上的一般论调。"先驱"是新时代的一个充满希望的选择，与之相对，"黎明"则没有未来。

青豆放下圆珠笔，做深呼吸。随后浮想起阿翼那一对始终毫无表情与含意的眼睛。那对眼睛在注视我，但同时，却什么都没有看。这些论调中漏了某种重大的东西。

绝不可能如此简单。青豆暗忖。"先驱"的实情并不像报纸上写的那样清白。其深层一定存在秘而不宣的阴暗面。按照老夫人的说法，那个被称作"领袖"的人强奸才十几岁的少女们，还声称这是宗教行为。而媒体对这种事情一无所知。他们只在那里流连半日，被领去参观秩序井然的修行设施，招待一顿使用新鲜食材烹饪的午餐，聆听一番关于灵魂觉醒的美丽说辞，就心满意足地回去。在深层究竟发生了什么，他们不可能看到。

青豆出了图书馆，走进咖啡店，要了一杯咖啡。用店里的电话机给亚由美的单位打了个电话。她说过这个号码不管什么时候都可以打。是同事接的电话，说她出外勤了，预定再过两个小时回警局。青豆没有介绍自己，只说了一句："我会再给她打电话。"

青豆回到家里，两小时后再次拨通那个号码。亚由美接了电话。

"你好。我是青豆。身体好吗？"

"很好啊。只是没有好男人。你呢？"

"跟你差不多。"青豆说。

"那可不行哦。"亚由美说，"像我们这样富有魅力的年轻女人，却牢骚满腹，抱怨没法应付丰富而健康的性欲！这个社会准是出了什么毛病。得想个办法才行啊。"

"那也是……哎，我说，你那样大声说话要不要紧啊？你不是在上班吗？旁边难道没有别人？"

"不要紧。不管什么话，你只管说！"亚由美说。

"如果可能的话，我有件事想麻烦你。因为我想不出还有谁能帮我。"

"行呀。也不知道我帮不帮得上。你先说说看。"

"你知道'先驱'这个宗教团体吗？本部在山梨县的山里。"

"'先驱'吗？"亚由美说，然后花了约十秒钟搜索记忆，"嗯，我想我知道。好像是制造了山梨县枪战事件的过激派团体'黎明'从前所属的宗教公社那样的东西吧。双方激战，县警察本部的警察被打死三人。怪可怜的。不过'先驱'跟这次事件无关。事件之后，对教团进行了搜查，结果是清白的。接下来呢？"

"我想知道'先驱'在那次枪战后，有没有惹出什么事端来？不管是刑事案件还是民事案件。但我只是个普通市民，不知该怎么着手调查。又不可能把报纸缩印版统统翻阅一遍。不过我想，警察也许有办法查一查这种事。"

"这很简单，电脑上一查马上就搞定啦……我倒想这么告诉你，可是非常遗憾，日本警察的计算机化水平还没到那个程度啊。实用化只怕还得花好几年呢。现在想了解这些情况，大概只能请求山梨县警方帮忙，把相关资料的复印件寄过来才行。首先要我这边写申请索取资料的文件，并要经过上司认可。当然理由也得写清楚。你要知道这里可是政府部门啊，大家都是靠着把事情搞得比实际需要复杂来领工资哦。"

"哦，"青豆说，随即叹了一口气，"这么说是不可能啦。"

"不过你怎么想到要了解这种事呢？是不是有朋友被卷进和'先

驱'有关的事了？"

青豆不知该如何回答，踌躇了一下，决定实话实说。"差不多。牵涉强奸问题。现阶段我还不能说得太详细，是强奸少女。有情报说他们借宗教的伪装，有组织地在内部干这种事。"

隔着电话也能感觉到亚由美轻皱眉头的情形。"哼，强奸少女，这可不能容忍啊。"

"当然不能容忍。"青豆说。

"你说的少女，大概是几岁？"

"十岁，甚至不到十岁。至少是还未迎来初潮的小女孩。"

亚由美在电话那端片刻无言，然后声音平板地说："我知道了。既然是这样，我来想想办法。你能给我两三天时间吗？"

"行呀。你给我打电话好了。"

随后两个人又漫无边际地聊了一会儿闲话，亚由美便说："好啦，我又得干活去啦。"

挂断电话后，青豆坐在床边读书用的椅子上，盯着自己的右手看了好一会儿。纤细修长的手指和剪得短短的指甲。指甲虽精心修整过，却没有涂指甲油。望着指甲，越来越强烈地觉得自己不过是个危若朝露的存在。即便只举出指甲的形状这一条，都不是自己决定的东西，而是由别人随意定下，而我只是老实接受，不管是喜欢还是不喜欢。究竟是谁决定把我的指甲做成这种模样的？

老夫人上次对青豆说："你的父母从前是、现在仍旧是'证人会'的狂热信徒。"这样说来，他们现在恐怕一如既往，还在致力传教活动。青豆有一个大她四岁的哥哥。哥哥为人老实。在她决意离家出走时，他听从了父母的话，过着坚守信仰的生活。如今他怎么样了？但青豆并不太想知道家人们的消息。那是她人生中已经结束的部分，纽带早已切断了。

把十岁以前发生过的事情干净地忘掉！长期以来她一直这样努力。我的人生其实是从十岁开始的，此前的一切都不过是凄惨的噩梦。这种记忆要统统扔掉！然而，无论她如何努力，只要一有机会，她的心就会被拽回那个凄惨的梦中世界。她觉得自己得到的东西似乎都扎根于那片黑暗的土壤，从那里汲取着养分。不管努力试着逃到多么遥远的地方，最终还得回归那里。青豆思量。

我必须把那位"领袖"送到那个世界。青豆下了决心。这也是为了我自己。

三天后的夜里，亚由美打来了电话。

"搞清了几件事。"她说。

"关于'先驱'的？"

"对。想来想去，忽然想起一个和我同期考进警视厅的家伙，他叔叔就在山梨县警察本部，而且是个相当上层的人物。就找那家伙帮忙，编了一通瞎话，说是我家亲戚的小孩差点就要加入那个教团啦，情况不妙，家里人束手无策之类的。所以正在收集有关'先驱'的信息。对不起啦，麻烦你帮帮忙。你不知道，我其实挺会编这种瞎话呢。"

"谢谢，好感谢你。"青豆说。

"于是那家伙给在山梨的叔叔打电话说明了情况，他叔叔慨然允诺，将负责调查'先驱'的人介绍给我。就这样，我跟此人直接通了话。"

"好极了。"

"嗯。当时我跟他谈了很长时间，听到了许多有关'先驱'的消息。报纸上登过的东西你肯定也知道，我就不说了，下面只说说一般人不知道的部分，好不好？"

"好。"

"首先是'先驱'迄今为止引起过多起法律纷争，陷入了多起民事诉讼，几乎都是涉及土地买卖的纠纷。这个教团好像拥有足够的资金，挨个抢购周边的土地。因为是乡下嘛，土地说便宜当然也便宜，可未免也有点太那个啦。而且做法有些过分的情况居多。他们设立冒名公司作伪装，不让人家知道教团参与其中，大量收购土地，因此常常跟土地所有人和自治团体发生纠纷。那手法简直和专门哄抬地价的炒家一样。在现阶段还是民事诉讼，没有发展到警察得干预的地步，但也不远了，只是还没被曝光。其中弄不好还牵扯黑社会和政界人士。如果有政界人士插手，警察当然会手下留情些。但是，假如事情闹大，弄得检察官出面，就不一样了。"

"牵涉经济活动的话，'先驱'远没有表面上那么干净。"

"不知道普通信徒的情况怎么样，不过即使只追查不动产的买卖记录，那些负责资金运用的干部只怕也很难说是清白的。再怎么善意地解释，也很难认为花这些钱是以追求纯粹的精神境界为目的。而且这帮家伙不光是在山梨县境内，还在东京和大阪的市中心买下了土地和房产，每一处都是黄金地段哦。涩谷、南青山、松涛……这个教团好像打算在全国范围内扎根呢。我是说，假如他们不打算改行经营房地产的话。"

"生活在自然中，以清静严格的修行为终极目的的宗教团体，为什么一定要打进市中心呢？"

"而且，这样大笔大笔的巨额资金，到底又来自何处？"亚由美提出了疑问，"只靠种萝卜和胡萝卜卖，绝对不可能筹集到这么多资金。"

"他们从信徒那儿勒索布施。"

"的确有这种情况，但就算这样也不够。他们准有另外的提供大笔资金的渠道。我还找到了一些让人生疑的信息，你大概会感兴趣。教团里面有不少小孩，基本在当地的小学读书，但大多数孩子都在一段时间后就不再去上学了。学校方面是义务教育，所以强烈要求他们到校上课，教团方面却坚称'不少孩子怎么也不愿上学'，不予理睬，说他们会对这些孩子实施教育，在学习方面不必担心。"

青豆想起了自己的小学时代。教团的孩子们不愿意去上学的心情，她也能理解。因为就算去了学校，也只会被视为异类，受到欺负、遭到无视。

"在当地的学校里，孩子们大概会觉得日子很难熬。"青豆说，"况且不去上学也不算什么稀罕事。"

"可是据孩子们的老师说，教团的孩子中不管男孩女孩，看上去好像精神上都有问题。这些孩子起初都是极普通的孩子，性格开朗，但随着升入高年级，话越来越少，表情逐渐麻木，渐渐变得极端无动于衷，最终就不来上学了。'先驱'来的孩子大多会经历相同的阶段，表现出相同的症状。所以老师们都觉得奇怪，忧心忡忡。不来上学、躲在教团里闭门不出的孩子们究竟处于怎样的状态？生活得好吗？但他们见不到那些孩子，因为教团的设施拒绝一般人进入。"

和阿翼一样的症状。青豆心想。极端无动于衷，毫无表情，几乎从不开口说话。

"青豆你怀疑在'先驱'内部有虐待儿童的事态发生，并且是有组织的。其中还包括强奸。"

"不过光凭着普通市民的怀疑，警察不会行动吧？"

"嗯。你要知道，警察机关可是顽固不化的政府部门哦。高层人物心里只有自己的仕途。当然也有些人不一样，但绝大多数人只想平安无事地发迹，退休后被安插到外围团体或民间企业做个头儿，这是他们唯一的人生目的。所以危险的、烫手的事情，从一开始就不管不问。弄不好，那帮家伙大概连比萨饼都要等冷了才吃。如果真正的受害人站出来，在法庭上明明白白地作证，自然另当别论。但这种事只怕很难指望。"

"嗯。也许很难。"青豆说，"不管怎样，谢谢你了。你的信息太有用了。什么时候我得好好地感谢你。"

"那倒无所谓。过两天咱们到六本木玩玩，把各自的烦心事全给忘掉！"

"行呀。"青豆答道。

"就得这样。"亚由美说，"顺便问问，你对手铐游戏有没有兴趣？"

"我想大概没有。"青豆回答。手铐游戏？

"哦。那很可惜啊。"亚由美很遗憾似的说。

第22章 天吾
时间能以扭曲的形态前进

天吾针对自己的大脑进行思考。关于大脑，有许多不得不进行思考之处。

人类的大脑在这两百五十万年间，大约增加到了原来的四倍。从重量上来说，大脑仅占人类体重的百分之二，却大约要消耗身体总能量的百分之四十（他上次读的书上这么写）。从大脑这个器官这种飞跃式的扩大中，人类获得的，是时间、空间和可能性的观念。

时间、空间和可能性的观念。

时间能以扭曲的形态前进，这一点天吾知道。时间自身固然是成分均一的东西，然而它一旦被消耗，就会变得形态扭曲。有的时间非常重而长，有的时间则轻而短。前后秩序有时还会颠来倒去，严重时甚至消失得无影无踪。而本来不应存在的东西又会被添加进来。人类大概就是这样随意地对时间进行调整，从而调整自己的存在意义。换个说法，就是通过这样的操作，人类才能保持神经正常。假如对自己经历过的时间，一定得严守顺序、依照原样均等地接受，只怕人类的神经注定忍受不了。那样的人生恐怕等于拷问。天吾浮想联翩。

因为脑的扩大，人类成功地获得了时间性这个观念，同时也学会了对它进行变更与调整的方法。人类一面永无休止地消耗着时间，一面与之并行，永无休止地生产着由意识调整过的时间。这可是非同一般的工作。说脑要耗去身体总能量的百分之四十，也是很有道理。

一岁半，最多是两岁时的记忆，真是自己亲眼目睹的场面吗？天吾时常回想。母亲穿着内衣，让不是丈夫的男人吸吮乳头的情景。手臂缠在男人的身上。一两岁的幼儿能辨别得如此仔细吗？可能连这种光景的细节都记牢吗？这是不是后来为了保护自己而编造的、对自己有利的虚假记忆呢？

这也许有可能。为证明自己不是那个自称是父亲的人在生物学上的孩子，天吾的大脑在某个时间点无意识地制造出了关于另一个男人（一个可能是真正父亲的人）的记忆，并试图把"自称是父亲的人"从紧密的血缘谱系中排除。在内心假想一个还活在世上的母亲和一个真正的父亲，试图为有限而苦闷的人生装上一扇新的门。

但这段记忆伴随着极其鲜明的现实感。有确凿的感觉，有重量，有气味，有深度。这就像附着在废船上的牡蛎一般，无比牢固地紧粘在他意识的墙壁上，无论怎样狠命地抖落与冲刷，都剥除不掉。天吾怎么也无法认为这记忆竟是自己的意识出于需要而捏造的冒牌货。如果判为虚构，它未免太逼真、太坚固了。

暂且认为它就是真实的记忆。

还是婴儿的天吾目击这一情景时，一定感到了畏怯。那本该属于自己的乳头，却被别人吸吮着——被一个似乎远比自己强大的人。而且，哪怕只是一瞬间，自己的存在看来似乎也从母亲的脑中消失了。这从根本上威胁着柔弱的他。或许当时那根源性的恐怖，强烈地印在了意识的感光纸上。

于是那恐怖的记忆，在毫无预料的情况下忽然复苏，变作洪水向天吾袭来，将他冲进近似恐慌的状态中。它向他申诉，让他追忆。不管你往哪儿逃，在干些什么，都别想逃出水压的掌心。这段记忆规定了你这个人，形成了你的人生，要将你送往一个已经注定的场所。不管你如何挣扎，也休想摆脱这股力量。它说。

随后天吾忽然想到，我把深绘里穿过的睡衣从洗衣机中拿起来，凑近鼻尖嗅闻时，也许是在其中寻找母亲的气味。我觉得是这样。然而，为什么偏偏竟在一个十七岁少女的体味中寻找母亲的影子呢？应当还有更适合寻找的地方。比如说年长的女朋友身上。

天吾的女朋友比他年长十岁，还拥有一对与他记忆中母亲的乳房相近的、形状好看的大乳房。白色衬裙也很相配。但不知为何，天吾从不在她身上寻找母亲的影子。对她的体味也没有兴趣。她非常高效地从天吾体内榨走积蓄一周的性欲，天吾也能（几乎每次都能）给她性满足。这当然是重要的成就。但在两个人的关系中，并不包含更深刻的意义。

是她主导了大半的性行为。天吾几乎什么都不想，只按照她的指示行动。没有必要选择，也没有必要判断。她对他的要求只有两个。一是让阴茎硬起来，二是不要错过射精的时机。如果她说"还不行，再坚持一会儿"，他便竭尽全力不射出来。"好啦，现在射，快！快点！"她这样在耳边低语时，他就在这时准确地、尽力猛烈地射精。这样，她就会表扬天吾，温柔地抚摸着他的面颊说：天吾君，你真是了不起。而对准确性的追求，本是天吾与生俱来的拿手好戏之一。正确地加标点符号，寻找最短距离的算式，也都包括在内。

和比自己年轻的女性做爱，就不可能这样。自始至终，都得由他来思考各种事情，作各种选择，下各种判断。这让天吾觉得很不舒畅。

种种责任都压在他的双肩上。他简直像一艘航行在汹涌澎湃的海面上的小船的船长，得掌舵，得检查风帆的状态，得把气压和风向都装进脑袋。还必须约束自己，提高船员对自己的信任。细微的失误和小小的差错都可能导致惨剧。这么一来，说是做爱，不如说更接近完成任务。结果，他会因为紧张弄错射精时机，或者在该硬时却硬不起来。于是他越来越怀疑自己。

但与年长的女朋友之间，这样的差错大多不会发生。她高度评价天吾的性能力，总是表扬他，鼓励他。天吾唯一一次过早射精之后，她便小心翼翼地不再穿白色衬裙。不仅是衬裙，连白色的内衣也不再穿了。

这天也是，她穿了一套上下都是黑色的内衣，还做了细心的口交，并且尽情赏玩他阴茎的坚硬和睾丸的柔软。天吾能看见她裹在黑色蕾丝胸罩中的乳房随着嘴巴的动作上下颤抖。他为了避免过早射精，闭上眼睛，思考起吉利亚克人来。

　　他们这里没有法庭，也不知道审判具有何种意义。他们至今仍然不能理解马路的使命，仅从这一件事，恐怕就能明白对他们来说，要理解我们是何等困难。即便是在马路已铺设完的地方，他们照旧穿行于密林中。经常能看见他们全家人带着狗排成一列，艰难地行走在马路近旁的泥泞中。

他想象裹着粗陋衣衫的吉利亚克人排成一列，带着狗和女人们，在马路旁的密林中默默步行的光景。在他们的时间、空间和可能性的观念中，不存在马路这种东西。大概与其走在马路上，不如走在密林中，纵然有所不便，他们也能更明确地把握自身的存在意义。

吉利亚克人好可怜。深绘里说。

天吾浮想起深绘里的睡容。深绘里穿着天吾过大的睡衣，熟睡着。过长的袖口和裤脚卷着。他把它从洗衣机中拿起来，放在鼻尖嗅闻。

这种事情不能想！天吾猛然回过神来。但已经太晚了。

天吾在女朋友的口中已经猛烈地射了好几次，她一直用嘴接着，直到射完，然后下床去了洗手间。天吾听见她拧开水龙头放水和漱口的声音。然后她若无其事地回到床上。

"对不起。"天吾道歉说。

"你受不了，对吗？"女朋友说着，用指尖抚弄天吾的鼻子，"没关系的，别介意。哎，我说，感觉就那么舒服吗？"

"非常舒服。"他答道，"过一会儿我还能再来。"

"嗯。开心地等着。"她说，然后把脸贴在天吾裸露的胸膛上，闭上眼睛一动不动。天吾感觉她静静的鼻息拂过自己的乳头。

"我看着你的胸膛，抚摸着它的时候，你知道我总会联想起什么吗？"她问天吾。

"不知道。"

"黑泽明电影里的城门。"

"城门？"天吾抚摸着她的后背，问。

"喏，《蜘蛛巢城》、《战国英豪》那些黑白老片里，不是有又大又牢的城门吗？上面钉满了大头铁钉。我总会联想起那个来。又坚固，又厚实。"

"我胸前可没钉大头铁钉。"天吾说。

"那我倒没注意。"她答道。

深绘里的《空气蛹》单行本上市后，第二周便登上畅销书排行榜，第三周更是跃居文艺图书榜榜首。天吾在补习学校教职员休息室里放着的几种报纸中，追踪了这本书成为畅销书的过程。在报纸上刊登过两次广告，广告上和书的封面并排着配上她的小照片。那件眼熟的紧身夏季薄毛衣，形状美丽的胸脯（大概是记者见面会时抓拍的）。垂到肩头的笔直长发，一双从正面直视着这边的充满谜团的黑眼睛。那眼睛透过照相机的镜头，似乎在率直地凝视着某种秘藏于内心的东西——平素连自己都不曾意识到心中居然隐藏着这种东西。中立地，然而温柔地。这位十七岁少女毫不犹豫的视线，解除了被注视者的防备心，也多少让他们感到尴尬。虽然只是一张小小的黑白照片，但只是看了这张照片，肯定就有不少人萌生把书买来一读的念头。

上市发售数日后，小松寄来了两本《空气蛹》，但天吾根本没有打开。那上面印着的文字的确是自己写的，自己写的文字变成单行本自然也是头一次，但他不想捧在手上阅读。甚至连粗粗浏览一下的心思都没有。看到书时，也没有涌起喜悦的心情。就算是他的文字，写出来的故事也完全是深绘里的，是从她的意识中产生的。他作为幕后技术人员的小小使命已经终结，这部作品今后会走过怎样的命运之路，是和他毫不相关的事，而且也不该再有关系。他把这两本书连同外边没有打开的塑料封皮，一起塞进书架上不显眼的角落里了。

在深绘里留宿一夜之后，天吾的人生在一段时间内平安地流逝，没有发生任何异常。虽然常常下雨，但天吾几乎不关心气候。在他的重要事项一览表中，气候问题被赶到了相当靠后的位置。从那以后，深绘里方面没有任何联系。而没有联系，大概就意味着没有发生特别的问题。

除了每天写小说，还应约写了几篇杂志上用的短稿。是谁都能胜任，而且不署名的文章，只是挣点零花钱。但毕竟可以转换一下心情，何况与付出的劳动相比，报酬还相当可观。此外一如既往，每周三次到补习学校讲授数学。他为了忘掉种种烦心事——主要是和《空气蛹》

及深绘里相关的事——比以往更深地钻进数学世界。而一旦进入数学世界，他的大脑电路便会（伴随着小小的声响）切换。他的口中开始发出不同的语言，他的躯体开始使用不同的肌肉，连音调都换了一种，表情也有所变化。天吾喜欢这种切换的感觉。仿佛从一个房间移到另一个，或者脱去一双鞋子换上另一双——其间就有这样的感觉。

置身于数学世界，与身处日常生活中甚至写作小说时相比，他更能舒缓情绪，也变得更加雄辩。但同时，他觉得自己似乎变成了一个多少懂得变通的人。他判断不出哪个才是自己的本来面目。但他能极其自然地，不用特意去想便进行这种切换。他还知道，这种切换对自己来说多少是必要的。

作为一个数学教师，他在讲台上将数学这东西是何等贪婪地追逐着逻辑性一事，灌输进学生的脑中。在数学领域中，不可证明的东西没有任何意义，而一经证明，世界之谜就像柔软的牡蛎一般被收进人们的掌心。他讲课总是充满热情，学生们对他的雄辩不禁听得入神。他切实有效地向学生传授数学问题的解法，同时华丽地揭示出隐藏在设问中的罗曼史。天吾环顾教室，知道有几位十七八岁的少女正用充满敬意的眼光凝望自己。他知道自己正通过数学这个渠道诱惑她们。他的巧舌是一种知性的前戏，函数在抚摸着后背，定理则把温暖的气息吹向耳边。但遇到深绘里之后，天吾已经不再这样对少女们怀有性的兴趣了，也没想过要闻她们穿过的睡衣。

深绘里肯定是个特别的存在。天吾再次想。其他少女简直无法相比。毫无疑问，她对我来说有某种意义。她，该怎么说呢，是一种投向我的整体性的寓意，但我无论如何也解读不了。

然而，最好还是避免和深绘里有牵连，这是他的理性得出的明快结论。书店店头堆得高高的《空气蛹》、用心难测的戎野老师，以及充满险恶谜团的宗教团体，离他们越远越好。与小松之间，至少在眼下这段时间，最好还是保持距离。不然，自己只怕会被卷到更加混乱的地方去，被逼入毫无逻辑的危险角落里，被赶进一筹莫展的境遇中。

但在现阶段，要从这个错综复杂的阴谋中抽身并非易事，天吾也很清楚。他已经涉及此事了。和希区柯克电影的主人公们不同，不是在不知不觉中被卷入某个阴谋，而是明知可能伴有某种程度的风险，自己还把自己卷了进去。那个装置已经启动。一旦形成势头，就不可能阻止，毫无疑问，天吾已经变成那个装置中的一个齿轮，而且是主要的齿轮。他从内心听见了那个装置低沉的吼叫，感到了它执拗的运转。

小松打来电话，是在《空气蛹》连续两周雄踞文艺图书畅销榜榜首几天后。半夜十一点过后，电话铃响了。天吾已经换上了睡衣，上了床，趴着读了一会儿书，正打算关掉枕头边的台灯睡觉。从电话铃声的响法，他大概猜到了对方是小松。虽然无法解释，不过小松打来的电话总能分辨出来。那铃声的响法不同。就像文章自有文体一般，他打来的电话，铃声自有独特的响法。

天吾下了床，走到厨房，拿起听筒。其实他根本不愿拿起来，他只想这么静静地睡下去。西表山猫也行，巴拿马运河也成，臭氧层也罢，松尾芭蕉也好，不管什么都无所谓，总之就是想做个梦，梦见尽量远离此地的东西。但如果这时不拿起听筒，只怕十五分钟或三十分钟后铃声还会再次响起。小松几乎没有时间概念，对过着普通生活的人没有丝毫体谅之心。既然如此，还不如现在就接听。

"喂，天吾君，睡了吗？"小松开口说，照例是无忧无虑的声音。

"正要睡着。"天吾答道。

"那对不起啦。"小松说，可那口气似乎没有觉得对不起。"《空气蛹》销路极好。所以我很想告诉你一声。"

"那好极了。"

"简直就像烤饼，刚出炉就卖得精光，连做都来不及做，可怜的是装订工厂，通宵在加班。当然啦，事先我就预料到会卖得不错。十七岁的美少女写的小说，还成了轰动话题。畅销的要素都齐全啦。"

"和年届三十、长相如熊的补习学校教师写的小说不能相提并论啊。"

"是。话虽如此，但很难说这是一部内容富有娱乐性的小说，没有性爱镜头，也没有催人泪下的感人场面。竟然畅销到这种地步，可是连我也没想到。"

小松似乎要试探天吾的反应，停顿了片刻。天吾却一言不发，于是他接着说道：

"而且，不光是数量卖得多，评价也非常好。和世上的一般青年作者拍拍脑袋写出来的、哗众取宠的肤浅小说完全是两回事。首先内容就出类拔萃。当然啦，是你扎实高超的文章技巧，才使之成为可能。哎呀，那真叫完美无缺。"

使之成为可能。天吾似乎没听见小松的赞赏，用指尖轻轻地按住太阳穴。每当小松大肆表扬自己，接下去肯定有不好的消息。

天吾说："小松先生，不好的消息又是什么呢？"

"咦，你怎么知道有不好的消息？"

"您瞧，您在这个时间打电话给我嘛。不会没有坏消息的。"

"的确。"小松叹服似的说，"的确如此。你真是悟性好啊。"

这哪是什么悟性，不过是经验罢了。天吾心想。但他一声不响，静观其变。

"正如所料。遗憾得很，有一个不太好的消息。"小松说，然后像大有深意似的停了一会儿。天吾拿着电话，心里想象着小松那双眼睛在黑暗中像猫鼬的瞳孔般闪闪发光。

"那大概是和《空气蛹》的作者有关的消息吧。"天吾说。

"是的。是关于深绘里的。有点不好办啊。说实话,这一段时间她下落不明。"

天吾的手指继续按在太阳穴上。"这一段时间,是从什么时候开始的?"

"三天前,星期三早晨她离开奥多摩的家,来了东京。是戎野老师送她出门的。她也没说要到哪里去。后来打来电话,说当天不回山里了,要住在信浓町的公寓。那天戎野老师的女儿也预定住在公寓。但深绘里始终没有回公寓。从那以后就断了联系。"

天吾追溯着这三天的记忆,但没有想到任何线索。

"行踪杳然啊。于是我想,或许她和你联系过?"

"没有联系过。"天吾答道。她在天吾家里留宿一夜是大约四周前的事了。

当时深绘里说过,不回信浓町的公寓为好。这件事该不该告诉小松?天吾有些踌躇。她或许感觉到那个地方有什么不祥之物。但最终他决定保守秘密。他不想告诉小松自己曾留深绘里在家里过夜的事。

"她是个与众不同的女孩。"天吾说,"也许她不告诉任何人,自己跑到哪儿玩了。"

"不,这不可能。深绘里这孩子,你别瞧她那模样,其实是个循规蹈矩的人。总是一一报告自己的位置。经常打电话联系,汇报说自己此刻在哪里、何时到何处去。这是戎野老师说的。所以整整三天毫无联系,可有点不寻常。也许出了不妙的事。"

天吾低声呻吟:"不妙的事。"

"老师和他的女儿都很担心。"小松说。

"不管怎样,如果她就这样行踪不明,您一定会很为难吧?"

"是啊。万一捅到警察那儿去,恐怕会相当麻烦啊。要知道失踪的是写了正雄踞畅销榜的小说的美少女作家啊。可想而知，媒体必然大动干戈。如此一来，作为责任编辑，我肯定会被拖来扯去，到处找我发表见解。这可不妙哦。我说到底只是个幕后角色，不习惯太阳光。而且，长此以往的话，谁知道在什么时候什么地方，内幕就会曝光。"

"戎野老师是怎么说的？"

"他说明天就去向警察报案，请警方帮忙寻找。"小松说，"我好说歹说，请他缓了几天。不过，不可能拖得长久啊。"

"媒体听说报了案，大概就会动起来吧？"

"不清楚警察会怎样行事。但深绘里可是个风云人物啊，和一般的少女离家出走不是一回事。想瞒天过海，只怕难上加难。"

也许这才是戎野老师梦寐以求的事态。天吾想。用深绘里做钓饵，在世间造成轰动，借此为杠杆，弄清"先驱"与她父母的关系，查明他们身在何处。果真如此的话，老师的计划正在按照原定的顺利展开。但其中究竟蕴含着何种危险性，老师是否有把握呢？他应当明白才对。戎野老师可不是个欠考虑的人。按说，深谋远虑原是他的本行。而且深绘里周边的状况，天吾不知道的似乎还有好多。打个比方，天吾就像领到数量不全的组件，却要拼出完整的拼图来。聪明人从一开始就不会卷入这种麻烦。

"关于她的去向，你有什么线索没有？"

"眼下没有。"

"哦。"小松说。从他的声音中能感觉到疲劳的意味。小松公然暴露自己的弱点，可是绝无仅有的事。"半夜吵醒你，对不起。"

小松张口致歉，真是相当稀罕。

"没什么。情况重大嘛。"天吾回答。

"我呢，其实不想把你卷进这种乱七八糟的现实。你的使命只是写文章，况且你已经很好地完成了。不过世事之常，就是万事都不可能轻易成功。以前我也跟你说过，我们是坐着同一条小船漂在急流上。"

"同生死，共患难。"天吾机械性地添上了一句。

"是啊。"

"可是小松先生，深绘里失踪的消息一旦成为新闻，《空气蛹》不是会卖得更好吗？"

"已经卖得够多了。"小松泄气似的说，"我们不需要更多的宣传，华丽的丑闻只会是麻烦的种子。现在对我们来说，得考虑安全的降落地点才对。"

"降落地点。"天吾说。

小松在电话那端发出一种声音，仿佛咽下了一个虚拟的东西，随后轻轻地咳嗽一声。"关于这件事情，下次咱们边吃饭边慢慢聊。等眼下这番忙乱解决了再说。晚安，天吾君。好好地睡上一觉。"

小松说完挂断了电话。像被施了咒一般，天吾后来再也睡不着了。虽然很困，却睡不着。

什么好好地睡上一觉！天吾心想。他打算坐在厨房的桌子前工作一会儿。但做什么事都心不在焉。他从橱柜里拿出威士忌，倒进玻璃杯里，不兑水，小口小口地喝起来。

也许深绘里按照预定计划完成了活饵的使命，也许是教团"先驱"绑架了她。天吾觉得这种可能性不小。他们在信浓町监视公寓，待深绘里一露面，几个人就强行将她塞进汽车里，绑走了。如果动作迅速，并且选准时机，这并非不可能。深绘里说"不回信浓町的公寓为好"时，也许是察觉了这样的兆头。

深绘里对天吾说过：小小人和空气蛹都真的存在。她在那个叫"先驱"的公社中，因为失误导致一只目盲的山羊死亡，在因此接受惩罚时结识了小小人，每天夜里和他们一起制作空气蛹。结果，在她的身上发生了某种具有重大意义的事。她将这件事转换成故事的形态，而天吾将这个故事整合成小说，换言之，就是将它改变成商品的形态。而且这个商品（借用小松的表达是）像烤饼一般，刚出炉便被抢购一空。对"先驱"来说，这也许是件很不惬意的事。小小人和空气蛹的故事，也许是不可公之于众的重大秘密。他们为了阻止这个秘密泄露更多，不得不绑架深绘里，封住她的口。哪怕她的失踪可能引起世间的怀疑，哪怕得冒如此的风险，也只得诉诸武力。

但这只是天吾的假设，并没有拿得出手的证据，也没有办法证明。即使高声疾呼："小小人和空气蛹真的存在！"这种话又有什么人理会呢？首先，这些东西"真的存在"究竟意味着什么，天吾其实也不太清楚。

或者深绘里只是对《空气蛹》的畅销闹剧感到厌烦，独自找个地方躲了起来？当然，这种可能性也可以考虑。几乎不能预测她的行动。但要是这样，她肯定会写下留言，以免戎野老师和他的女儿阿蓟担心。因为不这么做的理由同样不存在。

然而，如果深绘里真被教团绑架了，她将陷入不小的危险。天吾很容易就能想象到。像她的父母从某个时间点起变得行踪不明一样，她也可能从此下落不明。深绘里与"先驱"的关系一旦被查明（大概用不了多久就会被查明），任凭媒体如何喧嚣，只要警方说"没有遭到绑架的物证"，不予理会，一切都将是白闹一场。她也许会被监禁在高墙环绕的教团内的某处，甚至发生更可怕的事。戎野老师制订计划时，有没有将这种最糟的可能性考虑进去呢？

天吾想给戎野老师打电话，跟他谈谈这些，但已经过了半夜，只好等明天再说了。

天吾翌日一早，便拨通他们告诉他的号码，给戎野老师家里打了电话。然而电话接不通。"这个电话号码现在无人使用。请确认号码后重新拨打。"听筒里反复播放着电话局的语音提示，打了多少遍都一样。大概是自从深绘里获奖后，采访的电话应接不暇，于是把电话号码换掉了。

此后一周，没发生任何异常的事情。只有《空气蛹》继续畅销，在全国的畅销书排行榜上依然名列前茅。其间，天吾处没有任何人联系。天吾给小松的公司里打了几次电话，他始终不在（这倒不是稀罕事）。托编辑部传言，请他来电联系，他却连一个电话也没有回过（这也不是稀罕事）。每日不断地浏览报纸，也没看到请求警方搜寻深绘里的报道。难道戎野先生最终没有去报警？还是已经报警，警方却进行秘密侦查而未公布？要不就是将它视为一件常见的十几岁少女离家出走案，未认真对待？

天吾一如往日，每周三天去补习学校讲课，其余的日子便继续伏案写作长篇小说，星期五和前来幽会的女朋友进行浓郁的午后做爱。但不论他做什么，都无法做到集中注意力。仿佛一个错把厚重云团的碎片吞进肚子里的人，郁塞滞重、心绪不宁地度日，食欲也慢慢减退。在半夜莫其妙的时刻醒来，便再也无法入睡。在这样的不眠之夜思念着深绘里。她此刻在哪里？在做什么？和谁在一起？遭遇了什么？他在脑海中想象着种种状况，每一种尽管多少有差异，却都是带着悲观色彩的想象。而且在他的想象中，她总是身穿紧身夏季薄毛衣，胸脯呈现出美丽的形状。这个形象让天吾透不过气来，在他心中制造出更为剧烈的躁动。

深绘里那边来了联系，是在《空气蛹》稳稳地在畅销书排行榜上迎来第六周的星期四。

第23章 青豆
这不过是个开端

如果要来一场小巧却足够风流的一夜盛宴，青豆和亚由美大概是一对理想的搭档。亚由美身材娇小，笑容可掬，性情随和，口才不错，一旦下定决心总能以积极的姿态对待事情，还具备健康的幽默感。与之相比，肌肉发达、体态苗条的青豆则面无表情，有难以亲近之处。对初次见面的男人，连说几句讨人喜欢的话都不会，脱口而出的话似乎处处暗藏着嘲弄与攻击的意味。瞳孔深处幽幽地闪烁着绝不容忍的光芒。但若有必要，青豆也能散发出冷酷的气场，自然地吸引男人。与动物和昆虫根据需要释放的具有性刺激的芳香十分相似。这并非刻意为之，也不是经过努力就能掌握的东西，大概是与生俱来的。不对，也可能是她基于某种理由在人生的某个阶段学会的。不论怎样，这种气场不只针对那些男性对手，甚至微妙地刺激了搭档亚由美，使她的言行变得更加华丽而积极。

一旦发现适合的男人，先由亚由美一个人前去侦察，充分发挥随和的天性，为构筑友好关系打下基础。然后找准时机，青豆也加入战场，营造具有深度的和谐关系，酿出一种类似轻歌剧和黑色电影合二为一的独特氛围。到了这一步，接下去就简单了：转移到一个合适的地方，（用亚由美那率直的表达就是）大干一场。最难的是找到合适的对象。对方最好是二人组，干净，长相必须说得过去，至少得有些知性才行，但知性过强恐怕也让人犯难——乏味的交谈会糟蹋了美好的夜晚。经济上宽裕也会获得好评。当然，酒吧与俱乐部的账单以及宾馆的房费，均由男人们支付。

　　但她们在将近六月底想来一场小小的性爱盛宴时（结果成了这对搭档的最后一次活动），却怎么也没找到合适的男人。她们花了好多时间，换了好几个地方，结果还是一样。分明是月底的星期五之夜，可是从六本木到赤坂，家家店都空空荡荡，客人少得惊人，无从挑选。加上天空阴云密布，整个东京仿佛在为什么人服丧一般，荡漾着沉闷的气氛。

　　"今天好像不行了。我看就算了吧。"青豆说。时针已经指向了十点半。

　　亚由美也很不情愿地同意了。"真是的，还从来没见过这么郁闷的星期五之夜呢。人家还特地穿好了性感的紫色内衣才来的。"

　　"你就回家去，对着镜子自己陶醉得了。"

　　"我就算胆子再大，也不敢在警察宿舍的洗澡间里干这种事呀。"

　　"总之，今天就干脆死了这条心，咱们俩老实地喝了酒回家睡觉去。"

　　"也许这样更好。"亚由美答道，随即像想起了什么，说，"对啦对啦，青豆，回家前咱们俩找个地方吃顿饭吧？我这儿还多出来三万元呢。"

　　青豆皱起了眉。"多出来钱？这是怎么回事？你不是一直在抱怨，说工资低没有钱吗？"

亚由美用食指挠着鼻窝。"其实上次那个男人给了我三万元。是临分手时塞给我的，说是出租车费。喏，就是和那两个在房地产公司工作的家伙干的那次。"

"你就这么收下了？"青豆吃了一惊，问。

"大概他把咱们当作半是靠这行吃饭的吧。"亚由美哧哧地笑着说，"恐怕根本想不到对方是警视厅的警察和武术教练。不过这也不错啊。做房地产生意赚得不少，钱肯定多得没处花了。我想下次和你一起去吃顿好吃的，就另外收了起来。到底是这种钱，很难拿来当生活费啊。"

青豆并没有发表意见。和偶遇的陌生男人做爱，收取金钱作为补偿——这样的事，她很难认为是现实。但居然发生在了自己身上，她还不能完全接受。简直像看着自己映在哈哈镜里的形象。但从道德的观点来看，杀了男人再收钱和与男人做了爱再收钱相比，究竟哪个更正当，实在难下结论。

"我说啊，你是不是介意收下男人的钱？"亚由美不安地问。

青豆摇摇头。"也不是介意，而是觉得有些不可思议。倒是你，身为女警察却干出类似卖淫的行为，在感觉上恐怕有抵触吧？"

"一点也没有。"亚由美声音爽朗地说，"这种事情我不在乎。我说青豆啊，先谈好价钱再做爱的是妓女，而且总是要预付。大哥，脱掉短裤前请先付清钱哦。这可是原则。如果完事了客人却说'其实我没钱'，生意就没法做啦。假如不是那样，事前也没有交涉价格，只是事后说'喏，这是你的车钱'，递过来一点零钱，那不过是表示感谢之情。和职业的卖淫完全不同，完全不同哦。"

亚由美的主张也不无道理。

上一次，青豆和亚由美挑选的伙伴，年龄大概是三十后半或四十前半。两人都头发浓密，青豆对此妥协了。他们自称是做房地产生意的。但看他们身上的胡戈·波士西服和米索尼·尤莫领带，便能推断出他们供职的地方不会是三菱或三井那样的大房地产公司，而是更具攻击性、更灵活的公司，大概拥有一个片假名写的公司名称。不受繁琐的公司规则、传统的自豪感以及冗长的会议拘束，没有个人能力便难以生存，反之一旦中彩，收入也极可观。其中一个人拿着一把崭新的阿尔法·罗密欧车的车钥匙。东京的写字楼供不应求，他们说。经济已经从石油危机中恢复，再度表现出回暖的征兆，资本日益流动化，会出现建造多少高楼大厦都满足不了需求的状况。

"房地产这阵子好像很赚钱嘛。"青豆说。

"嗯。青豆啊，假如你有多余的钱，可以买点房产。"亚由美说，"东京这块弹丸之地一下子流入庞大的资金，土地价格你就是不去理它，它也会直线上涨呀。现在买下来绝不会吃亏。这简直就像买明知肯定会赢的马票一样嘛。可惜像我这种小公务员，金钱上没有这样的富余啊。对啦，你是不是一个擅长理财的人？"

青豆摇摇头。"我只相信现金。"

亚由美放声大笑。"我说，那可是罪犯的心理状态哟。"

"把现款藏在床垫子里，一旦情况危急，马上抓起来跳窗而逃。"

"对对对，就是那个。"亚由美说着，打了个响指，"岂不是跟《赌命鸳鸯》一样嘛。史蒂夫·麦奎恩的电影，钞票捆加霰弹枪。我就喜欢这种样子。"

"甚至胜过喜欢站在执法者一边？"

"就个人喜好而言。"亚由美面带笑意，说，"我个人更喜欢亡命之徒。和开着迷你警车去取缔违章停车相比，还是这样更有魅力啊，没法比。我被你吸引，大概就因为这个缘故。"

"我看上去像个亡命之徒吗？"

亚由美点头赞同。"该怎么说呢，好像有点那种气质，哪怕还算不上是抱着机关枪的费·唐娜薇①。"

"机关枪可用不着。"青豆说。

"上次说起了'先驱'那个教团的事吧？"亚由美说。

二人走进饭仓一家深夜还在营业的小小的意大利餐馆，在那儿喝着勤地红葡萄酒，吃了一顿简单的饭。青豆吃金枪鱼沙拉，亚由美则要了浇上青酱的意式汤团。

"嗯。"青豆应道。

"我对此很感兴趣，后来自己做了些调查。没想到一查吓一跳：这东西相当可疑啊。他们自称是宗教团体，甚至获得了认证，但根本不具备宗教团体的实体。在教义上不知该叫作解构呢还是什么，整个儿就是各种宗教形象的大杂烩。在里面调入了'新时代'精神主义、时髦的学院主义、自然回归和反资本主义，还有神秘主义的风味。就这点东西。找不到丝毫像实体的东西。不如说，没有实体就是这个教团的实体。模仿麦克卢汉②式的说法就是，媒介自身便是讯息。这种地方要说酷还真够酷呢。"

"麦克卢汉？"

"我也会读点书嘛。"亚由美像不满似的说，"麦克卢汉领先于时代，虽然有段时期因为变成了流行时尚而受到轻蔑，可他说的话基本正确。"

"就是说容器包含着内容本身，是这样吗？"

"完全正确。内容因容器的特质成立，而非相反。"

---

① Faye Dunaway，1941 年生，美国电影明星，代表作有《雌雄大盗》等。

② Herbert Marshall Mcluhan（1911 - 1980），加拿大社会学家。

青豆就此稍作思考，然后说：

"虽然大家对作为宗教团体的'先驱'内部的情况知之甚少，不过还是被它吸引，纷纷聚拢过去。是不是这样？"

亚由美点头赞同。"就算不说多得吓人，也有绝不算少的人聚拢过去。既然有人进入，就会有金钱进入，这是明摆着的。那么，为何有这么多人被这个教团吸引呢？我以为，首先就是因为它不像一种宗教。看上去似乎很纯洁很知性，自成一体。一句话，就是不显得寒酸呀。正是这种地方，吸引了担任专门职务、从事研究工作的年轻一代。因为他们的求知欲受到了刺激，在那里能得到现实世界得不到的成就感。而且是那种可以拿在手上掂量的成就感。于是这些知识分子信徒就像军队里的精英，在教团中形成了强力的智囊团。

"另外，被称作'领袖'的教团头领好像相当具有领袖魅力，那些人深深地景仰这个家伙。说起来，正是这个家伙的存在，在发挥着近似教义核心的作用。从形成上来说，简直和原始宗教差不多。就连基督教，刚开始多少也有这种感觉。可是，这个家伙根本不公开露面。连他的长相都不为人知，甚至连姓名和年龄也搞不清楚。教团在名义上是以合议制形态运营的，类似主宰者的职位也由其他人担任，正式的仪式之类均由那个家伙作为代表露面，实际上他不过是个摆设。处于整个体系中心的，似乎是这个来历不明的领袖。"

"这家伙似乎很想把真面目隐藏起来嘛。"

"不是有什么事由想隐瞒，就是想借这种隐藏营造神秘气氛。"

"要不就是长得太丑。"

"也有可能。说不定是世上少见的丑八怪呢。"亚由美说着，像怪物般低吼一声，"不过这些先不管，其实不光是教主，这个教团里深藏不露的东西太多了。上次在电话里我告诉过你，拼命抢购房产的行动也是其中之一。公之于众的仅仅是外观。漂亮的设施，英俊的公关，充满知性的理论，精英出身的信徒，清心寡欲的修行，瑜珈和心灵的平静，对拜物主义的否定，采用有机耕作法的农业，新鲜的空气和美味的素食生活……这些东西都是精心算计好的造型照呀。和报纸的周日版里夹着的高级度假公寓广告一样。外壳非常漂亮，然而在背后，却散发出阴谋诡计的气味，恐怕有些部分还是违法的。这就是查阅了种种资料后，我得到的坦率的印象。"

"但眼下警察还是没有动作。"

"也许在地下有一些动作，只是我不清楚。但是，山梨警方好像正在某种程度上关注这个教团的动向。从那位和我在电话里交谈的负责人的口气中，也多少能感觉到。不管怎么说，'先驱'毕竟是那个闹出枪战事件的'黎明'的母体嘛，而中国制造的卡拉什尼科夫的流入渠道，也只是推测可能来自朝鲜，还没有弄清楚。'先驱'恐怕也在某种程度上受到了监控。不过对方是个宗教法人，不能随便动手。何况已经进去搜查过，大致查明了他们和那场枪战没有直接关系。只是治安当局如何动作，我这边也搞不清楚。因为他们搞的是彻底的秘密主义，而且长期以来警察和治安双方一直摩擦不断。"

"关于不去小学念书的孩子们，有没有查得比上次清楚点？"

"这也没查清楚，好像那些孩子不去上学后，就再也没有走出高墙外。对这些孩子，我其实也没办法调查。假如发现了虐待儿童的具体事实，情况就大不相同啦，可眼下又没有这样的东西。"

"那些脱离了'先驱'的人，在这方面有没有提供什么消息？总会有几个对教团感到失望，或者忍受不了严格的修行而退出的人吧？"

"当然，教团里有进有出。有人入教，也有人感到失望离去。脱离教团基本上是自由的。但是入会时作为'设施永久使用费'捐赠的高额钱款，根据当时签订的合同书，是一分钱也回不来了。只要你肯接受这一点，就可以只身离开。有一个由这些退会者们组织的团体，声称'先驱'是个反社会的危险邪教，在实施诈骗行为。他们发起诉讼，还出版了一份小小的会志。但他们人微言轻，在社会上几乎没有影响力。教团集中了优秀的律师，在法律方面筑起了滴水不漏的防御体系，就算有人起诉，他们也纹丝不动。"

"退会者们有没有提起过那位领袖或信徒的孩子呢？"

"我还没有读过他们的会志，不太了解。"亚由美说，"不过从我粗粗查阅的材料来看，这些退会的不满分子大多是下层信徒，是小人物。'先驱'这个教团宣扬否定现世的价值观，其实在某些地方是比现世还露骨的等级社会。干部和下层信徒划分得一清二楚。要是没有高学历和专业技能，别想当上干部。而能够面见领袖仰承指教，参与教团体系中枢的，只限于当干部的精英信徒。至于其余的大多数信徒，就只能捐献相应的钱款，在清洁的空气中刻苦修行，致力田间作业，在冥想室中沉湎于冥想，过着这种经过杀菌消毒的生活。和羊群没有差别。由牧羊人和狗管理着，早晨被领到牧场上去，傍晚再被带回宿舍里，就这样送走平的每一天。他们盼望着在教团内的位置得到提高、能面见伟大的老大哥的那一天，但这样的日子大多不会来临。所以普通信徒对教团体系内部的实情几乎一无所知，就算脱离了'先驱'，他们也不可能有可以提供给社会的重要信息，甚至连领袖的脸都没看过。"

"精英信徒里面就没有人退会吗？"

"据我调查，没有这样的例子。"

"会不会是一旦了解体系的秘密，就不允许退出呢？"

"如果到了那一步，也许会出现相当戏剧性的变化呢。"亚由美说，随后短短地叹了口气，"青豆啊，你上次说起的强奸少女的事，究竟可信到什么程度呢？"

"相当可信，但现在还没到可以证实的阶段。"

"那是在教团里有组织地进行的吗？"

"这一点也没弄清楚。但牺牲者的确存在，我还见过那个孩子。境况非常悲惨。"

"你说是强奸，那么，的确插入了吗？"

"的的确确。"

亚由美撇着嘴，在思考什么。"我知道了。我会更深入地查查。"

"不要太为难。"

"我不会为难的。"亚由美说，"你别瞧我这样子，我其实属于那种相当细心的性格哦。"

两人吃完饭，服务生撤走了盘子。她们没有要甜点，继续喝着葡萄酒。

"哎，你上次说过，小时候从来没有被男人干过怪事，是吧？"

青豆瞧着亚由美的脸庞，然后点点头。"我的家庭宗教信仰特别虔诚，从来不会提到关于性的话题。周围的人家也都是这样。性，是不可触及的话题。"

"可是啊，信仰虔诚不虔诚和性欲强还是弱大概没什么关系吧？神职人员里面有很多色情狂，这可是社会常识呢。实际上，因为卖淫和调戏妇女之类的事被警察抓住的家伙中，就有很多宗教人士和从事教育的人。"

"也许是那样。不过至少在我的周围，没有丝毫这样的兆头。也没有人干坏事。"

"那可太好啦。"亚由美说，"我听了好高兴。"

"你不是这样吗？"

亚由美犹豫地微微耸肩，然后说："说老实话，我被人干过好多次怪事，小时候。"

"比如说是谁呢？"

"我哥哥和我叔叔。"

青豆稍稍皱起了眉。"是被兄弟和亲人？"

"就是。他们现在都是现役警察。叔叔前不久还得了嘉奖，优秀警官。说是连续三十年警龄，为地方的社会安全和环境进步做出了极大贡献。因为救助困在铁道口的蠢头蠢脑的母狗和小狗，还上过报呢。"

"他们对你干了什么？"

"摸摸那儿。或是叫我舔他们的鸡鸡。"

青豆脸上的皱纹越发加深了。"哥哥和叔叔？"

"当然是单个儿来的。我十岁，哥哥大概十五岁吧。叔叔是在更早之前，到我家来留宿的时候，有过两三次。"

"这件事你跟谁说过吗？"

亚由美缓缓地摇头。"没说。他们吓唬我，说绝对不许告诉任何人，如果敢告状就要给我颜色看。其实就算他们不吓唬我，我也觉得如果告状，恐怕他们会没事，倒是我可能要挨骂，要倒霉。这让我害怕，不敢告诉任何人。"

"也不敢告诉妈妈吗？"

"尤其是不敢告诉妈妈。"亚由美说，"妈妈从小就一直偏爱哥哥，总是对我失望。说我为人粗笨，又不漂亮，长得还胖，学习成绩也没什么好炫耀的。妈妈想要的是另一种类型的女儿，长得像个洋娃娃，身材苗条可爱，可以去芭蕾教室学跳芭蕾的那种。完全是妄想啊。"

"所以你不想让妈妈更失望。"

"没错。我觉得如果去告状，说哥哥对我干了什么，恐怕她会更加憎恨我讨厌我。她会觉得原因在我这方面，事情才会变成这样。而不会去责怪哥哥。"

青豆动用双手的指头，把脸上的皱纹拉平。十岁时，自从我宣布放弃信仰后，母亲便再也没跟我说过一句话。必要时，就写在纸条上递过来，然而不说话。我已经不再是她的女儿，仅仅是个"抛弃了信仰的人"。然后我离开了家。

"但是没有插入？"青豆问亚由美。

"没有。"亚由美答道，"再怎么样，也受不了那种痛呀。他们也没要求那么干。"

"可是，现在你还跟哥哥和叔叔见面吗？"

"我工作后离开了家，现在几乎不见面。不过终归是亲戚呀，况且还是同行，碰面是免不了的。这种时候嘛，我也只是随着他们嘻嘻一笑，不会无事生非。那帮家伙只怕不记得有这种事了。"

"不记得？"

"那帮家伙嘛，会忘掉的。"亚由美说，"但我忘不了。"

"那当然。"青豆说。

"和历史上的大屠杀一样。"

"大屠杀？"

"杀人的一方总能找出乱七八糟的理由把自己的行为正当化，还会遗忘，能转过眼不看不愿看的东西。但受害的一方不会遗忘，也不会转过眼。记忆会从父母传给孩子。世界这个东西，青豆啊，就是一种记忆和相反的另一种记忆永无休止的斗争。"

"的确。"青豆说，随后轻轻地皱起眉。一种记忆和相反的另一种记忆永无休止的斗争？

"说老实话，我本来以为你也有类似的体验呢。"

"为什么你会这么想？"

"我没办法解释，不知为什么就这样想。大概正因为有过那样的体验，才会这样生活，和陌生的男人一夜狂欢。而且你啊，做这种事的时候看起来很像满怀愤怒的样子。愤怒，愤慨。总之，好像不可能普通地生活，喏，就像世人平常做的那样，正经地谈恋爱、约会、会餐，理所当然地只跟那一个人做爱。我自己也是这样。"

"你是说，就是因为小时候有过那样的体验，才会这样，无法像正常人一样过普通的生活吗？"

"我是这么感觉的。"亚由美说，随后微微地耸了耸肩，"就说我自己吧，其实我很害怕男人。我是指跟某个特定的人保持深入的关系，全盘接受对方的一切。哪怕只是想一想，我就会觉得毛骨悚然。但是孤零零一个人，有时又会很痛苦。希望被男人拥抱，被他插入。忍不住想干。这种时候，素不相识的人反而远为轻松。"

"恐惧？"

"嗯。我认为这是重大原因。"

"我感觉，我没有什么对男人的恐惧。"青豆说。

"哎，青豆，你有没有什么害怕的东西？"

"当然有。"青豆说，"对我来说，自己是最可怕的。不知道自己会干出什么事。不知道自己此刻正在干什么。"

"那你现在在干什么呢？"

青豆盯着手中的葡萄酒杯看了一会儿。"我要是知道该多好。"她抬起脸说，"可是我不知道。现在我在哪一个世界里？在哪一年里？就连这些，我都毫无自信。"

"今年是一九八四年，地点是日本的东京。"

"假如我能像你一样，满怀自信地这样断言就好了。"

"好奇怪。"亚由美说着，笑了，"这可是明摆着的事实，哪需要什么自信和断言。"

"现在我还解释不清，不过对我来说，这不能说是明摆着的事实。"

"哦。"亚由美叹服似的说，"这当中的情况，或者说感受方式，我还弄不懂。不过啊，不管现在是什么时候，这里是什么地方，青豆你都有一个深深爱着的人。在我看来，这是非常令人羡慕的事情。我连这样的人也没有。"

青豆把葡萄酒杯放在桌子上，用餐巾轻轻地擦拭嘴角，然后说："也许像你说的那样。不管现在是什么时候、这里是什么地方，这些事情都无关紧要，我只想见到他，想得要死。只有这一点是千真万确的，我可以满怀自信地断言。"

"要不要我帮你查一查警方的资料？只要你把信息告诉我，也许就能查清楚他现在住在哪儿，做什么工作。"

青豆摇摇头。"别找他，求你了。记得上次我告诉过你，总有一天我会在什么地方偶然遇到他。是偶然的。我只想静静地、珍重地等待着这个时刻。"

"简直像长篇爱情连续剧啊。"亚由美叹服地说，"像这样的事，真让人喜欢呀。心里麻酥酥的。"

"自己真的去做，可不好受哦。"

"我知道不会好受。"亚由美说着，用指尖轻轻地按住太阳穴，"可是，尽管有一个爱到这种程度的人，还是会想和萍水相逢的男人做爱。"

青豆用指甲轻轻弹了弹薄薄的葡萄酒杯口。"作为一个活生生的人，这么做是必要的，为了保持平衡。"

"但是，哪怕这么做，也不会损坏你心里的爱情。"

青豆说："就像西藏的转经筒一样。转经筒旋转时，位于外侧的价值和感情就会忽上忽下，忽而闪光忽而黯淡。但真正的爱情始终固定在机轴上，永远不会变化。"

"太美了。"亚由美叹道，"西藏的转经筒。"

接着将杯中剩下的葡萄酒一口喝光。

两天后的晚间八点稍过，Tamaru 打来了电话。一如平时地没有寒喧，一开口便切入正题。

"明天下午有没有安排？"

"没有任何安排，可以在你们方便的时候登门拜访。"

"四点半怎么样？"

没有问题。青豆回答。

"好。"Tamaru 说。传来在计划表上写时刻的圆珠笔声。笔力甚强。

"顺便问问，阿翼她好吗？"

"啊，她应该很好。夫人每天都过去看她。那孩子好像也很依恋夫人。"

"太好了。"

"这方面很好。不过另一方面，倒发生了不太有趣的事情。"

"不太有趣的事情？"青豆问。青豆知道，如果 Tamaru 说不太有趣，那真是非常无趣的事情。

"狗死了。"Tamaru 说。

"狗？你说的是本吗？"

"是呀。那只喜欢吃菠菜的奇怪的德国牧羊犬。昨天夜里死了。"

青豆听后，大吃一惊。那狗才五六岁，远没到死亡的年龄。"上次我看见它时，它还很健康嘛。"

"不是病死的。"Tamaru 用毫无抑扬顿挫的声音说，"早上看见它时，它已经七零八碎了。"

"七零八碎？"

"就像碎裂了似的，内脏飞得七零八落、遍地都是。只好拿着大纸巾四处把肉块一片片地收集起来。尸体从里面整个儿翻了过来，像是有人在狗肚子里装了一个小型高效炸弹。"

"好可怜啊。"

"狗的事已经没办法了。"Tamaru 说，"死掉的不可能复生。看门狗还可以找到新的。我担心的是，到底发生了什么事？这可不是普通人干得了的事啊。比如说在狗肚子里装炸弹。那只狗在不认识的人走近时，会像揭开了地狱的盖子一样狂叫。这种事可不是随随便便就能做到的。"

"是的。"青豆声音干涩地说。

"庇护所里的女人也都深受打击，非常恐惧。负责喂狗的女人早晨亲眼目睹了现场，呕吐不止，然后打电话叫我去。我问，夜里有没有发生过什么可疑的事？什么都没有。也没有人听到爆炸声。如果发出过那么夸张的声音，大家肯定会被惊醒。她们本来就是提心吊胆地生活在那儿的人。就是说，那是无声的爆炸。也没有人听到过狗叫。那是个非常安静的夜晚。可是到了早上一看，狗被整个儿翻了过来，新鲜的内脏四处飞散，附近的乌鸦可是从大清早就乐坏了。不过对我来说，当然都是不称心的事。"

"发生了一些怪事。"

"没错。"Tamaru 说，"发生了怪事。而且，如果我的直觉正确，这不过是个开端。"

"有没有报警？"

"怎么可能呢？"Tamaru 鼻子里发出嘲笑般的微妙声音，"警察之类的没有一点用处。他们只会在不对头的地方干出不对头的事，让事情变得越来越复杂。"

"夫人对这件事说了些什么？"

"她什么也没说。听了我的汇报只是点头。"Tamaru 说，"在安全方面，由我全权负责。从头到尾。再怎么说，这都是我的工作啊。"

沉默持续了一会儿。是附加着责任的沉默。

"明天四点半。"青豆说。

"明天四点半。"Tamaru 复述道，然后静静地挂断了电话。

第 24 章　天吾
并非这里的世界意义何在

星期四从早晨起就在下雨。尽管下得不太猛，却是执拗得惊人的雨。从前一日的午后开始下起，一次也不曾停过。刚以为雨大概要停了，它却像陡然想起来似的，雨势又变得强劲。虽然已经过了七月半，梅雨却丝毫没有显示出将要终了的样子。天空像被盖了个盖子般昏暗，整个世界都带着沉重的湿气。

近午时分，天吾穿上雨衣带上帽子，正打算到附近去买东西，却发现信箱里塞进了一个衬着软垫的厚厚的茶色信封，信封上没有盖邮戳，没有贴邮票，也没有写地址，寄信人的姓名也没有。正面中央用圆珠笔写着两个又小又硬的字：天吾。那字体就像是在干硬的黏土上用钉子划出来的。一望便知这是深绘里的字。打开封口一看，里面装有一盘风格极其事务性的、长度为六十分钟的 TDK 磁带，没有信，也没有附条。磁带也没有装在盒子里，而且上面连个标签都没贴。

天吾略一沉吟，决定不去买东西了，回家听磁带。他把磁带举在面前，摇了几摇。虽然很有点谜一样的感觉，但怎么看都是普通的大批量制品，看来不会发生播放时磁带爆炸的事。

他脱去雨衣，把收录机放在厨房里的桌子上，从信封中取出磁带，装进去。准备好便笺纸和圆珠笔，以便必要时做笔记。观察四周，确认没有旁人之后，按下了播放按钮。

一开始什么声音都没有。无声的部分持续了一段时间，他开始怀疑这会不会仅仅是一盘空带时，忽然传来喀哒喀哒的背景音。像是拖动椅子的声响。还听见了——好像是——轻轻的咳嗽声。突如其来地，深绘里开始说话了。

"天吾。"深绘里仿佛试音似的说。她正式地呼唤天吾的名字，在他的记忆里，这恐怕还是第一次。

她再次清了清喉咙。似乎有点紧张。

> 要是能写信就好了可是我写不了所以录到磁带里。比起打电话来这样可以说得更轻松一点。电话说不定会有人偷听。请等一下我喝口水。

传来深绘里拿起杯子，喝了一口，再把它——大概是——放回桌子上的声音。她那独特的、缺乏抑扬顿挫和标点符号的说话方式，录成磁带后与对面交谈时相比，更给了听者不同于平时的印象，甚至可以说是一种非现实的感觉。但在磁带里和对面交谈时不同，她把好几个句子放在一起说了出来。

> 你听说了我失踪的事情没有。也许你在担心。不过不要紧我现在在没有危险的地方。这件事我很想告诉你。本来这是不可以的但我觉得告诉你更好。

（十秒钟的沉默）

本来是叫我不要把待在这里的事情告诉任何人的。老师报了警要求帮忙寻找我。但警察没有动静。小孩子离家出走又不是什么稀罕事。所以我暂时静静地待在这里。

（十五秒钟的沉默）

这里很远只要不出去走动就不会被人察觉。非常远。阿蔺会把这盘磁带送给你。通过邮局寄不太好。必须提高警惕。请等一下，我看看有没有录下来。

（咣当一记声响。一段时间的空白。然后又传来了声音）

不要紧录下来了。

听得见远处孩子们的呼喊声。还听得见隐约的音乐声。大概是通过大开的窗口传进来的。附近也许有个幼儿园。

上次你收留我住了一晚谢谢你。需要那么做。也需要了解你。谢谢你念书给我听。我的心被吉利亚克人吸引了。吉利亚克人为什么不走宽广的马路要穿行在森林中呢。

天吾在这个句子后悄悄加了个问号。

马路虽然方便但吉利亚克人还是离开马路走在森林里才感到更轻松。要在马路行走就得从头重新学习走路。要重新学习走路的话其他的东西也得重新学。我没办法像吉利亚克人那样生活。我不愿意整天挨大人们的打。也不愿意过那种到处都是蛆虫的不洁净的生活。不过我也不太喜欢在宽广的马路上行走。我再喝口水。

深绘里再次喝水。出现一段沉默的时间，杯子咕咚一声被放回桌上。然后又是一段用手指擦嘴巴的空隙。这个少女难道不知道录音机上有一个暂停按钮吗？

　　我不在的话你们可能会为难。不过我不打算成为小说家以后也不打算再写什么了。关于吉利亚克人我让阿蓟查过了。阿蓟去图书馆查的。吉利亚克人住在萨哈林像阿伊努人以及美洲印第安人一样没有文字。也没留下记录。我也一样。一旦变成了字那就不是我的话了。你很巧妙地把它变成了字可我觉得并不是所有的人都能像你做得那么好。但那已经不是我的话了。不过不必担心。不是你的错。只是离开了马路在行走罢了。

深绘里在这里又停顿了一会儿。天吾想象着这个少女在离开马路的地方默默不语地行走的情形。

　　老师拥有很大的力量和很深的智慧。但小小人也毫不逊色拥有很深的智慧和很大的力量。在森林里要当心。重要的东西在森林里森林里有小小人。要想不受到小小人伤害就得找到小小人没有的东西。这样就能安全地走出森林了。

深绘里几乎是一口气把这段话讲完，然后做了一个大大的深呼吸。因为她没有把正对着麦克风的脸转向一旁就这么做了，所以一阵仿佛掠过高楼间低谷的狂风般的声音被录了下来。这声音逝去后，又听到了远处汽车喇叭的声音。是重型卡车特有的那种像雾笛般深沉的喇叭声。短短的，两次。她所在之处似乎离干道不远。

　　（咳嗽声）声音有点哑了。谢谢你挂念我。谢谢你喜欢我的胸脯形状留我过夜借睡衣给我。也许会有一段时间我们不能见面。

因为把小小人的事情变成了字小小人可能生气了。不过不必担心。我对森林很熟悉。再见。

发出一个响声，录音到此终结。

天吾按下开关，停下磁带，把它倒回开头。一面听着屋檐滴落的雨水，一面做了几次深呼吸，在手中滴溜溜地旋转着塑料圆珠笔。然后把圆珠笔放在桌上。他一个字也没记录，只是专心地听着深绘里那一如平日、特色鲜明的说话声。但不必提笔记录，深绘里的口信中要点非常明晰。

第一，她并没有遭到绑架，不过是暂时隐身于某处。不必担心。

第二，她没有继续出书的打算。她的故事是为口述而存在的，她不习惯铅字。

第三，小小人拥有并不亚于戎野老师的智慧和力量，必须提高警惕。

这三条就是她要通报的要点。此外还谈到了吉利亚克人，一群非得远离马路步行不可的人。

天吾走到厨房里泡了杯咖啡，随后一面喝着咖啡，一面无聊地看着盒式磁带。接着再从头听了一遍。这次为慎重起见，不时地按下暂停按钮，把要点简单地记录下来。然后把记下来的东西看了一遍。并没有新发现。

深绘里会不会是先把内容大致写下来，再照着讲的呢？但天吾认为不是这样。她不是那种类型的人。她一定是当场（连暂停按钮都不按）脱口而出，把心中的所思所想对着麦克风说出来的。

她到底在什么地方呢？录下来的背景音，并没有告诉天吾更多的线索。远处有关门的哐当声。像是从敞开的窗户传进来的孩子们的呼喊声。是个幼儿园吗？重型卡车的喇叭声。深绘里所在之地似乎不是森林深处，倒很像都市中的某个角落。时间恐怕是上午较晚的时刻，或是晌午过后。关门声也许暗示着她并非独自一人。

有一点十分明显，深绘里是自己主动隐藏在那个地方的。这不是一盘受人强制录下来的磁带。这只要听一听她的声音和说话方式就一清二楚。刚开始多少可以感受到她的紧张，除此之外她似乎是自由地冲着麦克风畅所欲言。

老师拥有很大的力量和很深的智慧。不过小小人也毫不逊色拥有很深的智慧和很大的力量。在森林里要当心。重要的东西在森林里森林里有小小人。要想不受到小小人伤害就得找到小小人没有的东西。这样就能安全地走出森林了。

天吾把这个部分重放了一次。深绘里说得多少有点快。句子间的停顿也稍短一些。小小人对天吾或者戎野老师来说，是可能带来危害的存在。但在深绘里的口气中听不出认定小小人是邪恶势力的意思。从她的声音来看，似乎能认为他们是可能倒向任何一边的中立的存在。还有一个地方让天吾有些担心。

因为把小小人的事情变成了字小小人可能生气了。

假如小小人真的生气了，让他们生气的对象当然也包括天吾。因为他是将他们的存在以铅字的形式公之于众的罪魁祸首之一。即使辩称自己本无恶意，只怕也难获得谅解。

小小人究竟会给人造成怎样的危害？这种事天吾根本无法知道。天吾把磁带再次倒回去，装入信封收进了抽屉。再次穿上雨衣，戴上帽子，在淅淅沥沥的雨中买东西去了。

这天夜里九点过后，小松打来一个电话。这一次，天吾也是在拿起听筒前就知道了这是小松的电话。他当时正躺在床上看书，等铃声响了三次，才慢慢地爬下床，来到厨房餐桌前拿起电话。

"嗨，天吾君。"小松说，"你这会儿在喝酒吗？"

"没有。神志清醒。"

"等咱们俩谈完后，说不定你就想喝上一杯了。"

"那准是个令人愉快的消息了。"

"不一定啊。我不觉得多么让人愉快，但弄不好有点反讽式的滑稽之处。"

"像契诃夫的小说一样。"

"就是。"小松说，"像契诃夫的小说一样。说得妙，天吾君。你的表达总是简洁得当。"

天吾沉默不语。小松接着说道：

"事情有点棘手啦。戎野老师报警请求搜寻深绘里之后，警方正式开始立案侦查。但警察大概还不会动真格的，反正又没有人来勒索赎金。只是搁置不理的话，万一出了什么事不好办，所以暂且摆出一副着手调查的架势罢了。可是媒体就不会那么袖手旁观了。我这儿也来过好几家报纸打探消息。我当然坚持'一概不知'的姿态。其实眼下我根本没有任何可以告诉他们的东西呀。那帮家伙这会儿肯定把深绘里和戎野老师的关系，以及她那革命家父母的经历都查清楚了吧。只怕这些事实也要渐渐浮出水面了。问题是周刊杂志。自由撰稿人和自由记者之流会像闻到了血腥味的鲨鱼一样，蜂拥而上。那帮家伙个个都是好手，一旦咬上了就绝不松口。要知道事关生计呀，哪顾得上什么隐私啊分寸啊。虽然大家都是写东西的，但他们和你这样文静的文学青年可不同哦。"

"所以我最好也小心，是吗？"

"完全正确。最好提高警惕、加强戒备。谁知道那些货色会从哪个角落里钻出来找到什么。"

天吾想象着一艘小船被成群的鲨鱼团团包围的情景。但这看上去无非是一格草草收场的漫画。"得找到小小人没有的东西。"深绘里说了。可那到底是什么东西呢？

"可是小松先生，形成这样的局面，难道不正是戎野老师的目的吗？"

"是呀，也许如此啊。"小松回答，"咱们弄不好是被人漂亮地利用了一回。但这想法，我倒是一开始就有所察觉。老师绝不会隐瞒自己的意图。所以在这层意义上嘛，也算得上公平交易。当时我们也可以拒绝：'老师，这可有点危险。我们可不敢搅进去呀。'一个正经的编辑毫无疑问会这么做。可是我嘛，正像你知道的，算不上正经的编辑。当时事情已开始向前推进，再说我也有了欲望，可能放松了戒备。"

电话那端一阵沉默。尽管短暂，却是高密度的沉默。

天吾说："就是说，小松先生您制订的计划，在中途被戎野老师劫走了，是不是？"

"这么说大概不是不行。就是说他的意图更强劲、更突出。"

天吾问："戎野老师是否认为这番闹腾能安然着陆呢？"

"戎野老师当然认为可以。因为他是个深谋远虑的人，还是个自信的人。也许真能一帆风顺。但要是这番闹腾甚至超过了戎野老师的预想，也许会变得无法收拾。再怎么出色的人，能力也总是有限的。咱们还是把安全带牢牢系好吧。"

"小松先生，如果是坐在一架即将坠落的飞机上，无论你安全带系得多牢，也没有用处啊。"

"但至少可以让自己宽心。"

天吾不由得微微一笑。但是个无力的微笑。"这就是咱们这次交谈的核心了？虽然绝不算愉快，但可能不无反讽式的滑稽之处的交谈？"

"害得你卷进这种事，我觉得很过意不去，真的。"小松用缺乏表情的声音说。

"我倒无所谓，反正我也没什么丢失了就会为难的东西。既没有家庭，也没有社会地位，更不会有什么大不了的前途。我更不放心的是深绘里。她只是个十七岁的女孩呀。"

"我当然也有些担心。不可能不担心嘛。不过，我们此刻在这里冥思苦想，也不能解决任何问题，天吾君。我们先考虑怎样把自己捆在一个牢固的地方，不让狂风吹得远远的。你这阵子还是仔细地阅读报纸吧。"

"这一阵子，我每天都注意读报。"

"那很好。"小松说，"不过关于深绘里的行踪，你有什么线索没有？不管什么都行。"

"什么都没有。"天吾回答。他不善于说谎，小松又直觉敏锐得出奇。但小松似乎没有觉察出天吾声音中微妙的颤抖。大概是因为满脑袋都是自己的事。

"有什么消息再联系。"小松说完，挂断了电话。

放下听筒后，天吾做的第一件事情，就是拿出玻璃杯，倒入约两厘米的波本威士忌。确如小松所言，打完电话后真的需要喝上一杯。

星期五，女朋友像往常一样来到了他家。雨已经停了，天空依然严实地遮蔽在灰色云层中。两人简单地吃过饭，便上了床。天吾在做爱之际，还在断断续续地胡思乱想，但并没有损害性行为带来的肉体的快乐。她一如平素，将天吾体内积累了一个星期的性欲巧妙地引诱出来，麻利地处理干净。她自己也从中体味了充分的满足。就像一个在账簿数字的复杂操作中发现乐趣的干练会计师。即使是这样，她似乎也看出了天吾心中另有挂念。

"这阵子威士忌好像少了很多呢。"她说。她的手仿佛还在回味着做爱的余韵，放在天吾厚实的胸膛上。无名指上戴着一只小巧但闪闪发光的钻石婚戒。她说的是那瓶在橱里放了很久的肯塔基波本威士忌。像许多和年龄小于自己的男子保持性关系的中年女性一样，她把各种风景变化都收进了眼底。

"最近我常常在半夜里醒来。"天吾回答。

"你不是在恋爱吧？"

天吾摇摇头。"没在恋爱。"

"工作不顺利吗？"

"工作眼下进展很顺利。至少是有所进展。"

"尽管这样，你好像还是有什么事放心不下。"

"那也不一定吧。只是睡不好罢了。不过这种情形很少见。我本来是个脑袋一挨枕头就会呼呼大睡的人。"

"好可怜的天吾君。"她说着，用那只没戴戒指的手的掌心温柔地按摩着天吾的睾丸，"那么，你做了什么不好的梦吗？"

"我几乎从来不做梦。"天吾答道。这是事实。

"我可经常做梦。而且一个梦做好多次。甚至在梦里自己都会发觉'咦，这个梦我上次做过'。你不觉得这很奇怪吗？"

"比如说是什么样的梦呢？"

"比如说吧，对了，是关于森林里的小屋的梦。"

"森林里的小屋。"天吾说，他思考着森林里的人们。吉利亚克人，小小人，还有深绘里。"那是个什么样的小屋呢？"

"你真的想听吗？听别人说梦，不会觉得无聊吗？"

"哪里，不会无聊。要是不碍事的话，我倒想听一听呢。"天吾诚实地答道。

"我一个人走在森林里。不是汉塞尔和格莱特①小兄妹迷路的那种

---

①格林童话中的人物。

不祥的密林，而是轻量级的明亮的森林。那是一个下午，天气温暖宜人，我轻松地走着。忽然前面出现一座小屋子，有烟囱，还有小小的门廊。窗子上挂着花格子布窗帘。总之看上去显得很友善。我敲了敲门，打招呼说'您好'。但没有回应。我更用力地再次敲敲门，门却自己开了。原来没有关紧。我说着'您好。喂，没有人吗？我可进来啦'，就走进了屋里。"

她温柔地抚摸着天吾的睾丸，望着他的脸。"这种气氛，你明白吗？"

"明白啊。"

"那是只有一个房间的小屋，结构非常简单。有一个小小的灶台，有床，有饭厅。正中央有个柴炉，餐桌上整齐地摆着四个人的饭菜。白色的热气从盘子里冉冉升腾。可是屋子里一个人也没有。那感觉就像一切准备就绪，正要进餐时，发生了什么怪事，比如说忽然出现了一个怪物，于是大家慌慌张张地逃到外边去了。椅子摆得一丝不乱，一切都很平静，和平常一样。只是没有人。"

"桌上放的是什么样的饭菜？"

她歪着脑袋想了想。"我想不起来了。哎呀，是什么饭菜来着？不过，饭菜是什么在这里不是问题，问题在于那些饭菜还是热乎乎的刚做好。反正我在一把椅子上坐下，等待住在这里的一家人归来。那时的我，有等待他们归来的必要。那是怎样的必要，我不清楚。要知道这是梦境啊，并不是一切东西都能解释清楚的。也许是需要他们告诉我回家的路怎么走，或者是非得拿到某样东西不可，就是这一类的理由。于是我一直等着他们，但不管我等多久，也没有一个人回来。饭菜还在继续冒着热气。看到这个，我就觉得肚子饿得不行。但不论怎么饿，主人不在家，我就不能随便动桌上的饭菜。你说是不是？"

"我想大概是吧。"天吾回答，"但梦里的事情，我也不敢肯定。"

"一来二往的，天黑下来啦。小屋里也变得昏暗起来。四周的森林显得越来越幽深。我想点亮小屋里的灯，又不知道怎么点。我渐渐变得不安，忽然发现一个事实：非常奇怪，从饭菜上升起来的热气，从刚才起一点都没有减少。已经过去好几个小时了，饭菜却都热气腾腾的。我开始觉得奇怪。肯定出了什么问题。这时就醒了。"

"你不知道后来发生了什么事？"

"接下去肯定会发生什么事。"她说，"天黑了，我又不知道回家的路，独自待在那间莫名其妙的小屋子里。有件事马上就要发生，我感觉那不会是什么好事。但每次总是在这里，梦就醒了。而且是一次又一次，反复做同样的梦。"

她停止抚摸睾丸，把面颊贴在天吾的胸膛上。"这个梦也许在暗示什么。"

"比如说暗示什么呢？"

她没有回答这个问题，反而提了个问题："天吾君，这个故事最可怕的地方是什么，你想不想听我说说？"

"想。"

她深深地叹了口气，那气息好像从狭窄的海峡吹过的热风，吹在天吾的乳头上。"就是说啊，我自己弄不好就是那个怪物。有一次我忽然想到这种可能。因为我走过去，那些人看见了我，于是惊慌失措地连饭也来不及吃，就从家中逃了出去。只要我在那里，他们就不会回来。尽管如此，我还得在小屋里等着他们归来。这样一想，我就非常害怕。这不是无可救药了吗？"

"要不就是，"天吾说，"也许那儿就是你的家，你是在等待逃出去的自己。"

话说出口，天吾才发现不应该说。但说出口的话却难收回来了。她沉默了很久，然后狠狠攥紧他的睾丸，用力之狠几乎让他喘不过气。

"你干吗说这么冷酷的话？"

"没别的意思。只是偶然想到了。"天吾好容易才挤出声音来。

她放松攥着睾丸的手，叹了一口气，然后说："现在说说你的梦吧，说说你做的梦。"

天吾终于能调整呼吸了，说："刚才跟你说过了，我几乎不做梦，尤其是最近一段时间。"

"可你多少也做过吧。世上不会有从来不做梦的人。你说这种话，弗洛伊德博士心里要不痛快哦。"

"也许做过，但一睁开眼，梦里的事就忘得一干二净。虽然留下了好像做过梦的感觉，梦的内容却根本想不起来。"

她把天吾变得软塌塌的阴茎托在手上，谨慎地掂量它的重量，仿佛这份重量在讲述某个重大的事实。"那行，不谈梦了。不过，跟我说说你正在写的小说。"

"我正在写的小说，如果可能的话，我不想谈。"

"嗯，我不是叫你把故事情节从头到尾讲一遍。我再怎么样，也不会提出这种过分的要求。因为我清楚，你虽然人高马大，却是个感情细腻的人。你只要告诉我一点关于写作准备呀、无关紧要的小插曲呀这类事，稍微说上几句就行。我希望你能把世上还没有人知道的东西，只告诉我一个人。因为你对我说了那样冷酷的话，我要让你补偿。你明白我的意思吧？"

"我想我明白。"天吾用没有自信的声音答道。

"那你说吧。"

阴茎仍然托在她的手上。天吾说道："那是关于我自己的故事。或者说，是关于某个以我自己为原型的人的故事。"

"也许是这样吧。"女朋友说，"那么，我会出现在这个故事里吗？"

"不会。因为我是在一个并非这里的世界中。"

"并非这里的世界中没有我。"

"不光是你。在这个世界里的人，都不在那个并非这里的世界中。"

"并非这里的世界，和这个世界有什么不同呢？此刻自己是在哪个世界里，你能分清楚吗？"

"能分清楚。因为是我写的。"

"我说的是，对除了你以外的人来说。比如说，由于某种情况，我忽然误入了那个世界。"

"我想大概能分清楚。"天吾回答，"比如说，在并非这里的世界里，有两个月亮。所以能弄清区别。"

天上浮着两个月亮的世界，这个设定是从《空气蛹》中照搬过来的。天吾打算为那个世界写出一个更长更复杂的故事，并且是他自己的故事。两者的设定相同，以后也许会成为问题。但天吾眼下无论如何都渴望写出有两个月亮的世界的故事。以后的事以后再考虑。

她说："就是说到了晚上抬头望天，如果天上浮着两个月亮，你就明白了：'啊，这是那个并非这里的世界！'是吗？"

"因为那是标志。"

"那两个月亮不会重叠吗？"她问。

天吾摇摇头。"不知是什么原因，两个月亮之间总是保持着一定的距离。"

女朋友独自思考了片刻那个世界的事。她的手指在天吾赤裸的胸膛上描画着什么图形。

"哎，你知道英语的 lunatic 和 insane 有什么不同吗？"她问。

"两个都是表示精神产生异常的形容词。细微的区别我搞不清楚。"

"insane 大概是指脑子天生有问题，应该接受专门治疗。与之相对，lunatic 是指被月亮，也就是被 luna 暂时剥夺了理智。在十九世纪的英国，被认定是 lunatic 的人，哪怕是犯下了什么罪行，也会罪减一等。原因是这不能怪他们，而是受了月光诱惑的缘故。难以置信的是，这条法律真的存在过呢。就是说，月亮会使人精神疯狂这个说法，在法律上是曾被认可的。"

"你怎么会知道这种事？"天吾惊奇地问。

"这没什么好奇怪的吧？我可是比你多活了十几年呢。比你多知道点东西也没什么奇怪的呀。"

的确如此。天吾承认。

"说得准确些，这是在日本女子大学英国文学课堂上学来的。狄更斯的阅读课上。一个古怪的老师专讲些和小说情节无关的闲话。我想说的是，现在这一个月亮就足以让人发疯了，要是天上浮着两个月亮，人们的脑袋不是要变得越来越疯狂吗？连海潮的涨落也会发生变化，女人的生理异常也肯定要增加。不正常的事会层出不穷。"

天吾思索了一会儿。"那也对。"

"在那个世界里，人们会经常发疯吗？"

"不，倒也没有。总之不会发疯。其实，所做的事和在这个世界里的我们做的基本相同。"

她柔柔地握住天吾的阴茎。"在并非这里的世界中，人们所做的事和在这里的我们做的基本相同。如果是那样，并非这里的世界究竟意义何在呢？"

"并非这里的世界的意义，就是这个世界的过去会在那里被改写。"天吾答道。

"你可以随心所欲地改写过去吗？"

"对。"

"你想改写过去吗？"

"你不想改写过去吗？"

她摇摇头。"对过去呀历史呀什么的，我丝毫不想改写。我想改写的，就是眼前这个现在。"

"可是，如果改写了过去，现在势必也会改变，因为现在是由过去积聚成的。"

她又长叹一口气，把托着天吾阴茎的手上下动了几次。仿佛在做电梯的试运行。"只有一件事可以断言。你曾经是个数学神童，是个有柔道段位的人，如今在写长篇小说。尽管如此，你也丝毫不懂这个世界。丝毫不懂。"

她如此断然，但天吾并不特别吃惊。丝毫不懂，这对最近一段时间的天吾来说，可以说是一种常态。绝非什么新发现。

"不过不要紧，就算丝毫不懂，"年长的女朋友转过身，将乳房紧紧抵在天吾的身上，"你啊，也是一个日复一日地写着长篇小说、沉浸在梦境里的补习学校数学教师。你一直这样才好。我很喜欢你的鸡鸡，不管是形状、大小还是手感，不管是硬的还是软的时候，是健康还是患病的时候。而且近来这段时间，它只属于我一个人。没错吧，是不是？"

"完全正确。"天吾承认道。

"哎，我上次跟你说过没有？我是个嫉妒心极强的人。"

"听你说过。嫉妒心强得超越了逻辑。"

"超越了所有的逻辑。从来如此，一贯如此。"于是她的手指开始缓缓地活动，"我马上让你再硬起来。你有什么异议吗？"

没有异议。天吾答道。

"现在你在想什么？"

"在想你是个大学生，在日本女子大学听英国文学课的情形。"

"课本是《马丁·朱兹尔威特》。我十八岁，穿着荷叶边的连衣裙，头发梳成马尾。是个非常认真的学生，当时还是个处女。我这样怎么像在讲述自己的前世啊。总之 lunatic 和 insane 的区别，是我进大学后最先掌握的知识。怎样？这么想象一下会兴奋吗？”

　　“当然。”他闭上眼睛，想象着荷叶边连衣裙和马尾。非常认真的学生，而且还是个处女，但嫉妒心强得超越了所有的逻辑。照着狄更斯的伦敦的月亮。徘徊在那里的 lunatic 的人们和 insane 的人们。他们戴着相似的帽子，留着相似的胡须。该如何区分他们呢？一旦闭上眼睛，对自己究竟是置身于哪个世界，天吾便没有了自信。

图书在版编目(CIP)数据

1Q84. BOOK1. (4月-6月) / 〔日〕村上春树著; 施
小炜译.-海口: 南海出版公司, 2010.5
ISBN 978-7-5442-4726-9

Ⅰ.①1··· Ⅱ.①村···②施··· Ⅲ.①长篇小说-日本
-现代 Ⅳ.①I313.45

中国版本图书馆CIP数据核字(2010)第055317号

1Q84 BOOK 1 (4月-6月)

〔日〕村上春树 著

施小炜 译

出　版　南海出版公司　　(0898)66568511
　　　　　海口市海秀中路51号星华大厦五楼　　邮编 570206
发　行　新经典文化有限公司
　　　　　电话(010)68423599　　邮箱 editor@readinglife.com
经　销　新华书店

责任编辑　翟明明　张　苓
装帧设计　金　山
内文制作　李艳芝

印　刷　北京德富泰印务有限公司
开　本　850毫米×1168毫米　1/32
印　张　12.5
字　数　312千
版　次　2010年5月第1版
印　次　2012年1月第8次印刷
书　号　ISBN 978-7-5442-4726-9
定　价　36.00元

著作权合同登记号　图字：30-2009-230

1Q84 Book 1 by Haruki Murakami
Copyright © 2009 Haruki Murakami
Originally published in Japan by SHINCHOSHA Publishing Co., Ltd., Tokyo.
Chinese (in simplified character only) translation rights
arranged with Haruki Murakami, Japan
through THE SAKAI AGENCY.